내 이름은 버터

BUTTER

내 이름은 버터

에린 제이드 랭 지음 ┃ 남길영 옮김

바다출판사

1

버터 한 덩어리

1장

너희들은 내가 엄청나게 먹어댄다고 생각하지? 지금까지 너희들이 본 건 아무것도 아니야. 12월 31일, 너희들에게 나의 마지막 만찬을 웹으로 생중계를 할 거다. 죽을 날 받아 둔 사형수 목록에 한 명 더 추가되는 것이다. 왜? 나는 내 맘대로 죽지도 못하는 거냐? 이 거대한 몸뚱이를 안고 또 한 해를 살 자신이 없다. 한 방으로 내 인생도 올해로 끝이다. 감당할 자신 있다면 사이트에 들어와서 봐라. 먹다 죽어가는 내 모습을.

─버터─

대부분 사람들은 이 광란의 질주가 웹사이트에서 시작되었다고 말들을 하겠지. 그렇지만 내게는 이틀 전, 그러니까 화요일 밤 우리 집 거실에서 TV 앞에 앉아 있다가 시작이 된 거다. 나는 뉴스 프로그램을 시청하고 있었는데 그건 엄마가 보고 계시던 채널이었다. 엄마는 저녁 식사 준비를 위해 자리를 뜨며 리모컨을 거실 끝에 놓인 TV장 바로 옆에 두셨다.

대체 사람들은 왜 그럴까? 왜 리모컨을 TV 옆에 둘까? 대체 이유가 뭘까?

엄마는 아마도 내가 몇 발짝이라도 걸으면 도움이 될까 싶어서, 일부러 나를 일으켜 조금이라도 움직이게 하려고 리모컨을 거기에 두셨을 것이다.

어쨌든, 뉴스에서는 항공사들이 비만 승객들에게 두 개 좌석분의 비용을 부과한다는 내용이 흘러나오고 있었다.

자, 이제 이해가 된다. 비행기에서 뚱뚱한 사람 옆에 앉는 것은 그다지 유쾌한 일이 아니라는 얘기군. 그 뚱뚱한 사람이 자신의 팔걸이 공간을 너무 많이 차지할까 봐 혹은 그 뚱뚱한 사람 때문에 창가로 밀려 꼼짝 못하게 될까 걱정을 하는 모양이다. 그렇지만, 내가 장담한다. 가장 불편을 겪는 사람은 바로 비만 승객 자신이다. 그는 아무도 자신의 옆 좌석에 앉고 싶어 하지 않는다는 사실을 알면서 그 작은 좌석에 몸을 끼워 넣고 있어야 한다. 그 정도의 굴욕감이라면 다른 좌석에 대한 추가 비용은 물론 그 이상의 값을 충분히 치르는 것이라고 생각한다.

뉴스에서는 어느 항공사에서 근무를 하고 있는 뭣도 모르는 한

젊은 여성이 나서서 좌석의 이중부과는 1월 1일부로 시행될 것이라 말하며, 비만 승객도 두 개의 좌석에 앉아 보다 편안한 여행을 즐길 수 있게 되어, 그 정책이 마치 뚱뚱한 사람들에게 상당한 이득을 가져다주기라도 하는 듯한 뉘앙스를 풍기며 이중부과의 타당성을 전하고 있었다. 글쎄, 이득이 된다고? 나한테는 개뼈다귀 같은 헛소리로 들리는데. 그 정책이 시행되어도 달라질 것은 하나 없다. 그저 병아리 눈물만큼 비만 승객을 배려하는 항공사의 허접한 변명에 기대어 그 비좁은 좌석에 거구를 쑤셔 넣어야 하는 건 마찬가지일 테고, 떡하니 두 자리를 차지하고 앉아 있으면 비행기에 탄 모든 사람의 시선을 받을 테고 그들은 나를 보며 생각할 것이다. '아, 저렇게 뚱뚱하니 두 좌석을 차지할 만하구나.' 흥, 됐어요. 호의 따위는 사양하겠다구요.

그 뉴스를 보며 속이 뒤집힌 나는 고개를 떨어뜨리고 바닥을 쳐다보다 문득 비행기에서 두 좌석 값을 내는 일은 나한테는 별 중요한 문제가 아니라는 생각이 들었다. 거실 소파에 두 자리를 떡하니 차지하고 앉아 있는 내 모습이 눈에 들어왔다. 내 시선은 미끄러지듯 소파에서 거실 탁자로 향했다. 다 먹고 홀랑 비어 있는 사탕 통에 남아 있는 땅콩 초콜릿 부스러기, 반쯤 먹다 남아 녹은 아이스크림, 그리고 도리토스 과자 봉지가 내 눈 앞에 전리품마냥 흐트러져 있었다.

도리토스 과자 한 조각이 봉지 끝에 절묘하게 걸쳐 있었다. 나는 그 한 조각이 바닥에 추락하기 직전에 잽싸게 구출해서 내 입으로 날름 가져갔다. 짭조름하고 달콤하면서도 매콤한 맛—내가 좋아하는 모든 맛—이 녹아서 입 안 가득 퍼져 나갔다. 오, 하느님, 도리토스의 맛은 정말 예술입니다. 어쩌면 이렇게 맛있을까요? 게다가 나를 향한 모든 비호감의 소리들을 잠재우며 내 귓전을 가득 채우는 그 바삭거리는 소리는 완전 보너스죠. 그 마지막 한 점을 목구멍으로 꿀떡 삼키는 그 순간, 내 귓전에는 공항의 한 여행객의 목소리가 들려왔다. 스카츠데일 고등학교에서는 쉽게 만나볼 수 있음직한 거식증 환자처럼 삐삐 마르고, 밝은 금발 머리를 하고 있는 한 소녀의 목소리였다.

그녀는 풍선껌을 불어대며 말한다. "나는 말이지, 비만 승객들에게 이중부과를 하는 것은 지극히 공정한 처사라고 생각해. 아니, 말이지, 나는 제값을 다 내고 탔는데, 왜 내 자리를 저녁을 먹을 때까지 간식을 끊지 못하고 입에 달고 사는 그런 사람들과 나눠 앉아야 하는 거냐고?"

나는 미트볼을 입으로 반쯤 가져가다가 얼어붙었다. 젠장! 먹을 때마다 이 재판 받는 것 같은 기분 좀 떨칠 수 없을까? 내 집 거실에서 작은 샌드위치 한쪽도 맘 놓고 못 먹는 사람은 대체 뭐란 말인가? 그러나 변론을 하기에는 이미 너무 늦었다. 갑자기 그

내 이름은 버터

미트볼이 전혀 먹음직스럽게 보이지 않았을 뿐 아니라 냄새도 메스꺼웠다. 사실, 내 앞에 놓인 모든 음식이 곧 역겹게 보였다. 나는 밝은 색을 띤 모든 사탕도, 짭조름한 칩도 싫어졌다.

나는 바로 미트볼을 테이블에서 밀어내고는 소파 쿠션 사이에 떨어진 부스러기를 집어 들었다. 나는 전에도 이렇게 결심을 하곤 했지만, 그 결심은 오래가지 못했고, 엄청난 폭식으로 끝이 나 버렸다. 그렇지만 한번 그렇게 먹고 싶지 않다는 마음이 들면 그것은 의외로 강력해서 마치 한 입이라도 더는 먹을 수 없을 것 같은 생각에 사로잡혔다.

나는 양 팔 가득 군것질꺼리를 안고 조용히 부엌으로 갔다. 엄마는 등을 보이며 콧노래를 부르며 음식을 하고 계셨다. 나는 엄마한테 말 한마디 없이 들고 있던 것들을 모두 쓰레기통에 쑤셔 넣었다. 그리고는 내 방으로 올라와 이럴 땐 유일하게 맛이 나는 내 색소폰을 입술에 가져다 댔다.

* * *

나는 한 20여 분 동안 정신없이 멜로디에 푹 빠져 색소폰을 불어댔다. 어떤 때는 그렇게 너무 오래 서 있다가 지치기도 하는데,

아마, 내가 연주할 때 움직이는 양이 평소의 내 운동량보다 많을 것이다.

"오우, 우리 아가, 멋지다."

엄마는 내가 색소폰을 연주할 때면 늘 짓는, 마치 꿈을 꾸는 것 같은 표정으로 문틀에 기대어 서 계셨다. 나는 내가 그렇게 반복해서 노크를 해달라고 말씀드렸는데도 엄마가 몰래 듣고 계셨다는 사실에 불만을 표하려 바로 연주를 중단하고 색소폰을 내려놓았다.

"그 곡은 뭐였니? 뭐 새로운 거니?"

"아뇨, 엄마. 그건 '찰리 파커'의 곡이잖아요. 제가 이 곡 연주하는 거 수백 번도 더 들으셨잖아요."

"음, 너는 정말 찰리 파커를 좋아하는구나."

"네, 뭐 그런 것 같아요."

"그래, 너를 방해할 생각은 아니었다. 그냥 10분 후엔 저녁 먹으러 내려오라는 말을 하려고 왔단다."

"전, 배고프지 않아요."

엄마는 입술을 살짝 비틀며 언뜻 슬픈 표정을 짓더니 아무런 말씀을 하지 않았다. 내가 아마 열두 살이 될 무렵이었던 것 같은데, 엄마는 그때부터 내게 음식이나 운동 혹은 그 어느 것이든 내 체중과 관련된 이야기는 하지 않았다. 내 몸이 더 커질수록 엄마는 점점 더 내 큰 몸에 신경을 안 쓰는 척 했다. 나는 엄마가 내 큰 덩치 때문에 당황해서 그러는 거라고 생각하곤 했다. 그렇지만 엄마는 내 몸이 이토록 비만이 된 것이 자신이 방치한 탓이라고 생각하여 스스로 나쁜 엄마라는 죄책감에 시달리고 있다는 사실을 나는 얼마 지나지 않아 알게 되었다.

"좋아." 엄마는 말을 이어갔다. "네가 안 먹겠다면 우리끼리 식사할게." 엄마는 방을 나서다 한 손을 문기둥에 대고는 등을 돌리며 얼굴에는 여전히 그 슬픈 미소를 담고 말을 했다

"근데, 아가, 아까 그 연주는 정말 아름다웠다."

나는 좀 민망해졌다. 나는 엄마가 나를 '우리 아가'라고 부를 때가 정말 듣기 싫다. 아니, 내 나이가 열여섯에 또 덩치는 아가보다 무지하게 큰데 아가라니 정말 어울리지 않는다. 그래도 그 '아가' 소리가 '버터~'라고 부르는 그 느끼한 소리보다 훨씬 낫다. 학교에서는 모든 애들이 나를 '버터'라고 부른다. 나는 그 별명이 정말 싫다. 싫어도 너무 싫은데 그나마 다행인 것은 대부분의 아이들이 내가 그 별명을 얻게 된 사건을 잊고 있다는 사실이다. 나는 다시 색소폰을 들어 입술에 대고 연주를 시작했지만, 이내 피로감이 느껴져서 악기를 다시 케이스에 넣었다. 나는 어쨌든 연습이 필요한 건 아니니까. 내가 딱히 영재였다든가 뭐 그런 거는 아니었지만, 나는 여덟 살에 색소폰을 불기 시작했고, 그 이후로

단 하루도 색소폰 연주를 거른 날이 없었다. 참 어찌 생각하면 안쓰럽기도 한데, 나에게는 집에 앉아 홀로 악기 연습을 하는 것보다 더 즐거운 일은 없었다.

물론, 그게 전부는 아니었고, 밤에는 또 다른 관심사가 생겼다. 나는 밤이 되면 컴퓨터를 켜고 침대 옆에 놓인 커다란 팔걸이 의자에 몸을 묻고 앉았다. 내가 관리하는 "색소폰맨"이라는 사이트에 접속을 하고 숨을 죽이며 혹시 그녀가 접속을 해 있는지를 확인했다. 그녀가 로그인을 한 상태였다. 스크린의 오른편에 내 친구들의 목록이 떴다. 그들은 금관악기를 연주하는 아이들로 비만 캠프에서 만나 어울렸던 몇몇 친구들이다. 오, 안나, 그녀는 완벽하고 달콤하고 섹시하기까지 하다.

나는 온라인상에서 몇 개월 간 그녀를 몰래 지켜보다가 드디어 용기를 내어 그녀에게 메시지를 보낸 것이었다. 나는 사진을 요구하지 않는 몇 안 되는 SNS를 통해서 그녀에게 연락을 취했고, 그래서 내가 누구인지 말하지 않았다. 헤이, 내가 바로 작문 수업 시간에 뒤쪽에 특별 제작된 커다란 책상에 앉아 있던 애라고!

_ 채팅 할래?

_ 그래, 좋아.

　　　　　　　내 이름은 버터

안나에게 내가 사립학교에 다니고 있으며 랫츠킬 밴드가 좀 과하다는 그녀의 생각에 전적으로 동의한다고 말했다. 그녀는 흡족해했다. 그 후로 3개월이 흘렀고, 나는 안나가 나를 좋아한다고 확신한다. 물론 지금도 그녀는 온라인에서 내가 들어오기를 기다리고 있었던 것 같다. 내가 두 번째 접속을 했을 때, 안나가 보낸 메시지가 떴다.

_ 안녕, 멋쟁이! 잘 지내니?

내 얼굴에는 미소가 번졌다. 나는 안나가 어색한 줄임말이나 이모티콘 같은 것들을 많이 쓰지 않는 점이 마음에 들었다. 그렇지만 나의 미소는 오래 가지 않았다. 나더러 '멋쟁이'라니. 당연하다. 왜냐면 그녀는 내가 누군지 구체적으로 알 방법이 없었다. 나는 절대 그녀에게 사진을 보낼 마음이 없었고, 가짜 사진 같은 것도 보내는 일은 하지 않았다. 왜냐면 나는 그녀에게 그렇게까지 뻔뻔스럽게 거짓말을 할 수는 없었다. 그리고 솔직히 나는 그녀가 가짜 사진에 있는 다른 엉뚱한 남자애와 사랑에 빠지는 꼴은 절대 보고 싶지 않았다. 그녀는 내게 사진을 한 장 보내 보라고 계속해서 요청했다. 그러나 나는 끝내 사진을 보내지 않았고, 신비로울수록 더 낭만이 있는 법이라며 그녀를 설득시켰다.

_ 미녀님. 방금 너를 위한 곡을 연주했어.

아, 그건 물론 거짓말을 조금 보탠 것이기는 하지만, 내가 찰리 파커를 연주할 때조차 내 머리 속은 온통 안나를 위한 곡이 흐르고 있었던 것은 사실이다. 밤새 안나와 인터넷 채팅을 하고 난 후, 내 머릿속에 떠올랐던 것은 섬세하면서도 관능적인 솔로 곡이었는데 그건 내가 직접 쓴 유일한 곡이기도 하다. 나는 그 곡을 연주하고 녹음해서 안나에게 보냈는데 그녀는 마치 하늘을 둥둥 떠다니는 듯 황홀하고 행복해했다.

_ 오, 너 아니? 난 매일 밤마다 네가 녹음해준 그 곡을 들으며 잠이 들어.

내 얼굴엔 다시 활짝 미소가 번졌다.

_ 응, 알고 있어.
_ 언제쯤이면 네가 연주하는 걸 직접 들을 수 있는 거니?

안나는 계속해서 인터넷이 아닌 '현실의 삶'에서 직접 만나기를 원했지만 그건 선택의 여지가 없는 일이었다. 아직은 안 될 일이었다. 나는 일단 살부터 좀 빼야 했다. 아니, 조금이 아니라 많

내 이름은 버터

이—그래야 내 실체를 드러낼 수 있을 것이다.

  _ 곧. 조만간 기회가 있겠지.

  오, 하느님. 오늘 밤은 그녀에게 자꾸 거짓말만 하고 있습니다.
대체 이렇게 거짓말만 자꾸 해대다니? 나는 안나와 처음 채팅을
시작할 때만 해도 몇 개월 후에는 살을 빼고 환골탈태한 모습으
로 그녀 앞에 짠하고 나타날 수 있으리라는 착각을 하고 있었다.
그렇지만, 빈 박사님은 내가 보통의 체격으로 돌아가려면 수년의
시간이 걸릴 것이라며 나의 착각을 깨 주셨다. 박사님은 언제나
한결같이 인내의 중요성을 설교하신다. 아, 인내라, 그건 내게는
없는 덕목인 것 같다. 살을 빼려면 수년 간의 피나는 노력을 해야
한다는 사실에 낙담을 했던 나는 안나와 채팅을 시작한 지 3개월
만에 다시 폭식을 시작했고, 4킬로가 더 늘었다.
  나는 안나의 응답을 기다리며 노트북 스크린을 응시하고 있었
다. 응답이 없다는 것은 그녀가 토라져 있다는 거다. 아마도 그녀
는 막연한 곧이라는 단어보다는 좀 더 구체적인 답을 원했을 것
이다. 가만 있어보자, 내가 얼마를 빼야 하지? 아, 이런 속도라면,
난 그녀 앞에 절대 나의 실체를 드러낼 수 없다. 오늘 밤 거짓말
을 하나 더 해야겠다. 나는 자판 위에 손가락을 올렸다.

_ 새해 전날

즉각 그녀의 답이 떴다.

_ 새해가 되려면 한 달이나 더 남았잖아.

나는 자판을 쳤다.

_ 네 생각보다 시간은 빨리 흘러.

나는 그녀가 잠시 생각을 하라고 기다렸다. 드디어 그녀의 답
이 왔다.

_ 그래, 새해의 만남도 꽤 낭만 있겠다.

그 북적대는 신년 파티장 맞은편에 있는 안나와 눈이 마주치
고, 어디선가 12인조의 밴드가 그녀를 위한 곡을 연주하고 나는
24송이의 장미로 만든 꽃다발을 안고 그녀에게 다가가는 그 순간
을 상상하며 내 얼굴에는 미소가 번지는데, 그런데 그 순간은 영
원히 오지 않을 것이다. 갑자기 울컥하며 가슴이 저려온다. 이제

그녀에게 더 많은 거짓말을 하기 전에 나는 오늘의 대화는 이쯤에서 접어야 한다는 것을 알고 있었다.

_ 그래. 그냥 안부나 물으려 들어왔던 거야. 이제 그만 가봐야겠다.

나는 한참을 기다리다가 '그래, 잘 자. 좋은 꿈 꿔.' 라는 그녀의 메시지가 뜨자 바로 노트북 컴퓨터를 덮어 버렸다.

내 가슴에 느껴지는 뻐근한 통증은 묵직한 덩어리가 되어 목구멍을 타고 올라와 이내 눈물이 되어 고였다. 위장 속에 꽉 찬 긴장감을 밀쳐내려 그 통증이 그렇게 흘러내리게 두었다. 바로 그때 갑자기 허기가 밀려왔다.

나는 노트북 컴퓨터를 옆으로 휙 밀어 놓고는 저녁을 먹으러 내려갔다.

내가 말했다시피 나의 결심은 절대 오래가지 못한다.

2장

다음 날 아침 식탁에는 여느 때와 다름없이 엄마 아빠가 드실 달걀흰자를 넣은 오믈렛과 칠면조 소시지, 그리고 내가 먹을 피칸 와플과 캐나다산 베이컨이랑 수란이 차려졌다. 오늘 아침에는 와플에 시럽도 없다. 나는 그 이유를 알기에 왜냐고 물어보지는 않았다. 엄마는 내 식단에서 설탕을 슬쩍 빼려는 시도를 하고 있었다.

내가 먹는 음식에 관해서라면, 우리 엄마는 통밀과 지방, 야채와 컵케이크, 그리고 희망과 단념 사이에서 오락가락 하신다. 내가 폭식과 뱃속을 비우는 일을 오가는 것처럼 말이다.

나는 시럽도 묻히지 않은 와플을 입속으로 흡입시키며 신문 너머로 아빠의 관심을 끌려는 시도를 했다. 아빠가 보고 계시는 신

내 이름은 버터

문의 등을 '톡' 치며 "아빠, 무슨 기사예요? 흥미로운 거라도 있나요?"라며 말을 걸었다. 아빠는 엄마를 쳐다보며 말씀하신다.

"야, 이런 식으로 계속 경기를 하다가는 카디날스 팀이 슈퍼볼에는 두 번 다시 못 나가겠는걸."

스포츠에는 전혀 관심이 없는 우리 엄마는 그저 콧노래만 부르셨다. 나는 다시 시도를 했다.

"재즈 페스티벌에 관한 기사는 없나요? 이번 주쯤이면 일정이 나올 텐데요."

아빠는 혼자말로 웅얼웅얼 비틀스가 더 낫다고 하시며 신문을 얼굴 가까이로 더욱 높이 치켜드셨다.

엄마가 체중에 관해 더 이상 입에 올리지 않게 된 것이 아마도 내 체중이 180킬로를 넘어서던 그때부터였던 것 같고. 아빠는 완전히 나와의 대화를 중단하셨다.

자라면서 아빠는 나의 큰 덩치가 미식축구를 하기에 딱 알맞다고 말씀하셨다. 그러나 내 몸집이 점점 거대해지기 시작하자 내게 뭘 어떻게 해 주어야 할지를 몰라 하셨다. 아빠는 나를 체육관으로 데려가시고, 그 역겨운 흰자로 만든 오믈렛을 내 목구멍 속으로 밀어 넣으셨고, 내가 실패한 사람이 아니라는 말씀을 해주셨다. 그러나 그 모든 일은 번번이 버럭버럭 소리를 질러대다 말다툼으로 끝이 나곤 했다.

내 몸무게가 180킬로그램에 육박하자 결국 아빠는 입을 굳게 다물게 되셨고, 나는 차라리 잘됐다 싶었다. 그래도 나는 요즘도 여전히 아침 식탁에 앉으면 아빠가 혹시라도 내 유도질문에 넘어가서 나에게 직접 무슨 말이라도 하지 않을까 해서 종종 아빠에게 말을 걸어 본다. 그건 내게는 일종의 재미있는 게임과도 같은 것이다.

나는 내 접시를 깨끗이 비우고 일어서며 엄마 볼에 입을 맞추었다. 엄마는 내게 책가방을 건네주고 작게 콧노래를 부르며 언제나처럼 내가 문을 벗어날 때까지 손을 흔들어 주셨다. 나도 미소로 답을 했다. 그런데, 우리 엄마는 자신이 흥얼거리는 콧노래가 파커의 곡임을 전혀 인지하지 못하고 계신 것이 분명했다.

* * *

집을 나선 후 한 10분쯤 지나서 나는 나의 애마인 BMW를 학교 주차장에 있는 장애인 전용 구역에 주차시켰다. 오예, BMW!—나의 애마 BMW. 나는 알고 있다. 이 불쌍한 어린 부자 꼬마. 비록 몸은 거구일지라도, 그래도 최소한 BMW는 몰고 다닐 정도라고! 자, 보시라. 그런데, 만약 내가 사는 지역이 여기 아

내 이름은 버터

닌 딴 곳이라면 그럴듯하게 보일 수 있을지도 모를 일이다. 하지만, 내가 사는 곳은 애리조나에 있는 스카츠데일이다. 이곳에서 BMW를 몰고 다니는 십대를 발견하는 것은 가지 하나 달린 선인장을 보는 것만큼이나 흔하디흔한 일이다. 나도 그들 중 하나일 뿐이다.

2학년 때 운전면허증을 따고난 후, 나는 우리 학교 보건선생님께 호출을 받아서 내려갔다. 그들은 차에 부착하라며 뭔가를 내밀었다. 나는 요청한 적도 없는데, 그들은 내게 장애인 전용 스티커를 주었다. 가만 보니, 우리 엄마가 요청하셨던 것 같다. 나는 당시 당황스럽거나 불쾌하거나 그런 기분은 들지 않았다. 단지 그 파랑색 스티커를 나의 애마 BMW에 부착시켜 스타일을 구기게 할 수 없다는 생각에 사로잡혀서 장애인 전용 구역에는 주차를 하지 않겠다고 했었다.

그러나 얼마 버티지 못했다. 학교에 늦어서 주차장 끄트머리에 주차를 하게 되어 교실까지 헐떡거리며 가다가 몇 번 수업에 늦는 일이 생겼던 것이다. 한 번은 주차장에서 거의 쓰러질 뻔했던 적도 있었다. 그때가 지금보다 9킬로가 덜 나갈 시절이었으니 3학년이 되어서는 장애인 전용 구역을 열심히 애용하고 있다.

내가 늘 이용하는 구역은 학생 주차장의 가장자리에 있는 공간인데, 그곳은 교직원 전용 구역으로 연결되어 있어서 차에서 내리면 제일 먼저 내게 인사를 건네는 교수님이 계신다. 바로 던 선생님이신데, 모두가 그분을 교수라고 부르는데 그것은 그분이 갖고 계신 자격증을 죽 늘어놓으면, 지구를 두 바퀴쯤은 돌 만큼 그수가 하도 많기 때문이다.

그분은 여러 오케스트라 중에서도 보스톤, 필라델피아 그리고 뉴욕 필하모닉과 협연을 한 경력이 있으며 줄리아드에서는 최고의 학위를 받았고, 사람들이 알 만한 여러 저명한 음악 학교에서 명예학위를 받았다. 그러나 그분은 자신의 뿌리가 있는 애리조나로 돌아와서 반 은퇴직의 형태로 스카츠데일 고등학교 밴드부 감독을 맡고 계신다. 나는 가끔 그분을 뵐 때면 젊어서 연주활동을 하셨을 때보다 여기 오셔서 고등학생들을 가르치며 흰머리가 더욱 많아진 것은 아닌지 궁금하다.

그분이 나를 발견하고는 손을 흔드셨다.

"안녕, 버터!"

그분은 나를 버터라고 부르는 유일한 선생님이지만 나는 그분이 버터라고 부를 때는 크게 신경이 쓰이지 않는다. 그분은 내가 왜 그런 이름을 얻게 되었는지 궁금해하는 것도 같지만, 그래도 다른 사람들에게는 언제나 내가 부는 알토 색소폰 소리가 마치 버터처럼 매끄럽기 때문이라고 말씀을 하셨다.

"다음 학기 수업 벌써 신청했니?"

교수님은 나와 발을 맞추며 물었다.

"네, 선택과목 빼고는요. 아직도 아주 쉬운 과목을 들을지 아니면 어려운 과목을 선택할지 고민입니다."

나는 씩 웃었다. 나는 교수님이 기대하는 답이 뭔지를 잘 알고 있었지만, 슬쩍 장난기가 발동했다.

교수님은 한숨을 쉬며 말씀하셨다. "네가 하는 농담이 네 음악만큼 인상 깊다면, 그런 농담도 들어줄만 할 텐데……."

"교수님, 저를 이기적인 녀석처럼 말씀하시네요. 제가 말씀드렸잖아요. 교수님이나 브라스 보이즈 밴드 하고는 언제든 이렇게 어울릴 거예요. 그렇지만 학교밴드는…… 좀, 그래요. 제 스타일이 아니에요."

엄마는 1학년 때 나를 밴드부에 억지로 넣었다. 그리고 한 학기가 지나서 내가 그만둔다고 했을 때 교수님과 엄마, 두 분 모두 마치 타이타닉호가 침몰이라도 하는 듯 행동하셨다. 교수님은 어떻게든 내 마음을 돌려보겠다는 희망을 품고 내게 어떤 충격을 주려고 브라스 보이즈 밴드의 리허설을 보여 주셨는데, 그런데 교수님의 시도는 결국 나를 재즈의 세계로 빠져들게 했고 학교 밴드부는 결코 내 스타일이 아니라는 확신을 굳혀 주는 결과만 낳게 되었다.

학교 건물의 교사 전용 동쪽 현관에 다다랐을 때, 교수님은 멈춰서서 한쪽 손으로 문을 잡고는 말씀하셨다.

"나는 말이다, 버터, 그냥 네가 밴드부에 대해서 한번 생각해
보면 좋겠구나. 내가 좋은 선택을 하는 데 네가 좀 도와줄 수 있
잖니. 우리는 너 같은 솔로가 필요하단다. 리틀 찰리 파커 같은
연주자 말이다!"

교수님은 팔꿈치로 나를 슬쩍 치며 문을 열더니 윙크를 하시며
말씀하셨다.

"자, 먼저 들어가렴. 덩치야!"

* * *

1교시, 작문. 안나.

나는 그날을 잊을 수 없다. 길고 찰랑거리는 금발 머리에 군살
없이 적당히 그을린 다리를 가진 그녀와의 만남이 시작되었다.
그날 그녀는 자주 다리를 꼬았다 풀었다를 반복했다. 그녀는 연
필로 계속 책상 모서리를 톡톡 두드리며 시계를 자주 올려다보았
다. 뭐가 저리 급한 걸까? 수업이 이제 막 시작했는데. 나는 안나
에게 온 신경을 집중하며 뭐 때문에 그녀가 저토록 답답해할까
궁금해했다. 그러느라 선생님이 부르는 소리도 못 들었다.

내 이름은 버터

"그래, 뭐라고?"

선생님은 그 어떤 학생에게 보이는 것보다 더 많은 인내심을 갖고 계속 질문을 하셨다. 선생님들은 나를 동정하셨고, 그리고 내가 학교에서 문제를 일으키지 않고 지내기 위해 많은 걱정을 하고 있다고 생각하는 것 같았다. 나는 거의 자동적으로 그리고 정확히 답을 했다. 나는 실제 전 과목 A를 받는 학생이고 수학을 제외하고는 모든 과목에서 우수한 성적을 보였기에 선생님들도 나를 그다지 힘들게 하지는 않았다.

나는 수업이 끝나고 안나를 따라가 볼까 했는데, 대체 무슨 바람이 불었는지 그녀는 갑자기 운동화를 꺼내 신더니 선생님께서 수업을 끝내자마자 총알같이 튀어나갔다. 그래서 복도에서 그녀를 따라잡을 수가 없었다. 게다가 내가 마치 스토커인 것 같은 기분도 들었고, 나는 그녀와 한 번도 직접 이야기를 나눈 적도 없는 것 같아서 그녀에게 왜 그렇게 서두르는지 물을 수가 없는 상황이기도 했다. 그래서 나는 점심시간에 그녀를 다시 보게 될 때까지는 대수학과 화학 수업이나 잘 듣기로 결심하고 마음을 달랬다.

수업 시간이 그토록 지루하고 길게 느껴졌던 건 정말 처음이었다. 두 시간이 거의 끝나갈 즈음, 나는 대수학 증명을 화학 실험 노트에 적어 두었고, 화학 등식은 모두 대수학의 나선형 위에 온통 써 놓고 말았다. 전혀 집중을 할 수가 없었다. 11시30분, 그 두

권의 노트를 가방 속에 밀어 놓고 나는 학생식당으로 터덜터덜 걸어갔다.

스카츠데일 고등학교는 키 크고 늘씬한 미녀들이 넘쳐나기 때문에 안나 정도의 학생이 그리 쉽게 눈에 띄는 그런 분위기는 아니다. 그렇지만 나는 언제나 그 수많은 사람들 속에서 안나를 쉽게 찾아낼 수가 있었다. 애써 따분하거나 짜증난 표정을 짓고 있는 수많은 여학생들의 얼굴 속에서 그녀는 유독 눈에 띄었다. 다른 여학생들의 낄낄거리는 웃음소리가 불쾌감을 일으키는 반면, 거짓 없는 그녀의 웃음소리는 마치 멜로디처럼 들렸다. 물론 그녀도 여느 여자아이들처럼 일부러 물들인 금발에, 인공적으로 태닝을 한 티가 나기는 하지만 그래도 그녀에게는 뭔가 빛을 발하는 진실함이 있었다.

하얀 얼굴에 단발머리를 하고 무리지어 테이블에 둘러앉아 키득거리는 여자아이들을 쓱 훑어보며 나는 바로 그들 무리 속에는 안나가 없음을 알아챘다. 참, 말이 안 되게도 그녀에 대한 화가 치밀어 올랐다. 마치 그녀와 내가 점심시간에 만날 약속을 해놓고 그녀가 나를 바람을 맞히기라도 한 것처럼 말이다.

아니야, 그녀는 그냥 좀 늦는 거라고 생각하며 나는 스스로를 위로하며, 학생식당 가장자리를 이용해 뒤쪽에 내가 주로 앉는 테이블을 향해 걸어갔다. 학생식당의 대부분 테이블들은 공간을 보다 넉넉하게 보이도록 원탁으로 설계하고 얄팍한 플라스틱 의자들로 둘러싸여 있는 반면, 뒤쪽에 있는 몇 개 테이블들은 직사각형으로 독립된 벤치가 놓여 있어서 원하는 만큼 의자를 멀찍이 뺄 수가 있다.

평소처럼 내가 앉는 그 테이블은 비어 있었다. 나는 언제나 그 자리에 앉는 특정한 학생이었기에 아이들은 무리를 지어 그 테이블을 장악하고는 나를 억지로 그 약한 플라스틱 의자에 앉게 할 수도 있었다. 그러나 아무도 그런 짓을 하지는 않았다. 그 유명한 톨킨이 뭐라 말 했던가? '동정심이 그들에게 자제력을 준 것이다.'

나는 학교에서 괴롭힘을 당한 적은 거의 없었다. 몸무게가 190킬로에 육박하게 되면서 그렇게 불쌍해졌고, 그렇게 고통스러웠다. 대부분의 사람들은 내게 잔인하게 대할 수가 없었을 것이다. 적어도 더 이상은 그럴 수가 없었을 것이다. 확실한 비만이 되면 사람들은 왠지 불편해하며 놀림의 대상으로 삼기를 꺼리는데 때로 어설프게 뚱뚱해서 놀림감이 되는 아이들을 보면 안타까운 마음이 들기도 했다. 나는 1학년 때 그런 놀림을 당하는 아이들 중 몇몇과 함께 테이블에 앉았었는데, 그들은 과체중이거나 여드름이 많이 났다거나 혹은 옷을 잘 못 입는다는 이유로 따돌림을 받는 아이들이었다. 우리는 대부분 조용히 말없이 식사를 했다. 우리가 모두 피해자라고 해서 모두 통하는 공통점이 있었던 것은 아니었기 때문이다. 나는 그들과 한 테이블에 앉을 수 없을 만큼 내 몸이 불어났어도 별 신경을 쓰지 않았다.

나는 벤치를 끌어당겨 앉으며 내 책가방을 뒤져 아이스박스를 찾았다. 엄마는 내가 좋아하는 시원한 먹거리를 모두 그곳에 담아 두셨다. 엄마는 내가 따뜻한 음식을 받으러 줄을 서서 기다리는 것도, 또 내 접시에 수북이 쌓인 음식을 쳐다보는 모두의 시선도 감당할 수 없음을 어느 정도 알고 있나 보다. 식은 피자, 아침 식탁에 올랐던 캐나다산 베이컨이 돌돌 말려 들어가 있는 샌드위치, 일주일 전 추수감사절에 먹다 남은 눅진한 칠면조 한 조각— 나는 냄새를 맡아 본다: 별 문제가 없는 듯했다. 튀긴 닭, 콜라 두 캔 그리고 판매용 무설탕 젤로인가? 뭐 그런 게 한 통이 있었다. 네, 엄마. 뭐든 엄마가 싸 주는 거라면 좋아요. 그러나 나는 젤로는 살짝 옆으로 밀어두었다.

일단 아이스박스에 든 음식을 모두 꺼내고 나서, 나는 학생식당을 다시 한 번 둘러보았지만 어디에도 안나의 흔적은 보이지 않았다. 나를 쳐다보는 사람들의 시선을 외면하려 애쓰면서 테이블 위에 놓인 음식을 열심히 먹기 시작했다.

내 이름은 버터

3장

"빈 박사님을 뵈러 왔는데요."

"누구라고요?"

"비이이인 박사님이요."

그 접수 담당 직원은 금속 테의 안경을 코끝까지 내리더니 안경 알 위쪽의 가장자리 너머로 나를 보며 말을 했다.

"미안하지만, 이 병원에는 '빈'이라는 의사는 없는데요."

나는 눈동자를 이리저리 굴리며 나의 주치의 이름이 새겨진 명함 더미 위에 손가락을 갖다 대며, "이 분이요."라고 말했다.

그 직원은 쌓여 있는 명함 중에 한 장을 꺼내 들며 살피는 척을 하더니, "아, 밴디요파드해이야 박사님 말씀이시군요. 이것만 작성하면 돼요." 그녀는 내 앞으로 클립보드를 쑥 내밀고는 돌아섰다. 그녀는 획 돌아서며 내 시야에서 사라질 때까지 히죽거리며 썩은 미소를 날렸던 것 같다. 그녀는 내가 누구인지 알고 있었던 것이 분명하다. 나는 빈 선생님, 잠깐, 그러니까, 밴디요파드해이야 박사님께 벌써 여러 해째 진료를 받고 있었고, 또 최근에는 거의 2주에 한 번 꼴로 내원을 하고 있었기 때문에 그녀가 나를 모를 리가 없었다.

자, 내가 190킬로를 넘으며 얻게 된 또 다른 놀라운 부작용이 있는데, 바로 내 생명을 위협하는 당뇨병이다. 내가 살아가는 동안은 당뇨병으로부터 자유로울 수 없다는 것은 이미 알고 있었던 사실이지만, 내 체중은 더 불어났고 그래서 혈당을 조절하는 일이 더욱 어려워진 것이었다. 상태가 점점 나빠져서 2주에 한 번씩 진료를 받을 수밖에 없게 되었을 때 나는 진짜 내 성장판 중 하나를 박살내 버리고 싶은 심정이 들기도 했다.

빈 박사님은 던 교수님 다음으로 멋진 분이란 걸 알고 있었기에 그래도 나는 그렇게 속상해하지는 않았다. 박사님은 진찰을 할 때 내 몸 상태에 관한 질문보다는 내게 여학생들에 관한 질문을 더 많이 하신다. 엄마는 때로 그 점이 마음에 안 드는 모양이지만 그래도 언제나 빈 박사님만한 분이 없다고 말씀하시며 그분의 독특한 특성들을 받아들이는 편이다. 박사님과 나는 엄마가 자리를 비울 때 더 재미있다. 그래서 나는 엄마 없이 혼자 병원을 가는 예약이 잡히는 날이면 은근히 기대를 했다.

그리고 오늘 예약이 바로 엄마 없이 나 혼자 진료를 받는 날이기도 했다. 내가 그 직원이 두고 간 클립보드를 작성하고 난 그 순간 낯익은 얼굴이 로비로 들어섰다. 우리 엄마였다.

"어, 엄마!"

"안녕, 우리 아가. 미안, 엄마가 좀 늦었네."

엄마는 늦지 않았다. 엄마는 어떤 약속에도 늦는 법이 없는 분이다. 단지 10분 일찍 와 있지 않았다는 말이고 그리고 우리 엄마한테 그건 늦은 것을 의미했다.

"네, 저도 방금 왔어요." 엄마에게 말했다.

엄마가 테이블 위에 놓인 커피를 따르는 동안 나는 푹신한 가죽 소파에 앉았다. 커다란 TV 스크린에서는 의학 프로그램이 방영되고, 돌로 만든 커다란 벽난로에서는 푸른색의 모형 불꽃이 흔들리고 있었다. 잘 나가는 의사에 걸맞게 고급스럽게 잘 차려진 병원이다. 이런 병원의 분위기도 내가 빈 박사님의 진료를 꺼리지 않는 이유 중 하나이기도 하다. 잠시 후 우리가 앉은 소파 옆으로 간호사가 다가왔다.

"준비되셨죠?" 차분한 목소리로 간호사가 물었다. 문 앞에서 환자의 이름을 크게 불러대는 여느 병원과 달리 그들의 그 조용한 분위기가 나는 항상 마음에 들었다.

"네, 준비됐어요." 엄마가 내 몫까지 대답을 하셨다.

그 간호사는 우리를 친절하게도 체중계를 지나서 진료실까지 안내해 주었는데, 그 공간은 대부분의 의사들이 맨 처음 들른 후 바로 치료실로 향하는 곳이기도 하다. 우리는 평소처럼 자리를 잡고 앉았는데, 나는 환자용 테이블에 기대고 엄마는 문 옆에 놓인 의자에 앉았다.

"오늘은 어땠어?" 엄마가 물었다.

지루하고 열 받는 날이었어요. 내가 좋아하는 여자애가 1교시 이후 사라져 버리더니 학교 수업이 끝나고 나서야 늘 그렇듯 바비인형 같은 차림에 머리는 텅 빈 한 무리의 여자아이들에 둘러싸여 있는 게 보였어요. 근데 그 여자애들이 완벽하게 생긴 그녀의 얼굴을 가려 버려서 제대로 볼 수도 없었어요. 근데 체육수업에 제가 모습을 드러내니 모두가 저를 빤히 쳐다보더라고요. 저희 보건교사가 몸이 아파서 빠졌는데, 대리교사는 알아보지도 않고 저희들을 모두 그냥 체육수업으로 밀어 넣은 거죠. 진심인데요, 그 보건교사는 정말 짤려야 해요. 대체 보건교사가 한 달에 세 번씩이나 아파서 수업을 못하다니 말이 되냐고요?

나는 어깨를 으쓱하며 말했다. "네, 뭐 괜찮았어요."

엄마가 볼을 샐쭉거리며 시선을 떨어뜨리고 손을 쳐다보셨다. 엄마는 내게서 '괜찮았어요.' 라는 대답 말고 뭔가 더 듣고 싶어

한다는 것을 나는 알고 있었다.

"교수님께서 제게 다음 학기 선택과목으로 학교 밴드부에 가입하라고 압력을 가하고 계셔요."

엄마는 그 대답에 귀가 번쩍 뜨인 듯했다.

"오, 그래. 맞아. 너 밴드부에 들어가야 해. 아빠랑 엄마는 언제나 네 공연을 보러 가는 것이 너무 행복했단다."

과연 아빠가 정말 그런 일에 관심이 있었는지는 확인할 길은 없었다.

"그리고 엄마 아빠는 네가 많은 청중들 앞에서 연주하는 모습을 다시 보고 싶단다. 너는 이제는 네 방 말고는 어디서든 더는 연주를 안 하고 있잖니."

아, 바로 그게 엄마의 생각이시군요.

"그리고 던 교수님도 너를 예뻐하시잖니. 분명히 교수님이 모든 솔로는 다 네게 맡기실 거다."

엄마한테는 두 손 두 발 다 들었다.

그러나 나는 솔로가 별로였다. 대중 앞에서 혼자 스포트라이트를 받으며 하는 연주는 더는 하고 싶지 않다. 사람들이 나의 음악을 좋아하든 말든 나에게는 중요치 않다. 그들이 관심을 두는 것은 그저 연주를 마치고 내가 얼마나 숨이 찰지 그리고 무대 앞에서부터 자리로 돌아갈 때까지 내가 또 얼마나 힘겹게 뒤뚱거릴

지이다. 그리고는 이런 말을 하며 자리를 뜰 것이다. "이런, 완전 시간 낭비야. 저 덩치 큰 애가 악기를 불 줄 아네. 저게 다 저런 큰 덩치와 폐활량 덕분이지. 안 그랬다면 저 애가 뭐가 될 수 있었겠어?" 뭐 이런 비슷한 말들이 나오겠지. 오, 됐다고 본다. 정중히 사양한다.

다행히 박사님의 절묘한 타이밍 덕분에 엄마께 항변을 할 필요가 없었다. 박사님은 평소처럼 힘있게 문을 밀고 들어오셔서 진찰실에서 통통 튀기듯 움직이며 우리들과 악수를 하고 강한 악센트가 담긴 말씨로 인사를 건넸다. 그 목소리는 마치 심슨가족에 나오는 그 감상적인 캐릭터를 연상시켰다.

"밴디요파드해이야 박사님." 나는 정중하게 고개를 숙이며 말했다.

"갑자기 왜 그렇게 부르니? 대체 언제부터 나를 밴디요파드해이야라고 부르는 거지?" 의사 선생님이 물었다.

"접수 담당 직원이 여기에는 빈 박사님이란 분이 안 계신다고 말했을 때부터요."

박사님은 소리 내어 웃으시고는 내 진료 기록이 담긴 커다란 파일이 들려 있지 않은 다른 손으로 자신의 넓적다리를 탁 치며 말했다. "여기에 오면, 너는 나의 친구다. 그러니 빈 박사는 언제나 이 자리에 있단다." 박사님은 의자 위에 앉아서 내 혈당 검사를 준비하면서도 여전히 싱긋싱긋 웃고 계셨다. 나도 그분을 따라 웃으며 저렇게 느긋하고 평온한 의사 선생님께 진료를 받고 있어 감사하다는 생각을 했다. 물론 그건 그분의 성을 잘 발음하지 못하는 내게 대신 '콩' 즉 빈이라고 편하게 부르도록 배려를 해주셨기 때문만은 아니다. 모든 것을 지나치게 심각하지 않도록 만들어 주시는 그분의 방식이 좋았다.

"오늘 기분은 좀 어떠니?" 박사님은 조그마한 바늘로 내 손가락을 찌르고 피를 조금 채취하셔서 혈당측정기로 빨아들였다.

"아, 그거 조금 따끔하네요. 그것만 아니면 저 오늘 아주 괜찮은 날이거든요." 나는 한쪽 눈을 찡긋해 보였다.

엄마는 일종의 미묘한 신호처럼 가벼운 헛기침을 했다.

"네, 사실 지난 며칠 동안 좀 피곤함을 느꼈어요."

나는 자백했다.

빈 박사님은 고개를 끄덕일 뿐 말은 없으셨다. 그는 우리 집에 있는 것보단 훨씬 근사해 보이는 그 측정기에 나타난 결과치를 확인하며 말했다. "흠, 여전히 조금 높기는 하지만……."

"설탕의 양을 많이 줄였거든요." 엄마가 불쑥 끼어들었다. 엄마는 이내 의자 속으로 폭 꺼지며 얼굴이 붉어졌다. 다른 사람의 대화에 불쑥 끼어드는 일은 엄마가 좀처럼 하지 않는 일이다.

빈 박사님은 미소를 띠우며 말씀하셨다. "네, 어머님."

나는 박사님이 우리 엄마를 '어머니'라고 부르는 것이 참 듣기 좋다. "네, 식단은 확실히 잘 진행되고 있어요. 탄수화물도 있고 야채랑 단백질도 많이 들어 있어요."

나는 그날 아침 식탁에 올라왔던 음식을 떠올리며 엄마를 쳐다 보았다. 엄마는 머쓱해 하며 몸을 한층 더 의자 깊숙이 묻었다.

"아직은 그렇게 위험한 수준에 달한 것은 아니니까—박사님은 혈당측정기를 손으로 가리키며—이 수치는 조금 신경을 덜 써도 될 것 같고요. 그런데, 이 수치는 더 신경을 써야겠네요."

선생님은 내 파일에서 몸무게 차트를 빼서 유심히 살펴보셨다.

"여기 보니까 개학하고 난 후로 체중이 좀 더 늘었어요."

"네." 나는 웅얼거렸다. 빈 박사님은 내 팔에 손을 얹으셨다.

"가끔은 말이다, 전진하기 전에 한 발 물러서기도 한단다. 그렇지만 식단만큼은 정말 신경 써야 한다. 체중이 감소하면 혈당은 물론 나머지 다른 것들도 다 줄어들 테니."

그리고 난 후 박사님은 청진기를 꺼내서 귀에 꽂으며 내 심장 과 폐의 소리를 들을 준비를 했다.

"박사님." 나는 내 심장 소리에 귀를 기울이고 계신 박사님을 방해했다.

"으음?"

"저, 전 말이에요, 색소폰 연주할 때 피곤함을 느끼지 않았으면 좋겠어요."

박사님이 싱긋 웃었다. "오라, 여자들은 음악을 좋아하지. 그래, 어디 세레나데라도 연주해 주고 싶은 사람이 생겼니?"

나는 활짝 웃었다. 엄마가 의자에서 자세를 고쳐 앉았다.

"글쎄요. 일단 여기 좀 먼저 빼고요." 나는 허리 뱃살을 움켜쥐고 출렁이며 말했다. 내 행동을 본 박사님은 갑자기 웃음을 터뜨렸다. 박사님은 청진기를 귀에서 빼고는 아무것도 들려 있지 않은 손으로 다시 한 번 자신의 허벅지를 탁 쳤다.

"네 유머 감각과 연주 실력 정도라면 근사한 여자를 반하게 만들 수 있을 거야. 그런데, 그 전에 우리는 말이다, 체중계의 숫자가 떨어지는 걸 먼저 보고 싶은 거지, 그치? 무슨 말인지 이해하지? 자, 우리 자신을 먼저 사랑하는 거다. 여자들을 사랑하는 일은 그다음이다. 알겠지?"

"네." 나는 마지못해하며 대답했다.

"인내는 미덕이다, 기억하지? 체중은 줄일 수 있어. 우리에게는 아직 시간이 있잖니."

물론 우리는 시간이 있었다. 그러나 박사님의 메시지는 명확했다. 어디선가 시간은 점점 줄어들고 있었다. 나는 곁눈질로 엄마를 힐끔 쳐다보았다. 엄마는 감정을 드러내지 않고 무표정한 얼굴을 하고 계셨다. 심장마비나 혹은 더 나쁜 병으로 인해 피할 수 없는 나의 죽음을 향해 쉼 없이 흐르고 있는 그 시계의 똑딱거리는 소리를 엄마가 들었을지 궁금했다. 나는 듣지 못했다. 내가 많은 피로감을 느끼는 것은 사실이었다. 그래도 나는 내가 곧 고꾸라져서 죽을 위험에 처해 있다는 생각은 전혀 들지 않았다.

그래도 뭐라 설명할 수는 없었지만 나는 몹시 우울했다. 나는 죽음을 떠올리는 것이 싫었다. 그것은 내가 죽음을 두려워해서가 아니라 다른 이유에서였다. 죽음을 떠올릴 때마다 이상하게 죽음이 까마득히 멀리만 있는 것 같은 낯선 슬픔이 느껴졌다. 나는 때로 빨리 시간이 흘러서 끝이 왔으면 좋겠다는 생각을 했다.

소름끼치는 일이다.

"2주 후에 검사를 하나 더 할 거다." 빈 박사님의 목소리가 나의 생각을 다시 현실로 끌어왔다. "방학 동안 무리하지 않겠다고 약속만 한다면, 우리는 다시 전처럼 3개월에 한 번씩 검진을 받을 수 있게 될 거야."

"약속할게요, 박사님."

나는 자리에서 일어서 박사님과 악수를 하며 말했다.

"아이들이 하듯 장난처럼 하는 건 안 돼!"

박사님이 단호하게 말씀하셨다. 박사님은 손으로 주먹을 쥐고 내 앞에 관절마디가 보이도록 들어 올리셨다. 나도 기꺼이 웃으면서 받아쳤다.

내 이름은 버터

"안 지키면 그 주먹을 날리시겠네요!"

나는 내 주먹을 박사님의 주먹에 부딪히고는 마치 폭탄이 터지듯 손가락을 좍 펼쳐 보였다.

"그래, 날려 버린다!"

빈 박사님은 껄껄 웃었다. 박사님은 엄마와 악수를 나누고는 접수데스크로 나가는 우리에게 손을 흔들어 주셨고 그때까지도 계속 웃고 계셨다.

* * *

엄마와 내가 병원 입구까지 반쯤 걸어 나오는데 로비에서 낯익은 얼굴이 보였다.

"터커!" 내가 불렀다.

그가 나를 향해 얼굴을 돌렸을 때, 나는 뭔가 내 예상이 빗나갔다는 것을 알아차렸다. 내가 기억하는 그의 얼굴 특징은 커다란 눈, 얇은 입술, 약간의 주근깨……. 그러나 그의 볼은 홀쭉해 보였고, 그리고 턱도 둘이 아닌 하나였다. 터커가 일어섰을 때 나는 놀라서 휘청대며 한 발 뒤로 물러섰다.

"어이, 세상에, 이 자식 너 왠일이냐!"

"얘, 말 좀 가려서 써라!"

엄마는 얼른 내 말을 끊으면서 혹시 누가 내 말을 듣지 않았는지 재빠르게 로비를 한 번 획 둘러보셨다.

"아, 엄마 죄송해요. 기억하시죠, 핏팹(FitFab) 캠프에서 만난 터커 말이에요."

핏팹은 비만 캠프라고도 하는 "건강하게 멋지게"라는 여름캠프로 나는 해마다 두 달씩 그 캠프에 가서 적은 양의 음식을 먹으며 고문에 가까운 하이킹을 했다. 터커는 그 캠프에서 내리 3년째 나랑 같은 방을 썼던 친구다. 나는 그 친구를 쳐다보며 아마도 내년 여름캠프에서는 새로운 룸메이트가 생기겠다는 생각을 했다.

터커는 살이 많이 빠져서 말라 보이기까지 했다.

"터커! 야, 못 알아볼 뻔했다!"

엄마는 터커에게 포옹을 해 주려고 양팔을 벌렸다.

"어머나, 이게 누구니! 너 정말 근사하다."

터커는 자신의 앙상한 팔을 들어 올리며 엄마의 포옹을 받았다. 그래, 그의 팔은 앙상하게 마른 것은 물론 아니었다. 그렇지만 비만 캠프에 갈 만큼의 군살은 보이지 않았다.

"터커, 세상에―" 나는 엄마를 응시했다. "어휴, 미안, 터커. 어떻게 된 거니? 너 45킬로는 족히 빠진 것 같다!"

"한 25킬로그램 정도 빠졌어요."

그는 자신의 가슴을 불룩해 보였다.

"아마 더 빠질 수도 있는데 의사 선생님이 말씀하시길, 이제 근육이 붙는데요."

"와, 터커, 정말이지 축하한다!"

나는 진심이었다. 어쩌면 적어도 진실하려고 했다. 난 정말 그랬다. 핏팹 캠프에서는 서로의 체중감량을 진심으로 지지해 주라고 가르쳤고 질투심은 자기 자신과 살 빠진 사람 둘 다에게 부정적인 느낌을 불러 일으켜서 과식으로 이어질 수 있다고 했다. 그렇지만, 빈 박사님의 병원 로비에서 터커를 쳐다보며 "축하한다."라는 말을 건네는 내 입맛은 마치 덜 익은 감처럼 떫었다. 터커와 나는 한 팀이었다. 그의 체중은 내 몸무게만큼은 나가지 않았지만, 그래도 우리는 함께 체중이 불어나고 또 줄어들기도 했다. 그런데 여기 내 눈 앞에 서 있는 그는 대체 뭐란 말인가? 이제 몸무게가 90킬로그램이라고? 그의 얼굴에 번지는 미소. 그에게는 불편해하는 빛이 전혀 보이지 않았다.

아마도 터커는 그동안 이렇게 살을 빼느라고 연락이 뜸했던 모양이다. 학기 중에는 가끔 연락이 끊기기도 했지만, 지난 몇 년간 우리는 몇 번 함께 만나 어울리곤 했다. 내가 사는 스카츠데일 지역에서 만날 때면 그는 왠지 어색하고 불편해했고, 나도 그가 사는 포이닉스 동네에 내 BMW를 주차시키는 일이 좀 신경이 쓰이곤 했다. 그래도 우리는 온라인상에서 연락을 주고받았다. 그리고 안나 말고는 내 친구 목록에 뜨는 이름이 거의 없었는데, 바로 그때 터커의 이름이 한동안 보이지 않았다는 사실이 불현듯 떠올랐다.

"어머나, 25킬로그램을 감량했단 말이지! 정말? 와, 대단하다!" 엄마가 중얼거렸다. 터커는 체중을 한쪽 발에서 다른 쪽 발로 옮겨 실었다. "아, 예 감사합니다." 그는 나를 올려다보는데, 조심스럽게 목 아래로는 쳐다보지 않고 내 얼굴을 똑바로 보았다. 나는 그런 행동을 알고 있었다.

"너는 어떠니, 버터? 너도 살 좀 빠지…… 음, 어어, 식단은 잘 지키고 있지?"

"네 눈에는 내가 식단대로 잘 지키고 있는 것처럼 보이냐?"

나는 눈동자를 굴리며 손동작을 하면서 터커의 시선이 내 몸 아래까지 쳐다보도록 했다. 보통은 그 정도의 빈정대는 유머를 날리면 터커는 웃음을 터트리곤 했는데, 그는 그저 자신의 발만 살짝 끌어당겼다.

"어, 그냥 식단 잘 지켜." 그는 마치 핏팹 캠프의 상담원 같은 말투로 이야기했다. "너한테 잘 맞는 방법을 찾으면 될 거야."

"어어…… 그래." 나는 얼굴을 살짝 찡그리며 말했다. "그럴게."

"터커 스미스?" 그 차분한 간호사가 어느새 내 옆에 와 있었다.

"준비됐나요?"

"네, 준비됐어요." 그는 확실하게 대답을 했다. "버터, 나중에 보자." 그는 내게 "행운을 빌어줄게."라는 인사말을 건네면서도 나를 쳐다보지 않았다.

뭐? 쳇, 행운을 빌어준다고? 그래 잘났다, 이 자식아!

나는 고개를 돌려 엄마를 향해 말했다. "이제 갈까요?"

"어머, 네 친구 터커도 이 병원에 다니는 줄은 몰랐다."

엄마는 내 말은 듣지도 않고 계시는 것 같았다.

"네, 그 애도 빈 박사님께 진찰을 받는대요."

"어머, 그렇대?"

"네, 그렇다나 봐요. 엄마, 근데, 제가 이 얘기 다 했었잖아요. 터커랑은 같은 의사 선생님 환자에 또 비슷한 지역 출신이라서 처음부터 한 침상을 썼잖아요."

"어머, 그랬니?"

"네, 엄마. 이제 집에 좀 가면 안 돼요?"

우리 엄마는 터커의 뒷모습을 찬찬히 살펴보고 계셨다. 그제서야 엄마는 다급하게 구는 내 목소리를 느꼈나 보다. 엄마는 그 가날픈 팔로 튼실한 내 어깨를 감싸 안았다.

"오, 물론, 가야지. 우리 아가. 자, 가자."

4장

나는 게걸스럽게 저녁을 먹었다. 그야말로 돼지처럼 마구 먹어댔다. 마치 터커가 감량한 체중만큼을 내가 먹어대는 것 같았다. 보통은 빈 박사님과의 진찰을 마치고 오는 날이면, 엄마는 살짝 내 식사량을 줄이거나 내 접시에 야채를 더 많이 올려놓았다. 그날 저녁은 달랐다. 나는 내 접시 위에 으깬 감자와 고기찜을 듬뿍 담았고, 두 접시째 갖다 먹을 때는 구이용 팬 위에 엉겨 붙어 있던 기름기까지 걷어다가 감자 위에 펴 발랐다.

엄마가 보고도 아무런 말씀을 하지 않았다. 그저 평소처럼 콧노래만 흥얼거렸다. 아빠는 마치 나도 그리고 내 접시도 이 세상에 존재하지 않는 것처럼 행동하셨지만, 내가 세 접시째 먹는 걸 보더니 어디 아픈 사람처럼 불편한 표정을 지으며 미안하다며 식탁에서 먼저 자리를 떴다.

엄마가 무슨 케이크 같은 것을 만들어 두었는데, 나는 손도 대고 싶지 않았다. 이미 쓰레기통 속에서 "무설탕"이라는 글씨가 적힌 상자를 보았기 때문이다. 글쎄, 무설탕이라면, 케이크야, 넌 내 식사에 낄 필요가 없다. 엄마가 내 기분을 눈치챈 건지 혹은 내가 그 이상 먹는 모습을 더는 참고 볼 수가 없었던 건지 알 수가 없지만, 엄마는 그 케이크를 냉장고에서 꺼내지도 않았다.

엄마는 내 이마에 입을 맞추고는 콧노래를 흥얼거리며 부엌을 나갔고, 나는 마침내 포크를 손에서 내려놓았다. 지켜봐주는 사람이 없을 때는 음식도 그다지 맛이 있지 않았다. 그 무게를 몸에 달고 다녀야 하는 게 내 몫이라면, 그들의 몫은 그런 나를 쳐다봐주는 것이다. 그게 공정하다.

그곳에는 나, 더럽혀진 접시 더미, 그리고 여기 저기 빵 부스러기와 주스가 튄 얼룩이 있는 식탁뿐이었다. 갑자기 느글거리는 고기찜의 냄새가 확 올라오면서 나를 압도했다. 나는 토해내고 싶은 충동이 일었다. 괜찮아. 나는 참으려 애썼다. 나는 폭식증 환자가 아니라 대식가다. 그놈의 폭식증은 여자애들이 걸리는 증상이라고.

좋아, 그게 모두 맞는 말은 아니다. 핏팹 캠프에 왔던 많은 남자애들이 토해서 속을 비워내는 습관을 갖고 있었다. 만약 핏팹 캠프에 서열이 있다면, 그런 남자들은 맨 아래 단계에 있는 사람들이라고 할 수 있다. 만약 이게 차별적 편견이라면 미안하게 됐지만 그냥 그렇다는 거다.

저녁 식사를 마치고, 나는 방 안에 틀어박혀서 매일 같이 반복되는 일상—숙제, 인슐린 주사 맞기, 색소폰으로 몇 곡 연주하기—을 마치고 노트북 컴퓨터를 켜고 앉아 안나가 채팅방에 들어오기를 기다렸다. 그녀는 그날의 점심시간처럼 나를 오래 기다리게 하지는 않았다.

　_ 잘 지내니, 매력남?

점심시간에 학생식당에 그녀가 오지 않아서 느꼈던 언짢음이 일순간에 모두 날아가 버렸다.

　_ 매력남이라, 허?

나는 그녀가 컴퓨터 앞에 앉아 까르르 웃는 모습을 상상했다.

　– 난 좀 바보가 된 기분이다. 너는 오늘 어땠니?

나는 숨죽이며 그녀의 대답을 기다렸다.

_ 음…… 재미있었어.

그녀는 내가 답을 하기 전에 다시 올렸다.

_ 사실은, 나 고백할 게 있어.

오케이, 굿, 아주 좋아. 이건 내 예상보다 훨씬 쉽게 풀리는걸.

_ 고백이라고? 아주 궁금한데. 말해 봐. 굉장하다.

그녀가 답을 달기까지 시간이 꽤 걸려서 나는 그녀가 아마도 마음을 바꾸었나 보다라고 생각을 하던 그때에 메시지가 도착했다. 그녀의 메시지에는 내가 하루 종일 그토록 알고 싶어 했던 모든 것이 담겨 있었다. 그녀의 글을 읽으며 나는 차라리 몰랐으면 좋았겠다는 생각을 했다.

_ 나 오늘 너를 찾으러 브라피에 갔었어. 너희 학교 아이들이 교외에
   서 점심을 먹는다는 소식을 듣고 너를 볼 수 있을까 해서 수업도 빼

먹고 제니와 함께 차를 몰고 포이닉스까지 갔어. 우리는 브라피에 다니는 남학생 몇 명을 쫓아서 센트랄 거리에 있는 작은 샌드위치 가게까지 따라 들어갔어. 나는 너무 부끄러워서 말도 붙일 수 없었는데, 다행히 제니가 거기 있던 남자애들에게 너를 아는지를 물어봐 주었어. 걔네들 중에 아무도 J.P.라는 이름을 모른다고 하더라.

너, 학교에서는 J.P.라는 이름 안 쓰니? 어쨌든 우리는 너를 찾지도 못했는데, 바보같이 학교 수업까지 빼먹었잖니. 제니랑 나는 학교에 전화를 걸어서 엄마 목소리를 흉내 내며 병원 예약이 있다고 둘러댔거든. 근데 우리 거의 들킬 뻔했어. 안타깝다. 너를 찾았더라면, 수업 빼먹은 보람이라도 있었을 텐데.

이 일로 네 기분이 상하는 일은 없길 바래.

나의 머리가 빙빙 돌고 있었다. 브라피는 안나에게 내가 다니고 있다고 말한 사립학교로 스카츠데일 고등학교에서 차로 한 30분은 족히 되는 거리에 있다. 수업까지 빼먹으면서 그저 어떤 남자아이의 얼굴이나 한번 보려고 거기까지 차를 몰고 간다는 것은 상당히 멍청한 짓이었다. 게다가 그녀는 주변 애들에게 나를 아는지 묻고 다니기까지 했다. 오, 하느님, 제가 그녀에게 이름을 통째로 속이는 대신 가짜 이니셜만 알려준 것이 어찌나 다행스러운지 모릅니다. 안 그랬으면 제 정체가 일순간에 드러날 뻔했으니

내 이름은 버터

까요.

그리고 설상가상으로 제니가 그 일을 알고 있다는 사실이었다. 제니로 말할 것 같으면, 스카츠데일 고등학교의 말라깽이 수다쟁이 여왕으로 지나가는 사람마다 험담을 해대서 2학년 때부터 전교생에게 여우로 알려진 소문이 자자한 여자애다. 만약 안나가 내 비밀을 알아냈더라면, 오, 완전 최악의 사태가 될 뻔했다.

일순간 가슴을 후벼 파는 자각이 밀려들자 그 모든 생각들은 빛을 잃고 우울한 기분이 나를 덮쳐왔다. 그날 안나는 나를 찾으려고 점심시간에 나타나지 않은 것이었다. 내 가슴속에서 뭔가가 울컥 치밀고 올라오더니 심장 박동 소리가 리듬을 잃고 마구 뛰기 시작하며 명치끝이 저려왔다. 나를 직접 찾으러 올 만큼 안나가 나를 좋아한다는 사실은 마치 내 겨드랑이에 날개가 달려 퍼덕이는 것처럼 행복했지만, 그러나 그녀가 나를 절대 찾지 못하게 될 것이라는 현실은 가슴에 얹어 놓은 돌덩이처럼 나를 한없이 짓눌렀다.

내 머리는 빠르게 회전하며 답을 찾아냈다.

_ 그래. 너 정말 정신 나갔다. 뭐야, 새해까지 못 기다리겠다 이거니? 너는 신비주의가 뭔지도 모르는구나?

내가 그녀를 놀리려고 그런다는 것을 그녀가 알아줬으면 했다. 나는 그녀를 불쾌하게 만들고 싶지는 않았지만 한편으론 나를 찾아보겠다는 그녀의 시도를 단념시키고도 싶었다.

  _ 알아! 나도 대체 그날 내가 무슨 생각으로 거기까지 갔는지 모르겠어. 나도 참, 참을성이 없는 것 같아. 그렇지만 걱정 마! 다신 그런 짓 안 할게. 학교에다 전화해서 거짓말 하는 거 정말 조마조마했거든. 내가 이제는 얌전히 기다릴 거라고 생각하고 있어라. 그나저나 그날 어디 있었어? 브라피에 다니는 남자애들은 모조리 다 센트럴 거리에 와서 점심을 먹는 것 같던데.

드디어 내가 거짓말을 안 해도 되는 질문이었다.

  _ 학교식당에서 먹었어. 우리 엄마는 요즘도 내 도시락을 챙겨 주시거든.

그 대답이 안나에게 제대로 먹혔는지 우리는 가벼운 이야기를 나누며 그 후로 한 시간은 더 채팅을 했다. 그러나 아쉽게도 안나의 부모님이 정하신 인터넷 금지 규칙 때문에 안나는 채팅 방에서 나가야 했다. 그녀는 잘 자라는 인사를 남겼고, 나는 언제나처럼 정말 잘 잤다.

* * *

내가 만약 뛸 수 있는 신체조건을 갖고 있었다면, 나는 그다음
날 아침 학교까지 그렇게 폴짝폴짝 뛰어서 갔을 것이다. 그날 아
침 나는 한참 달콤한 꿈을 꾸고 있었지만 제 시간에 벌떡 잘 일
어났고 뿐만 아니라 식탁 앞에서도 살짝 익힌 달걀 프라이 두 개,
몇 쪽의 소시지, 그리고 한 잔의 오렌지 주스뿐인 아침 식사로도
식욕을 잘 억눌렀다.

나는 능력이 안 되니 펄쩍펄쩍 뛸 수는 없어서, 휘파람을 불며
주차장에서 사물함까지 걸어가다가 중간에 있는 밴드부 연습실
에 고개를 들이밀었다. 나의 휘파람 소리는 고음에서 야유 소리
같은 저음까지 넘나들었다. 그 날카로운 음을 듣고 교수님이 놀라
는 눈치였다. 그는 레코드가 놓인 선반 앞에서 멈칫 하더니 악보
대 앞에서 넘어지지 않으려 얼른 뒤꿈치에 힘을 실으며 돌아섰다.

"좋아 보이시네요, 교수님!"

"버터! 너 그 날카로운 소리에 내가 좀 놀랐다. 내가 균형을 잃
고 넘어질 뻔했다. 그거 완전히 폐에 힘이 실린 소리구나. 그 힘

있는 소리를 좀 더 좋은 곳에 쓰지 않다니 안타까운 일이다."

"저 요즘, 매일 밤마다 연주하고 있는데요."

"누구 들려주려고? 네 방 밖에서 우는 귀뚜라미 들으라고 연주하니?"

"빙고! 제가 졌네요!"

나는 한쪽 눈으로 찡긋 윙크를 하며 돌아서 나오려 했다.

"버터, 잠깐 기다려라. 다음 학기 수업에 관해서 이야기를 좀 했으면 싶은데."

"네, 교수님께서 이야기하고 싶어 하신다는 거 잘 알아요."

나는 어깨 너머로 고개를 새침하게 돌렸다.

"왜요? 제가 가 버릴 줄 아셨어요?"

나는 교수님을 불쾌하게 할 의도가 없었음을 보여 드리려고 교수님이 좋아하는 디지 길레스피의 곡을 몇 소절 휘파람으로 불며 자리를 떴다. 그 휘파람 소리를 교실로 갈 때까지도 계속 불었다.

첫 번째 수업 시간은 안나가 손가락을 꼼지락거리지 않는다면 집중이 훨씬 쉽다. 그녀는 꼼짝 않고 앉아 있었고 그녀의 머리카락은 한 올 한 올 실에 꿴 구슬 마냥 똑바로 가다듬어져 있었다. 그녀는 다리를 꼬는 대신 마치 요가를 하는 듯한 자세로 두 다리를 허벅지 아래에 두고 있었다. 그 자세는 그녀의 반바지를 더 들어 올려서 그녀의 허벅지가 다 드러나 보이게 했다.

"에헴."

어느새 곁에 와서 서 계신 선생님의 헛기침 소리에 나는 정신이 번쩍 들었다. 아마도 결국 그 이후로는 수업에 집중을 하기가 쉽지 않았던 것 같다.

"질문을 다시 한 번 들려주시겠어요?"

나는 이틀 연속으로 당황하여 선생님께 요청했던 것이다.

"난, 그저 네가 집중을 하고 있냐고 물어봤는데."

그녀는 재빨리 말했다.

"그리고, 고맙구나, 네가 답을 해주어서."

나는 공간만 있다면, 2인용으로 특별 제작된 내 책상 밑으로 쑥 꺼져 버리고 싶었지만 그 책상도 이미 내 몸에는 꽉 끼었으니 어찌해 볼 도리가 없었다. 선생님께서 책상 사이로 흔들흔들 걷고 계실 때, 내 눈은 다시 안나에게로 옮겨 갔고 마치 푸른 색깔의 색유리에서 나오는 것 같은 섬광을 보았다. 그녀가 바로 나를 쳐다보고 있는 것이었다. 아마 그때는 교실 안에 있던 모든 학생들이 나를 쳐다보고 있었을 테지만, 그 맑게 빛나는 푸른 두 눈과 마주치는 다음 순간 다른 모든 배경들은 내 시야에서 사라졌다. 나는 주체를 할 수가 없었다. 그저 미소를 지어 보였다. 나의 마음속에 자리한 여신 안나는 그 순간 내게 미소로 답하거나 그 당황스런 순간에 나와 공감을 하며 겸연쩍게 씩 웃었을지도 모른다. 그러나 이 현실의 안나는 나의 존재를 알지 못했다. 그래서 자신을 향해 미소를 짓는 내게 그녀는 황당하다는 듯 입 꼬리를 샐쭉 올려 보이고는 바로 고개를 돌리더니 이내 수업에 다시 집중했다.

교실 앞쪽으로 가신 선생님은 나를 다시 한 번 부르셨다.

"그리고 말이다. 휘파람 좀 고만 불어라."

나는 내가 휘파람 소리를 내고 있는 줄도 몰랐는데, 내 입이 휘파람 불 때처럼 잔뜩 오므리고 있던 걸로 미루어 분명히 소리를 내고 있던 모양이다. 나는 얼른 중단하고는 그날은 휘파람을 다시 불지 않았다.

뭐, 그래도 상관없다. 왜냐면, 어쨌거나 그날은 휘파람을 불 일도 생기지 않았으니 말이다.

내 이름은 버터

5장

마치 악몽에서 나쁜 일들이 일어나듯 학교식당에서 모든 일이 무너지고 말았다. 나는 평소처럼 뒤쪽 자리에 기다란 테이블에서 엄마가 싸 주신 아이스박스를 끼고 혼자 점심 식사를 시작했다. 내가 차가운 소고기 샌드위치를 한 반쯤 먹었을 때 모든 일이 엉망이 되었다.

안나는 제니를 포함한 자신들의 무리의 소녀들과 함께 늘 앉는 자리에 앉았고, 나는 곁눈질로 그녀를 지켜보고 있었다. 그때 학생식당 끝에 있었던 그 아이들의 움직임이 내 눈에 들어왔다. 자리에서 일어서면서 연필로 고정시킨 머리를 틀어 올리고 있는 애는 안나였다. 그 순간 뭔가 잘못되었다. 그녀는 한쪽 손으로 말아 올린 머리 사이에 연필을 꽂으려다 자신의 머리를 거의 세 번이

나 찌를 뻗하더니 다른 쪽 손으로는 손가락 하나를 세우고는 마치 찌르기라도 할 듯 자신이 하는 말마다 강조를 하며 큰 몸짓을 하고 있었다. 나는 그 하나의 손가락이 제니의 얼굴로 향해 움직이는 것을 보았다. 오, 이런! 여자애들이 싸우기 시작했다. 식당 안에 있던 다른 남학생들도 싸움 소리가 나는 곳으로 고개를 돌렸다. 그 여자아이들 가까이 앉아 있었던 아이들이 편을 들기 시작하는 것을 보니 분명히 여자애들 말을 듣고 있었던 것 같다.

"저런 계집애는 받아주고 같이 다닐 필요 없어, 제니!"

"오, 제기랄, 안나! 나는 네가 그렇게 욕을 잘 하는지 몰랐는 걸!"

"오, 안나는 맘만 먹으면 언제든 나한테도 저런 욕을 해댈걸."

나는 그 소녀들의 싸움에서 시선을 떼고 대체 어떤 자식이 나의 여신에 대해 함부로 지껄이는지 쳐다보았다. 그 개자식이 맞는 것 같았다. 제레미 스트롱이 두 개의 의자 다리로 균형을 잡으며 작은 플라스틱 의자에 떡하니 등을 기대고 삐딱하게 앉아 있었다. 힐끔거리며 안나를 쳐다보는 그 녀석의 음흉한 눈빛을 보고 나는 온몸에 열이 확 끓어올랐다. 1학년 때 처음으로 안나가 금발 머리를 만들려다가 노랑머리가 되어 다닐 때, 그 녀석은 자신이 안나를 보고 "안나 바나나"라 놀려댔던 사실을 까맣게 잊고 있었음이 틀림없다.

나는 모두 기억하고 있었다. 그 이름이 애들 사이에서 유행해서 약 한 달 정도는 그녀를 따라다녔다. 한 번은 제레미가 자신이 어떻게 바나나 껍질을 벗겨 먹는지 그리고 안나가 그녀의 숨겨진 진상을 더욱 강조한 것은 아닌지 알고 싶다는 아주 특히 역겨운 발언을 하고 난 후 안나가 눈물을 터뜨리며 2교시 동안 화장실에 숨어 있던 것을 나는 보았다. 그러한 모욕적인 언사는 자기주장이 강한 안나의 친구들 사이에 큰 파장을 가져 올 뻔했다. 그러나 오히려 안나는 부드럽게 대처했고 그 일이 조용히 수면 아래로 가라앉도록 했다. 나는 그 기분이 어떤 것인지, 그리고 몇 마디의 말이 어떻게 사람의 몸까지 아프게 만들 수 있는지 잘 알고 있었다. 그러면서 나는 당시 내가 안나와 뭔가 공통점을 갖고 있다는 생각을 했던 기억이 난다. 나는 그때부터 그녀에 대해 더 알고 싶어졌다.

　아마도 제레미는 잔인한 별명을 짓는 데는 일가견이 있었던 것 같다. 빌어먹을 제레미 녀석은 내 별명까지도 지어 주었다. 그런데 안나와는 달리 내 별명은 쉽게 지워지지 않고 지금까지도 내게 들러 붙어 있다.

　두 개의 의자 다리로 삐딱하게 균형을 잡고 앉아 있던 제레미는 쿵 하는 소리를 내며 네 개의 의자 다리가 모두 바닥에 닿도록 원위치시키며 잽싸게 일어섰다. 나는 그 애가 왜 갑자기 일어섰는지 고개를 빼고 쳐다보았다. 자리에서 일어선 안나가 무작정 식당 입구를 향해 저벅저벅 걸어가고 있었고 제레미는 그녀를 막아서려고 따라 일어선 것이었다.

그 순간 내가 무슨 생각에 그런 행동을 했는지 모르겠지만, 나도 순간적으로 벌떡 일어섰고 식당 구석 쪽에 있던 안나와 제레미를 향해 뒤뚱거리며 걸어갔다. 웬만한 십대들은 암묵적으로 그 상황은 끼어들 자리가 아님을 알고 있었을 것이다. 나는 너무 급하게 몸을 움직이는 바람에 가슴은 두방망이질을 쳐댔고, 숨이 턱에 닿았지만—그렇게 날쌔진 못했다— 이미 제레미가 안나의 팔을 잡으려 손을 뻗고 있었다.

"안나!"

마치 시간이 멈추어 버린 것 같았다. 물론 식당 안에 있던 모든 아이들이 조용히 있었다는 말은 아니다. 주방 안쪽에서 그릇끼리 부딪히는 '쩽그랑' 소리, 물건을 내려놓는 '쿵' 소리가 들려왔고, 음료와 스낵 자판기에서 나는 소리, 그리고 거의 잘 들리지는 않았지만 아이들이 가방에서 도시락을 꺼내고 담는 소리도 있었다. 그러나 안나를 부르는 쩌렁쩌렁한 내 목소리에 반응이라도 하듯 모든 것이 일순간에 쥐 죽은 듯 멈추어 버렸다. 교수님 말씀이 옳았다. 나는 정말 굉장한 폐활량을 가지고 있는 것이 분명했다.

나는 그 자리에 얼어붙었다. 무슨 행동인가 해야만 했는데, 그

　　　　　내 이름은 버터

런데 그 순간 대체 내가 무슨 목적으로 그녀의 이름을 그렇게 우렁차게 불러댔는지 알 수가 없었다. 방금 전에 그 얼간이 같은 제레미 녀석이 안나에게 막 손을 뻗치려 했는데, 그런데 바로 다음 순간 식당 안에 있던 아이들은 저 거구가 뭘 어쩌려고 저러나 하는 표정을 한 채, 모두 나만 쳐다보고 있는 게 아닌가.

"나는…… 난-나-나-나는."

"야, 이 자식아! 말을 하라고, 말을!"

제레미랑 한 테이블에 앉아 있던 녀석이 버럭 고함을 질렀다. 그의 말은 내게 가혹하게 들리기보다는 그 아이뿐 아니라 다른 모든 아이들이 내가 하려던 말을 너무 듣고 싶어 하는 것처럼 간절한 느낌으로 다가왔다. 뚱뚱이 거구의 입을 열게 하는 게 뭐 그리 중요한 일이었겠는가? 사실, 내가 말을 안 하고 생활을 한 것은 아니었다. 나는 교수님과도 말을 했고, 다른 선생님들, 빈 박사님, 우리 엄마 그리고 우리 집에 오는 우편배달부와도 말을 잘 했다. 단지 학교에서 애들 앞에서는 말을 거의 하지 않았을 뿐이다. 그런데 그 아이들이 내 말 한마디 한마디에 귀를 기울이며 내가 한 단어라도 뱉기를 기다리며 귀를 쫑긋 세우고 있는 것이었다.

"어, 저…… 나는 그냥, 네가 괜찮은가 싶어서."

나는 안나에게 직접 말을 했다. 그 순간 식당 끝 쪽에 있던 그녀에게 내 말이 들리지 말았어야 마땅하다. 그런데, 그 완전한 정적은 나의 목소리를 멀리 그녀가 있는 곳까지 정확히 실어 날랐나 보다.

내 목소리를 들은 그녀는 나를 빤히 쳐다보는데, 놀랐는지 그녀의 입이 떡 벌어졌다.

나는 그 끔찍한 침묵의 시간을 메꾸기 위해 무슨 말인가를 계속 했어야 했다. 정말로, 평소에는 그렇게 시끄럽던 그 빌어먹을 자판기들도 왜 그렇게 조용하담?

"너, 괜찮은 거니?"

아이들의 고개가 마치 하나가 되어 움직이듯 일제히 안나를 향해 돌아갔다. 그녀는 아이들의 시선을 느꼈는지 더 꼿꼿하게 서 있으려 했다. 그녀는 벌어진 입을 다물더니 머리에 꽂은 연필을 손으로 만지작거리면서 말했다.

"음, 내가 괜찮냐고?"

그녀는 딱 이렇게 의문부호를 붙여서 끝을 올려 의문문으로 말했다. 나는 식당에 있던 다른 애들도 그 문장의 끝이 올라간 걸 들었는지 궁금했다. 그녀의 말은 "응, 괜찮아"가 아니라 "너, 뭐니, 대체 뭐하는 앤데, 왜 내 일에 궁금해하는 거니?"라고 말하고 있는 거였다.

"알았어, 그래. 음……." 내가 말했다.

"그게 다야? 대체, 뭐 하자는 거야?"

제기랄. 제레미 테이블에 같이 앉아 있던 아까 그 녀석의 입에서 나온 말이었다.

"그녀는 아무렇지 않아, 버터." 제레미가 안나를 팔로 감싸 안았다. 그 손길은 그녀를 보호하기보다는 오히려 이용해 먹으려는 것 같아 보였다. 나는 온몸에 스멀스멀 소름이 돋았다.

"야, 임마. 너는 다시 뒤뚱뒤뚱 걸어서 저기 뒤쪽에 거구들을 위한 특별석으로 돌아가는 게 어떻겠어?"

몇몇 아이들의 입에서 '헉' 하는 소리가 들려왔다. 너는 병적으로 비만인 학생에게 그렇게 말하면 안 되는 거였는데. 그건 아무리 형편없는 고등학교의 규범을 근거로 한다 해도 아주 부적절한 발언이었다. 그래도 안나가 아무런 반응을 보이지 않았더라면, 나는 아마도 움찔도 하지 않았을 것이다. 안나는 주변의 여느 애들처럼 '헉' 소리를 내지도 비웃지도 않았고, 또 나를 대변하려 자리에서 벌떡 일어서는 등의 전형적인 반응을 보이지는 않았다. 그녀는 단순히 얼굴을 붉히며 바닥을 응시했다.

그녀는 내 입장을 생각하며 당황스러워하고 있다.

그 사실은 나를 발끈하게 만들었다. 나는 안나에게 동정을 받고 싶었던 것은 아니었다. 사실, 그 순간 내가 그녀에게 바랐던 것은 아무것도 없었다. 그녀는 아무런 말도 하지 못할 만큼 그리고 누구의 편도 들어 주지 못할 만큼 혹은 내 얼굴을 바로 쳐다보지도 못할 만큼 마음이 약했다. 내가 **그녀**를 위해 이런 난처한 상황에 처해 있음을, **그녀** 때문에 제레미에게 괴롭힘을 당하고 있음을, 그리고 **그녀**만이 그 상황을 해소할 수 있는 사람이라는 것을 그녀가 꼭 알아주기를 바라지는 않았다. 아니, 정말 몰랐나 보다. 그녀는 그저 바닥을 향해 고개를 푹 숙이더니 마치 아무 일도 일어나지 않은 척을 했다.

내가 아주 근사하게 그녀를 막 부르려 하던 그 순간 축축하고 지저분한 것이 내 뺨에 날아들었다. 내 볼을 타고 가슴으로 흘러내리는 그것이 무슨 물건인지 굳이 쳐다볼 필요도 없었다. 내가 알고 있던 한 가지는 그게 음식일 거라는 거였다. 그리고 내 얼굴에 와 닿았던 그 물건은 정확히 음식이었다.

오, 세상에. 맙소사. 그들이 내게 음식을 던진 것이다. 그들은 계속해서 토마토와 양상추 그리고 과일을 집어 들어 마치 내가 옛날 서커스단의 형편없는 어릿광대인 양 나를 향해 던지려 하고 있었다. 그들이 다시 음식을 던지려 한다는 것을 감지하는 순간 나는 분노와 두려움으로 거의 온몸을 부들부들 떨기 시작했다. 그러나 이번에는 액체였다. 움켜쥔 내 주먹 위로 눅진한 것이 뚝뚝 흘러내리고 있었다. 나는 어리둥절해하며 나의 왼손을 쳐다봤다. 움켜쥔 내 손가락 사이에 들려있던 소고기 샌드위치에서 흘러나온 머스타드 소스로 범벅이 되어 있었다. 나는 벌떡 일어서

내 이름은 버터

는 순간에 먹고 있던 샌드위치를 손에 쥐고 있었다는 사실을 깨닫지 못했던 것이다.

그제서야 상황이 이해되기 시작했다. 나는 마지막으로 혹시나 하는 마음으로 내 셔츠를 내려다보고는 모든 걸 확인할 수 있었다. 내 얼굴을 때린 것은 엄마가 싸 주신 소고기 샌드위치에서 나온 소고기 덩어리였다. 그건 아마도 비겁하게 아무 일 없는 척 하는 안나에게 화가 나서 들고 있던 샌드위치를 쥐어짜는 바람에 툭 튀어나왔던 것 같다.

내가 내 얼굴에 음식을 던진 것이었다.

"으휴." 내 팔꿈치 뒤쪽에서 들리는 작은 소리가 나의 주의를 끌었다. 그 소리는 작은 체구에 날카롭게 생긴 한 여자애가 낸 소리였다. 그녀는 뼈만 앙상하게 드러난 한쪽 팔을 마치 뭐에 전염이라도 된 것 마냥 쳐들고 있었다. 딱 보일 만큼 내 눈 앞에 뻗쳐들고 있는 그녀의 팔을 쳐다보았다. 다른 샌드위치 조각에 발라 있던 머스타드 소스를 내가 어쩌다 그녀의 팔에 튀긴 모양이다.

나는 미안하다는 말조차 할 수가 없었다. 나는 안나에게도, 제레미한테도 그리고 내가 소스를 뿌린 그 깡마른 여자아이에게도 단 한마디도 할 수가 없었다. 나는 그냥 그 자리를 벗어나야만 했다. 나는 무작정 앞으로 나아갔다. 출구로 나가는 가장 빠른 길은 안나와 제레미를 뚫고 지나가는 것이었고, 그리고 그 길이 의자

나 테이블에 걸리지 않고 탈출할 수 있는 유일하게 넉넉한 통로였다.

내가 뒤뚱거리며 처음 몇 걸음을 떼자 근처에 있던 몇몇 테이블에서 분위기를 환기시키려는 웃음소리가 들려왔다. 좋아, 계속해. 계속 좀 떠들어 주라고. 어떤 소리라도 좀 내줘. 그 숨 막히는 침묵 좀 거두어 주라. 내가 안나와 제레미가 있는 쪽으로 걸어가자 아이들이 다시 점심을 먹기 시작했고 하던 일을 계속 하면서 소음이 점차 회복되었다. 바로 그때 한 목소리가 그 소음에 더해졌다.

제레미가 있던 테이블에서 나는 그 소리—걔 이름이 뭐더라? 트렌드?—가 계속 되고 있었다. 그는 커다란 목소리로 경쟁 학교와 치를 미식축구 경기에 관하여 떠들어 대고 있었다. 그러나 모든 아이들이 내가 벌인 일을 잊고 다시 하던 일로 돌아간 것은 아니었다. 그 다음 들려오는 목소리는 제레미의 것이었다. 그는 또 다른 소란을 부르지 않도록 부드럽게 말했지만 분명히 그의 친구들이나 안나의 친구들이 들을 수 있을 만큼 큰 소리로 말했다.

"새로운 남자친구가 생긴 거니, 안나? 나는 네가 저렇게 덩치 큰 애들을 좋아하는 줄은 전혀 몰랐네. 근데, 아주 멋진걸. 나는 이제 영계들이나 데리고 놀아야겠다. 근데, 조심해라. 저 덩치가 널 깔아뭉개기라도 하면 어쩌니, 허? 너 혹시 질식사하고 싶은 건 아니겠지!"

제레미가 미리 계획하고 짜 맞추기라도 한 것처럼 바로 그 순간 나는 얼굴을 붉히며 아무것도 못 들은 척 그 녀석 옆을 지나가고 있었고, 그 녀석은 손을 뻗더니 내 셔츠에 묻은 소고기 조각을 툭 털어내며 말했다. "아니면 더럽혀질지도 모르겠구나, 안나."

나는 성큼성큼 걷던 발걸음을 멈출 수도 없었다. 나는 그저 식당 바깥으로 나가는 이중문에만 온 신경을 집중시키며 무슨 말들이 들려도 신경을 안 썼다. 나는 탄산음료 자판기에서 나는 소리, 과자 봉지 여는 바스락거리는 소리, 그리고 자신들이 하던 대화로 다시 돌아가서 아이들이 내는 커다란 웃음소리를 그냥 즐겼다. 모든 소리가 근사한 교향곡과 어우러지는 새로운 악기 소리 같았다. 나는 내게 쏟아지는 그 모든 소리들을 그냥 온몸으로 맞으며 문까지 걸어갔고 그리고는 기쁨에 겨워하며 침묵 속에 잠긴 그 복도 너머로 탈출을 했다. 움켜쥔 내 손에는 여전히 샌드위치가 들려 있었다.

6장

"속을 꽉 채운 빅 마이크 버거 두 개, 달콤한 감자튀김 2인분, 초콜릿-체리맛 쉐이크, 그리고 애플 파이 하나요."

"그게 전부입니까?"

아뇨, 물론 아니죠. 이 가게에서는 그 만큼만 먹을 거예요.

"네."

"17달러 72센트입니다. 한쪽으로 빼주세요."

나는 음식 값을 지불하고는 그늘진 장소에 내 BMW를 주차할 곳을 찾았다. 내가 깊은 숨을 들이 마시려 할 때 라디오에서 찰리 파커의 연주가 흘러나왔다. 햄버거 두 개, 감자튀김 2인분, 그리고 디저트, 나는 다 먹고 남은 빈 포장 용기들을 옆 좌석으로 밀어 두었다. 내가 먹은 음식 맛이 어떠했는지 생각나지 않았다. 나는 이제 식욕을 돋우는 멕시코 음식을 먹기로 했다. 내가 제일 좋아하는 타코 체인을 향해서 나의 애마 BMW를 몰았다.

나는 5교시에 있는 역사 시간에 들어가야 했다. 그러나 학교 식당을 벗어나서도 멈추지 않고 계속 걸어갔다. 우리 교실을 지나고 사물함을 거쳐 내 차가 있는 곳까지 곧장 가면서 주머니에서 자동차 열쇠를 꺼냈다. 그러면서 전날 안나가 수업을 빼먹었던 사실을 떠올리며 나름 꽤 괜찮은 아이디어였던 것 같다는 생각을 했다. 나의 온몸에서 새로운 에너지가 막 샘솟는 것 같은 기분이 들었다. 완전한 자유—내가 원하는 곳은 어디든 갈 수 있고, 하고 싶은 것은 다 할 수 있는—를 얻은 것이었다.

나는 자동차 엔진 속도를 올리며 학교 주차장을 빠져나갔다. 그러나 주차장을 벗어나자마자 나는 길을 잃었다. 시계는 오후 12시 30분을 가리키고 있고, 나는 대체 어디로 가야 한단 말인가? 집으로? 집은 아닌 것 같다. 엄마가 집에 계실 테고 내가 왜 수업을 빼졌는지 물어보실 거다. 터커네 집? 터커는 홈스쿨링을 하고 있고, 엄마들끼리 서로 잘 모르니까 우리 집에 전화를 해서 엄마한테 일러바칠 것 같지는 않았다. 그러나 살이 쪽 빠져 버린 터커의 얼굴을 떠올리니 그냥 드라이브스루(차에 탄 채로 이용할 수 있는 식당)나 가야겠다 싶었다.

나는 지금 이미 두 번째 드라이브스루에 와 있다. 계산대 직원

은 나의 체구와 먹고 남은 음식 봉지들을 보고는 일순간 멈칫했
다. 그리고 내게 잔돈을 거슬러 주고는 황급히 내 눈길을 피했다.
타코는 버거보다 더 허기를 느끼게 했다. 그래서 나는 기름이 좌
르르 흐르는 치킨점으로 이동을 했다.

내 위는 더욱 세차게 꼬르륵거리며 요동을 치고 있었다.

나는 데리야끼 테이크아웃 식당으로 가는 도중에 치킨 랩을 하
나 더 사 먹었고, 감자튀김은 주차를 하고나서 먹으려 남겨 두었
다. 나는 마지막 남은 한 톨의 밥알까지도 싹싹 긁어 먹고 난 후,
그 빈 그릇은 아까 먹고 쌓인 빈 컵들, 타코 쌌던 종이 그리고 버
거 포장용기들 위로 던졌다.

더는 허기는 느껴지지 않았지만 너무 배가 불렀다. 한 입씩 베
어 물 때마다 다 토해 내고 싶은 생각도 들었다.

그런데 마치 그 기분을 당장 증명이라도 하듯이, 갑자기 뱃속
에 있던 내용물이 확 목구멍으로 쏠려 올라오는 느낌이 나서 나
는 자동차의 문을 간신히 열었다. 바로 그 순간 미처 어찌해볼 틈
도 없이 내가 먹었던 모든 패스트푸드들이 악령이 빠져나오듯 솟
구치며 쏟아져 나왔다. 씹어서 위로 내려보낼 때보다 내용물을
토해낼 때 그 음식물의 맛이 더 느껴지는 것 같았다. 한바탕 토해
내고 나니 깨끗해진 느낌이 들며 심지어 기분이 고조되기도 해서
식욕 이상 항진증(폭식을 하고 토해내기를 반복하는 증세)의 유혹에

빠질 것도 같았다. 그러나 곧이어 느껴지는 그 시큼한 맛이 이런 생각을 싹 지워 버렸다.

그 애들은 내가 오늘 학교식당에서 한편의 쇼를 벌였다고 생각들을 하겠지? 그 애들이 이 장면을 봤다면 어떨까? 진짜 그 애들에게는 볼 만한 광경이겠지? 나는 두 눈을 꼭 감아 버렸다. 마치 그렇게 하면 내 머릿속에 떠오르는 나를 응시하고 있던 그 수많은 얼굴들을 지워 버릴 수 있기라도 한 것처럼 말이다. 사람들은 남들이 자신을 쳐다봐 주길 바라는 그런 시선으로 다른 사람들을 바라보지는 않는다. 네가 잘 나가는 밴드부에서 색소폰이라도 불고하면 너의 학급 친구들이 너를 존경의 눈빛으로 바라봐 줄 것이라고 꿈꾸지만, 그들은 그저 너를 동정의 눈빛으로 볼 뿐이다. 너는 너희 아빠가 칭찬의 눈빛으로 너를 바라봐 주기를 꿈꾸지만, 네 아빠의 얼굴에는 실망의 빛만이 역력하다. 너는 그 소녀가 너를 사랑의 눈빛으로 바라봐 주기를 희망하지만, 그 소녀는 네게서 완전히 멀어진 것처럼 보인다.

나는 학교식당에서의 대치 상황에서 안나가 보였던 반응의 의미를 알 수 없어 혼란스러웠다. 나의 여신 안나는 모든 일에 대하여 자신만의 생각을 갖고 있으며 절대 자신의 감정을 숨기지 않는 사람이다. 그리고 나의 여신 안나는 그렇게 나의 시선을 외면해 버리고 제레미 스트롱이 자신의 역성을 들도록 내버려 두지 않을 사람이다. 그날 밤 온라인에서 채팅을 하며 낮에 일어난 사건에 대한 안나의 생각을 들어보기로 마음먹었다.

그렇게 결심을 하고나자 또 다른 드라이브스루에 들르는 대신 해야 할 일이 떠올랐다. 나는 형편없이 망가졌던 내 모습을 마음 한 구석에 묻어두고 차 문을 힘껏 닫고는 집을 향해 차를 몰았다.

나는 엔진을 끄고 4개의 차고 문 가운데 한쪽에 차를 갖다 댔다. 나는 아주 최대한 소리가 나지 않도록 차에서 빠져나와 살살 현관문을 열었다. 문을 밀어 닫으면서도 거의 소리가 나지 않았다. 그러나 걸음을 뗄 때마다 내 몸무게에 눌려 나는 삐거덕거리는 소리는 막을 수가 없었다. 바짝 긴장을 하고 한 반쯤 오르는데 계단 발치에서 들려오는 엄마의 목소리에 나는 화들짝 놀랐다.

"집에는 이 시간에 웬일이니?"

나는 계속 걸음을 옮겨 계단을 올라갔다.

나를 따라 올라오는 엄마의 발자국 소리가 들렸다. 물론 엄마의 작은 체구가 움직일 때는 삐거덕거리는 소리는 나지 않았다.

"별일 없는 거니? 너 괜찮니?"

나는 엄마의 질문을 받아줄 만한 상태가 아니었다. 나도 나를 어찌지 못하는 상황에서 내가 어떻게 엄마 마음까지 편안하게 배려를 해드릴 수 있겠는가? 엄마가 내 방의 문손잡이를 잡아당기기 전에 나는 얼른 방 안으로 들어가 문을 걸어 잠갔다.

"너, 어디 아픈 거니?" 엄마가 방문을 향해 반복해서 물었다.

나는 괜찮다는 답을 드리려 색소폰을 집어 들고 몇 소절 불었다. 그건 내가 기분이 가라앉을 때마다 부는 곡이었다. 엄마는 내가 혼자만의 시간을 필요로 한다는 것을 눈치챘을 것이다. 효과가 있었던 모양이다. 엄마는 별다른 말씀이 없었다. 그러나 내가 아는 우리 엄마는 아마도 복도 끝에 서서 내가 불던 연주곡을 마칠 때까지 듣고 있다가 새 곡을 연주하는 것을 듣고서야 자리를 떴을 것이다.

30분쯤 지나자 조심스럽게 문을 두드리는 엄마의 노크 소리가 들려왔다. 나는 대답 대신 색소폰은 내려놓았다. 나도 피곤해서 그만 불고 싶기도 했다.

"학교에 전화했다." 엄마가 말했다. "오늘은 네가 몸이 안 좋다고 설명했고, 다음부터는 무단으로 학교를 벗어나기 전에 양호교사를 먼저 찾아갈 거라고 말해 두었다."

엄마는 나한테 화를 내야 마땅한 상황인데. 이 정도면 외출금지나 뭐 그런 벌을 받을 상황인데…….

"뭐 좀 쉬고 싶으면 말해. 간식 만들어 놨다."

당연하지, 간식.

나는 가끔 우리 엄마가 병원에서 죽어가는 사람을 치료하는 의사 선생님 같다는 상상을 한다. 그 의사에게는 그 환자의 목숨을 구할 방도가 하나도 남아 있지 않다. 그렇지만 그는 그 환자를 위로는 해 줄 수 있는 그런 의사 말이다. 아마도 엄마는 내가 어디를 돌아다니다 왔는지 나보다 훨씬 잘 알고 있을 테지만 그저 나를 위로해 주려 하고 있었다.

"우리 아가, 엄마 말하는 것 들었니? 너를 위해 간식 준비해 두었다고."

위로의 음식.

나는 알아들었다는 응답으로 크지만 저음으로 색소폰을 한 번 불었다.

"그냥, 사과 몇 개야." 엄마의 목소리는 작았다. 이번만큼은 음식이 잘못된 처방임을 엄마가 아는 것 같다.

나는 내가 좋아하는 대형 밴드의 시끌벅적한 전주곡에서 나오는 음을 두 개 더 불어댔다.

"그냥, 여기 문 밖에 두고 갈게. 배고프면 먹어." 그리고 다시 내려갔다.

나는 문 밖에 놓인 접시 위에 담긴 음식을 그려 보았다. 마치 그것은 굶주린 수감자의 감방 창살 앞에 놓인 음식 같았다. 그 이미지는 내 안에서 희미한 빛을 발하는 어떤 한 생각을 자극시켰다. 그러나 나는 그 생각을 내 색소폰과 함께 잠시 한쪽에 치워 두었다. 엄마의 말씀은 옳았다. 나는 휴식이 필요했다. 그리고 이

시간쯤이면 안나는 집에 와 있을 것이다.

나는 학교식당에서 안나와 있었던 일을 생각하며 마음을 단단히 먹고 노트북 컴퓨터 앞에 앉았다. 그녀는 분명히 J.P.에게 그 모든 일을 말하고 싶어서 안달이 나 있을 것이다.

내 예상은 옳았다. 사이트에 로그인을 하자마자 안나가 들어와 있는 것이 보였다. 그녀는 학교식당에서 자신에게 일어났던 드라마를 모두 내게 알려 주려고 딱 준비를 하고 있다가 제니와 다투었던 일부터 시작을 했다. 그들은 웹사이트의 알림 항목에서 스카츠데일 고등학교 학생들을 "가장 백만장자가 될 것 같은 사람" 또는 "가장 의사가 될 것 같은 사람"으로 묘사한 글에 관해 옥신각신한 것 같았다. 스트립 쇼 댄서가 되든, 사기꾼이 되든, 설령 멧돼지가 된다 한들 대체 누가 신경을 쓰겠는가? 그딴 목록 따위는 집어치우고 그 뚱뚱한 애가 널 따라갔던 부분으로 빨리 좀 넘어가 보란 말이다!

내 마음을 알 턱이 없는 안나는 흥분을 해서 제니와 주고받았던 얘기들을 미주알고주알 그대로 인용을 하여 모두 타이핑을 하고 있었다. 안나는 '가장 꿈같은 삶을 살게 될 것 같은 사람'에 1위를 했고, 제니는 '가장 이혼—그것도, 두 번 이상의 이혼—을 하게 될 것 같은 사람'이라는 항목에 뽑혔다. 하여튼 이런 사실 때문에 제니가 안나에게 나쁜 계집애라고 하며, 작년 여름 컨츄

리 클럽에서 안나가 구조요원을 꼬셨다는 얘기를 지어냈다고 했
다. 지어냈다는 것은 적어도 안나의 주장에 의한 것이다. 그게 사
실이라 해도 나는 알고 싶지 않았다. 사실, 나는 그 얘기도 혹은
다른 항목들에 관한 이야기도 관심이 없었다.

드디어 내가 듣고 싶었던 그 이야기에 관한 메시지가 올라왔다.

_ 그래서 나는 제니에게 지옥으로 꺼져 버리라고 말하며 가 버리려고
했거든. 그런데. 우리 학교에 완전 거구인 애가 있는데 글쎄. 그 애
가 딱 멈춰서더니 나한테 괜찮냐고 물어보는 바람에 일종의 '장면'
이 만들어진 거야. 그러니 모든 애들이 일제히 나를 쳐다봤어. 너무,
너무 창피했어. 어쨌든, 하루 종일 정말 기분 엉망이었어. 그래도 제
니는 나랑 제일 친한 친구니까 수업이 끝나고 내가 화해를 시도했는
데, 자기 차로 쏙 들어가 버리더니 차를 몰고 가 버리는 거야. 이제
는 나랑은 말도 안 섞어. 마치 내가 잘못한 것처럼 굴어. 사과는 그
애가 해야 되는데 말이야.

뭐? 그게 전부야? 난 안중에도 없었구나? 나는 자판을 두드리
기 전에 가까스로 내 생각을 가다듬었다.

_ 오오, 미녀님, 오늘 안 좋은 일이 있었다니 안됐네. 근데 그거 좀 어

내 이름은 버터

이없는 다툼이었다. 그런 목록을 누가 신경이나 쓰니?

그녀의 답에는 약간의 가시가 돋쳐 있었다.

＿ 그래 오직 우리 학교에 있는 모든 애들만 신경 쓰겠지.

그 후로 안나는 잠시 아무 반응이 없었다. 나는 그녀와의 대화
를 계속하기 위해서 그 목록이 올라와 있는 링크를 알려달라고
했다. 그녀는 익명의 학생에 의해서 운영되고 있는 그 블로그의
웹사이트 주소를 보내 주었다. 블로그 대문에는 스카츠데일 고
등학교의 "가장 ~일 것 같은 학생" 투표 결과의 목록이 올라와
있었다. 나는 스크롤을 죽 내려 보다가 안나와 제니의 순위를 확
인했다. 몇몇 투표결과는 내 생각과 일치하기도 했다. 트렌트 우
즈—내 예상이 맞았다. 그 애의 이름이 트렌트였다— 가장 미식
축구 장학금을 탈 것 같은 사람은? 이라는 질문에 그의 이름이
올라있었다. 제레미 스트롱: SAT 시험에서 부정행위를 가장 많이
할 것 같은 사람? 나는 그 항목을 읽고는 얼굴에 웃음이 번지는
것을 참기 어려웠다. 가장 인생에 실패할 것 같은 사람이라면 어
떨까?

내가 안나와의 대화로 다시 돌아가려고 막 그 사이트에서 빠져

나오려는 순간 그 항목 바로 옆에 다른 질문이 내 눈길을 사로잡았다.

가장 심장마비에 걸릴 것 같은 사람은?

맙소사. 거기에는 점심 식탁에 홀로 앉아 음식을 흡입하고 있는 내 모습이 찍힌 작은 사진까지 올라와 있었다. 어떤 멍청한 녀석이 핸드폰으로 그 사진을 찍은 모양이다. 나는 흥분을 가라앉히려 애를 썼다. 내가 먹는 모습을 다른 애들이 쳐다본다는 사실을 알고 있기는 했지만—눈에 안 띨 수가 없으니—그래도 정말 나를 그렇게 지켜보는 줄은 몰랐다.

나는 누가 혹시 자신이 그 사진을 찍었다고 자백이라도 하지 않았을까 해서 댓글이 달린 섹션으로 클릭을 했다.

자백 같은 것은 없었다. 대신 그 부분에는 눈에 띄는 것이 있었다. 몇몇 다른 학교에 다니는 아이들이 그 사이트를 찾아내서 내 사진에 관하여 질문을 달아 놓은 것이다. 알지 못하는 아이들이 달아 놓은 댓글들은 모두 비방으로 넘쳐났지만 스카츠데일 고등학교 학생들의 댓글은 자긍심이라도 느끼는 것 같은 수준이었다.

　_ 나는 한 번은 그 거구가 라지 피자 한 판을 숨도 안 쉬고 단숨에 먹어치우는 것을 본 적이 있다!

　_ 그 애는 장애인 주차장에 주차를 해야 한다. 왜냐면 그냥 걷는 것만

으로도 몸이 지치거든!

_ 내가 장담하건데 그 애 체중이 225킬로는 족히 넘을 거다. 완전 최
  고야!

최고라고? 정말? 그들은 마치 나를 자기들의 마스코트 취급을
하는군. 우리 학교의 거구 괴물은 너네 학교의 괴물쯤은 얼마든
지 먹어치울 수 있다고 자랑이라도 하는 것 같군!
그리고 나는 다음의 글을 읽었다.

_ 그 녀석은 정말 굉장하다. 혹시 그 녀석이 진짜 한 자리에서 버터 한
  통을 다 먹어 치운 거 아니? 내 친구가 그 자리에 있었거든. 그 애가
  전부 다 봤대. 그 녀석이 버터 한 통을 다 먹어 치우고도 토하지도 않
  더래. 그래서 우리 학교 애들은 모두 그 녀석을 버터라고 부르는 거야.

7장

얼굴이 붉게 달아오른다.

그리고 점들이 보인다.

그리고 긴 터널.

아니 뭐든 그건 몹시 화가 났을 때 시야가 흐려지면서 보여지는 그런 것들이었다.

뭐, 버터 한 통? 토하지도 않는다고? 이 무슨 개똥같은 소리란 말인가? 이런 쓰레기 같은 자식들!

실상은 그런 게 아니었단 말이다.

나는 댓글을 단 녀석이 누구인지 이름을 보았다. 누군지 전혀 알 수 없는 이름이었다. 나에 대해 이렇게 말하는 녀석이 대체 누구람? 마치 나를 잘 알기라도 하듯이. 정말 자기 친구가 그 자리

내 이름은 버터

에 있었던 것처럼. 만약 그의 친구가 그 자리에 정말 있었더라면, 나는 장담컨대 절대로 그 친구는 자신이 본 것을 다른 애들에게 옮기지 않았을 것이다. 왜냐면, 대개 사람들은 그런 장면을 봤다고 말하고 싶어 하질 않는다. 그 옆에서 지켜보면서도 도와주지 않았다는 사실을 고백하고 싶어 하지 않는다. 누군가 그런 소문을 퍼뜨렸었다 해도 나는 놀라지 않았을 것 같다. 어쨌든 그들은 매일 아침 거울을 들여다보면서 자기 자신한테라도 그 일을 털어놓았어야 했을 테니 말이다.

나는 안나에게 작별 인사도 없이 컴퓨터를 닫아 버렸다. 나중에라도 내가 인터넷 접속이 중단된 것처럼 하면 그녀가 내 말을 믿어 주길 바랐다. 아니 어쩌면 나는 그녀가 무슨 생각을 하든 상관이 없었는지도 모른다. 그 순간 온통 내가 신경을 집중시키고 있었던 것은 이 댓글을 보면 다른 애들이 대체 무슨 생각을 할 것인가 하는 사실이었다. 그들이 그걸 믿을까? 진짜 무슨 일이 벌어졌었는지 제대로 기억을 하고 있는 애들이 있을까? 그 애들이 관심이나 있을까?

* * *

고등학교 1학년을 앞두고 여름방학을 보내고 있었다. 핏팹 캠프에서 막 돌아와서 한창 고무가 되어 있었다. 그해 여름 체중이 약 7킬로가 감소했기에 나는 계속해서 탄력을 받아서 식이요법도 하고 운동도 하고 싶었다. 그래서 당시 엄마차를 타고 가는 대신 나는 직접 걸어가야겠다고 마음을 먹고 샐러드 스탑에 갔던 일을 분명히 기억한다.

나는 테이크아웃용 접시에 푸른색 야채를 모두 올렸고 색깔의 조화를 위해서 당근과 비트도 담았다. 핏팹 캠프의 상담 선생님은 모든 자연의 색깔은 균형 잡힌 식단에 도움이 된다고 하셨다. 치즈나 크림소스, 크루톤(수프나 샐러드에 넣는, 바삭하게 튀긴 작은 빵 조각)은 건너뛴 채 나는 샐러드를 맛있게 먹을 생각으로 흐뭇해하며 계산대로 걸어갔다. 계산대에서 일을 하고 있던 한 애를 보니 우리 부모님이 내게 아르바이트를 시키지 않은 사실이 참으로 다행스럽게 느껴졌다. 그 불쌍한 애는 핫 핑크색 단추가 달린 형광 빛이 도는 주황색 셔츠 위에 빨강과 흰색의 줄무늬가 있는 앞치마를 두르고 서 있었다. 그는 루이스 삼촌이 늘 실감나게 묘사하던 오래된 회상 장면에나 나오는 그런 사람들 중 하나같이 보였다.

학교에서 그를 본 적이 있는 것 같았다. 그 애의 이름이…… 브라이언인가 하여튼 뭐 그런 이름을 가진 애였다.

"샐러드와 함께 빵 주문하시겠습니까?"

내 이름은 버터

브라이언은 자동적으로 물었다.

음, 빵이라…… 네, 주세요.

"아뇨, 됐어요."

"정말 괜찮으시겠어요? 완전히 부드럽고 따끈따끈하고, 저희가
주방에서 매일 신선하게 구워 내는 빵입니다―."

"제가 원하지 않는다고 말했잖아요."

브라이언은 기계처럼 자동적으로 하던 말을 중단하고 고개를
들어 처음으로 나를 쳐다보았다. 물론 내가 약간 무례하긴 했지
만, 이제 나를 분명히 보았으니 내가 식이요법을 하고 있음을 눈
치 채고 그래서 그 빵에 대해 다소 민감한 반응을 보였음을 알았
을 것이다.

아니! 그는 나를 오히려 더욱 열 받게 했다.

"손님, 정말 빵 한 덩이도 안 드실 건가요? 자, 작은 빵 한 덩어
리 먹는다고 뭐 별일 있겠어요?"

브라이언이 카운터 위로 살짝 구부리더니 갑자기 그의 한 손에
신선한 빵 한 덩어리가 들려 있었다.

"작고 따끈하고 부드럽고 짭짤한 빵 한 덩어리입니다."

"마치 폰섹스 교환원같이 말을 하시네."

그가 곧바로 쏘아 붙였다. "방금 저한테 뭐라고 하셨죠?"

"내 말소리 다 들었잖아요! 됐고, 내가 치를 샐러드 값이 얼마

인지나 말해 줘요."

"당신이 치를 값은 사과예요, 사과부터 하세요!"

"뭐? 사과 같은 소리 하네." 나는 씩씩거렸다. "당신은 모든 손님을 그런 식으로 대하나요? 아니면 뚱뚱한 애들만 전문으로 괴롭히다 온 겁니까?" 나의 목소리가 점점 커지자 사람들이 쳐다보기 시작했다.

브라이언이 손에 들고 있던 빵을 내려놓고는 두 손을 들어 올리는 동작을 했다.

"이보세요. 먼저 퉁명스럽게 화를 내고 막 대한 사람은 그쪽입니다. 그래서 저도 방금 한마디 한 겁니다."

"아, 한마디 하셨다고? 좋아, 그렇다면, 나도 한마디 해주지. 여기 책임자가 누구지? 당신 매니저를 데려와요."

그건 전혀 나답지 않은 행동이었다. 솔직히 나는 가끔 그런 상황을 연출하는 어른들을 보면 상당히 민망해서 보기 불편했었다. 그렇지만 너무 부당하다고 느꼈기에 어쩔 수 없었다. 자, 나는 살도 좀 뺐고, 내 할 일도 잘 했고, 그리고 내 태도도 변화시켰는데 그에 대한 보상이 이렇게 조롱을 당하는 것이란 말인가? 그 더운 여름 동안 병아리 눈물만큼 먹어가며 그 오랜 시간의 운동을 버텼는데 그에 대한 대가가 고작 이런 것이란 말인가? 핏팹 캠프의 상담선생님들은 언제나 삶이 훨씬 근사해질 거라고 말씀을 하셨지만, 그러나 결코 근사해지지 않았다. 캠프를 마치고 집으로 돌아가는 길은 언제나 실망만 가득했다.

"저희 매니저가 지금 쉬는 시간이거든요. 자, 미안하게 됐네요."

"아뇨, 당신은 지금 미안해하지 않아요. 자, 정말 미안한 게 어떤 건지 보여 드리지!"

"어, 브라이언! 별일 없는 거지?" 카운터 뒤쪽에서 제레미 스트롱이 양상추가 담긴 플라스틱 통을 한 팔에 끼고 브라이언 옆으로 나타났다. 브라이언을 보고 어렴풋하게 기억이 났다면, 제레미의 얼굴은 즉시 알아볼 수 있었다. 그와 나는 같은 중학교에 다녔고 그는 나보다 한 학년 위였다. 작년에 내가 8학년으로 올라가고 저 녀석이 다른 고등학교로 진학해서 학교에서 저 머저리 같은 녀석을 더 이상 안 보게 되어서 참 축복이었는데. 그러나 지금 그가 여기에 나타났다. 다음 주면 고등학교가 시작이 되는데 저 녀석 얼굴을 보니 앞으로 어떤 일들이 벌어질지 눈앞에 그려졌다.

제레미는 턱 끝을 나를 향해 치켜세웠다. "뭐, 무슨 문제라도 있나요?" 문제가 있는 것처럼 보이는 상황이기는 했으나, 그렇지만 그의 머리 위에 형광 초록색 그물망이 더 얹혀 있을 뿐 그가 브라이언과 똑같은 옷차림을 하고 있는데, 내가 두려워할 필요가 없었다. 사실, 나는 갑자기 큰 소리로 웃고 있었다. 처음에는 작은 코웃음처럼 시작했는데, 발을 동동 구르고 그러더니 껄껄 터져 나오는 웃음에 숨까지 고르며 몸을 구부리며 웃어댔다.

식당 안에 있던 다른 고객들도 나와 같이 웃기 시작했다. 내 웃음은 전염성이 있다는 소리를 많이 들었었는데, 근데 그게 너무 과할 때는 문제가 될 수도 있다. 한번은 고모할머니의 장례식장에서 자리에 앉아 있던 모든 사람들을 배를 움켜쥐며 웃게 만들기도 했다. 그때 아빠가 정말 화가 단단히 났었다.

단지 나의 전염성 강한 웃음폭탄이 온 식당 안에 있던 사람들을 킥킥 웃게 만들었던 것이 분명하다. 그러나 제레미는 그것이 자신의 책임이라고 생각하는 것 같았다. 그의 얼굴이 내 샐러드 접시 위에 담긴 비트 마냥 붉어져서 형광 초록빛의 그물망 아래로 벌겋게 달아 오른 그의 피부는 정말 심하게 붉게 보였다. 나는 결국 카운터 위에 샐러드 접시를 내려놓고는 터져 나오는 웃음에 숨도 제대로 못 쉬며 입구까지 갔다.

걸어서 집으로 가려 했는데, 숨이 좀 차올라서 엄마한테 전화를 걸어서 태워달라고 하고 샐러드 스탑 뒤쪽의 주차장에서 기다리고 있겠다고 말했다. 벽으로 둘러싸인 그 주차장은 소형차 3대 정도 주차할 공간이 있었는데, 그 중 한 자리 앞에 있는 콘크리트 연석 위에 앉았다. 한 일 분쯤 기다렸을까 싶은데, 그 좁은 공간으로 차 한 대가 들어오는 소리가 들렸다. 와, 정말 빛의 속도로

내 이름은 버터

오시는군! 근데 그건 우리 엄마의 레인지 로버 차량이 아니라 무스탕이었다.

갑자기 몇 개의 문이 동시에 여기저기서 열렸다. 그 무스탕 차량의 운전석과 옆 좌석의 문이 확 열림과 동시에 샐러드 스탑의 뒷문이 열리며 치장 벽토(壁土)에 꽝 부딪혀서 페인트칠과 석고 가루가 미세한 먼지처럼 흩날리며 흘러내렸다. 그들은 내게 얼굴을 분간할 겨를도 주지 않고 너무 빨리 다가왔다. 그 순간에 내가 알아본 것은 패거리 중 네 명이 번쩍거리는 샐러드 스탑의 유니폼을 입고 있었고, 제레미 나이쯤 되어 보이는 다른 두 명의 녀석들은 평상복을 입고 있었다는 것이었다. 그런데 그들은 나에게 덤벼들 태세를 하고 있었다. 그들은 내가 앉아 있던 콘크리트 연석 주위를 틈도 없이 에워싸서 나는 일어설 수도 없었다.

"자, 이제 누가 미안해하게 되는 거지?" 제레미가 화가 잔뜩 난 낮은 어조로 말을 했다. 그가 머리에 쓰고 있던 초록색 그물망은 보이지 않았다.

"아니 이 뚱땡이 머저리가 샐러드 바에는 왜 나타나셔서 이 난리야?" 차에서 아이들 중 한 남자애가 물었다.

"한 가지 값을 치르지 않은 게 있단 말이야." 유니폼을 입고 있던 한 녀석이 호통 치듯 말했다. 그는 다른 애들보다 좀 더 나이 들어 보였는데, 고등학생은 아닌 것 같았다.

"난, 그 음식 사지도 않았어." 나는 말을 하며 내 목소리가 떨리는 것이 부끄럽기도 했다.

"네가 먹으려고 접시에 올렸던 그 야채들을 다시 고대로 제자리에 갖다 둘 수는 없잖아. 안 그래?"

"그럼, 돈을 낼게." 나는 지갑을 뒤졌다.

"야, 이 괴물 같은 녀석아. 우리가 지금 너한테 돈 뜯자고 협박하는 거 아냐." 유니폼을 입은 그 녀석이 불쾌하게 말했다.

"돈은 넣으라고. 도로 지갑에 넣어 둬."

"그럼, 나한테 원하는 게 뭔데?" 내가 물었다.

제레미는 한 발짝 더 다가오며 나를 더욱 꼭꼭 에워쌌다.

"우리가 원하는 것은 네가 브라이언에게 사과를 하는 거야."

"이봐, 나는 거기다 끼워 넣지 마."

제레미의 어깨 너머로 브라이언의 얼굴이 뚜렷하게 보였다. 그는 이 공격적인 애들과는 좀 떨어진 곳에 있었는데 자신의 어깨를 너무 자주 확인을 하며 씰룩거려서 틱이 있는 것처럼 보였다.

"야, 이 자식아, 얘가 널더러 폰섹스 교환원 같다고 했다면서!"

"난, 저 애가 나를 뭐라고 불렀던 신경 안 써. 그러니까 저 애는 나한테 사과 같은 거 할 필요 없어." 그리고는 그는 나를 똑바로 쳐다보았다. "너는, 나한테 빚진 것도, 사과할 일도 없는 거야, 알겠어? 우리 둘 사이의 셈은 이미 다 끝난 거야."

"그렇다면, **나**한테 사과해라!" 제레미가 내 쪽으로 몸을 기울이며 브라이언을 내 시야에서 가려 버렸다.

내 안에서 솟구치는 분개심이 두려움보다 더 컸나 보다. 이 애들은 폭력배도 아니고 그냥 나보다 조금 나이가 더 많은 같은 십 대이고, 몸집은 나보다 훨씬 작을 뿐이라는 생각이 들었다. 자, 똑같이 근수로 따져 보자면 그들 모두를 합치면 얼추 나랑 견줄 만할 것이다. 그 생각은 내 입술에 용기를 불어넣었다.

"나, 너한테 절대 사과 같은 거 안 해." 내가 말했다. "나는 너한테 아무 짓도 안했는데, 너한테 내가 사과를 왜 해?

"경우가 그렇게 된다면 말이야, 나는 그냥 너한테 점심이나 주려고 나온 거야."

제레미가 미소를 지어 보였다.

"오, 그러셔? 그래서 나를 도와주려고, 내 샐러드를 갖다 주러 들르셨다는 말인가?"

나는 유니폼을 입고 있지 않은 무스탕에서 내린 다른 두 명을 향해 머리를 흔들어 보이며 말했다.

"네가 훨씬 좋아할 만한 것을 내가 사 가지고 왔는데."

제레미가 자신보다 좀 더 나이 들어 보이는 동료에게 손을 내밀자 그 동료는 기름진 냅킨에 싸인 길쭉한 뭔가를 제레미에게 건네주었다.

"나는 배 안 고픈데." 나는 조금 겁을 먹고 그 기름얼룩이 져 있는 냅킨을 쳐다보았다.

"네가 배고프든 말든 상관없어."

제레미가 화난 어조로 말을 했다. 그가 기름이 묻어난 그 냅킨을 천천히 벗기자 그의 손바닥 안에 노란색 버터 덩어리가 툭 빠져나왔다.

"으~유, 역겨워" 평상복을 입고 있던 한 아이가 얼굴을 찡그렸다. 아니 미소를 보였던 건가?

"나, 절대 그거 안 먹어."

나는 어깨를 들썩이며 제레미를 향해 말했다. 더 이상 두렵지 않았다. 명백하게 그는 나를 함부로 대하고 있는 것이었다. 그들은 내가 정말로 그 버터 덩어리를 먹으리라 기대하지는 않았을 것이다.

"그래서, 만약 너희들이 그 버터 덩어리로 나를 치거나 뭐 그럴게 아니라면, 난 지금 가 봐야 하거든. 우리 엄마가 곧 이리로 오실 거야."

내가 일어서려 하자 유니폼을 입고 있던 그 녀석들이 내 어깨를 내리 눌러서 나를 다시 앉혔다.

"뭐 하는 짓들이야?"

나는 내 어깨를 눌러 앉히려는 그들을 향해 몸부림을 쳤다.

내 이름은 버터

"그걸 먹으란 말이야! 이 자식아."

제레미가 버터 덩어리를 내게 내밀며 말했다.

"빌어먹을, 이런 미친 놈. 너나 먹어."

"먹으라고, 안 먹으면, 차라리 그거 먹다가 목에 걸리는 게 낫다고 생각할 만큼 네 인생을 아주 비참하게 만들어 줄 거다."

그 녀석 설마 진심으로 그러는 걸까?

"난 그런 플레인 버터는 안 먹는단 말이야."

"오, 그러셔. 미안해서 어쩌나, 미처 몰랐네."

제레미가 설탕물이 뚝뚝 떨어질 것 같은 어투로 다정한 척을 하며 말을 했다.

"아이고, 너한테 빵이라도 좀 가져올걸 그랬네. 그런데 듣자 하니 빵을 안 좋아한다던데."

그러더니 그는 내 앞에 쭈그리고 앉더니 그 버터 덩어리를 더 가까이 들이밀었다.

"먹으란 말이야."

"오, 말도 안 돼! 내가 안 먹겠다고 말했잖아."

"얘들아, 이 자식 손을 꽉 붙들어 버려."

제레미가 명령을 하자 내가 반항할 틈도 없이 내 무릎 앞에 있던 무스탕에서 내린 그 두 녀석이 내 양팔을 허벅지 쪽으로 내리눌렀다.

나는 목을 길게 빼고 거리 쪽을 쳐다보았다. 대체 우리 엄마는 어디에 계시는 거야? 내 어깨를 누르고 있던 녀석들 중 하나가 손을 들어 내 머리로 가져가더니 억지로 얼굴을 정면을 보게 했다. 제레미 뒤에 서 있는 브라이언의 얼굴이 눈에 들어왔다.

"어떻게 좀 해 봐!" 나는 그를 향해 소리쳤다.

"어이, 제레미, 이제 그 정도면 충분한 것 같다." 브라이언이 말했다. "뭐, 그 정도?" 나는 브라이언을 쏘아보았다. "그 정도면 됐다고?"

그는 차가운 눈빛으로 나를 응시하더니 양손을 주머니에 찔러 넣었다.

나는 그를 겁쟁이, 고양이 새끼 그리고 더 나쁜 말로도 불러주고 싶었지만 한마디도 뱉어 낼 수가 없었다. 입 안 가득 미끌미끌하고 짭짤한 뭔가가 나의 모욕감을 차단시키려는 듯 이리저리 내 혓바닥 위를 굴러다녔다. 나는 고개를 돌리려 했지만, 내 머리를 꽉 붙잡고 있는 팔 때문에 맘대로 되질 않았다. 나의 구역질 반사가 효과가 있었는지 버터 덩어리가 입에서 튀어나와 바닥으로 떨어졌다. 나는 콜록콜록 기침을 하다가 제레미 친구 중 한 명에게 노란색 토사물 액체를 몇 방울 튀겼다.

제레미는 바닥에 떨어진 버터 덩어리를 들더니 순식간에 내 입으로 다시 처 넣으려 했다. 이번에 그는 버터를 제대로 잡으려 하

내 이름은 버터

는지 한 손을 내 머리 뒤로 가져다 댔다.

"그만 해." 나는 기침을 하며 겨우 말을 했다. "먹을게, 그걸 먹겠다고!"

제레미가 미소를 지으며 말했다. "좋아, 진작 이렇게 나왔어야지." 그러고는 자신이 마치 신사라도 되는 양, 버려진 냅킨을 주어서 버터에 묻어 있던 흙과 오염물을 닦아 낸 후 내게 내밀었다. 그의 친구 녀석들이 붙잡고 있던 내 팔을 풀어 주었다. 나는 어설프게 한쪽 팔을 들어 올려 제레미가 주는 버터를 받아들려 했다. 나는 그저 슬쩍 핥는 척만 하면서 엄마가 오실 때까지 시간을 끌다가 모두를 쫓아 버려야겠다고 생각하고 있었다.

그러나 엄마는 오시지 않았고, 곧 제레미와 그의 친구들이 다시 나를 내리누르며 위협했다. 그래서 나는 한입을 베어 물었고, 그리고 또 한입을 먹었다. 세 입째 먹고 나자 나는 내 발등 위로 토사물을 쏟아냈다.

"어휴, 역겨워." 한 목소리가 들려왔다.

다른 누군가 헛구역질을 했다. 나를 지켜보다가 구역질을 한 녀석이 누군지 나는 알 길이 없었다. 왜냐면, 나는 구토를 하면 언제나 눈물이 나고 그래서 눈앞이 흐릿해지는데 그때 내 눈에 비친 그 녀석들은 모두 한꺼번에 헤엄이라도 치고 있는 것 같은 모양이었기 때문이었다.

오직 제레미만이 정확히 내 시야에 들어왔다. 다른 녀석들과는 달리 그는 별로 깊은 인상을 받지도 또 역겨워하지도 않은 채 그저 냉정하게 있었다.

"마저 먹어 치워." 그가 명령했다.

나는 깊은 숨을 몰아쉬며 더 깊이 덥석 베어 물어서 버터 덩어리가 반도 더 줄었다. 방금 게워 올린 것을 또 토해 내려 하며 내 몸은 경련이 일었다. 그리고 나는 흐르는 눈물이 단순히 눈에서 흐르는 액체인지도 알 수가 없었다.

"오, 제발." 나는 흐느꼈다.

"이제 거의 다 먹었네." 한 목소리가 역성을 들고 있었다. 누군가—자신들이 나에게 하라고 했던 짓을 보고는 이제 그 상황을 감당할 수 없는—가 나를 위로하려 했다. 근데, 그 녀석들은 그렇게 쉽게 물러설 녀석들이 아니었다. 나도 무슨 생각에서 그랬는지 모르겠지만, 갑자기 그 녀석들에게 내가 자신들보다 더 강하다는 것을 보여주고 싶었다. 그 녀석들은 역겨운 버터를 먹는 내 모습을 지켜보는 것만으로도 메스꺼움을 참지 못해 구토를 해대는 놈들이다. 그렇지만 나는 조용히 남은 버터를 다 먹어 치울 수도 있다. 나는 저 고양이 같은 자식들이 감히 누구한테 함부로 까불어댔는지를 알게 하고 싶었다.

나는 마지막 남은 3분의 1의 버터를 입속으로 밀어 넣고 살살

내 이름은 버터

녹여서 남은 한 방울까지도 몽땅 삼켜 버렸다. 눈물이 얼굴을 타고 흘러내렸다. 가슴과 목구멍 사이 어딘가에 기포가 꽉 막혀있는 것 같았지만 버터가 다시 올라오지는 않았다.

"우와." 평상복을 입고 있던 한 녀석이 나직이 말했다. "그거 정말 강력했다."

그러면서 그 녀석이 마치 우리는 친구라는 듯이 내 등을 한 대 쳤다. 나는 어깨를 들어 올리며 그의 손을 밀쳐 냈다.

"젠장, 이런 머저리 같은 자식 좀 보게나." 그가 말했다. "나는 그저 칭찬을 좀 해주려고 했을 뿐이야."

나는 이렇게 무지막지한 삶을 살아 내야 하는 기분이 어떤 것일지 잠시 생각했다.

"우리는 다시 주방으로 들어가 봐야 하거든." 그 녀석이 말했다.

그래, 이 자식들아. 쇼는 끝났다. 여기서 꺼져 버려.

유니폼을 입은 녀석들이 느릿느릿 걸어서 식당으로 돌아갔다. 나는 브라이언이 돌아서서 그들과 함께 들어가는 모습을 물끄러미 지켜보았다. 그는 가다 돌아서서 어깨 너머로 내 눈을 똑바로 쳐다보더니 "미안해."라는 입모양을 지어 보였다.

나는 그를 향해 세 번째 손가락을 날렸다.

"너 오늘 그거 완전 미친 짓이었어." 무스탕에서 내렸던 한 녀석이 말했다. 그는 입이 귀에 걸리도록 활짝 미소를 지으며 제레미와 손바닥을 마주치며 하이파이브를 했다. "여기서 이제 나가야 되겠다. 집에 갈 때 필요하면 전화해. 태워다 줄게." 그리고는 그와 졸병 같은 또 다른 한 녀석은 무스탕으로 돌아가 차를 뺐다. 나는 막연히 엄마가 정말 어디에 계신 건지 다시 궁금해졌다.

"너는 이로써 고등학교 1학년 생활은 무사통과다." 조용한 목소리로 말을 잇는 제레미는 자신의 얼굴을 거의 몇 인치 앞까지 내 얼굴 가까이에 들이댔다. "계속 그렇게 명령을 잘 따르면 고등학교 생활도 별로 나쁘지 않다는 것을 알게 될 거다."

유니폼 입은 애들 중에 나이 많은 녀석이 다시 나타났다.

"어이, 제레미, 너 안에 들어가 봐야겠다. 메간이 계산대에 나와서 지원을 해주고 있는 모양인데, 걔 완전히 맛이 갔더라고."

그는 무릎으로 제레미의 어깨를 툭 쳤다.

"야, 짜식아. 장난이 아니라고, 빨리 돌아가서 하던 일 하라고."

그리고 그는 돌아다보더니 나에게 시선을 고정시켰다.

"어이, 꼬마. 그나저나 네 이름이 뭐냐?"

나는 침묵을 지키고 있었다. 드디어 제레미가 일어섰고 그는 얼굴에 흐르는 내 눈물과 기름이 범벅이 된 내 손을 내려다보더니 나를 대신해서 대답을 했다.

"얘 이름은 버터야."

내 이름은 버터

8장

내가 색소폰을 집어 들었었는지조차 생각이 나지 않는다. 그러나 어쨌든 내 기억에 나는 색소폰을 연주하기 시작했다. 나는 내가 무슨 곡—"Stop the Bus"라는 곡으로 색소폰 소리로 내가 쉽게 따라낼 수 있는 전자기타 선율이 담긴 블루스 곡이다—을 연주하고 있었는지 거의 의식하지 않고 있었다.

내가 막 악장의 연결부를 연주할 때, 방문을 두드리는 소리가 들렸다. 그것은 엄마의 노크소리처럼 우아한 것이 아니라 아주 힘이 들어간 소리였다. 나는 마지막 부분까지 끌고 가며 더욱 크게 연주를 했다. 연주 소리를 뚫고 노크 소리는 계속 이어졌다. 어, 아빠가? 나는 몹시 놀라서 불고 있던 색소폰을 입술에서 내려놓았다. 몇 년간 아빠는 나에게 벌을 주신 적이 없었다. 그렇지만 거짓말시키고 학교를 빼먹은 것은 아마 근신처분 정도는 충분히 받을 짓이었다. 나는 방문을 열어 보고는 놀라서 뒤로 물러섰다.

글쎄 교수님이 거기 서 계신 것이었다. 한 손에는 내 책가방을 또 다른 손에는 트럼펫 케이스를 들고서 말이다.

"이걸 학교에 두고 갔더구나." 교수님은 들고 있던 내 책가방을 침대 위로 툭 내려놓으시며 말했다.

"고맙습니다."

나는 달리 할 말도 떠오르지가 않았다. 교수님은 공식적인 가정방문을 오신 것은 아닌 모양이었다.

"좀, 들어가도 되겠니?" 교수님이 물었다.

나는 문을 활짝 열며 교수님이 들어오시도록 옆으로 살짝 비켜섰다.

"근사한데." 교수님은 내 방 벽에 붙어 있던 1950년대 브리짓 바르도의 대형 사진을 가리켰다.

나도 교수님이 들고 계신 트럼펫 케이스를 가리키며 물었다.

"그건 뭐에 쓰시게요?"

교수님은 케이스를 손가락으로 만지작거리셨다.

"오늘 학교 식당에서 안나 맥긴과 사건이 있었다고 들었다. 무슨 일이 있었던 거니?"

"별일 아니에요. 좀 바보 같은 짓을 했어요."

내 이름은 버터

교수님은 내 침대에 걸터앉아 트럼펫 케이스를 무릎 위에 올려 놓고는 나의 대답을 기다리셨다.

"정말이에요, 교수님, 별일 아니었어요. 안나가 다른 여자애랑 말다툼을 해서 제가 그냥 괜찮은지 물어봤거든요. 그리고 어떤 머저리 같은 녀석이 끼어들어서 저는 그냥 자리를 떴어요. 정말 별일 아니었다고요."

교수님은 푹신한 의자를 향해 손을 가리키며 방 주인인 나에게 앉으라고 권해 주셨다. 나는 그대로 서 있었다.

"별일 아니었다고? 그런데 네가 학교를 나가 버렸단 말이지? 그럼 책가방은 왜 식당에 두고 간 거니? 왜 학교 수위실에는 알리지도 않고 나간 거였니?"

"학교 밴드부 선생님이세요, 아님 교도소장이라도 되세요?"

교수님은 미소를 지었지만, 평소 미소를 지을 때처럼 눈가에 잔주름이 생기지는 않았다.

"나는 네가 이 일에 대해 이야기를 하고 싶어 할 거라고 생각했는데."

"얘기하고 말고 할 것도 없어요." 나는 다시 트럼펫 케이스를 가리키며 말했다. "근데, 대체 그건 뭐예요?"

교수님은 얼른 두 손바닥을 그 부드럽고 판판한 케이스 위로 가져가셨다.

"나는, 또 네가 이걸 좀 연주하고 싶어할 줄 알았거든."

"그럴 기분이 아니에요."

나의 한쪽 손에는 여전히 색소폰이 들려 있었다.

교수님은 다소 차가운 눈빛으로 색소폰과 나를 번갈아가며 응시하더니 일어서며 말했다.

"알겠다. 근데, 내가 딱 보면 솔로 연주할 사람인지 알 수 있거든. 뭐, 아무튼, 오늘 저녁 로건스에서 브라스 보이즈랑 예행연습이 있으니 혹시 중간에 생각이 바뀌어서 연주를 하고 싶거나, 아님 그냥 와서 듣기만 해도 좋으니, 한번 들리렴."

"별로 연주하고 싶은 생각 안 들 것 같은대요."

오, 맙소사. 나는 속 좁은 머저리 같이 굴었다.

교수님은 어깨를 으쓱이셨다.

"그래, 그럼 내일 학교에서 보자꾸나. 학교는 나올 거지?"

"네, 뭐, 나가긴 해야죠."

"그래."

그러고는 교수님은 가 버리셨다. 아니, 아래층에서 엄마한테 오늘 일어났던 일을 말씀하는 걸 보니 완전히 간 것은 아니었나 보다. 엄마와 교수님이 부엌 쪽에서 나지막한 목소리로 이야기를 나누는 소리가 들려왔다. 몇 마디의 대화 내용이 복도를 타고 열린 방문 안으로 드문드문 새어 들어왔다.

내 이름은 버터

"……점심시간에요……일종의 논쟁……너무 잔인할 수도……
그 애에게는 너무 가혹……그 애를 그냥 다음 학기에 밴드부 활
동을 하게……."

나는 방문을 닫아 버렸지만 여전히 그분들의 대화가 내 방에서
울리는 것 같았다. 그분들은 정말 무슨 일이 있었는지도 정확히
모른 채 어떻게든 해결방법을 모색하기 위해 조용조용 대화를 이
어가고 있었다.

내가 색소폰을 불면 그분들에게 방해가 되기에 충분할 것이고,
그렇지만 그분들은 그냥 내 연주를 들으실 테고 그러면 나는 누
군가 듣고 있다는 생각에 불편해질 것임을 알고 있었다. 나는 기
다리다가 교수님이 가고 나서야 부모님께 교수님을 만나러 로건
스에 가 봐야겠다고 말씀드렸다. 그렇지만 그날 밤 나는 교수님
이나 혹은 다른 누구와도 연주를 함께 할 마음을 먹었던 것은 아
니었다. 나는 올곧이 혼자이고 싶었다. 내가 갈 만한 장소를 한
군데 알고 있었다.

* * *

나는 산 아래에 있는 어둑한 주차장에다 나의 애마 BMW를 주

차시켰다. 사실, "산"이라고 한 것은 과장이다. 우리가 살고 있는 애리조나 주의 중심에는 캠벨 마운틴이나 에코 케니언 같은 언덕이나 협곡이 전부이다. 그것들은 모두 아름다운 장관을 연출해 내기는 하지만 울창한 수목을 자랑하는 그런 것은 아니다.

어쨌든, 그 산은 나만의 산이었고, 그래서 어둠 속에서도 나는 그 산을 또렷이 기억하고 있었다. 더 이상은 그 산을 오르지는 않았지만. 아빠와 나는 해질녘에 힘겹게 망원경을 번갈아 들며 그 산의 정상까지 올라가곤 했었다. 그리고 우리는 어둠이 짙어질 때까지 기다렸다가 마술처럼 머리 위로 별들이 하나둘 반짝이며 고개를 내미는 것을 보았다. 아빠는 나에게 별자리에 관한 퀴즈를 내곤 하셨다. 아빠는 열성적인 미식축구팬일 뿐 아니라 광적인 수준으로 천문학에 관심을 갖고 있고, 아마추어 역사학자이면서 회계사 직업을 갖고 계신다.

그런 사람의 아들이어서 그래서 **하는 일마다** 실패하는 나는 참 퍽이나 운도 좋다.

나의 시선이 옆 좌석에 놓인 색소폰 위에 머물렀다. 물론 내가 실패하지 않았던 한 가지는 아빠가 관심을 기울이지 않았던 것이었다. 글쎄, 아빠는 아빠가 좋아하는 그 대단한 망원경이나 잘 관리하시고 나는 차라리 내가 좋아하는 음악—그리고 우리들의 산—이나 혼자 잘 지키는 편이 나을 것 같았다.

내 이름은 버터

나는 옆 좌석에 있던 색소폰을 집어 들고 차 문을 닫은 후 익숙한 그 길을 따라 걸었다. 그 오솔길은 정상으로 연결된 것은 아니었다. 그 길은 몇 야드 정도 비스듬히 뻗어가다 평평한 길로 연결되어 산허리를 휘감으며 나 있었다. 그 길은 단단한 황토색의 바위가 조금 드러나는 곳에서 끝이 나 있었는데, 그곳은 사막의 관목으로 둘러싸여 있어서 주차장도 도시의 불빛도 보이지 않는 그래서 사막과 별빛만을 느낄 수 있는 곳이다. 나는 바로 그곳에서 달밤에 울부짖고 싶어 올라간 것이다.

나는 원하는 만큼 큰 소리로, 또 원하는 만큼 오랫동안 연주를 할 수 있었고, 내 연주를 듣는 유일한 생명체는 코요테였는데 그 녀석들은 가끔 혼자서 짖어대는 걸 즐기기도 했다. 그날 밤 나는 그 생명체들의 합창에 대해 뭔가 긍정적인 보상을 해주고 싶은 마음이 들기도 했지만, 내가 달밤에 울부짖으러 가는 날은 늘 그러하듯, 나의 기분은 한없이 우울했다.

나는 뭘 연주해야겠다는 생각도 없이 그저 색소폰을 끌어다 입술에 갖다 대었는데 곧 들려오는 소리는 "크라이 미 어 리버(Cry me a river)"라는 곡의 첫 소절이었다. 나는 그냥 그 선택에 나를 맡기고 색소폰의 키를 마구 눌러대며 조용히 내 머릿속으로 퍼져나가는 곡에 귀를 기울였다. 곧 그 곡은 점점 희미해지며 현대의 우울한 음악가들의 곡들로 녹아들어 내 색소폰은 내가 아는 가장 슬픈 곡들을 연주하며 흐느끼고 있었다.

모든 음들에 감정을 가득 담아 불면서 나는 자기연민이라는 새로운 리듬을 연주하게 되었다. A는 나를 포기하신 부모님. B플랫은 나를 제대로 보지 않고 그저 빤히 쳐다보는 사람들. D는 나를 제대로 치료해 주지 못한 의사들. C샵은 해야 할 말을 하는 내게 귀 기울이는 대신 내가 먹는 모습만 지켜보는 아이들이다.

내가 서 있는 길에서부터 그 마지막 곡이 멀리 퍼져 나가며 동시에 사막 아래를 휘감고 부는 바람이 그 곡을 삼켜 버렸다. 그것은 뭔가를 씹어 먹으면서 동시에 말을 할 수 없는 것 같은 그런 것이었다.

무모한 생각이 내 머릿속에서 구체화되기 시작했고 그날 밤의 울부짖음은 끝이 났다는 것을 나는 알고 있었다. 나는 머리 위에 솟아 있던 달도 그리고 발아래에 놓인 내가 좋아하는 그 산에도 다시 눈길을 주지 않은 채, 조용히 발걸음을 돌려 차로 가서 색소폰을 케이스에 넣고 집을 향해 자동차의 페달을 밟았다.

* * *

집에 도착하니 아빠가 집 앞에 너른 돌길 위에서 서성거리고

내 이름은 버터

계셨다. 내가 차를 대는 것을 본 아빠는 멈춰 섰고, 우리는 잠시 서로 시선을 피하지 않았다. 아빠는 여전히 내게서 시선을 떼지 않은 채 열려 있는 현관 입구까지 들리도록 큰소리로 외쳤다.

"얘가 집에 들어왔어요!"

지극히 전형적이시다.

그리고 좋아, 라고 나는 생각했다. 내가 일단 마음의 결단을 내리고 나면 아빠가 내게 말을 걸어주길 기다리는 일 따위는 내게 불필요하다고.

엄마는 입구까지 우리를 맞으러 나오셔서 양팔을 활짝 펼쳐 보였다. 그 활짝 벌린 양팔은 나를 안아주려는 의미가 분명했는데 그런데 아빠가 가로막았다. 엄마가 온몸으로 나를 향해 다가오는데 아빠가 손으로 엄마의 팔목을 살짝 잡았다.

"저 애가 로건스에 간다고 말했잖소." 아빠가 말하셨다.

"생각이 바뀌었어요." 내가 아빠에게 말했다. "대신 그냥 여기저기 차를 몰고 돌아다녔어요."

"차를 몰아, 또?" 아빠는 엄마를 차가운 눈초리로 쳐다보셨다.

엄마는 드라이브를 다녀왔다는 나의 변명을 매번 계속 받아들여 주신다. 그러나 아빠는 나를 믿지 않은 지 한참 되셨다. 어쩔 때 보면 아빠는 내가 여전히 산에 간다고 의심하는 것 같은 생각이 든다.

"얘가 생각이 바뀌었다고 하잖아요."

엄마는 언제나처럼 나를 위해 변명을 해주셨다.

"이 집안에서는 말이야, 한 장소로 간다고 말해 놓고 다른 장소로 가 버리는 그런 행동은 용납이 안 된단 말이지. 그리고 저 애도 그 정도는 알고 있잖소."

제가 바로 여기 있잖아요! 아빠, 저한테 직접 말씀하시라고요!

"나는 이제 자러 가겠소." 아빠가 말씀하셨다. "자, 이제 모두 잠자리에 드는 거다." 엄마는 이마에 굿나이트 키스를 하고 나서 아빠는 살짝 잡고 있던 엄마의 손을 놔 주었다. 아빠가 집 안으로 들어가 계단을 올라가자, 엄마는 드디어 나를 향해 오셨다. 몸집에 비해서 엄마는 큰 손을 갖고 계신데, 그 손으로 내 양 볼을 감싸 쥐었다.

"드라이브를 나갔다고, 또, 어?"

나는 엄마가 감싸고 있던 양 볼을 제외한 온몸을 씰룩거리며 고개를 끄덕여 보였다.

"던 교수님이 네가 로건스에 연주하러 오는 줄 알고 정말 기대하고 계셨는데."

나는 어깨를 들썩여 보였다.

"집에 돌아올 시간이 되어 너를 부르러 거기 갔었는데 던 교수님이 말씀하시길 네가 오지도 않았고 또 그럴 생각도 없었다고

내 이름은 버터

하시더라. 거기에 네 아버지도 함께 가서 던 교수님 옆에서 다 들으셨거든."

나는 두 눈을 말똥말똥 굴렸다. 입을 꾹 닫고 있는 것은 의식적인 노력이 필요했지만 엄마한테만큼은 계획에서 벗어나서 말을 하게 될 것임을 나는 알고 있었다.

"아빠가 네 걱정을 많이 하고 계신단다." 엄마가 부드럽게 말하셨다. "아빠가 엄마보다 너를 더 많이 걱정하시는 것 같다."

아, 네! 지당하신 말씀!

"오, 내가 대체 무슨 말을 하고 있는 거니?" 엄마는 미소를 지었다. "정작 엄마들보다 더 걱정을 하는 건 아이들 자신인데 말이다."

아이들 자신! 나는 감정을 드러내지 않으려 단단히 집중을 하고 있지 않았더라면, 그 대목에서 웃음이 터질 뻔했다.

다시 한 번, 엄마는 자신의 세심한 성격을 감추며 걱정을 잠재우는 따뜻한 미소를 지어 보였다.

"아가, 너 괜찮은 거니?"

내가 다시 한 번 고개를 끄덕여 보이자 그제서야 엄마는 나를 감싸고 있던 손을 풀어 주어서 나는 나의 방—널찍한 책상 위에 노트북 컴퓨터가 펼쳐 있는 푹신한 의자에 내 자리를 차지하고 앉을 수 있는 그 공간—안으로 들어왔다. 오늘 밤은 채팅을 해도 여느 때와는 다르게 할 것이라고 단단히 마음먹었다. 안나와는 아예 채팅도 안 할 작정이었다. 아니면 최소한 그렇게 하려 노력이라도 해볼 맘을 먹었다. 다행히 안나가 접속을 하지 않아서 나는 용기가 사라지기 전에 그 절박한 일에 집중할 수 있었다.

* * *

웹사이트를 만드는 것은 상당히 쉬운 일이다. 도메인 이름을 정하고, 인터넷에서 기존에 만들어진 페이지 포맷을 찾고 그 복잡한 모든 컴퓨터 언어를 내 사이트로 복사해 오고 그런 다음 본격적으로 머리를 쓰면 된다. 약 15분 정도의 시간이 소요된 후 나는 ButtersLastMeal.com을 입력하기 시작했다. 돌아갈 수 없는 강을 건넌 것처럼 비장한 심정이었다.

처음 쓸 말들은 술술 떠올랐다. 누군가 학생식당에서 찍었던 그 한 장의 사진, 점심시간이면 언제나 나를 지켜보는 그 눈들, 그리고 근거도 없는 얘기들을 인터넷에 퍼뜨리는 그 아이들이 온통 내 머리를 가득 채우고 있었다.

내게는 학교에서 나를 그렇게 대하는 학생들을 제어할 힘이 없다. 나의 부모님도 나의 몸무게도 그리고 나의 인생도…… 내 능력으로는 어찌해 볼 도리가 없다. 그렇지만 온라인에 하고 싶은 말을 쓸 수는 있다. 자신들을 초대하여 떠들어 댈 수 있게 한 사람이 바로 나라는 그 사실만이 그들이 나에 관하여 사이버 공간에서 지껄일 수 있는 유일한 말이 되도록 하겠다. 내가 만약 그렇게 되도록 통제하게 된다면, 그러면, 그게 굉장한 문제가 될 것이다.

다음은 내 손가락이 쳐 내려간 처음 몇 마디들이다.

너희들은 내가 지금 많이 먹는다고 생각하지? 지금까지 너희들이 본 것은 아무것도 아니야. 실은 말야—

달력을 쳐다보는 내 눈이 새해 전날에 머물렀다. 그날까지는 지금으로부터 정확히 4주가 남았고, 여러 가지 이유로 미루어 볼 때 딱 알맞은 날이다. 먼저, 그날은 일 년이 끝이 나는 마지막 날이다. 쓰다 보니 운율도 맞네. 그 멍청한 항공사가 이중좌석부과 시행을 하루 앞둔 날이기도 하다. 이중좌석부과의 혜택 따위는 누리지 못해도 상관없다. 새해 전날까지는 작별을 고할 시간도 넉넉할 것 같다. 그런데 그 순간 나 스스로 그 사실을 말할 수는 없다는 생각이 떠올랐다. 무엇보다 그날 밤은 바로 내가 안나를 만나기로 한 날이기도 하다.

이제는 그 다음에 무슨 일이 벌어질지는 내가 알 필요가 없지 않은가―안나는 나에게 바람을 맞았다는 사실에 상처를 입고, 나와의 관계를 깨고, 또 다른 남자친구를 만들겠지.

나는 분노에 휩싸여 컴퓨터 자판을 마구 두드렸다.

12월 31일. 너희들에게 나의 마지막 만찬을 웹으로 생중계를 할 거다. 죽을 날 받아 둔 사형수 목록에 한 명 더 추가되는 것이다. 왜? 나는 내 맘대로 죽지도 못하는 거냐? 이 거대한 몸뚱이를 안고 또 한 해를 살아 낼 자신이 없다. 한 방으로 내 인생도 올해로 끝장이 나는 거다.

나는 망설이고 있었다. 이런 걸 쓰면서 나는 뭘 기대하고 있는 거지? 동정심? 관심? 그 일이 극적인 충격을 가져다줄까? 아니면, 그냥 나 혼자 불쌍하게 징징거리다 끝장이 나는 건가?

너는 그저 불쌍한 울보에 불과할 뿐이라고.

나는 마른 침을 꿀꺽 삼키고 두 눈을 꼭 감아 버렸다. 감은 눈 사이로 학생식당 장면이, 그리고는 엄마의 얼굴이 떠올랐다. 엄마의 부드러운 미소, 엄마의 강한 손, 익숙한 엄마의 콧노래……. 나는 그런 것들을 떠올리지 않으려 애를 썼다. 머릿속의 영상은 더욱 빠르게 지나갔다: 빈 박사님, 교수님, 터커, 우리 아빠, 안나.

안나. 살짝 햇볕에 태운 그녀의 피부 그리고 다른 모든 것은 보이지 않고 그녀의 물결치는 금빛 머리만이 내 시야를 가득 채웠

내 이름은 버터

다. 새해 전날 홀로 나를 기다리고 있을 그녀, 점심시간에 내가 말을 걸었을 때 그녀가 보여준 그 혼란스런 표정, 완벽한 그녀의 입술, 푸른 두 눈, 그리고 우리 아빠가 엄마의 이마에 하는 것처럼, 나는 영원히 그렇게 하지 못할 그녀의 반듯한 이마를 그려 보았다. 자살을 하면 지옥에 간다는 목사들의 말이 떠올랐다. 나는 천국을 상상했다. 그리고 그 천국이 어떻게 해서 도시의 불빛을 막아주는 툰드라, 완벽한 모양의 달이 떠 있는 맑은 하늘, 색소폰, 그리고 아무리 연주해도 지치지 않는 건강한 몸이 존재하는 부드러운 사막의 바위로 이루어져야 하는지를 그려 보았다.

나는 그 빌어먹은 항공사 좌석들을 떠올리며 내 거구는 어찌해서 두 자리를 차지해도 부족한지를 생각했다. 바로 그 이유 때문에 우리 가족은 어디를 가든 차로 이동하는데 뉴욕으로 갈 때 딱 한 번 아빠 회사의 비행기를 탄 적이 있었다. 그때 나는 비행기 비상계단 쪽에 내 몸을 겨우 끼워 넣어야 했었는데, 계단 난간이 내 쪽으로 눌려서 아빠는 나 때문에 무척 당황해하셨다.

나는 다시 눈을 떴고 모든 내용을 마무리 지었다:

그 장면을 보고 감당할 자신이 있다면, 누구든 환영이다. ……사이트에 들어 와서 먹다가 죽어가는 내 모습을 지켜보라.

－ 버터 －

그 정도면 충분할 것도 같았고—수백 만 개의 웹사이트들 중 아주 조그마한 규모이긴 하지만—한두 명의 반 친구들이 하나의 단서라도 발견하거나, 혹은 낯선 사람이라도 동정심이 가는 뭔가를 찾아내기에는 충분할 것 같았다. 사이버 공간에 업로드를 시키고 나서도 나의 분노는 쉽게 가라앉질 않았다. 사실, 부글부글 끓어올라서 스카츠데일 고등학교의 "가장 ~할 것 같은 학생" 질문 목록의 댓글 란을 박살내고 싶은 기분이었다.

나는 그 사이트에서 내 사이트로 연결을 시도했으나 그 블로그는 익명에게는 연결을 허락하지 않았다. 안나에게 내 실체를 드러내기 전에는 "색소폰맨"으로 댓글을 달 수가 없음을 알고 있었다. 그래서 나는 "버터"라는 새로운 아이디를 만들고 나의 무시무시한 초대의 글을 올렸다.

그리고 나는 ButtersLastMeal.com으로 다시 돌아가서 간단한 추신을 달았다:

메뉴는 추후 공지되겠지만, 바로 지금 알려줄 수 있는 하나는 버터 한 덩어리로 만찬의 대미를 장식할 것이라는 사실이다.

내 이름은 버터

2

달걀 한 판
엑스트라 라지 멸치 토핑 피자 한 판
층층이 쌓아 올린 팬케이크 한 접시
프라이드 치킨 한 바구니
익히지 않은 핫도그 한 통
생양파 한 개
피넛 버터 한 통
대용량 쿠키 한 상자
통짜 고기 한 덩이
아이스크림 한 통
버터 한 덩이

9장

　자살을 결심한 후 잠을 깨고 맞이하는 아침에는 어떤 무언가가 있다. 그것은 주변 환경에서 받는 동정심 같은 것인데 하늘은 음울하게 가라앉아 있고, 공기는 습기를 머금어 축축하고, 해는 구름 뒤에 숨어 버려 세상이 온통 우울할 것 같은 그런 묘한 기대감이 있다.

　그래서 금요일 아침 7시에 환한 빛을 뿌리며 내 방 창문의 블라인드를 통해 새어 드는 햇볕에 짜증이 난 것도 사실이다. 그러니까, 내 말은 내가 살고 있는 곳이 일 년 중 비 오는 날이 고작해야 5일 정도에 불과한 애리조나의 중부지역이기는 하지만, 그래도 이 우주가 내 부탁을 좀 들어주어서 기껏 구름 몇 조각 정도도 하늘에 흩뿌려 줄 수 없는지를 묻는 것이다.

나는 신음에 가까운 소리를 내며 베개로 얼굴을 덮어 버렸다. 대자연이 나를 믿어 주지 않는다면, 아무도 나를 신뢰하지 않을 것이다. 벌써 내 등 뒤에서 '도와달라고 소리쳐'라는 소리가 들리는 것 같았다. 역겨워, 됐다고. 나는 어느 누구의 도움 따원 필요치 않았다.

세 번 방문을 두드리는 소리에 이어서 엄마의 목소리가 들려왔다. "아가, 아침 먹으렴."

도대체 엄마는 언제까지 나를 아가라고 부를 작정인 걸까? 내가 죽고 나면 더는 부를 수도 없겠지라는 생각이 들었다. 나는 간신히 몸을 일으켜 침대를 빠져나와 부모님이 식사를 하고 계신 부엌으로 내려갔다.

지난 밤 엄마는 여느 때처럼 나와 대화를 나누지 못했다. 그래서 대신 음식이라도 많이 먹게 해 주려는 것처럼 보였다. 엄마는 내 접시 위에 베이컨도 넉넉히 담고 달걀이 안 보일 정도로 치즈를 듬뿍 얹은 스크램블드에그도 올려 주셨다. 그래도 설탕만큼은 철저히 차단하려는 생각인지, 팬케이크도 패스트리 빵도 식탁 위에는 보이지 않았다.

나는 얼른 아침을 후다닥 먹어치우고 올라갈 생각이었다. 어찌되었든 이제 나는 다이어트 같은 건 할 필요도 없어졌다. 그러나 내가 아침 식탁에서 그런 기분을 느꼈던 적이 몇 번이나 있었는지 기억조차 없는데, 얄궂게도 나는 난생 처음으로 식욕이 나질 않았다. 그래서 나는 베이컨만 몇 입 깨작거리며 먹었고, 오렌지 주스에 세븐업을 섞어 마시며 나의 위장을 달랬다.

엄마는 나를 쳐다보지 않으려는 듯 보였지만, 아빠와 이야기를 나누는 중에도 엄마의 두 눈은 나의 접시를 향해 깜빡거리고 있는 것을 나는 알 수 있었다. 너무도 분명하게 드러나 보이는, 나를 걱정하는 엄마의 마음이 예리한 한 조각의 죄책감이 되어 나의 신경을 건드렸다. 나의 가슴을 파고드는 그 죄책감은 작지만 그대로 두면 마치 내 온몸이 터져 나갈 듯 강렬하게 다가왔다.

나는 죄책감에 나를 내어 맡기는 대신, 내가 없어지면 처음에는 힘이 들겠지만 일단 극복을 하고 나면, 엄마의 삶이 훨씬 더 편안해질 것이라는 사실에 초점을 맞췄다. 우선, 엄마는 그저 엄마 아빠 두 분을 위한 아침 식탁만 차리면 되니까 부엌에서 보내는 시간을 엄청나게 줄일 수 있게 될 것이다. 그리고 부부싸움도 덜 하게 될 것이다. 왜냐면, 내가 알기로 두 분의 다툼은 모두 나로 인한 것이기 때문이다.

물론 내가 사라지고 났을 때, 엄마가 이 모든 상황을 처음부터 이렇게 받아들이지는 못할 것임을 나는 너무도 잘 알고 있다. 그렇지만 아빠가 계시니까, 아빠는 엄마가 극복할 수 있도록 도와주실 것이다. 아빠는 어쩌면 마음속 아주 깊은 곳에서 내가 사라진 것에 대하여 차라리 후련한 마음이 들지도 모를 일이다. 이상하게도 생각이 거기까지 미치자 그동안 나와 거리를 두고 곁을 주지 않았던 아빠가 새삼 고맙다는 생각이 들었다. 내가 사라지는 것이 엄마한테는 엄청나게 도움이 되는 일일 것이다. 그런 생각을 하니 기운이 좀 나는 것 같아서 등교 준비를 위해 식탁을 뜨기 전에 베이컨 몇 조각을 더 씹어 넘길 수가 있었다.

* * *

"실례 좀 할게. 미안."

"괜찮아, 먼저 해."

"아냐, 아냐, 괜찮아. 내가 새치기를 하려던 것은 아니었는데."

"괜찮아, 먼저 가."

"아니야. 내가 미안해."

"미안하기는…… 별것도 아닌 걸."

"아니, 정말로." 그녀가 자신의 손을 내 어깨 위에 올려놓으며 말을 했다. "내가 미안해."

빌어먹을! 온종일 어딜 가나 이런 식이다. 먼저, 내 사물함에서 교과서들이 우르르 쏟아져 내렸을 때, 한 애가 기어이 나를 도와

내 이름은 버터

주겠다며 바닥에 나뒹구는 내 책과 종이들을 나와 같이 주어 주었다. 대수학 시간에는 1차 방정식에 관해 묻는 질문에 내가 머뭇거리자 한 남학생이 냉큼 끼어들어 나를 대신해 답을 해 주었다. 그리고 지금은 이 여학생이 탄산음료 자판기 앞에서 나더러 먼저 하라며 극구 양보를 해 주고 있는 것이다. 어쩌면 안나가 옳았을지도 모른다. 아마 전교생이 그 "가장 ~할 것 같은 학생" 목록을 읽고 있을지도 모를 일이다. 나는 내 어깨 위에 올려진 그녀의 손을 걷어 내고 25센트짜리 동전들을 탄산음료 자판기 투입구에 톡 밀어 넣었다. "그냥 해본 말이었어." 나는 중얼거렸다.

마운틴듀 한 캔을 들이키고 나서, 나는 교내 식당의 내 전용 테이블에 냉큼 자리를 잡고서 점심 도시락을 풀어 놓았다. 나는 드디어 배고픔에 사로잡혀 누가 보든 신경쓸 겨를도 없이 엄마가 싸 준 그 식은 음식들을 흡입했다. 나는 내심 어제 사건에 이어서 제레미나 혹은 안나와 마주치는 대치 상황이 펼쳐지지 않을까 하는 걱정을 했는데 그러나 그 교내 식당 구석의 아이들은 나의 존재를 그 어느 때보다 무시하는 것처럼 보였다. 나는 또 다시 투명인간이 되었다.

그들 중 한 명만이 내 쪽을 바라보았다. 그 말 많은 녀석, 트렌트가 내가 쇠고기 샌드위치를 베어 물며 시선을 위로 향하는 그 짧은 순간 동안 나와 눈이 마주쳤다. 내가 얼른 눈길을 피했기에 내 상상일 수도 있겠지만 그 순간 그녀석이 분명히 나를 향해 엄지손가락을 치켜세운 것을 나는 얼핏 보았다. 순간 아차 싶어서 다시 그 녀석을 쳐다보자 그 녀석은 자신의 테이블의 패거리들과 이야기를 하고 있었다.

별다른 사건은 일어나지 않았고, 나는 6교시에 컴퓨터실로 향했다. 나는 나 자신에게 아무도 내가 만든 사이트를 보지 않았을 것이라며 거듭 확신을 시켰다. 그렇게라도 해야 할 것만 같았다.

나는 컴퓨터실의 작은 창문 밑에 내가 좋아하는 자리를 차지하고 앉았다. 그 자리는 컴퓨터 화면이 선생님이나 다른 학생들에게 보이지 않는 유일한 자리였다. 내가 컴퓨터에 도통한 학생은 아니었지만 그래도 그 컴퓨터 수업은 정말 쉬웠다. 그 수업을 듣는 대부분의 학생들은 중학교에 들어갈 때 이미 컴퓨터 선생님이 대학교를 졸업할 즈음에 알고 계셨던 것보다 더 많은 컴퓨터 상식을 알고 있었다. 그래서 모든 학생들이 그날의 과제를 마치 경주를 하듯 부리나케 마치고는 너도나도 인터넷 검색을 한다. 선생님께 걸리지 않고 인터넷 서핑을 즐기기는 쉽지 않은 일이었다. 바로 그런 이유에서 창문 아래 그 자리가 명당이었다.

나는 HTML 코드를 망쳤는지 어쩐지 신경도 쓰지 않은 채 컴퓨터 과제를 대충 끝내고 얼른 인터넷에 접속했다. 나는 먼저 "가장 ~할 것 같은 학생" 목록부터 찾아들어갔다. 그 블로그에는 아

내 이름은 버터

직 새로 올라온 항목이 없어서인지 기존의 목록이 그대로 떠 있었다. 내가 올라 있는 항목으로 넘어가기 전에 스크롤을 따라 내려가며 수백 개의 댓글들을 보았다:

_ 전복사고난 열차를 보고 싶니?
_ 점심 먹은 거 토하지 않을 자신 있다면, ButtersLastMeal.com에 접속해서 봐봐.

몇 개의 댓글을 더 읽고 난 후, 내 눈에 이것이 들어왔다:

_ 세상에 맙소사! "버터"가 달아 놓은 링크를 따라가 봐.
_ 그 녀석이 완전히 맛이 갔대!!!

아래의 댓글을 읽었다:

_ 그거 정말이냐?

그리고 또 하나의 댓글:

_ 그거 합법적으로 만들어 놓은 거 같다. 확인해 봐. 방금 내 사이트에도

연결해 놨거든. 진짜 제대로 돌았어……. 이거 완전히 핵폭탄 급이야!!!

　그러고 나서, 그 댓글들은 마치 모두가 일시에 이 사이트에 대한 흥미를 잃은 것처럼 급격히 줄어들었다. 그들은 인터넷상의 다른 무언가에 열광하느라 주의를 빼앗긴 것 같았다. 내 심장이 달음박질을 하듯 뛰기 시작했다.

　내가 만든 사이트 주소를 자판 위에 치고 있는 내 손가락이 덜덜 떨렸다. 어제 만들고 24시간도 채 안 지났는데…… 한눈에 봐서는 내 사이트의 시작 페이지는 어젯밤과 별반 다른 점이 없어 보였다. 입장객이 외롭게 달랑 혼자여서 방문객수 표시란은 하얗게 비어 있는 새로 만든 여느 블로그와 크게 다르지 않아 보였다. 그러나 다음 순간 뭔가가 내 시선을 사로잡았고 목이 조여와 숨이 막힐 것 같았다. 그것은 내가 쓴 글 하단 우측에 나타난 작은 숫자였다. "댓글 27개."

　27개의 댓글이라고? 어젯밤부터 달린 게 벌써 27개라고?

　귀가 멍해지더니 딸각딸각 온통 컴퓨터 자판 두드리는 소리만이 주위에 가득했고 쿵쾅쿵쾅 두방망이질 쳐대는 심장은 더욱 속도를 높여갔다. 내 자신에게 숨을 깊이 들이마셔야 한다는 사실을 상기시켜야 했다. 빈 박사님이 언제나 내게 말씀하셨다. "심장을 잘 관리해야 한다." 나 정도의 덩치를 가진 사람은 심장박동이 조절이 안 되면 위험하다. 내게 그럴 능력이 있는지는 몰랐지만 최대한 인내심을 발휘했고, 둥둥 요동치는 심장의 속도가 느려질 때까지 기다려 가능한 침착하게 댓글이 달린 페이지를 클릭했다.

처음 몇몇 댓글은 딱히 놀랄 만한 수준의 것들은 아니었다. 예상 가능한 말들이 올라와 있었다. 이 녀석, 대체 뭐냐? 무슨 상관? 웃긴 녀석일세. 그러고 나서 그 아래에는 나의 뒤통수를 치는 댓글들이 달리기 시작했다.

_ 죽여준다. 네! 끝까지 지켜보마.

_ 대박, 반가운 소리네! 팝콘은 어디서 구하냐?

_ 네가 끝까지 잘해내면, 나도 동참하마.

_ 오, 훌륭해. 자신을 통제하시겠다는군!

하나 읽고 울컥하다 다시 가라앉히며 나의 내부에서 소용돌이치고 있는 감정을 따라가는 것은 너무도 힘이 들었다. 일순간 분노가 휘몰아쳤다: 사람들은 내가 죽어도 눈 하나 깜짝 안 한단 말인가? 왜 어느 누구도 다른 사람에게 알리지 않았을까? 다음 순간은 짜릿한 전율이 느껴졌다: 빌어먹을 자식들, 어쨌든 그 녀석들이 깊은 인상을 받았단 말이지! 그럼 그렇지, 니들 같은 녀석들이 이런 일을 해낼 용기가 있겠어? 마지막 순간 두려움이 몰려왔

다: 만약 내가 이 일을 감행하지 못한다면 어떻게 되는 거지?

한꺼번에 감당하기에는 너무도 엄청나고 복잡한 감정이었다. 롤러코스터처럼 요동치는 나의 감정의 격랑으로 인해 나는 속이 울렁거리기 시작했다. 컴퓨터실에서 그 자리에서 바로 토해내고 싶었다. 그래도 내가 말했듯, 한 방향으로만 생각할 수가 없어서 나는 댓글을 계속 읽어 내려갔다. 최종적으로 내 운명의 길을 결정짓게 될 그 이름이 눈에 들어올 때까지…….

제레미 스트롱도 당당히 한 말씀 달아 놓았다.

_ 이 막무가내 얼간이 녀석이 만약 이 일을 실행에 옮긴다면, 이 몸이 버터 한 덩이를 몸소 먹어주지! 나는 그 녀석을 아주 잘 알고 있거든. 그래서 말인데, 이 바보 같은 놈이 자살을 하기에는 덩치가 커도 너무 크단 말이지. 내가 크다고 말하면 그건 정말이지 거대한 야수괴물처럼 크단 말이야. 산 속에 사는 설인 같아. 12월 31일이 되면, 버터를 지켜봐라. 그 자식 나타나지 않으면, 쪽팔려서 죽는 거다. 게다가 버터, 이 자식아. 새해 전야에 사람들이 너 같은 자식이 산더미 같이 쌓아 놓은 음식 앞에서 침 질질 흘리면서 입 쩍쩍 벌리며 씹어 먹는 거 지켜보는 것보다 훨씬 재미나고 즐거운 할 일이 많다는 생각은 안 해 봤냐? 정신 줄 챙겨라!

내 이름은 버터

그 녀석의 댓글만으로도 나의 분노는 활활 타오르기에 충분했다. 그러나 아마 제레미 친구 녀석들의 것으로 보이는, 내게 엄포를 놓는 몇 개의 비슷한 댓글들이 잇따라 올라와 있었다. 그 녀석들의 도전적인 댓글들, 특히 제레미가 쓴 것은 내게 그 일을 감행할 만큼의 두둑한 베짱이 있는지를 확인시키는 것이었다. 또한 내가 이런 위협적인 일을 벌이게 된 근원지가 된 사건을 상기시켜 주었다.

나는 이 일에 대해 최종적으로 마음을 먹었다. 그래, 새해 전야에 결단을 내리는 거다. 그 녀석들은 나를 설인(雪人)이니 뚱땡이 멍청이 새끼니 뭐 필즈베리 버터라고 불러댈 수도 있을 것이다. 그러나 아무도, 그 어느 누구도 나를 두고 생판 거짓말쟁이라고는 부르지는 않겠지.

10장

　인터넷 검색엔진을 찾다 보면 "식품으로 인한 사망"은 다소 이 상한 결과를 드러내 보이는 경향이 있다. 나는 컴퓨터 수업의 마 지막 10분 동안 한 끼 식사로 사람을 죽음에 이르게 하는 방법들 을 검색했다. 관련 정보는 그다지 많지 않았다. 내가 찾은 대부분 의 정보들은 식중독으로 고통스런 병치레를 하다 질질 끌며 죽는 그런 것들이었다. 나의 죽음을 실행하려는 목표가 인터넷에서 어 떤 식으로 존재하는지를 보면서 첫째는 유쾌하지 않았고, 둘째는 용두사미로 끝나게 될 것 같은 생각이 들었다. 영화처럼 손에 땀 을 쥐게 하는 연출이나 실패하고 병실에 누워 있는 속편에 관한 계획도 내게는 전혀 없었다. 이것은 오직 한 번뿐인 공연이 될 것 이다.

"뭐 재미난 거 찾고 있니?"

그 목소리에 나는 화들짝 놀라서 다시 현실 세계로 돌아왔다. 고개를 들어 보니 교실은 비어 있었고 내 옆에 서 계신 선생님이 보였다.

"수업은 끝났단다." 선생님은 콧잔등 위로 안경을 밀어 올리며 내 어깨너머를 쳐다보며 말씀하셨다.

나는 나의 통통한 손가락을 날아가듯 잽싸게 자판 위로 가져가 열어 본 페이지 목록을 삭제했다.

"죄송합니다." 나는 중얼거렸다. "저는, 그러니까 수업이 끝났으니까 인터넷에서 뭐 검색을 해봐도 괜찮을 줄 알고 그랬어요." 나는 막 얼버무렸다. 대체 선생님이 언제부터 나를 보고 계셨던 건지 또 그렇다면 수업이 언제 끝났는지도 알 수 없었다.

"자, 여기 이 컴퓨터들은 개인 용도로 사용해서는 안 된다."

나는 컴퓨터 수업의 교재들을 주섬주섬 챙겨서 가방에 넣고 선생님께서 방과 후에 남아야 하는 벌점 카드를 써 주시거나 혹은 무슨 검색을 했는지 자세히 물으실까 싶어서 얼른 책가방을 복도 쪽으로 길게 찼다.

나는 7교시에 맞춰 가느라 서두르는 바람에 교수님 얼굴도 못 알아보고 그만 정면충돌을 하고 말았다. 키 177센티에 몸무게 190킬로 나가는 십대에게 몸이 가로막혀 저지당한 적이 있는가?

그것은 마치 이런 것이다. 먼저, 당신이 들고 있는 모든 것들이 날아간다. 교수님의 경우, 악보 한 뭉텅이와 두 개의 기다란 플롯 케이스가 날아감을 의미한다. 그러고는 마치 몸이 돌기라도 하듯 휘청거리며 뒤로 몇 발자국 물러나게 된다. 교수님의 경우 이런 동작을 하실 때 다른 사람들보다 좀 더 우아하게 보이는데 아마도 내 생각에 그건 그분이 줄리어드 재학 시절에 무용도 공부하셨다는데, 그때문이 아닐까 싶다. 자, 그리고 마지막에 당신은 바닥에 엎어지게 된다. 혹시 당신이 교수님처럼 운이 좋다면, 뒤에 벽이나 라커가 있어서 바닥에 넘어지는 것은 막아줄지도 모른다. 나는 손을 내밀어 교수님을 잡아드리며 그분이 바로 설 수 있게 지탱했다.

"죄송해요." "미안." 우리 둘은 동시에 말하고는 웃었다.

"수업에 늦었거든요. 앞도 안 보고 그냥 막 갔어요."

내가 말했다.

교수님은 머리를 흔들며 말씀하셨다.

"아냐, 주의를 기울이지 않은 사람은 오히려 나다. 내가 그냥 네 앞에 툭 뛰어들었으니 말이다."

"어디서 오는 길이냐?"

교수님은 엄지손가락을 들어 올리며 말씀하셨다.

"교사 휴게실에서 오니?"

"컴퓨터실이요."

"선택 과목이니?" 교수님을 눈썹을 살짝 추켜올려 보이셨다.

"제대로 맞추실 뻔했는데……. 교수님, 컴퓨터 수업은 필수예요. 저는 다음 학기에도 그 수업 또 들어야 하거든요. 그러니 제발 제 시간표 다시 짤 생각일랑 아예 마세요."

교수님은 웃으며 바닥에 흩어진 악기와 악보들을 모으셨다.

"자, 들어보렴. 만약 네가 3학년 때 밴드부 수업에 들어오기로 약속하면, 내가 다음 학기에는 너를 귀찮게 안 하마. 어떻게 생각하니?"

3학년은 또 뭐람?

나는 깊은 한숨을 내쉬었다. 아무렴 어떠냐고.

"네, 알겠어요. 교수님."

바닥에 쭈그리고 앉은 자리에서 교수님께서 나를 올려다보셨다. "정말이니?"

"네. 정말입니다."

교수님은 바닥에 흩어진 남은 몇 장의 악보를 마저 모아서 챙기더니 일어서며 한 손에 구겨진 종이들을 쥔 채 나를 향해 주먹을 쥐어 보이셨다.

"그거 약속하는 거지?"

"약속해요."

"그래, 야, 이거 뭐, 악수라도 나누고 싶지만 보다시피 내 손에 물건들이 들려 있어서……."

교수님은 어깨를 들썩거리며 겨드랑이에 그리고 손가락 사이에 들려 있는 구겨진 종이 뭉치들을 쳐다보며 말씀하셨다.

좋아요. 저도 그다지 악수하고 싶은 마음은 아니에요.

"참, 그리고 교수님?"

"너, 나중에 딴소리하기 없다. 취소하고 그러기 없다."

"네, 그러지 않아요. 그냥…… 저 지난밤에는 제가 무례하게 굴어서 또 부모님께 로건스에 간다고 거짓말해서 죄송해요. 아마도 제가 교수님 입장을 곤란하게 한 것 같아요."

"사과 같은 건 안 해도 된다. 나도 어제 다시 16살, 십대로 돌아간 기분이었거든. 네가 믿든 안 믿든 말이다."

"안 믿는 쪽이요." 나는 활짝 웃어 보였다.

"그래, 아주 재미있구나." 교수님은 양팔 가득 물건을 들고 계신 상태로 손목에 찬 시계를 확인해 보셨다.

"야, 우리 둘 다 마지막 교시에 늦겠다. 너 빨리 뛰어가야겠다."

나는 두 눈을 말똥말똥 굴리며 말했다.

"교수님 제 몸으로 뛰는 것처럼 보이나요?"

교수님은 복도 쪽으로 몇 발자국 물러서며 말씀하셨다.

"그럼, 빨리 걸어가려무나."

나는 교수님께 손을 흔들어 보이며 복도의 위쪽으로 향했다.

"버터, 마지막으로 한 가지만 더."

나는 고개를 돌렸다.

"브라스 보이즈 밴드가 내일 로건스서 이른 시간에 공연을 하거든. 그래서 공연장 문 닫고 나면 오늘 리허설 하러 모일 거다. 마음 내키면 너도 한번 들리렴."

나는 어깨를 들썩여 보이며 말했다. "네, 한번 생각해 볼게요."

"네 마음 가는 대로 해라. 그렇지만, 내년에 밴드부 들어온다는 약속은 다시 생각해 보고 뭐 그런 거 없는 거다. 알았지? 이미 확실히 얘기된 거다." 교수님은 뒷걸음질을 치며 다시 한 번 종이를 들고 주먹을 쥔 손을 가리키며 말했다.

"3학년 때 하는 걸로, 너 약속한 거다."

나는 억지웃음을 지어 보이며 교수님이 돌아설 때까지 고개를 끄덕였다. 교수님께 거짓말을 하고 있다는 사실에 마음이 무거웠다. 안나에게 거짓말을 할 때보다 훨씬 불편한 마음이 들었다.

나는 로건스에 들러야겠다고 마음먹었다. 그렇게 하면 교수님이 기분 좋아하실 것 같고 또 그분께서 겪게 될 상실감을 상쇄하기 위해서라도 뭔가 좋은 일을 하고 싶기도 했다. 게다가, 마지막으로 브라스 보이즈 밴드와 함께 어울려 보는 것도 꽤 괜찮을 거라는 생각도 들었다. 나는 교실을 향해 부지런히 발걸음을 옮기며, 마지막으로 한 번씩 내가 해야 할 일들의 목록을 머릿속으로 만들기 시작했다.

* * *

"너 지각이다."

이런, 하루 종일 선생님들께 걸리는 날이구나.

"그 애 지각한 거 아닌데요. 복도에서 다른 선생님을 도와드리고 있었어요."

"우즈, 복도에서 벌어지는 일은 감시카메라가 알아서 할 일이고, 이 수업이 시작하면 너희들은 자세를 잡고 앉는 거야. 그러고 나면, 그 사이에 허용 범위 내의 지각이 어떤 것들이 있는지 너희들의 의견을 피력할 기회를 주는 거다. 알겠니?"

선생님은 나를 향해 주의를 돌리면서 말했다. "너는 지각이다." 그 순간 그 여자 선생님께서 방과 후 남아야 하는 벌점 카드를 집어 들려는 게 분명했지만, 나는 쳐다보지 않았다. 나는 제레미와 어울리는 트렌트 우즈 녀석의 그 '입'에서 눈을 뗄 수가 없었다. 내가 빤히 쳐다보자 그가 다시 입을 열었다.

"정말이에요, 선생님. 저 애가 교수님을 위해 바닥에 떨어진 종이 뭉치를 주워드리는 것을 제가 봤어요."

아마 그 말을 듣고 선생님이 멈추신 게 분명한가 보다. 왜냐면, 내가 선생님을 올려다봤을 때, 선생님의 손에는 벌점 카드 같은 것은 들려 있지 않았다. 사실, 던 교수님의 명성은 우리 학교 주변에서 그 정도의 영향력은 가지고 있었다.

선생님은 양 입술을 닫고 삐쭉이더니 말했다.

"그냥 가서 앉아라."

나는 트렌트 녀석 바로 옆에 나를 위해 따로 남겨 놓은 대형 사이즈의 책상에 앉았다. 나는 맞은편 분단에 앉아 있는 그 녀석을 건방진 눈초리로 홀깃 쳐다보았다. 그런데 이번은 내 예상이 빗나갔다. 분명히 그 녀석이 나를 향해 엄지손가락을 치켜들고 있었다. 나는 그 녀석을 향해 썩은 미소를 날려주고 고맙다는 표시로 고개를 까닥여주든 뭐든 해주었어야 했다. 그러나 빌어먹을, 내 기분은 정말 말이 아니었다. 내가 모르는 애들도 지나다니며 내게 말을 걸어 주고, 그리고 내 생각에 나를 싫어한다고 생각하고 있던 애들은 나를 위해서 방과 후 남는 벌점 카드를 받는 위험도 감수를 해 주고 있다. 대체 이런 상황에서 뭐를 어찌해야 한단 말인가? 나는 계속 바보처럼 트렌트가 치켜세운 엄지손가락을 응시하고 있다가 등 뒤에서 엄지손가락이 닿는 것을 느꼈다. 나는 최대한 선생님의 주의를 끌지 않도록 하며 뒤를 돌아다보았다. 내 뒤에는 이전 대수학 시간에 나를 위해 질문에 답을 해주었던 그 애가 앉아 있었다. 그런데, 지금 자세히 보니 그 녀석은 트렌트와 제레미의 친구다. 그 녀석은 얼굴 가득 미소를 지으며 팔을 뻗더니 내 어깨를 주먹으로 툭 쳤다.

"너 완전 멋진 놈이다." 그가 속삭이며 말했다.

오라, 이제 나를 위한 안전 구역은 어디에도 없구나. 이도저도 안 되는 상황이구나.

"야, 고맙지?"

"됐어, 사양하겠어."

"왜? 뭣 때문에?"

"쉿, 조용히 해!" 바로 옆에 어떤 여학생이 발끈하며 말했다.

내 뒤에 있던 그 녀석이 더 목소리를 낮추며 말했다.

"일을 흥미롭게 끌고 가려면" 그가 숨을 내쉬었다.

"전설이 되는 거지." 맞장구를 치는 트렌트 녀석의 목소리가 커서 선생님한테까지 들렸나 보다.

선생님은 방과 후 남는 벌점 카드를 주겠다며 우리들의 대화를 차단시켰지만 그 녀석들이 지껄이는 소리가 내 귀에 들렸다. **전설, 멋진 놈.** 이 녀석들이 정말 제레미 스트롱의 친구가 맞단 말인가.

나는 수업시간 내내 초조한 기분으로 안절부절 꼼지락거리며 겨우 참고 있었는데 갑자기 종이 울리는 소리가 들렸다.

내 이름은 버터

"고마워." 나는 책가방을 싸며 드디어 트렌트 녀석에게 한마디 뱉어 줄 수 있었다.

"별말씀을. 나는 트렌트라고 해. 그리고 이쪽은 파커야."

트렌트는 내 등을 주먹으로 치는 시늉을 했다.

"어, 나는—" 당혹스럽게 하는 게 나을 듯싶었다.

"내 이름은 버터야."

"오, 우리 알고 있어." 파커가 말했다. "그리고 인마, 곧 모두가 알게 될 텐데."

"그래, 들어 봐. 그거 말이야, 내가 알리기는 했는데, 그렇지만 어디까지 퍼져나갔으면 좋은지는 나도 모르겠어."

나는 탄산음료 자판기 앞에서 만난 그 여자애, 27개의 댓글들. 내 어깨너머로 보고 계시던 선생님을 떠올렸다.

"어느 학생의 부모님이나 선생님이라도 알게 된다면……."

"우리는 그런 일은 벌어지지 않게 할게." 파커가 약속을 했다.

"누구든, 너를 밀고하는 애가 있으면 우리가 알려 줄게."

트렌트는 더욱 사려 깊었다. 그는 얼른 뒤로 기대서며 팔짱을 꼈다.

"그래도, 버터, 알면 도움이 될 거야. 그 사이트를 보호하는 패스워드를 거는 게 좋을 것 같다. 혹시 모를 고자질쟁이들을 사전에 차단하기 위해서 말이야."

"좋아." 나는 쉽게 동의했다. 내가 이 녀석들과 대화를 나누고 있다는 사실에 다소 멍해지기도 했다.

"패스워드 한번 생각해 볼게."

"마가린으로 정해라." 트렌트가 지시했다. "그러면 우리가 그 단어를 애들에게 퍼뜨려 줄게."

"캬! 기발하다." 파커가 머리를 책상에 부딪치며 말했다.

"마가린이라! 퍼뜨려. 완전 대박이다."

우리는 교실을 벗어나 돌아다니다가 사물함이 있는 복도에서 아까 탄산음료 자판기 앞에서 마주친 그 여자애를 보았다.

"밀고자는 어쩌지? 이미 그걸 본 애들 말이야?" 트렌트는 내 시선을 쫓아가다가 내게는 걱정스런 눈빛을 보내고 옆에 두 녀석을 보고는 혼란스러운 표정을 지어 보이는 그녀를 쳐다보며 말했다.

트렌트는 의미심장하게 고개를 끄덕여 보이며 파커에게 말했다. "우리가 그것도 처리해 줄게." 그는 다시 복도로 걸어가면서는 원래의 큰 목소리로 바꾸어 말하기 시작했다.

"그 웹사이트에서 치는 최고의 장난이었어." 그가 나를 향해, 그리고 파커를 향해 외쳤다. "파커, 너 홀랑, 속은 거 아니냐?"

파커는 복도 반대쪽으로 이동하며 트렌트에게 다시 소리쳤다.

"말도 안 돼. 그렇지만 잘 속는 놈이라면 그랬겠지. 아무도 엄마한테 가서 징징대며 일러바치는 멍청한 짓이나 안 했으면 좋겠다."

그 녀석들은 북적이는 학생들 속으로 사라졌고 내 시선은 복도 맞은편에 있는 그 여학생에게 다시 돌아왔다. 그녀에게 일말의 동정심이라도 남아 있었다면, 그녀는 그것을 자신의 붉어진 얼굴과 쏘아보는 눈빛으로 위장했을 것이다.

그녀는 사물함 문을 쾅 소리가 나도록 세차게 닫고는 쿵쿵거리며 걸어갔다.

"고마워, 얘들아." 나는 속삭이듯 말했다. 그러나 복도에는 아무도 남아 있지 않아서 내 말을 들을 사람은 없었다.

나는 미끄러지듯 움직여 주차장까지 갔다. 나는 교사전용 출입구로 몰래 들어가는 대신 정문을 통해 걸어 들어갔다. 내 차까지 평소보다 좀 더 걷는다 해도 별 신경이 안 쓰였다. 갑자기 세상이 좀 더 밝아진 것 같고 화려해 보였다. 이제 나는 왜 오늘 아침 해가 구름 뒤에 숨지 않았는지를 알 것 같았다. 그건 오늘은 우울한 날이 아니라 그 어느 때보다 맑게 빛나는 날이기 때문이었다.

11장

"어 나이트 인 튀니지아."

"쿠바노-베, 쿠바노-밥"

"코코"

"띵즈 투 컴"

와, 끝내주는 선곡이군!

교수님과 나는 찰리 파커와 디지 길레스피의 곡들을 계속해서 연주했다. 마지막 한 시간에는 연주만 했다. 브라스 보이즈의 단원들이 하나씩 하나씩 악기를 내려놓더니 아예 연주를 들으려 바에 가서 앉았다.

"멋져요. 찰리 파커와 디지 길레스피의 다른 곡들도 들려주세요!" 무대 아래쪽 어딘가에서 외치는 한 목소리가 들려왔다. 로건스 극장의 매니저였다. 나의 눈은 어둠에 익숙해져서 그가 현장을 분주히 돌아다니며 다른 직원들을 도와 테이블들을 치우고 의자들을 쌓고 있는 것을 볼 수 있었다.

"자, 어쨌든 우리도 좀 쉬었다 하자."

교수님은 다시 외쳤다. 교수님이 트럼펫을 내려놓자 부어올라 있는 두 입술이 보였다.

"버터, 안 피곤하니?"

나는 어깨를 으쓱거렸다. 어쨌든 난 별로 피곤함을 느끼지 않았다. 저녁 내내 서서 색소폰을 불어댔는데도 그렇게 한 시간은 너끈히 더 연주할 수 있을 것 같았다.

"네, 저는 쌩쌩해요, 교수님. 혹시 교수님께서 못 버티시겠거든, 뭐, 잠시 쉬어도 좋고요." 나는 윙크를 하며 말했다.

교수님은 고개를 내저으셨다. "그럼, 계속해서 솔로 연습해 보자. 독창적인 거 뭐 없니?"

나는 몸을 살짝 꼬면서 말했다. "딱 하나 있기는 해요."

"정말?" 교수님은 눈썹을 살짝 치켜올리며 무대에서 몇 걸음 뒤로 물러섰다. 웨이터가 교수님을 위한 칵테일을 한 손에 들고 기다리고 있었다. 교수님은 칵테일을 받아 한 모금을 마셨다. "자, 어디 들어 볼까?"

브라스 보이즈 단원들이 앉아 있는 쪽이 어두워서 안 보이는 게 다행이다 싶었다. 나는 지금껏 그 단원들 앞에서 내가 만든 곡을 한 번도 연주한 적이 없었다. 그래서 혹시 그들이 내 곡을 마음에 들어 하지 않을지도 모르니 그들의 얼굴을 직접 보는 것이 부담스러웠다. 나는 숨을 깊이 들이마신 후 색소폰을 입술에 갖다 대고 마지막이 될 그 밤을 위해 안나를 위해 만들었던 곡을 연주하기 시작했다.

"와, 좋은걸." 내가 연주를 끝내자, 바에 앉아 있던 누군가 나직이 속삭이는 소리가 들렸다. 다른 쪽에서는 박수갈채가 쏟아졌다.

"와우, 제목이 뭐냐?" 다른 누군가가 물었다.

"어, 별로 말하고 싶지 않은데."

"와우, 그거 여자를 위해 만든 거 맞지?"

"오, 저건 여자를 생각하며 만든 것이 분명해. 처음 몇 소절 듣고는 딱 느낌이 왔다고."

나는 색소폰을 케이스에 다시 집어넣고 바에 앉아 있던 단원들 쪽으로 갔다. 색소폰 연주자인 빌리가 스툴을 끌어당겨다 앉는 부분을 손으로 툭툭 쳤다.

"여기 앉아라. 버터. 대체 그 곡의 주인공 여자애가 누구냐?"

"안나 맥긴이니?" 교수님이 추측을 해 보셨다.

나는 교수님을 힐끔 쳐다보았다.

"좋아, 좋아, 우리한테는 말 안 해도 돼."

교수님은 양팔을 들어 올리며 항복하는 시늉을 하더니 한 손으로 캐러멜 색깔이 감도는 액체가 담긴 작은 잔을 감싸 쥐셨다.

　나는 손가락을 들어 바텐더를 불러 교수님이 들고 계신 잔을 가리켰다.

　"저도 저 분이 드시고 있는 걸로 한 잔 주세요."

　"아, 저 애는 안 돼요." 교수님은 들고 있던 유리잔을 바에 있는 테이블 위에 툭 내려놓으셨다. "저 애는 아직 술 마실 나이가 안 됐어요."

　"나를 해고당하게 할 속셈이지?"

　그러고는 교수님은 나를 가리켰다.

　"아무리 영업이 끝난 뒤라 해도 내가 너를 이 바 안으로 데리고 들어온 것만으로도 따지고 들면 문제에 처할 수 있단다. 그런데, 거기다 미성년 범죄 방조 혐의까지 받고 싶지는 않다."

　교수님은 그 액체가 담긴 잔을 들어 입술에 갖다 대고는 위스키의 향을 음미하셨다. 그 모습은 언제나 나의 아빠를 떠오르게 했다.

　"게다가 이런 종류는 네가 잘못 먹었다간 죽을 수도 있다."

　교수님의 그 말씀이 내게 번갯불과 같은 충격을 주었다. 알코올은 나를 죽음에 이르게 할 것이다. 물론 교수님이 하신 말씀은 수십 년이라는 장시간에 걸쳐 간이 손상되는 것을 의미했을 것이다. 그러나 만약 이 짧은 몇 주 동안 그 어느 방법도 내가 찾지 못한다면, 알코올을 마시면 죽을 수 있을 것이다. 나의 새해 전야 식사 메뉴에 보드카도 몇 병 추가하기로 나는 마음속에 새겨 두었다. 내가 만약 충분한 양을, 그것도 아주 빨리 마신다면, 나의 만찬이 끝나갈 즈음, 나는 분명히 알코올 독이 퍼져서 죽음에 이를 수 있게 될 것이다.

"교수님 말씀이 옳아요. 교수님을 곤란하게 하고 싶지는 않아요." 나는 머리를 가로저으며 바텐더를 다시 불렀다.

"저는 코카콜라나 한 잔 주세요. 오리지날로 주세요. 다이어트 니 뭐 그딴 말이 들어간 건 사양입니다. 아시죠?"

그때 문득 한 가지 생각이 떠올라서 나는 교수님께 짓궂은 미소를 지어 보였다.

"아, 물론 제가 교수님을 해고당하게 만들면, 저도 내년에 밴드부에 들어갈 필요도 없어지겠죠."

옆에서 듣고 있던 빌리가 짐짓 놀랐다.

"밴드부라고? 와, 던 교수님, 버터는 교수님이 이끄는 고등학교 애들 수준 치고 너무 훌륭해요."

그는 나를 향해 돌아보더니 잔을 손가락으로 톡 건들며 윙크를 했다.

"버터, 너는 네 이름을 걸고 밴드부 하나 결성해야 되겠다. 록

앤롤과 재즈가 혼합된 작은 밴드."

나는 머리를 가로저었다. 언제나 연주와 함께. 내 뼛속까지 울려 퍼지는 색소폰 소리로는 충분치 않다. 브라스 밴드 연주 한 곡이 아름다운 세계로 또는 다른 아름다움으로 나를 이끌기에 충분치 않다. 나 자신을 위해서라면 하루 종일도 연주를 할 수 있겠지만, 그러나 현실에서 내가 이 악기에 쏟아 부은 수많은 노력의 실질적인 보상을 받기 위해서는, 다른 사람들을 위해서 연주를 해야 하는 것이다. 주목을 받기 위한 공연. 대학 입학 장학금을 따내기 위한 공연. 돈을 받기 위한 공연. 이런 것들이 바로 색소폰 연주를 다른 여느 일들 마냥 실망스럽게 만드는 부작용들이다.

"나는 다른 사람들을 위해서는 연주하고 싶지 않아요."

그건 전적으로 옳은 말은 아니었다. 음악에 열정을 가진 다른 사람들처럼, 나도 내 연주를 들려주고 싶다. 그러나 내 모습을 드러내고 싶지는 않다.

"뭐라고? 너 방금 우리를 위해서 연주를 했잖니. 흐느끼듯이 온몸으로 연주를 했잖아!"

빌리는 자기 앞에 놓인 음료를 단숨에 들이키며 말했다.

"음, 어둠 속에서 연주를 할 때는 좀 다르거든요."

나는 아래쪽을 흘깃 내려다보았다. 바 맞은편 쪽에서 그리고 스툴 아래 옆쪽에서 새어나오는 브라스 밴드부의 단원들의 눈빛이 나의 시선을 따라 내 군살을 응시했다.

오직 교수님만이 나의 얼굴에 시선을 고정시키고 계셨다.

"버터, 사람들이 네 음악을 들을 때, 너의 외모로 너를 판단하지는 않는단다."

나는 교수님의 눈을 똑바로 응시했다.

"그것 좀 보세요. 교수님, 바로 그 점이에요. 사람들은 외모를 쳐다보느라 너무 정신이 없을 때는요, 음악에도 집중을 하고 있지 않는 거예요."

"그래 좋아. 나도 이 일을 오랜 시간 해 오고 있는데 말이야, 난 던 교수님 생각에 한 표 던진다." 빌리가 말했다.

"얘야, 방금 네가 했던 것처럼 연주를 하면, 사람들은 네 외모에는 전혀 신경을 쓰지 않는단다. 젠장, 그 사람들은 단순히 네 연주를 듣고 있는 게 아니야. 그들은 너의 음악을 느끼는 거야. 느낀다고. 알겠니?"

글쎄, 타들어 가는 진한 향초 냄새나, 연기를 피우는 대마초 한 대쯤이라면 빌리의 말에 죽이 맞아 장단을 맞췄을지도 모르겠지만, 그러나 그 순간 나의 심정으로는 인류를 바라보는 빌리의 히피적 신념에 공감을 할 수가 없었다. 사실 그는 자신의 주장과는 상당히 모순된 외모를 갖고 있다. 그는 수십 년간 길러온 긴 머리를 하고 있고, 나 같은 몸에는 맞을 리 만무한 가죽 재킷을 걸치

내 이름은 버터

고 다닌다. 금속단추로 장식되어 있는 그의 팔찌를 보면 더 나이 어린 사람들과 친해지려는 그의 의도가 뻔히 드러나 보인다. 그 것은 빌리가 얼마나 연주를 잘 하는지의 문제가 아니다. 그는 어쨌든, 그런 것들을 착용하면서 외모를 멋지게 보이려는 노력을 하고 있다는 사실이다.

"글쎄요, 뭐, 언젠가 사람들이 라디오를 통해 저의 음악을 있는 그대로 '느낄 수'도 있겠죠." 나는 의견을 냈다.

빌리는 능글맞은 미소를 지어 보였다. "오, 나의 친구여, 라디오를 통해서 음악을 느끼는 건 폰섹스만큼 만족스럽겠다. 멋진데! 그런데, 그건 분명 같은 느낌은 아니야. 종류가 다르다고."

나는 늦은 밤 안나와 하는 웹사이트 채팅을 떠올려보며 그의 말에 공감할 수밖에 없었다.

"알았어요, 빌리, 오늘 밤의 청춘의 타락은 이 정도면 충분할 것 같아요."

교수님이 바텐더에게 값을 지불하려 했지만 그 바텐더는 극구 사양하며 한 손으로 빌리를 잡으며 나를 쳐다보았다.

"너에게 한마디 해주마. 만약 여기 이 친구가 술을 계속 마신다면, 브라스 보이즈 밴드는 색소폰 연주자가 한 명 부족하게 될 게다. 그러면 네가 와서 우리랑 연주를 해도 좋다."

겉으로 나는 빌리와 또 다른 브라스 보이즈 단원들과 잠시 웃고 있었지만, 나는 내 자신의 모습을 그려 보았다. 어두운 무대와 객석에 앉아 있는 친구들 그리고 내 옆쪽에는 동료 연주자들, 나는 멋진 가죽 재킷을 걸치고 있고 안나를 위한 곡이 나의 색소폰에서 흘러내린다.

그러나 내 몸에 맞는 그 빌어먹을 가죽 재킷을 만들려면 여러 마리의 소를 도살해야만 된다는 생각에 이르자 나의 몽상도 희미하게 사라졌다.

* * *

나는 그 주말을 인터넷에 접속해서 '색소폰맨' 사이트와 '버터' 사이트를 왔다 갔다 하면서 안나와 채팅을 하고 한편 '버터' 사이트를 지켜보며 보냈다. 패스워드를 걸어야 한다는 트렌트와 파커의 생각은 옳은 것 같았다. 비난과 우려가 섞인 댓글들은 확실히 줄었고, 전체적으로 새로 올라온 댓글들이 거의 없는 것으로 보아서 아마 그 녀석들이 그 마가린이라는 패스워드를 아주 멀리까지는 아직 퍼뜨리지 않은 모양이다.

나는 '버터' 사이트에서 빠져나와 '색소폰맨' 사이트로 들어가 혹시 친구 목록에 안나의 이름이 올라와 있지 않을까 하는 기대를 안고 입장을 했다. 안나의 이름은 없고 대신 터커의 이름이 보였다.

    _ 안녕, 빼빼야.

나는 내 인사에 답을 하며 웃고 있을 터커의 편안한 미소를 상상했다.

    _ 아직, 빼빼는 아냐. 그냥 계속 노력 중이지.
    _ 지금 이 시간에 채팅을 하고 있는 걸 보니 뭐 그리 열심히 노력 중은 아닌가 보다. 트롤 성직자나 딴 거 뭐 그런 역할을 맡는 게임 같은 거 네가 하잖니?

나는 터커가 그런 역할을 맡는다는 것을 비난하고 있는 것은 아니다. 나도 가끔은 현실에서 벗어나서 그런 게임을 해보고 싶기도 하다.
내가 만약 그런 역을 맡는다면 어쩌지?

    _ 내 장담컨대, 네가 맡은 트롤은 조그맣고 빨강색의 비키니를 입고 머리에는 리본까지 달고 있을 거다. 그치.

_ 무슨 소리! 비키니는 물방울 무늬가 있는 초록색이야.

자판을 두드리며 나는 소리 내어 웃었다.

_ 이 자식아. 너, 이제 집에만 있지 말고 밖에도 좀 더 자주 나와야 된다.

_ 아니, 나는 애리조나를 벗어나야겠어.

_ 그럼, 어디로 갈 거니?

나는 터커가 답을 쓸 때까지 계속 웃고 있었다.

그리고 그가 쓴 글을 읽자마자 나는 방을 벗어나서 차로 달려가 그의 집으로 향했다.

12장

기관이라고? 그 녀석이 정말 농담을 한 건가?

나는 고속도로를 향해 달리며 나의 애마 BMW를 제한속도까지 밟았다. 핏팹 캠프의 모든 사람들은 그 기관이 공장과 같다는 것을 알고 있었다. 뚱뚱한 어린이들이 들어가서 로봇이 되어 나온다. 어쨌든 그것도 나왔을 경우에 말이다. 게다가, 시카고는 추워도 너무 추운 곳이다!

오케이, 잠시 부연 설명을 하겠다. 그 기관은 뚱뚱한 어린이들을 위한 기숙학교 같은 곳으로 시카고라 불리는 머나먼 땅에 위치해 있는데, 핏팹 캠프 아이들에게는 드라큘라의 전설이 내려오는 트란실바니아와 같은 곳이라 해도 과언이 아니다. 왜냐면, 다른 아이들과 달리 그곳의 캠프파이어 이야기들은 숲 속의 괴물이

나 도끼를 들고 따라오는 살인자들에 관한 것이고 그 기관의 선생님들은 시체 먹는 악귀들이라는 이야기들 때문이다. 그것은 연중 계속되는 비만아를 위한 캠프로 미술공예 수업 같은 것도 신선한 소나무 향도 없는 그런 곳이다.

그곳은 캠프의 상담 선생님들조차 도울 수 없는 상황일 때 보내지는 곳으로 부모님들도 더 이상은 가까이 계시지 않는 그런 곳이다.

그런데 터커가 바로 그곳에 가기를 원했던 것이다. 혹은 그가 그렇게 주장하는 것일 수도 있다. 어쨌든 나는 믿을 수가 없었다. 내가 직접, 내 귀로 들어야 했다. 사실, 자동차 가속페달을 밟고 터커의 집을 향해 가면서도 그 사실에 상당히 회의적인 생각을 갖고 있었다. 나는 이미 그를 구해낼 임무를 계획하고 있었다. 터커의 엄마가 그를 강제로 그곳에 보내는 것 같은 낌새가 보이면 그 계획을 실행에 옮길 생각이었다. 나는 터커 어머님께 홈스쿨링이나 제빵 등에 관해 여러 가지 질문을 쏟아 내어 그분의 주의를 흐트러뜨릴 것이다. 필요하다면, 어머니가 움직이지 못하게 할 것이다. 그때 나는 슬쩍 자동차 열쇠를 떨어뜨리고 그러면 터커가 가져다가 내 차를 갖고 내빼는 것이다. 확신컨대, 터커의 어머니가 몰고 다니는 스테이션 웨곤보다는 내 BMW가 더 빨리 달릴 수 있을 것이다.

내 이름은 버터

나는 포이닉스 중심부에 위치한 터커의 집 앞에 차를 댔다. 나는 그 동네에 몇 번밖에 와 본 적이 없었지만, 그러나 왜 우리 둘이 핏팹 캠프를 벗어나서는 자주 만나지 못했는지가 생각났다. 포이닉스와 스카츠데일은 서로 나란히 이웃한 지역인데도 때로 동떨어진 서로 다른 행성처럼 보였다. 나는 터커의 집이 조금 작고 또 조금 낡은 곳이라는 사실을 잊고 있었다. 그 집을 보자니 내게는 불현듯 한 가지 질문이 떠올랐다. 가만, 터커의 어머니가 그 기관에 들어가는 비용을 어떻게 감당하시지? "보조금", "장학금", 그리고 "보험금" 이런 단어들이 내 머릿속을 헤집고 다녔다. 너무 머리가 복잡해져서 나는 그 비용 감당의 질문은 잠시 접어 두기로 하고 당장 눈앞에 있는 과제를 해결하는 데 집중하기로 했다.

주변을 한 번 둘러보았다. 누군가를 붙잡으러 오는 사람들 같은 복장을 하고 떼를 지어 서성거리는 사람들은 보이지 않았다. 문을 두드려도 안전할 것 같았다.

터커가 놀란 입을 다물지 못하고 문을 열며 말했다. "버터!"

핍팹 캠프에는 중요하지만 으레 묵살당하는 규칙이 하나 있는데 그것은 달갑지 않은 자신의 별명은 문에다 버려두고 들어가는 것이다. 그러나 그 별명이 특히 체중과 관련하여 경멸하는 그런 것이라면 더더욱 그러하다. 그러나 캠프 내에서 상담 선생님들이

듣지 못할 만큼의 거리에 계실 때, 우리들 사이에서 별명은 아무렇지 않게 사용된다. 어쨌든, "버터", "무스" 그리고 "처브" 같은 이름들이 이백 킬로의 과체중에 달하는 다른 십대들의 입에서 흘러나올 때 과히 듣기 좋지는 않다.

"아니, 여기서 뭐 하고 있는 거니?"

내가 들어가도록 현관의 중간 문을 열어주면서 터커가 물었다.

"너, 장난인 줄 알았냐? 내 컴퓨터가 고장이 난 건지 꼭 좀 확인을 해야 했어. 수신 메시지에 이상이 있는 것 같아서 말이야. 바로 네가 기관에 들어간다는 그런 말도 안 되는 메시지를 내가 하나 받았거든."

"음, 나 들어가." 터커는 한쪽 발에 실려 있던 무게 중심을 다른 쪽 발로 옮기며 고쳐 섰다. 그런 동작은 터커처럼 뚱뚱한 애들이 하면 우습게 보이는 동작인데, 그러고 보니 터커가 정말 살이 많이 빠졌다. 게다가 터커 녀석은 걸을 때도 허벅지 살들이 서로 부대끼지 않을 만큼 공간이 생겨서인지 발을 옆으로 쭉쭉 뻗는 것도 내 눈에 들어왔다.

"터커, 그 기관은 살을 빼다 안 되는 애들이 들어가는 곳이야. 네 자신을 봐봐! 너는 지금도 잘하고 있잖아. 네 스스로 잘해내고 있잖아!" 나는 사양 않고 터커가 이끄는 대로 거실 소파까지 따라 들어갔다. "내가 너를 빈 박사님 병원에서 만났을 때, 네가 핏펍 캠프로 다시 돌아가려나 싶었거든. 근데 네가 이제 시카고로 간다고? 너 그런 기관에 안 들어가도 되잖아. 끝도 없이 시키는 마인드 컨트롤, 그리고 그 지긋지긋한 무지방 식단—"

"버터—"

"네가 먹을 때, 잘 때, 누구랑 말을 할 때, 또 무슨 말을 할 때마다 이어지는 그들의 통제. 게다가—"

"버터, 그만, 거기까지!" 터커가 주먹을 불끈 쥐어 보였다.

"그 기관은 그런 곳이 아니야."

내가 끼어들려 하자 그가 단호히 손을 내저으며 막아섰다.

"나, 진지하게 결정한 거야. 거기 방문도 해 봤어. 엄마랑 나랑 가서 확인해 봤어. 그리고 우리가 들었던 것처럼 그렇게 끔찍한 곳은 아니야. 식단이나 운동 그리고 체중에 관해서 상당히 엄격한 것은 맞아. 의사 선생님의 소견서 없이 운동 시간을 너무 많이 빼먹으면 퇴소 조치를 취하고 환불도 안 해줘. 그런데 그 이외에는, 그냥 학교 같은 곳이라고 보면 돼."

"기숙학교 같은 거지." 내가 정정을 해주었다. "그럼 통금 시간 같은 것은 어떻게 되는데? 기숙사 사감이 매일 밤 방을 확인하고 간식이나 뭐 소지품 같은 거 압수하고 그런 거 말이야?"

"음, 기숙사에 들어가면 그렇겠지. 근데, 나는 기숙사에 들어갈 자격이 안 돼." 터커는 움켜쥔 주먹을 내려놓으며 다시 발을 바꾸어 고쳐 섰다. "그건 아주 심각한 비만 학생들에게 해당하는 거야. 나는 너무…… 나는 기숙사에 들어갈 만큼 뚱뚱하지는 않아서." 그는 나를 쳐다보았다. "그래서 엄마랑 나랑 거기, 시카고로 이사를 가는 거야."

"뭐? 그럼 어디서 살 건데?"

"이모네서, 그냥 잠시 동안만, 엄마가 일자리를 구할 때까지."

"말도 안 돼, 너 농담이지?"

"농담 아냐. 들어봐, 버터, 나는 정말 체중감량 하는 거 정말 진지하게 하고 있거든. 근데 최근 들어서 계속 해나가기가 쉽지가 않더라고. 그래서 도움을 받기로 결정했어. 그런데, 그것 말고도 다른 이유들도 더 있어."

그는 내 옆에 와서 앉았다.

"너는 홈스쿨링을 한다는 게 어떤 건지 잘 모를 거야. 해마다 여름이나 되어야 고작 몇 명의 친구들을 가질 수 있는 게 어떤 건지 너는 몰라. 그러다 보니 내가 자꾸 먹는 일에 몰입하게 되는 거야. 운동도 멈추게 되고 던킨 도넛으로 달려가게 되거든. 왜냐면, 그렇게 내 몸무게가 늘수록 엄마가 나를 핏팹 캠프에 보낼 구실이 늘거든. 그래야 내가 가서 너희들이라도 만날 수 있게 되니까. 그런데 그런 식으로는 더는 못 버티겠더라고."

도넛과 핏팹 캠프 친구들. 터커는 자신의 비만의 시발점에 관한 이야기를 하고 있었다.

핏팹 캠프에서 상담 선생님들은 우리에게 언제나 계기가 된 일, 시발점—우리를 먹고 싶게 만드는 작은 사건들—이 무엇이었는지를 알도록 코치해 주셨다. 그리고 그분들은 우리에게 좀 더 내면 깊이 들어가 체중 증가에 결정적 계기가 된 것을 하나 찾아보고 그것과 대면하도록 하셨다. 마치 그저 한 가지 이유밖에는 없는 것처럼 말이다.

여기 바로 나의 그 계기가 된 한 사건이 있다. 그것은 바로 유전학이라는 것이다. 나는 언제나 다른 애들보다 더 뚱뚱했었고 루이스 삼촌도 상당히 뚱뚱했다. 시발점을 찾자면, 나와 거리를 두는 아빠의 모습이 뭔가에 늘 허기지게 만들었고, 엄마의 해결책은 나의 허기진 배를 음식으로 채워 주는 것이었다. 그리고 학교에서는 제레미 같은 개자식들이 나로 하여금 밖에 나가 친구들을 사귀는 대신 음식을 향해 손을 뻗치게 만들었다는 것도 알 수 있었다. 그것들 중 그 어느 것도 내 잘못이 아니다. 그렇다면 대체 내가 그것들을 어떻게 고칠 수 있단 말인가?

나는 정말이지 핏팹 캠프에서 연습하는 것들의 요지가 뭔지 이해할 수가 없었다.

터커는 계속해서 말을 이어갔다.

"한 해만 더 지나면 우리 모두는 핏팹 캠프에 들어가기에는 너무 나이가 많아져. 우리들 자신의 방법을 찾아야 해. 게다가, 나는 정말 졸업이라는 것을 해보고 싶어. 한 학급에 일원도 되어 보고 싶고, 학사모도 던져 보고 싶어. 내가 여기서 뜬금없이 학교에 등록해서 3학년에 다니는 거 그림이 그려지니?"

나는 고개를 가로저으며 미소를 지어 보이려 했다.

"아니, 너처럼 그렇게 빼빼 마른 홈스쿨링 받던 나약한 녀석이? 상상도 안 돼. 다른 녀석들이 너를 산 채로 잡아먹어 버릴걸."

터커가 소리 내어 웃었다.

"바로 그거야. 또, 나는 정말 평범한 몸집을 갖고 학교에 다니고 싶거든. 교실까지 걸어가고, 여학생들이랑 이야기도 나누고, 그리고 내가 어떻게 그 덩치에서 살을 뺐는지 일일이 설명할 필요도 없으면 좋겠어. 왜냐면 그 애들은 처음부터 내가 살이 쪘었다는 사실도 모를 거잖아. 새로운 시작, 어떤 건지 알겠지?"

그렇게 말하는 터커는 편안해 보였다. 그는 이미 평범한 수준에 달해 있었고, 대학에 다니고 있을 즈음엔 더 날씬해져 있을 수 있겠다 싶었다. 나는 대학 캠퍼스를 누비고 다니는 내 자신을 한 번도 상상해 본 적이 없었다. 그리고 지금 그런 상상을 하면서도 딱히 살을 빼야겠다는 자극이 일지는 않았다. 대신 대학 캠퍼스가 그려지기도 전에 내가 '세상에 안녕'을 고해야 할 또 다른 이유를 더해 줄 뿐이었다.

내 이름은 버터

"너 대학에 다니고 싶니?" 내가 터커에게 물었다.

"물론이지, 대학 안 다니고 싶어 하는 사람도 있냐?"

나는 내 손을 쳐다보았다.

"나는 늘 네가 부모님 곁이나 고등학교 그리고 스카츠데일의 모든 말라깽이들의 곁을 떠나고 싶어 안달을 한다고 생각하고 있었는데."

터커는 고개를 살짝 기울이며 눈썹에 힘을 주며 말했다.

그렇지. 말 그대로 그 모든 것들을 떠나고 싶어서 안달을 하고 있는 게 맞긴 하다.

"대학 생활도 거의 비슷하겠지." 내가 말했다.

"나는 고등학교에 들어가면 뭐 좀 다른가 싶었거든, 기억나지? 내가 했던 말. 근데 완전 엉망이야."

"글쎄, 그건 네가 노력을 기울이지 않은 탓이 아닐까?"

"뭐라고?" 나는 눈을 치켜뜨며 터커를 똑바로 쳐다보았다.

"버터, 나는 네가 축구부 같은 데 안 들어가고 그러는 이유는 알겠어. 근데 밴드부는 왜 안 들어가는 건데?"

"그건 말이야, 왜냐면, 전부 클래식음악 일색이고 또 다른 애들은 악기들도 잘 다루지도 못하고, 그래서."

"네가 그걸 어떻게 알아? 너는 시도도 한 번 안 해 봤잖아."

"야, 그게 실패작이 될 줄을 뻔히 알면서 그걸 확인하기 위해 꼭 해봐야 할 필요는 없다고 생각해." 나는 씩씩대며 말을 이어갔다. "봐 터커, 너는 학교에 안 다니잖아. 그러니까 너는 잘 모르는 거야."

"그래, 다닌다면 나도 알겠지, 그렇지만 나는 적어도 친구들을 사귀기 위해서 적응은 하려고 했을 거야. 이봐, 너는 해보기도 전에 모든 것이 다 엉망이 되리라 추측을 하고 있다고. 너는 실망하는 일이 두려워서 그 어떤 기회도 누리지 않는 거라고. 바로 그래서 네가 자꾸 먹는 거야. 왜냐면, 음식은 너를 실망시키지 않으니까."

내 입이 점점 벌어지더니 마치 터커가 입에서 쏟아내는 말들에 따귀라도 한 대 맞은 듯 내 얼굴이 붉게 타오르는 느낌이 들었다. 대체 저 녀석 뭐야, 내 정신 분석이라도 하는 거야?

"그런 게 아니라—아, 너는 잘 모른다고—그 모든 게 말이지, 전부, 정말 개똥같다고, 엿같다고." 나는 내뱉듯이 말했다.

"너, 알잖아. 그게 그렇지만은 않아. 핏펩 캠프에서 해마다 들었던 말이잖아. 근데 너는 한 번이라도 바꾸어 보려고 하질 않고 있잖아."

"왜냐면, 그 모든 게 내 잘못이 아니거든!" 나는 분노했다.

"모든 게 다 나를 실망시킨다고. 대체 모든 게 엉망진창이 되어가는 이 상황들을 내 힘으로 어떻게 막을 수 있겠어?"

"모든 게 엉망이 되어 가는 게 아니야, 버터. 엉망이 된 것은 바로 너의 그런 태도라고."

그는 더 상세히 설명을 할 필요는 없었다. 나는 수년 간 핏팻 캠프 상담 선생님들로부터 그 같은 말을 수도 없이 들어왔던 터였다. "네가 만약 모든 사람들이나 또 모든 것들이 완벽해야 한다는 기대감을 버린다면, 그 좋은 점들이 단점보다 더 두드러지게 보일 수도 있다. 그러면 어느 날 너는 거울을 들여다보며 같은 사실을 깨닫게 될 거다. 왜냐면, 너를 가장 실망시키는 사람은 바로 네 자신 안에 들어 있거든." 그러고는 **어쩌고저쩌고……** 오 나를 좀 살려달라고. 나도 숨 좀 쉬자.

나는 터커가 이 완전한 신랄할 비난을 다시 반복해서 쏟아내려 한다는 것을 알 수 있었다. 정말 그에게 한마디 내뱉어 주고 싶은 욕이 목구멍 끝까지 올라왔지만 꾹 참고 대신 그가 듣고 싶어 하는 이야기를 했다.

"터커, 나는 이 모든 상황들을 마주할 준비가 아직은 덜 되었어." 나는 정말 거짓말을 하느라 속이 메스꺼워질 지경이었다.

"아마도 이번에 마지막으로 핏팹 캠프에 들어가면 나 스스로 좀 찾아봐야겠어. 네가 함께 있으면 훨씬 더 쉬울 텐데."

터커는 승리의 월계관이라도 받아든 것 같은 뿌듯한 미소를 지어 보였다. "그래, 너는 잘 해낼 거야. 우리가 계속 연락은 할 거잖아. 만약 내가 다음번에 핏팹 캠프에 다시 간다면, 아마도 상담 선생님으로 가게 될 거다."

터커가 크게 웃어서 나는 당황했다.

"그래, 네가 나더러 미쳤다고 할 줄 알았어. 알아보니까, 그 기관에 학생들이 훈련을 받아서 비만 캠프에 상담 선생님으로 나가는 프로그램도 있더라고. 그래서 나 그걸 등록할까 생각 중이야."

"그래서 뭐야, 네가 나의 상담 선생님이 된다는 거냐?"

"아니, 그럴 리는 없어." 그가 나를 안심시켰다. "핏팹 캠프에서 나를 고용하려면 내가 어느 정도 나이가 돼야 해. 그래서 아마 내가 일을 시작하려면 여름이 몇 번쯤은 더 지나가야 할 거야."

"오, 이런." 나는 뭔가 할 말을 찾아 소파에서 자리를 옮겨 앉았다.

"자, 그러면 이제 이해하겠니? 내가 왜 그 기관에 들어가려고 하는지를?"

나는 시선을 터커에게 고정시킨 채 다 이해하고 있다는 표정을 지어 보였지만, 사실 그러지 못했다. 평범한 대학생활을 누리고 싶다는, 또 앞으로 우리 같은 비만아를 돕는 일을 하고 싶다는 그의 말이 아무리 근사했어도, 또 그의 설명이 아무리 솔직했어도, 나는 이해할 수가 없었다. 나치 같은 그들에게 매일 자신이 섭취하는 칼로리를 받아 적고 체크당해야 하는, 추위와 눈으로 덮여 있는 그 동토의 땅으로 들어가려는 그를 나는 여전히 제정신이 아니라고 생각하고 있었다. 그래도 나는 혹시나 하는 의구심을 떨칠 수가 없어서 아무 일도 없는 척 행동하며, 그날 오후 터커와 함께 비디오 게임을 하며 시간을 보냈다.

그런데, 그를 두고 미쳤다고 하는 나는 대체 누구인가? 이미 지칠 대로 지쳐 버린 채 전략적인 자살을 계획하고 있는 나는 아마도 지옥으로 직행하게 될 것이다. 그리고 터커는 시카고로 향하게 될 것이다.

13장

나는 요즘 월요일 1교시는 대부분 "마지막으로 해볼 일" 목록에 관하여 몽상을 하며 보낸다. 지난주말 동안 그 중 몇 가지는 실행에 옮겼다: 브라스 보이즈와 마지막으로 어울리기. 터커와 마지막으로 시간 보내기. BMW를 타고 시속 90마일로 마지막으로 산에 가 보기. 교실 뒤편에 대형 책상에 앉아서 내 시선은 안나에게 머물러 있고, "마지막으로 해볼 일"에 관한 생각들이 처음 하는 일들로 옮아갔다.

처음 걸음마.

맨 처음 자전거 타기, 자동차 운전.

안나가 다리를 꼬는 게 보였다.

첫 키스.

내 이름은 버터

나는 첫 키스를 두해 전 여름 캠프에서 했다. 핏팹 캠프에서 만났던 여자애였는데, 물론 말할 필요도 없이, 그녀는 수영복 모델 같은 애는 아니었지만, 어쨌든 키스는 해봤으니, 목록에서 지울 수 있다.

안나가 자리에서 앞쪽으로 몸을 숙이니 그녀의 상의가 올라가며 솜사탕과 같은 핑크색의 브라 끈이 드러나 보였다.

처음으로 섹스하기.

아무래도 새해 전야까지 그 일을 해볼 희망 따위는 전혀 없어 보인다. 그렇지만 키스보다 좀 더 진도가 나가 봐도 좋을 것 같다. 정말 말도 안 되게 생뚱맞은 생각이라는 건 알고 있지만, 죽기 전에 안나의 젖가슴을 만져 볼 방법은 어디에도 없겠지. 나는 안나가 착용하고 있는 브라의 앞모습이 어떨지 그려 보았다. 레이스가 잔뜩 장식되어 있을까? 아니면 매끄럽고 보드라운 것일까? 깊이 파인 스타일일까 아니면 좀더 모던한 스타일일까? 왠지 아랫도리가 묵직해 오는 느낌이 나서 나는 억지로 다른 생각들을 떠올렸다.

난생 처음 전 과목 A를 받고 집으로 온 날, 엄마가 그 성적표를 냉장고에 붙여 두었던 일.

처음으로 색소폰이라는 악기를 입술에 갖다 대 보고는 내 안에 숨겨진 열정을 발견했던 날.

안나가 재채기를 했다. 그녀의 머리가 갑작스레 움직이자 그녀의 풍성한 머릿결이 빛을 받아 한 올, 한 올 반짝였다.

처음으로 사랑에 빠졌을 때.

사람들은 자신이 사랑에 빠졌다는 것을 어떻게들 아는 것일까 하는 궁금증이 일었다. 모두가 늘 "그냥 알게 된다니까."라고 말들을 해도 나는 그들의 말에 찬성하지 않았었다. 그러나 안나를 보았을 때 바로 느낄 수 있었다. 그것은 단순히 좋아한다거나 성적인 욕망 그 이상의 감정이었다. 나는 그것이 사랑의 감정임을 확신했다. 그러나 누군가를 사랑한다는 것과 사랑에 빠졌다는 사실 사이에 다른 점이 있을까? 사랑에 빠졌다는 것은 그 안에 함께 있는 두 사람이 필요하다—서로 사랑에 빠진 두 사람 말이다. 그리고 팀 스포츠를 떠올려 보면 그 수순을 알 수 있다. 나는 언제나 마지막에 선택을 당했다—언제나.

내가 백 살하고 5년을 더 산다 해도, 내 외부에 겹겹이 싸인 거대한 지방층을 봐 주고 그리고 나의 내면과 깊이 사랑에 빠질 그런 사람은 단연코 절대 찾지 못할 것이다. 사실, 나는 그렇게 오래 살게 된다면, 처음 할 일들을 엮어보는 일을 중단하고 "한 번도 못 해 본 일들, 절대 할 수 없는 일들"을 목록에 추가시키는 일을 시작해야겠다고 생각했다. 그런데 그런 목록은 사실 내가 절대 만들고 싶지 않았던 것들이기도 하다.

내 이름은 버터

* * *

　나는 대수학 수업에 가는 길에 뒤에서 누군가 등을 탁 치는 바
람에 깜짝 놀랐다.

　"별일 없지, 버터?"

　돌아다보니 파커가 다른 소년들과 나란히 걷고 있었고 그 녀석
들은 나를 향해 고개를 가볍게 흔들며 인사를 했다.

　"이런," 나도 그 녀석들의 인사를 반복하며 응답했다. "별일 없
지?"

　"뭐, 별로. 그냥 불러 봤어." 녀석들이 미소를 짓더니 늘 앉던
자리로 가서 앉았다. 등을 치며 했던 그날의 인사는 수많은 인사
중에서도 처음으로 나누어 보는 다정한 인사였던 것 같다. 점심
시간에, 제레미 테이블에 앉아 있던 한 녀석이 알 수 없는 악수를
청해 오기도 해서 나는 그의 악수를 너무 바보처럼 보이지 않게
신경을 쓰면서 받아 주었다. 그 테이블에 있던 다른 애들도 내게
손을 흔들며 마치 나를 잘 알고 있는 듯 인사를 건네 왔다. 빌어
먹을 그 자식들이 마치 나의 친구인 양 행동했다.

　한 녀석이 나의 점심 도시락 통을 가리키며 말했다. "너무 많이
먹지는 마." 그는 윙크까지 하며 다정하기 그지없는 어투로 말했
다. 나는 미소를 지으며 응대하고 있는 내 자신을 발견했다.

167

뭔가가 왜곡이 되었다.

오직 제레미만이 나를 조롱하듯 쳐다보았다. 분명한 건 그 녀석만큼은 내 이야기에 열광하고 있지 않다는 것이었다.

한편, 그 웹사이트에 대한 트렌트와 파커의 장난은 엄청난 반응이었다. 전교에 아이들이 그 사실을 믿고 있는 것 같았다. 미소를 짓고 손을 흔드는 아이들 속에서 가는 곳마다 말똥거리는 수많은 눈동자들과 마주쳤고 "거짓말쟁이", "농담일 뿐이야."라고 중얼거리는 소리들도 들려왔다. 컴퓨터실을 나서려다 탄산음료 자판기 앞에서 보았던 그 소녀와 한 남자애가 라커 앞에서 그런 말을 하는 소리를 들었다. 나는 지난번 그 여자애가 보여 줬던 그 불쾌한 표정을 기대하며 그 남자애를 그리고 여자애의 얼굴을 쳐다보았다. 그녀는 나를 보며 눈살을 찌푸리더니 양쪽 입가에 주름을 만들며 입술까지 샐쭉거렸다. 그녀의 얼굴에 드러난 것은 분노가 아니었다. 동정심은 더더구나 아니었다. 그것은 뭔가 사려 깊은 것으로 마치, 그녀가 나를 살펴보는 것 같았다.

나는 짐짓 못 본 척을 하며 혼잡한 복도를 지나 사람들 틈으로 밀치고 들어가서 마음속을 들여다보는 것 같은 그녀의 눈초리에서 벗어났다.

나는 언제나 학교에서 인기가 있다는 것과 그렇지 않다는 것 사이의 경계선은 모호한 것이라는 생각을 하고 있었는데, 그러나

내 이름은 버터

그날 저녁 무렵쯤에 그 분명한 차이가 무엇인지 알 수 있게 되었다. 그 경계선은 트렌트가 신뢰하는 아이들의 무리에 속해 있는 아이들과 그렇지 않은 아이들 사이에서 분명히 구분되고 있었다. 이 시점에서 내가 그 무리들 중의 일원이라는 사실을 알게 되면서 이상한 만족감 같은 것을 느꼈다. 그러나 나는 여전히 나를 지지하는 아이들이 몇 명이나 되는지 알 수 없어 불안했다. 그리고 얼마나 많은 아이들이 트렌트와 파커가 알린 패스워드를 공유하고 있는 걸까?

그날 밤 혼자 노트북 컴퓨터 앞에 앉았을 때, 나는 그에 대한 답을 얻을 수 있었다. 엄마는 와서 저녁을 먹으라고 하셨지만, 왠지 별로 배가 고프지 않았다. 그러자 엄마는 나더러 쓰레기를 내다 버리고 가족용 크리스마스카드 쓰는 걸 도와 달라 하셨다. 나는 결국 엄마한테 해야 할 숙제가 많다는 거짓말을 하고는 겨우 내 방으로 탈출할 수 있었다.

나는 온라인에 접속을 하고는 혹시 안나와 채팅을 하는 데 마음을 뺏길까 싶어서 바로 그 사이트로 직행했다.

세상에.

이런, 맙소사.

내가 만든 ButtersLastMeal.com 사이트가 이백 개도 넘는 새로 달린 댓글들로 넘쳐나고 있었다. 나는 마치 걸신들린 사람마냥 그 댓글들을 정신없이 읽었다. 음식에 대해 잃은 내 입맛을 인터 넷에서의 엄청난 관심이 상쇄시켜주는 것 같았다. 나는 허기진 사람이 음식을 흡입하듯 웹에 올라온 댓글들을 보고 싶어서 마구 빨아들이듯 읽어 내려갔다.

대부분의 사람들은 익명으로 글을 올렸지만, 몇몇 대담한 녀석들은 자신들의 실명을 썼다. 그 애들이 우리 학교에 있는 애들임을 알 수 있었고—대부분 2학년생이거나 3학년들이고—의심의 여지없이 그들은 트렌트나 파커, 또 그 밖의 아이들과 관련이 있는 아이들이었다. 여전히 믿지 못하겠다는 반응을 보이는 글들도 있기는 했지만, 그래도 누군가에게 알리겠다거나 중단하라는 협박성의 글은 없었다. 모두가 나의 마지막 만찬에 일조하기를 원하는 것 같았다. 사실, 백 개도 넘는 댓글들에서 적용해 볼 만한 것들도 들어 있었다.

어떤 글은 건배를 제의하며 시작된 것도 있다. 누군가는 버터를 바른 빵을 먹어야 하니 그걸 메뉴에 추가하라고 쓰기도 했다.

그 정도면 관심은 충분히 끌고도 남는 것 같았다. 갑자기 뭘 먹는 게 좋을지 제안하는 글들이 꼬리에 꼬리를 물고 달렸다. 각자 나의 죽음을 위한 요리에 추가되는 새로운 재료를 언급하고 있었다. 여기서는 과일케이크를, 저기서는 으깬 감자샐러드를, 그리고 가끔은 초콜릿을 입힌 귀뚜라미 같은 별난 제안들도 보였다.

어느 시점부터, 나는 메모지에 그 음식들을 적기 시작했다. 미리 손쉽게 준비할 수 있는 것들, 엄마 눈을 피해 숨겨 두어야 할 것들, 그리고 조리할 필요가 없는 것들을 선택했다. "지팡이 모양 사탕 한 상자"까지 중간쯤 써가다 펜이 안 나오자 손에 땀이 배어 축축한 기분이 들었다.

대체 내가 무슨 짓을 하고 있는 거지? 이건 역겨운 짓이다. 이건 병적이고 미친 짓이다. 그리고 나는 지팡이 사탕 같은 건 좋아하지도 않는데!

나는 펜을 내려놓고 컴퓨터 자판 위에 손가락을 올려놓았다. 내가 이걸 끝을 내야만 한다. 나는 내가 만들어 낸 이 총체적 난국에서 빠져나갈 새로운 글을 올려야만 했다. 물론, 나는 한동안 입에 오르내리며 놀림을 받겠지만, 그러나 언젠가—어쩌면 내년에 졸업을 하기도 전에—다시 평범한 나로 돌아가서, 동물원에서 아이들의 시선을 받는 또 다른 코끼리 신세가 될 것이다. 나의 계획을 철회하는 글을 올리기 위하여 새로운 페이지를 열었다. 그러나 글을 입력하고 있는 내 귀에는, 복도에서 아이들이 내게 안녕이라고 건네준 인사말들이 계속 들려왔고, 반갑다며 내 등을 쳐준 그 손길에서 느껴졌던 뭔가 지지를 받고 있다는 느낌이 자꾸 올라왔다.

학교에서 내게 미소를 지어주던 그 아이들 한 사람 한 사람과 새로운 친구가 될 수 있을지도 모르고, 또 다른 뭔가가 더 있을 수도 있다. 그 가능성이 나를 취하게 만들고 있었다. 나의 상상력의 고삐가 풀리자, 자판 위에 올려진 나의 손가락들이 춤을 추듯 움직이기 시작했고, 글의 입력을 마쳤을 때는, 내 글은 총체적 난국으로부터 우아한 탈출을 택하는 대신, 새로운 내용으로 올라와 있었다.

주목할 만한 제안들. 나는 가장 좋은 메뉴들을 선택해서 목록에 추가시킬 계획이고 곧 여기에도 올릴 거야. 건배를 제안한다. 어쨌든 모두 고맙고, 그런데, 버터는 따로 먹을 거야. 내 만찬 중계를 보려는 계획을 갖고 있는 사람들에게 다시 알리는데, 새해 전야다. 시간은 자정이다. 그리고 메뉴는 계속 작성 중이다.　　　　　　　　　　　　　　　　　　　　　　　　　　－버터－

한심하다. 나도 내가 뭐에 홀렸는지 알 수가 없지만, 그래도 이게 어떻게 흘러가는지 보고 싶은 너무도 강력한 충동이 일었다. 어쩌면 나는 며칠만이라도 그 관심을 더 받고 싶었는지도 모른다. 아니면, 정말 죽고 싶었을 수도 있고 그리고 혼자서 죽고 싶지는 않았을지도 모른다.

나는 마음이 바뀌기 전에 얼른 그 사이트에서 나와서 "색소폰 맨" 사이트로 들어갔다. 안나가 들어와 있는 것을 보고 그날 밤은

J.P.가 될 준비를 했다. 역할극이라는 생각이 들었다. 어쩌면 J.P.라
는 또 다른 나는 터커가 즐기는 게임의 비키니를 입은 사이버 트
롤과 크게 다르지 않을지도 모른다.

　_ 안녕. 어떻게 지내니?

그녀의 답은 빛의 속도로 빨랐다.

　_ 작문 수업 과제물 작성하고 있어.

나는 그게 어떤 숙제인지 알고 있다. 나는 일주일 전에 마친 숙
제다.

　_ 잘돼 가니?
　_ 완전 형편없어. 내일이 마감인데 엄청 미루다가 이제야 하는 거야.
　　엄마가 이거 마칠 때까지 방에서 나오지 말라 하셨어.
　_ 어쩌니, 우리 귀염둥이.
　_ 그래, 머리 쥐 나서 폭파 직전이다. 오늘 밤 내내 이거만 작성하고
　　있는 중이야. 손가락 아파 죽겠다. 오늘은 메시지 말고 화상채팅 하
　　는 거 어때?

나는 미소를 지었다. 그래 시도는 좋다. 안나.

　　_ 너 내가 무슨 답을 할지 알잖아. 신비주의는 너무 많이 알면 재미없
　　다고.

그녀는 좀 더 압박을 해 왔다.

　　_ 야…… 제발. 나를 위해 만든 곡을 연주해 주면 되잖아. 네가 연주하
　　는 걸 직접 보고 싶단 말이야.

나는 그 말에 넘어가지 않았다.

　　_ 아, 그래. 내가 어떻게 생겼는지 보고 싶단 말이지.
　　_ 응, 쬐금은.

아마도 안나가 이모티콘을 많이 사용하는 애였다면, 그 메시지
끝에다가 윙크 표시 하나쯤은 달았을 것이다.

　　_ 조금만 더 인내심을 발휘하길. 몇 주만 있으면 새해 전야.

그녀는 그래도 포기하지 않았다.

_ 우리 서로 마스크를 쓰면 어떻겠어? 화상채팅에서 우리 얼굴을 숨
기고 우스꽝스러워져 보는 거야. 한번 해 보자.

사실 나는 그건 좀 재미있는 아이디어라는 생각이 들기는 했지
만, 안나에게 보여주고 싶지 않은 이 큰 얼굴을 가려줄 마스크가
세상에 어디에 있겠는가.

_ 내 웹캠 고장 났어.
_ 거짓말.

이 채팅 너머에서 김빠진 듯 한숨을 쉬고 있는 안나의 모습이
그려졌다.

_ 알았어, 나는 그럼 다시 숙제나 해야겠다.
_ 잘 자.
_ 좋은 꿈꿔.

나는 노트북 컴퓨터를 덮고 의자에 기댔다. 안나가 짜증이 난

걸 알 수 있었다. 어쩌면 내가 진짜 J.P.—학교에서는 스타급 운동선수, 사립학교에 다니는 영재에 가까운 소년, 그리고 상속받은 가족의 재산으로 세계를 여행 다니는—가 맞는지 의심하기 시작했을 수도 있다.

그래도 마지막 부분은 크게 사실과 다르지 않다. 스카츠데일은 제대로 된 사람들과 일을 한다면, 회계사에게 상당히 수익성이 좋은 지역이다. 그리고 아빠는 언제나 말씀하셨다. "내가 일하는 사람들은 제대로 된 사람들이다."

모든 걸 다 할 수 있는 그 돈으로 내게 새로운 몸을 사 주는 일은 할 수 없다니 참, 안타까운 일이다. 엄마는 빈 박사님께 지방흡입술과 복강경 위 밴드 같은 값비싼 수술에 대해 여쭤본 적이 있다. 그러나 박사님은 그건 내가 고등학교를 졸업하고 나서 하는 게 가장 좋다고 말씀하셨다. 박사님은 그런 수술까지 가지 않아도 우리가 많은 부분을 이루어낼 수 있을 거라고 생각하는 것 같았다.

나는 나의 풍만하다 못해 넘쳐흐르는 배를 내려다보았다. 나는 던 교수님을 좋아하는 것 못지않게 빈 박사님을 좋아한다. 그러나 만약 박사님께서 이 체중이 어디로든 사라질 수 있을 거라고 믿고 계신다면, 그분은 그저 또 한 명의 터무니없는 생각을 하는 괴짜일 뿐이다.

내 이름은 버터

14장

나의 벤치가 사라졌다. 학생식당 뒤쪽에 늘 비어 있던 테이블 아래에 밀어 넣어져 있던 그 벤치가 보이지 않았다. 나는 거의 패닉 상태가 되었다. 어디에 어떻게 앉아야 한단 말인가? 다른 테이블에 있는 약해 빠진 플라스틱 의자를 빌려올 수도 있는 일이지만 내가 앉으면 부서질 확률이 백 퍼센트다. 나는 절망에 가까운 마음으로 주변을 두리번거리며 그나마 좀 튼튼한 주인 없는 의자를 찾아보았다. 찾기는 하나 찾았다. 그런데 그때 나는 반경 60미터 이내에 있는 테이블마다 나를 빤히 쳐다보고 있는 아이들로 가득 차 있다는 사실도 알게 되었다. 나를 쳐다보는 그들의 눈빛은 저 애가 오늘은 뭘 먹으려나 하는 일반적인 호기심의 그것이 아니라 아예 드러내놓고 얼빠진 듯 나를 쳐다보고 있었다. 오, 세상에, 맙소사. 하느님. 패스워드가 제대로 작동이 안 된 모양이다. 그 애들은 그것이 장난이 아님을 알고 있는 것이다. 나의 두 눈은 이 테이블에서 저 테이블로 정신없이 움직이다가 비로소 그 애들이 그냥 나를 쳐다보고 있는 것이 아님을 알았다. 그들의 시선은 나와 학생식당의 구석을 번갈아 왔다 갔다 하며 정신없이 움직이고 있었다. 나도 그 구석으로 시선을 돌렸는데 정말 이상한 것이 눈에 들어왔다.

없어져서 찾고 있던 내 벤치가 바로 그곳에, 제레미 스트롱과 그의 졸개들이 모여 앉아 있는 그 테이블에 떡하니 놓여 있는 것이 보였다. 나는 그 테이블 전체를 죽 둘러보았다. 곡선으로 처리된 테이블 가장자리 뒤로 양끝이 어색하게 튀어나와 있었다. 양쪽 끝에는 각각 트렌트와 파커가 자리하고 있었다. 그 끝에 앉은 파커는 엉덩이를 들었다 놨다 들썩거리며 트렌트에게 그 의자를 시소처럼 흔들어 보이지만, 트렌트는 안 듣고 있는 것 같았다. 그는 다른 무엇에 열중을 하고 있었다.

그는 다른 사람들의 주의라도 끌려는 듯 열심히 손을 흔들었다. **기다려.** 나는 내 양쪽 어깨 뒤를 둘러다보았다. 내 뒤에는 아무도 없었다.

그는 나의 주의를 끌려고 열심히 손을 흔들고 있던 것이다.

"버터! 버터, 어이, 바로 여기! 우리가 네 벤치를 가져다 놓았어."

나를 따라 움직이는 시선들을 느끼며, 나는 천천히 움직였다.

"대체 무슨 일이야?" 나는 물었다.

파커가 벤치의 가운데를 손바닥으로 탁탁 치며 말했다.

"이리로 앉아!"

트렌트는 테이블 주변을 손짓으로 가리키며 말했다.

"우리가 너랑 함께 앉으려고, 네 벤치를 여기까지 옮겨다 놓은 거야."

테이블의 다른 편에는 제레미가 팔짱을 낀 채 중얼거렸다.

"우리 모두가 다 그걸 옮긴 것은 아니야."

"아, 그래서 마음이 바뀌었구나." 파커가 쏘아붙였다.

"고만 좀 징징대라."

나는 망설여졌다. 이 녀석들이 나를 골탕 먹이려 장난을 치는 것인가? 혹시 저 녀석들 내가 앉으면 의자가 부서지도록 조작을 해 놓은 것은 아닐까? 그래도 파커와 트렌트가 벤치 양 끝에 앉아서 시소처럼 쿵쿵 엉덩이를 들었다 내렸다 하는 걸 보고 나는 그 생각은 잠시 치워두고 또 다른 잠재적 속임수가 있을까 해서 머리를 최대한 굴려 보았다.

"글쎄, 왜—그러니까 내 말은, 나는 그냥 이해가 안 가—"

"오, 세상에, 이 자식아! 앉을 거면, 그냥 앉으면 되지. 무슨 말이 그렇게 많아? 앉으라고!" 제레미가 씩씩대며 말했다.

"야, 좀 찌질하게 그러지 좀 마라." 트렌트가 제레미에게 하는 양을 보니 진짜 이 그룹의 대장이 누군지 궁금해졌다.

결국, 나는 숨을 깊이 한 번 들이쉬고는 그 자리에 앉았다. 그 벤치가 나를 아래서 받쳐주고 있다는 사실에 안도한 나는 꾹 참고 있던 숨을 내쉬었다. 나는 확신은 할 수는 없었지만, 학생식당 주변에 있던 아이들의 입에서 터져 나오는 수백 개의 다른 한숨 소리도 등 뒤에서 들려왔던 것 같았다. 그 벤치에 대해 혹시나 하는 의심을 갖고 있었던 것은 나만이 아니었나 보다. 그러나 이제 내가 앉고 나서도 그 벤치는 멀쩡한 것을 보니, 풀어지고 느슨해진 것은 나의 긴장감뿐이었다.

테이블 주변에 앉아 있던 다른 녀석들도 보기에는 긴장이 풀린 듯했고, 파커는 내 등을—이제는 익숙하지만—손으로 탁 치면서 말했다.

"봤지, 트렌트? 내가 말했지, 버터가 우리랑 앉을 거라고."

트렌트가 나를 향해 어깨를 들썩여 보였다.

"확신은 없었어. 그래도 네가 이걸 이상하다고 받아들일 수도 있으니까."

"뭘 원하는 거지?" 내가 물었다.

"아무것도 원하는 거 없어, 자식. 우리는 그냥 네가 혼자 앉고

내 이름은 버터

싶어 하지 않을 거라고 생각했어."

"그래," 파커가 말했다. "그게 말이야, 우리는 네가 메뉴로 정한 게 뭔지 알고 싶어."

"메뉴라고?" 나는 냉각패드로 만든 내 도시락 통을 슬쩍 들여다보았다. "그냥 먹고 남은 음식을 좀 싸왔는데."

"아니. 그거 말고." 파커가 목소리를 낮게 깔며 말했다. "그 메뉴 말이야."

"아." 오라, 바로 그래서 이렇게들 구시는군.

"글쎄, 나-나는 아직 결정을 안 했어."

오, 하느님, 이 자리 정말 불편해요.

파커가 더 가까이 몸을 숙였다. "'너는 귀뚜라미 같은 건 못 먹는다.'에 나는 20달러 한 장 걸겠다."

"20달러? 뭐? 너희들 돈 걸고 내기라도 하는 거냐?"

"좋아, 파커. 아주 영리해."

트렌트는 이리저리 눈동자를 굴리며 자신의 점심을 퍼먹었다.

"모두 돈 걸고 내기하는 거다!" 파커가 말했다.

"그럼, 나는 '버터가 이 일 자체를 감행하지 못한다'에 50달러 걸게." 제레미가 목소리를 높였다.

나는 제레미에게 뭔가를 집어 던지고 싶은 충동을 애써 눌러 참으며 대신 트렌트와 파커에게 말했다.

"자, 얘들아. 근데 모든 애들이 이 일에 관해 알고 있어?"

"단지 우리가 이 일에 관해서 알았으면 하는 그 모든 아이들이 알고 있는 거야." 트렌트가 말했다. 테이블에서 떠들썩한 웃음소리가 터져 나왔다.

"좋아. 그렇지만, 나는 그 일에 관해서는 학교에서는 말하고 싶지 않아. 알잖아."

"그래, 알아들었다." 트렌트가 고개를 끄덕였다. "선생님들을 포함한 다른 모든 사람들."

"그래, 그 모든 사람." 나는 동의를 표했다.

"그렇지만 너 하기는 할 거지?" 파커가 속삭이듯 작은 소리로 말했다.

나는 힘주어 고개를 끄덕였다.

"나는 눈으로 봐야만 믿겠다." 제레미가 말했다.

나는 그를 향해 눈을 치켜떴다.

"너 보기나 할 거니? 너, 새해 전야에 나 지켜보는 거 말고 다른 더 멋진 일들이 많을 텐데, 안 그래?"

"오, 이글이글 타올라. 완전 열 받았는데!"

파커가 재미있다는 듯 법석을 떨었다. 다른 애들도 제레미를 제물 삼아 파커를 따라 웃었다. 제레미에게 도전한다는 사실에 긴장감이 느껴졌지만, 그래도 다른 아이들의 반응을 보니 그러길 잘했다는 생각도 들고 추가된 보너스는 한동안 제레미 녀석의 입을 다 물게 했다는 것이다.

그리고 나머지 점심시간은 나의 마지막 만찬에 관해서도 딱히 다른 말없이 그냥 넘어갔다. 나는 그 애들이 나누는 축구 이야기 에도 관심이 있는 척을 하며 고개를 끄덕였고, 그날 아침 대수학 수업에서 우리가 뭘 배웠었는지 파커의 이해를 도왔다. 중간에 트렌트와 파커가 내가 점심을 넓게 펼쳐 놓고 먹을 수 있도록 하 기 위해 자신들의 점심을 테이블 끝 쪽으로 밀어 두었다. 그러나 나는 그들에게 괜찮다고 손사래를 치며 내 점심 도시락 통을 가 방 안에 밀어 넣었다.

"난, 괜찮아. 지금은 배고프지 않거든."

그 이후 며칠은 학생식당에서의 동지애를 느끼고 복도에서 아 이들의 수많은 시선과 관심을 받으며 빨리도 지나갔다. 새로운 테이블에 앉으라는 초대는 즐거운 부작용이 하나 있었다. 내가 장난을 친다고 조롱을 보내고 불쌍하다고 속삭이며 그 일에 확신 을 갖지 못했던 그 아이들이 놀라서 입이 떡 벌어져서 혼란과 질 투 어린 눈빛을 내게 보내고 있었다. 사람들은 뭐 웹사이트 보호 를 위해 걸어 놓은 그 따위 패스워드에는 모두 신경을 끈 모양이 다. 훨씬 더 재미난 이야깃거리가 눈앞에 펼쳐지니 그런가 보다. 모두는 저 뚱뚱한 애가 그 근사한 관중들을 어떤 식으로 갖고 노는지를 보고 싶어 하는 것 같았다.

그러나 그들은 내게 와서 물을 수가 없었다. 왜냐면, 지금 내가 어울리는 애들은 트렌트와 파커인데, 다른 애들은 그들과 범접할 수 없는 거리를 두어야만 했고, 그리고 그들의 생각도 일정 거리를 유지해야만 했다.

이야기를 나눌 친구가 부족했던 것은 아니었다. 트렌트는 매일 누군가 새로운 친구를 내게 소개시켜 주었다. 사실, 그 주가 끝나갈 즈음, 나의 친구 목록은 나의 음식 목록만큼이나 길어졌다. 그리고 그 리스트는 점점 통제할 수 없을 정도가 되어가고 있었다.

약속한대로 나는 밤마다 '제안하는 음식' 덕에 짧게 만들어진 새로 업데이트된 목록을 올렸다. 그러면서 최종 메뉴가 곧 올라올 것이라고 약속하며 나의 팬들을 놀려 먹었다. 새로운 글을 올릴 때마다 애들은 치즈가 초콜릿보다 빨리 죽음에 이르게 할 것인지, 세상에서의 마지막 한 모금은 코카콜라여야 할지 펩시콜라여야 하는지를 놓고 댓글 란에 한바탕 난상토론을 벌였다. 인터넷상에서 이렇게 과격한 토론을 벌이는 아이들이 트렌트가 내게 소개시켜준 미소 짓고 있던 그 얼굴들과 동일 인물이라는 것이, 그리고 내 옆에서 점심을 먹던 태평스러운 그 아이들이라는 것이, 교실에서 내 옆에 앉는 그 아이들이란 것이 연결이 잘 안 되었다.

내 이름은 버터

내 생각에 트렌트와 파커는 모든 애들에게 패스워드를 알려 주면서 학교에서는 나의 마지막 만찬에 관한 이야기는 하지 말라고 주의를 주었음이 분명하다. 왜냐면, 지금까지 아무도 엿들으려 하지도 않았다. 스카츠테일 고등학교 복도에서의 분위기는 마치 내가 만든 웹사이트의 존재를 알지 못하는 것처럼, 그리고 내 생명의 만료일 같은 것은 존재하지도 않는 것처럼 보였다. 그러나 그 강요당한 침묵이 그들로 하여금 밤이 되면 더욱 살기등등하게 만들어서, 각자의 집에서 컴퓨터를 마주하고 앉는 그 시간이 다가오면 나를 향한 그들의 잔인한 난도질이 시작된다. 그들은 나를 새로운 친구 버터로서가 아니라 어떤 정신 나간 과학 실험에 사용되는 실험용 쥐 취급을 했다.

내 주변 학생들이 보여주는 두 얼굴은 가히 놀랄 만큼 차이가 났다. 온라인상에서 남의 불행을 즐기고 있는 그 아이들이 학교에서 내게 갑자기 잘해 주는 그 애들과 동일한 아이들이 아니라고 나는 나 자신에게 되뇌었고, 그리고 그 아이들이 금요일 날 볼링을 치러 가자고 나를 초대해 준 그 아이들과 도저히 같은 아이들일 수가 없다고 진심으로 나 스스로를 납득시키려 했다.

"그냥 볼링만 치는 건 아냐, 버터. 상당한 규모의 볼링이라고."

트렌트는 활기가 넘쳤고, 그의 큰 목소리는 분명히 벌써부터 쩌렁쩌렁 울리고 있었다.

"우리는 한 달에 한 번 정도는 가거든. 모두 시내에 있는 볼링장에서 만나. 그래서 볼링장의 한 반쯤은 우리 차지야. 마치 큰 파티 같아."

"나, 진짜 볼링 못 쳐." 나는 그에게 말했다.

트렌트가 웃었다. "그렇게 볼링 점수만 내는 건 아니야. 우리는 술에 취하러 가는 거야. 거기서 일하는 바텐더가 우리를 잘 알거든. 그녀는 신분증 확인은 절대 안 하거든. 그러니까 가짜 신분증 따위도 필요치 않아."

"나는 그렇지 않던데." 파커가 투덜거렸다. "그 젊은 여자는 나한테는 주문도 안 받아 줘."

"아, 그건 말이야, 네가 너무 동안이라 그래." 트랜트는 파커의 턱을 가볍게 한 대 치는 시늉을 하며 나를 쳐다보았다. "그러니까, 너 올 거지?"

"음, 글쎄 잘 모르겠어." 솔직히, 볼링은 나한테는 치과에서 이에 구멍을 뚫는 그런 소리처럼 재미나게 들리기는 했지만, 그래도 그 애들과 학교 밖에서 함께 어울릴 만큼 내가 준비가 되었는지를 확신할 수는 없었다. 스카츠데일 고등학교 담장 안에서는 얘들이 정말 내 친구들인 양, 그리고 그게 마치 진짜 내 일상인 척 할 수가 있었다. 사실 주말에 밖으로 나가는 것이 나만의 착각을 산산이 부서뜨릴까 겁이 나기도 했다.

내 이름은 버터

"자, 같이 가자." 파커가 말했다. "금요일 밤이잖아. 뭐 할 건데? 집에 있으려고?"

"생각 좀 해봐야겠어."

파커는 그 순간을 놓치지 않았다. "야, 제레미? 너 들었니? 버터가 볼링 치러 같이 간대. 재미있겠지, 그치?"

파커는 지난 이틀 간 기회가 있을 때마다 자신들의 패거리에 들어 있는 나의 존재를 부각시키며 제레미의 신경을 건드렸다. 트렌트도 그런 사실을 알면서도 묵인을 했다. 그래서 나는 그들이 제레미를 전혀 안 좋아하는 것인지 의아해지기 시작했고, 그렇다면 굳이 제레미를 자신들의 주변에 두는 이유가 뭔지 궁금해졌다. 외모 때문인가? 제레미가 트렌트와 함께 축구를 하고 있기 때문인가? "적은 더 가까이에 두어라." 뭐 그런 말 때문인가?

샌드위치를 먹던 제레미가 올려다보았다. "네가 볼링을 간다고?" 그는 내게 물었다.

"나는 아직 결정을 하지 못 했어."

"그래, 버터는 볼링 치러 갈 거야." 파커가 손바닥으로 내 등을 쳤다. "트렌트랑 나는 버터가 우리랑 함께 가야 한다고 생각해."

제레미는 샌드위치를 내려놓더니 다른 남은 음식들을 퍼먹었다. "난, 다 먹었다." 그는 벌떡 일어서서 자리를 뜨기 전 마지막으로 경멸의 눈빛으로 테이블을 한 번 둘러보더니 걸어 나갔다.

"아, 밥맛 떨어지네."

나는 그게 어떤 기분인지 알아.

파커는 멀어져 가는 제레미를 지켜보다 나를 향해 한쪽 눈을 찡긋하며 윙크를 했다. "좋아, 잘 됐다. 어쩌면 저 녀석은 안 올지도 모르겠다."

"저 녀석, 반드시 올 거야." 트렌트가 말했다. "모두가 오는데." 그는 내 뒤를 지나가는 누군가를 향해 고갯짓까지 하며 말했다.

"여자애들도 오는데, 맞지, 제니?"

내 육중한 몸이 허락하는 한도까지 고개를 쭉 돌려 보니 우리 테이블 바로 옆에 제니와 안나가 잠시 멈춰 서 있는 것이 보였다. ─안나!─

"간다니, 어디를?" 제니가 물었다.

"볼링!"

제니가 눈을 가늘게 뜨고는 입술을 오므려서 이미 뾰족한 얼굴의 아래쪽을 더 날카롭게 보이게 만들며 불만스런 표정을 지어 보였다.

"글쎄, 상황 봐서 가는 거지 뭐. 우즈, 너 지난번처럼 또 속여 먹으려는 계획이니?"

트렌트가 손을 내밀었다. "야, 교체 선수는 교체 선수인 거야! 너희가 최선을 다해서 게임에 임하지 않는 한, 어쩔 수 없다고!"

"그것 때문에, 나는 어쩌면, 안 간다."

트렌트가 활짝 웃었다. "자, 좋아. 그런 손바닥만 한 반바지를 입고 게임을 하는 것은 어쨌든 정신을 산란하게 하는 거야. 게임에 집중을 못하게 한단 말이야."

제니는 트렌트의 말을 듣고 웃지 않았다.

"오늘 밤, 내가 안 나타나면, 너 그 손바닥만 한 반바지를 그리워하게 될 거다."

"알았어, 그 정도면 충분해!" 안나는 두 눈을 말뚱거리며 제니의 어깨에 손을 얹고는 그녀를 따라 함께 움직였다.

"우리, 갈 거야." 그녀가 트렌트에게 말했다. "우리는 언제나 가잖아."

"그렇지, 그게 바로 우리가 듣고 싶은 말이야."

파커의 말에 남자애들이 웃음을 터트렸다. 나도 그들 틈에 끼고 싶은 마음과 안나 앞에서 탐정처럼 보이고 싶지 않은 마음 사이에서 주저하며 망설이다 그들의 웃음에 동참했다.

트렌트가 여자애들에게 윙크를 했다.

"그래, 그럼 오늘 밤에 보자."

제니와 안나가 걸어가자, 나는 고개를 돌려 트렌트를 보며—조금 빨리—말했다.

"다시 생각해 보니까, 볼링도 재미있을 것 같다. 나도 끼워줘."

15장

"스트라이크."

파커가 양팔을 공중으로 휘두르며, 뱀 같은 동작으로 파도치듯 몸을 움직였다. 그것은 그가 핀이 몇 개 남았을 때도, 여기저기 흩어져 있을 때도, 하나만 남았을 때도, 그리고 공이 도랑에 빠졌을 때도 추었던 똑같은 승리의 춤이었다. 내 생각에 그는 볼링공이 레인의 다른 쪽에 닿기만 해도 무조건 축하를 하는 것 같아 보였다.

파커의 익살스러운 행동을 보고 웃는 다른 애들과 함께 나도 웃었다. 지금까지는 볼링이 내가 두려워했던 만큼 그렇게 나쁘지는 않은 것 같았다. 트렌트 말이 옳은 것 같았다. 보통 치는 볼링보다 술도 많이 마셨고, 왁자지껄 농담도 많이 했다. 게다가 제레미는 내가 치는 레인에서 여섯 칸이나 떨어진 곳에 있었고, 안나는 단지 한 칸 떨어진 자리에 있었다. 그녀가 공을 들고 레인으로 올라설 때마다 그녀를 공식적으로 쳐다볼 수 있는 완벽한 핑계가 생기는 셈이었다. 그녀는 짧은 스커트에 몸에 꼭 끼는 탱크탑—애리조나의 겨울이 따뜻한 것이 얼마나 다행스러운 일인지 모른다—을 입고 있었다. 그녀는 몸을 숙이고 다리 사이로 공을 굴리는 자세로 볼링을 했다. 대체, 왜 대체, 그동안 내게 아무도 볼링이 이렇게 재미있는 운동임을 말해 주지 않았던 것일까?

"버터, 네 차례다."

나는 일어서서 조금이라도 어색한 감정을 드러내지 않으려 노력했다. 사실 나는 볼링을 하며 정말 볼링을 치는 그 순간을 즐기고 있었던 것은 아니었다.

"자, 어떻게 하는지 제대로 보여줘. 덩치야!" 트렌트가 외쳤다. 엄밀히 따지면, 그가 볼링을 치는 건 우리 레인이었지만, 그는 그날 밤 대부분 옆 레인의 여자애들이 있는 곳에서 한 손에는 맥주를 들고, 다른 손은 제니의 허벅지 위에 올려놓고 있었다. 그의 목소리에는 권위 같은 것이 느껴져서 다른 사람들로 하여금 하던 일을 멈추고 듣게 하는 힘이 있었다. 바로 그래서 내가 레인에 올라섰을 때, 모두의 시선이 내가 있는 레인에 고정되었다.

나는 땀이 젖은 손가락으로 볼링공을 잡고, 제발 미끄러지지 않길 기도했다. 나는 공을 뒤쪽으로 뺐을 때, 긴장으로 팔이 흔들리는 걸 느꼈다. 만약 아무도 내 팔이 흔들리는 것을 못 봤다 하더라도, 그래도 그들은 분명히 공이 바닥에 잘 못 떨어져서 레인에 쿵하고 부딪혀 꺾이면서 도랑으로 굴러 떨어진 것을 눈치챘을 것이다.

"이런, 도랑으로 굴러 들어가는 공이네." 트렌트가 말했다.

"아니, 도랑으로 빠진 공 아니야." 제레미가 목소리를 높였다. 그는 어슬렁거리며 지켜보다가 여자아이들이 있는 쪽 레인의 공 나오는 기계 앞에 서 있었다. 그는 더욱 목소리를 높였다.

"미끄러진 버터, 버터 볼이라고."

파커가 탄성을 질렀다. "예~, 버터 볼!"

트렌트도 권투장 링 아나운서 같은 우렁찬 목소리로 동참했다.

"버어터어어 보오오올!!!"

그들은 모두 소리 내어 웃고 있었다. 티셔츠 밑으로 등을 타고 땀이 흘러내리고 피가 두 볼로 스며드는 것 같은 느낌이 들었다. 제레미는 여느 아이들보다 더 크게 소리를 질러댔고, 안나도 다른 여자아이들과 함께 낄낄거렸다.

트렌트가 일어서더니 주먹을 공중으로 펌프질 하듯 흔들며 아이들을 이끌자 단체로 구호를 외치기 시작했다.

"버터 볼!!! 버터 볼!!!"

내 이름은 버터

다른 아이들도 동참해서 전체 볼링장이 통로마다 그 소리로 가득했다. 그 이상한 일이 벌어졌을 때 나는 녹아 내려서 래커 칠이 되어 있는 마룻바닥 속으로 스며들어 갈 것만 같았다. 공중을 향해 여전히 펌프질 하듯 주먹을 휘두른 채 트렌트는 그 무리에서 뒤로 몇 걸음 물러나서 내 어깨에 자신의 팔을 걸더니 내 얼굴이 그들을 정면으로 보도록 나를 억지로 돌려 세웠다. 그는 입이 귀에 걸릴 지경으로 활짝 웃었다. 그때 나는 그들이 나를 놀리는 것이 아니라 응원을 하고 있음을 깨달았다. 그것이 바로 트렌트로부터 인정을 받는 것의 힘을 보여 주는 것이었다.

어찌되었든, 그 "버터 볼"이라는 구호는 시끌벅적한 우리 학교 응원가 노래 속에 녹아들었다. 그리고 엄밀히 말해 우리의 합창곡의 일부가 아니었던 불경스런 것들을 외치면서 그 관심은 파커와 볼링장 통로 쪽에 플라스틱 의자 위에 올라가 서 있던 몇몇 아이들에게 옮겨갔다.

제레미만이 나와 트렌트에게서 눈을 떼지 않았다. 그는 우리를 향해 걸어오더니 몸을 기울였다.

"내가 의도한 것은 그게 아니었어—"

"네 의도가 뭔지 우리는 알아." 트렌트가 그의 말을 잘랐다.

"네가 있던 레인으로 돌아가. 네 차례인 거 같은데."

제레미가 슬금슬금 물러나자 트렌트가 그의 뒤에 대고 소리쳤다. "버터 볼 던지지 마라!"

나는 트렌트에게 고마움을 표현하려 했지만 그는 내가 한마디 말도 꺼내기도 전에 먼저 손사래를 치며 말했다.

"여기 계속 서서 뭐 하니? 두 번째 프레임 준비해야지!"

"예~, 버터, 힘 내!" 파커가 외쳤다. "네가 이 경기를 떠받치고 있는 거야."

이번에는 너무 어안이 벙벙해져서 긴장이 안 된 탓인지 모든 핀을 다 쓰러뜨렸다.

"스페어!" 파커가 소리쳤다.

자신감이 생기자 이번에는 아이들의 시선을 즐기며, 나는 마치 머리에 기름을 바르는 사람 마냥 폼을 내며 머리를 쓸어 올리고, 셔츠의 깃도 올렸다. 그리고 다리를 살짝 꼬고 나 정도의 덩치를 가진 사람이라면 할 수 없는 마이클 잭슨 스핀을 조금 선보였다. 나를 보고 있던 아이들이 환호로 평가를 하며 괜찮다는 반응을 보였다.

나의 자리로 돌아가며, 자신의 차례가 되어 레인 위로 올라가는 안나 옆을 지나쳤다.

"괜찮은 동작이네."

그녀가 이 말을 하며 지어 보이는 엷은 미소 때문에 나는 그만 내 발에 걸려 앞으로 휘청거렸다. 그녀가 웃었다.

내 이름은 버터

"나도 너처럼 한번 해봐야겠다."

나도 웃으며 무너지듯 플라스틱 의자에 내려앉았다. 나는 의자 두 개를 차지하고 앉았지만 별로 개의치 않았다. 왜냐면, 안나가 방금 내게 미소를 건넸기 때문이었다.

그날 밤 그 미소가 안나가 내게 지어준 마지막 미소는 아니었다.

그녀는 내 춤 동작에 관해 놀리며 문을 열었다. 그런 그녀의 모습에 자신감을 얻은 나는 그녀 바로 뒤에서 두 손으로 공을 굴리는 그녀의 동작을 두고 장난을 쳤다.

"너 아직도 던졌다 하면 도랑으로 들어가는 공이니?"

"너 말은 그러니까. 버터 볼 말이지?" 그녀가 웃었다.

"예, 예~ 아주 재미있는데." 나는 눈을 말똥거렸다.

"나는 안나라고 해."

"알고 있어." 오, 이런, 변태 스토커 같은 놈. 그냥 그녀에게 어디 사는지도 알고 있다고 말하지 그러냐? "나는—"

"너 버터잖아." 그녀가 말했다. "나도 너 알고 있어."

우리는 둘 다 마주보며 미소를 지었다.

나는 뭔가 이야깃거리를 찾아내려 눈동자를 굴리며 주변을 둘러보았다. 아이들의 시선은 여자아이들의 레인 쪽에서 완전히 저돌적인 키스를 나누는 트렌트와 제니에게 쏠려 있었다.

"그러니까, 트렌트와 제니가 사귀는 거니?" 내가 물었다.

안나는 어깨너머로 그들이 키스를 나누는 장면을 보더니 말했다. "아니 뭐 꼭 사귀는 건 아니야. 그렇다고 각자 다른 사람을 사귀는 것도 아니고." 그녀는 어깨를 들썩여 보였다.

"뭐, 좀 복잡해."

"아, 그렇구나." 나는 새로운 이야깃거리를 생각하며 손가락으로 다리를 톡톡 두드렸다. 나는 트렌트와 제니에 관한 소문을 좀더 얘기해야겠다고 생각을 했다.

"나는 절대 저렇게 할 수 없을 것 같아." 안나가 키스를 나누는 그들에게서 시선을 돌리고는 내 옆자리로 와서 풀썩 앉았다.

"저렇게라니, 뭘?"

"캐주얼 데이트 말이야. 상대방을 어떻게 믿을 수 있겠니? 언제든 다른 사람이랑 데이트를 즐길 수도 있는데 말이야."

"동감이야. 그거 너무 좀—"

"게다가 안전하지도 않잖아." 그녀가 내 말을 끊었다. "만약 누군가가 너무 끔찍한 걸 자신에게 옮기기라도 한다면……?

"둘 중 누구든, 그런 뭔가에 걸리기라도 한다면—"

"그러니까, 내 말은 저 애들이 잠자리를 하고 다닌다는 뭐 그런 말은 아니고, 그냥 그렇다는 거야. 이제 우리는 그런 진지한 관계를 시작해도 될 정도의 나이들은 먹었잖아."

나는 숨을 한 번 꾹 참고 그녀가 자신의 말을 다한 것인지를 쳐

내 이름은 버터

다보았다. 그녀는 자신의 파란 눈을 더욱 크게 뜨며 이번에는 내 차례라는 듯 나를 쳐다보았다.

"어, 그래. 네 말의 뜻을 알 것 같다."

그녀가 고개를 끄덕였다. 내 답이 만족스러웠나 보다.

"그런데, 너는 오늘 여기는 어쩐 일이야?"

그녀가 갑자기 내게 질문을 했다.

나는 말을 더듬었다.

"글쎄, 파커랑 트렌트가 그러니까 나를 초대한 거야."

"아, 알겠다!" 그녀는 미소를 지었다.

"내 말뜻은, 그러니까, 그냥 너는 보통 우리들이랑 잘 안 어울리잖아. 그래서 물어본 거야."

"그래. 내 생각에 파커랑 트렌트는 그냥 그 웹사이트에 호기심을 갖고 있는 것 같아."

나는 시선을 아래로 떨어뜨리고 내 손을 내려다보았다.

"너도 그 웹사이트 알지?"

안나는 자신의 긴 금발 머리를 한 줌 잡아서 앞 쪽으로 쓸어내리며 바닥을 내려다보았다.

"음, 알고 있어."

"글쎄 그게 그러니까 바로 그 사이트를 통해서 내가 파커와 트렌트를 알게 된 거야. 점심시간에도 그 애들과 함께 식탁에 앉기

도 하고, 파커는 메뉴에 뭐가 들어 있는지 궁금해서 매일 나를 닦
달하고 있어.”

“남자애들은 정말이지 정신들이 나갔어.”

그녀는 여전히 고개를 바닥으로 향한 채, 말을 이어갔다.

“맞아, 우리 남자들이 좀 그렇기는 해.” 그녀가 불편해하지 않
도록 웃으며 말을 하자 그제야 그녀가 고개를 들었다.

나는 안나와 대화를 나누며 마치 그 전날 밤 채팅 때 나누었던
이야기를 이어가듯, 이상하리만치 편안한 기분이 들었는데, 안나
는 그렇지 않은 모양이었다.

“어쨌든, 오늘 밤 이리로 초대를 받은 것은 좋은 것 같아. 집을
벗어나서 부모님으로부터 멀리 와 있으니 좋다.”

“오, 네가 무슨 말 하는지 나 너무 잘 알 것 같아. 하루 종일 우
리 엄마는 나만 쳐다보고 계셔. 더 이상은 답답해서 집에 못 있
겠어. 집에 있으면 어디서든 엄마의 눈길을 피할 수 없거든. 너도
알지?”

물론, 당근 알고말고. 안나랑 채팅할 때마다 전에 이 이야기 여
러 번 했었거든.

“맞아. 나도 알아. 그 기분 어떤 건지.”

안나가 몸을 기울이더니, 나지막한 목소리로 말했다.

“내가 우리 엄마를 ‘어머니’라고 부르기 시작했거든. 근데, 우

리 엄마가 그걸 너무 마음에 안 들어하셔. 그렇지만 엄마가 뭐라 하실 수 있겠어? 그 '어머니' 소리가 내가 우리 엄마를 무시해서 부르는 그런 단어는 아니잖아. 그러니까, 그렇게 부르지 말라고는 못하시고 내가 그렇게 불러드릴 때마다 입술만 지그시 깨물면서 어쩔 줄 몰라 하셔. 정말 재미있지 않니?"

또다시, 그 이야기는 사실 안나가 이미 내게 했었던 말이다. 그렇지만 얼굴에는 생동감 넘치는 표정을 지으며, 느낌을 강조하기 위해 손동작까지 사용하여 드라마틱하게 이야기를 펼치는 그녀를 보고 있자니 마치 그 이야기를 처음 듣고 있는 것 같은 착각이 들 정도였다. 나는 분명 지나치게 그녀에게 열광하는 것처럼 보였을 테지만, 그렇지만 그녀를 보고 있자니 내 얼굴에 그냥 미소가 마구 번져나는데 나도 어찌해 볼 수가 없었다. 그녀가 말을 하며 만드는 특이한 동작들에 매료되어 나는 최면에 걸렸다. 나는 그녀처럼 말 한마디 한마디 할 때마다 변화무쌍한 표정을 지으며 그렇게 강렬한 느낌으로 대화를 하는 사람을 전에는 한 번도 본 적이 없었다. 나는 그녀의 그런 얼굴에 완전히 마음을 빼앗겨서 그녀의 젖가슴을 한 번도 내려다보지는 않았다.

"버터!"

제기랄, 그새 다시 내 차례인가?

나는 안나에게서 시선을 떼고 트렌트를 쳐다보았다.

"내 차례니?"

"아아니, 맥주 돌린다고." 그는 빈 병을 나를 향해 흔들어 보였다. "이제 네가 쏠 차례야."

"나도 비었다." 파커가 말했다. 그는 남은 맥주를 꿀꺽꿀꺽 들이키더니 맥주병을 점수판 위에 쿵 하고 내려놓았다.

나는 안나를 쳐다보며 말했다.

"이번 판은 내가 쏘는데, 너도 한 병 더 마실래?"

"오, 나는 술 안 마셔. 어쨌든 고마워."

나는 미소를 지었다. 오, 착하기도 하지.

나는 일어서서 얼른 마시고 끝내려고 내 앞에 놓인 술병을 기울여 입술로 가져갔다.

"맥주는 열량이 너무 높아." 안나가 한마디 툭 던졌다. 나는 내 얼굴에다 맥주병을 수직으로 세워든 채 얼어붙었다.

"그러니까, 내 말은 일반적으로 그렇다는 얘기야. 그리고 여기서 내오는 맥주는 특히 더해."

지금 그녀가 진짜 나를 앞에 두고 칼로리 어쩌고 설교를 한 거 맞나? 나는 한쪽 눈썹을 찡긋 올려 세우고 그녀를 내려다보았지만, 그러나 그녀는 더 이상 나에게 말을 하고 있지 않았다. 그녀는 자신의 왼쪽에 앉은 다른 여자아이에게 떠들어 대고 있었다. 아니면, 누구든 들으라고 그러는 것 같았다. 정말로 불현듯 그녀가 언제나 이런 식으로 대화를 해온 것이 아닌가 하는 생각이 떠올랐지만 인터넷에서의 대화가 그런 생각을 막았다.

"버터." 파커가 나의 등을 찔렀다. "맥주는?"

나는 들고 있던 병을 내려놓고 바로 걸어갔다. 바텐더는 트렌트가 말했던 딱 그대로였다. 그녀는 신분증 제시를 요구하지 않았다. 그녀는 뻥 소리가 나게 뚜껑을 따더니 맥주병이 가득 올려져 있는 삼각형 모양의 쟁반을 내 앞으로 쓱 내밀었다. 쟁반 위에 병들이 마치 볼링 핀처럼 보였다. 나도 그녀가 했듯 맥주 값을 그녀 앞으로 쓱 밀어 놓고는 그녀의 눈길을 피했다.

나는 쟁반 위에 균형을 잡고 제대로 서 있는 술병들을 쓰러뜨리지 않도록 최대한 집중을 하느라 바 옆에 모퉁이에서 누군가와 거의 부딪칠 뻔했다.

"버터?"

나는 왠지 익숙한 그 목소리에 놀라서 고개를 들었다.

터커가 두 눈을 껌뻑이며 나를 그리고 맥주를 쳐다보았다.

"너 뭐 하고 있니?" 그가 물었다.

"아, 볼링."

그는 맥주병에서 시선을 떼고 나를 똑바로 쳐다보았다.

"그리고 술을 마신다고? 술을 왜 마셔?"

"오, 괜찮아! 신분증도 요구하지 않는데 뭐. 뭐라고 하는 사람

도 없고. 내가 보니까, 여기 서로 다 알고 자기들끼리 뭐가 있는
것—"

"아니, 그 말이 아니고, 네가 왜 맥주를 마시는 거냐고? 그건 제
일 마시지 말아야 할 것 중 하나잖아. 액체로 된 칼로리나 마찬가
지잖아. 내 말은 차라리 도넛을 한 쟁반 갖다 먹는 편이 낫잖아."

이런, 처음엔 안나, 이제는 터커까지. 나는 얼굴을 찡그렸다. 보
자마자 반갑다는 인사도 없이……

"그게 말이지. 이거 절대 내가 마시는 거 아니야."

내가 억울하다는 듯 씩씩거리며 말했다.

감히 터커가, 저 삐삐 마른 자식이 무례하게도 나를 판단하더
니, 그래서 갑자기 나로 하여금 도넛을 먹고 싶게 만들었다. 나쁜
새끼.

"너는 여기서 뭐 하고 있는 거야?" 내가 그에게 물었다. "너 시
카고에 있어야 하는 거 아니니?"

"1월이 되어야 학기가 시작하거든. 크리스마스 휴가가 끝날 때
까지 기다렸다 움직이려고 해."

"아." 나는 손에 들고 있던 쟁반을 옮겨들었다. 시시각각으로
무거운 느낌이 들었다.

"나는 네가 볼링을 하러 다니는 줄은 몰랐는걸. 그거 너 **일일계
획표**에 들어간 새로운 운동 종목이냐?"

나는 입에서 나오는 대로 빈정대는 말을 뱉어 냈다.

"나는 우리 교회 사람들이랑 왔어. 크리스마스 앞두고 하는 일종의 파티 같은 거야." 그는 통로 아래쪽을 가리켰다. 레인 위에 혼잡한 사람들 가운데 한 무리의 중년의 여성들과 이야기를 나누고 계신 그의 어머니가 눈에 들어왔다. 나는 혹시라도 그의 어머니가 위를 올려다볼까 싶어서 얼른 몸을 돌려 맥주 쟁반을 가렸다. 물론 터커의 어머니가 어떻게 생각하실지 그런 것을 신경을 썼던 것은 아니었다.

그녀는 곧 떠난다. 나의 친구를 데리고 숨겨진 동토의 땅으로 간다. 그곳에 가면 그는 온통 다이어트에 세뇌당할 것이고 그리고 지금보다 더 심한 운동광이 될 것이다.

"너는 여기 누구랑 온 건데?" 터커가 물었다.

나는 어깨를 한번 으쓱거렸다. "그냥 뭐, 학교 애들이랑."

"나는 네가 학교에는 친구가 없는 줄 알았는데."

"내가 그 애들을 친구라고 말하진 않았어, 그치? 나는 그냥 학교 애들이라고 말했어. 설사 그 애들이 내 친구라고 해도 뭐 잘못됐냐? 그게 문제라도 되는 거냐? 터커? 내가 친구 사귀는 게 잘못된 일이니? 최근에 누군가가 내게 일 년 내내 친구도 한 명 없이 지내는 게 얼마나 더러운 심정인지 말을 해준 적이 있는데 말이야. 딱 그 누군가가 떠오르네."

나는 그 무거운 쟁반을 내려놓을 장소를 찾아 주위를 둘러보았다. 그래, 좋아. 사실 나는 잡아먹기라도 할 것 같은 표정으로 나를 노려보는 터커의 시선을 피할 곳을 찾고 있기도 했다. 그렇지만, 친구를 가졌다고 나를 이렇게 신랄하게 비판을 하고 있는 이 녀석이 누구란 말인가? 그는 곧 나를 남겨 두고 떠날 녀석이 아닌가 말이다!

터커의 얼굴은 주근깨가 보이지 않을 만큼 붉어져 있었다. 그는 볼링 슈즈를 신은 발뒤꿈치로 카펫이 깔린 바닥을 계속해서 차댔다.

"어, 그래 잘됐네."

나는 그가 진심으로 잘했다고 하는 건지, 아니면 빈정대는 것인지 알 수 없었다. 그렇지만 그의 의도와 상관없이 나는 그 녀석의 어투가 정말 마땅치 않았다.

"그래, 나 잘됐어." 나는 쟁반을 어깨 높이로 치켜들고 다시 걸음을 옮기기 시작했다.

"나중에 보자 터커."

"별로 그럴 것 같지 않은데!" 그가 내 등에 대고 소리쳤다.

나는 뒤를 돌아보지 않았다.

16장

터커와 있었던 일로 내내 마음이 불편했다. 토요일 아침 나는 그에게 전화를 걸어 사과를 해야 할 것 같은 강렬한 느낌에 사로잡혀 눈을 떴다. 그러나 전화기를 들고, 그의 번호를 누르기도 전에 벨이 먼저 울렸다. 그건 카디널스의 경기를 보러 가자는 트렌트의 전화였다. 나는 정중히 사양하려 했다. 조그만 스타디움 좌석에 내 엉덩이를 밀어 넣고 앉아 있는 것보다는 차라리 집에서 손톱이나 깎고 있는 편이 더 나을 것 같았다.

나는 일순간 혹시 축구팬들에게까지 이중좌석 부과를 시작한 것은 아닐까 하는 궁금증이 일었다. 시작은 항공사가 했고, 그 다음은 스포츠 관중석으로 그리고는 콘서트 장으로 확장되어서 좌석과 관련한 모든 것에 이중좌석 부과가 적용이 될 수도 있다. 그들은 아마도 그 좌석 티켓을 "슈퍼 사이즈"라고 부를 수도 있고, 아니면 재미나게 들리기도 하고 미안한 마음도 들지 않게 하는 그런 이름을 붙이겠지. 다음 순간 살아생전에 그런 꼴은 안 봐도 된다는 생각에 미치니 왠지 이상하게 위로가 되었다.

트렌트는 자신의 아버지 회사에서 제공되는 스타디움 특실 덕분에 안락한 시설과 폭신한 의자가 우리를 위해 준비되어 있으니 아무런 걱정할 필요 없다고 나를 확신시켰다. 그리고 제레미가 오지 않게 하겠다는 그의 다짐에 결국 나는 넘어가서 그 애들 틈에 끼어서 경기를 관람했다.

경기 관람이 끝나자 당구를 쳤고 그리고는 영화를 한 편 보고 연이어서 비디오 게임을 하고 트렌트네 집 마당에서 음식도 해 먹었다. 나는 너무 바뻐 여기저기 돌아다니느라 정신이 빠져서 반신반의하는 엄마의 미소도, 또 누구랑 돌아다니는지를 묻는 질문에도 제대로 반응을 할 수가 없었다. 나는 모호한 답을 하여 엄마를 당황스럽게 만들고는 또 다른 파티에 가기 위해 급히 문을 열고 나서며 나를 부르는 엄마를 향해 손을 흔들며 "편안히, 즐거운 시간 보내세요."라고 말했다. 그 주는 그렇게 쏜살같이 지나갔고, 일요일 저녁이 돌아올 때까지 터커에 관해서는 까맣게 잊고 있었다.

나는 안나—온라인상에서 만나는 그 안나 말이다—에 관해서

내 이름은 버터

도 역시 거의 잊고 있었다. 나는 그 주 내내, 볼링장 통로에서 이야기를 나누었던 안나만 생각했는데, 어쩐지 바람을 피우고 있는 것 같은 느낌이 들기도 했다. 일요일 날 밤 인터넷에 접속을 하고서 안나가 채팅에 관심을 두지 않았다고 뿌루퉁해진 것을 알게 되자 그 죄책감이 더욱 깊어지는 것 같았다. "안녕" 또는 "헤이, 섹시 가이" 이런 인사 대신 그녀는 이렇게 시작을 했다:

_ 한 주 내내 대체 어디 있었니?

아주 즐거웠지. 여자도 만나고. 딱 너처럼 생긴 애를 3일 전에 만났지.

_ 그 남자애들이랑 여기저기 어울리느라 바빴어.

나는 과거에는 안나에게 자주 '그 남자애들'이란 표현을 썼다. 그것은 J.P.의 존재하지도 않는 가상의 친구들을 언급하는 포괄적인 거짓말이었다. 그런데 지금은 '그 남자애들'이란 말에 구체적으로 연결되는 이름들도 얼굴들도 생겼으니 좀 재미있다는 생각도 들었고, 그리고 하나라도 안나에게 거짓말을 덜하게 되어서 좋았다.

_ 이번 주말에 넌 뭐 했어?

내가 물었다.

_ 볼링치고, 쇼핑하고, 자전거 타고. 좀 지루했어.

나는 속으로 웃었다.

_ 지루했을 것 같지 않은데.
_ 음, 볼링은 그런대로 괜찮았어. 그런데, 자전거 타기는 운동이었어.
  그리고 쇼핑은 그저 일이지 뭐.
_ 난 모든 여자애들은 쇼핑을 좋아한다고 생각했는데.

**안나 쪽에서 답이 너무 없어서 나는 그녀의 컴퓨터가 중간에
고장이 났나 싶었다.**

_ 너는 주변과 어울리기 위해서 그냥 억지로 하는 그런 거 없니? 내
  말은 마약처럼, 나쁜 그런 거 말고, 그냥 별로 내키지 않는데 하는
  거 있잖아.
_ 예를 들어 쇼핑 같은 거?

_ 그래.

글쎄, 인터넷에다가 자살하겠다는 공고를 올리고 그 사이트 인기도에 따른 현금이 내게 들어오고 하는 이런 일들이 아주 좋은 예가 되겠지. 그러나 다시 한 번 말하지만, 나는 그 짓을 친구들이나 명성을 위해서 하는 것은 아니야. 그런 것들은 그저 부수적으로 따라오는 것들일 뿐이다.

그 생각에 미치자, 나는 어디에서든 주변과 어울려 적응을 하기 위해 애를 써 본 기억은 없는 것 같았다. 나는 미식축구를 하러 나가지도 않았다. 왜냐면, 내 체중이 한 135킬로 정도 밖에 안 나가던 시절도 운동장을 달리며 사람들을 쓰러뜨리는 일보다는 다른 할 일이 더 많을 거라는 것을, 그리고 내 자신이 그런 길이를 뛰어다닐 수 없다는 사실도 알고 있었다. 나는 밴드부도 다른 클럽 활동에도 참여하지 않았다. 그 점에 있어서는 터커의 말이 옳았다. 그런데 내가 왜 그런 활동에 꼭 참여를 해야 하는 거지? 우리 부모님께서 대중을 따라가는 건 잘못된 일이라고, 그래서 언제나 자신의 길을 찾고 그 길에 선구자가 되라고 설교를 늘어놓지 않으셨던가?

그래서 억지로 수준을 낮춰가면서까지 나를 끼워 맞추고 싶지는 않았다. 나하고는 그 밴드부에 멍청하고 따분한 녀석들도, 운동부 애들도 그리고 학교 애들도 어울리지가 않았다. 나는 항공사 좌석에도 맞지 않았고, 라바이스 청바지도 가죽 재킷에도 맞지가 않았다. 나한테 그 어느 것보다 가장 잘 맞는 것은 음식뿐이었다. 내 뱃속까지 잘 맞았다. 그래서 내가 더 많은 음식과 어우러질수록, 어딜 가나 나와 어울릴 수 있는 것들은 점점 줄어갔다.

나는 안나의 질문에 대한 답으로 다른 질문을 했다.

_ 그럼 차라리 어떤 걸 했으면 좋겠다 하는 게 있니?

_ 너랑 얘기하는 거.

내 얼굴에 미소가 피어났다.

_ 아주 좋은 답이군.

_ 너랑 때로 정말 현실적인 뭔가에 관하여 이야기를 나누는 것이 난 참 좋아. 나는 옷이나, 다른 남자애들 그리고 몸매 가꾸기에 관한 이야기를 하는 것이 좀 지루하게 느껴지거든. 그래도 친구 한 명 없이 집에서 혼자 지루해하는 것보단 친구들과 밖에 나가 어울리며 지루해하는 게 좀 더 나은 것 같아.

동감이야.

내 이름은 버터

우리는 한 시간가량 더 채팅을 했고, 나는 난생 처음으로 한 주 내내 나의 삶이 지극히 정상적으로 흘러갔다는 느낌이 들었다. 또 다른 의미의 원래 내 생활에서 볼 때, "정상적"이라는 상황이 월요 일 아침 학교 주차장에서 나를 기다리고 있었다. 내가 주차를 함 과 거의 동시에 제레미가 내 차 앞에 나타났다. 그는 나의 BMW 를 쓱 훑어보더니 아무 생각 없이 자동차 덮개에 기대어 섰다.

"지난주 네가 즐겁게 보내길 바랐는데."

내가 차에서 내리자마자 그가 말을 걸어왔다.

진짜, 이제 너한테는 아무도 인사도 안 건네는 거냐?

"어, 즐거웠어. 안타깝게도 너는 그 즐거운 시간을 다 놓쳐 버 렸네." 나는 그의 어깨를 치며 지나가려 했다. 그러나 그가 내 앞 길을 막고 섰다.

"내가 초대를 안 받았던 게 아니야."

그가 으르렁거리며 말을 했다.

"알았어."

"그런 게 아니라고. 내가 주말 내내 좀 멀리 다녀왔거든. 바비 큐 시간에 맞춰서 돌아오긴 했는데, 네 녀석이 거기 있다는 말을 듣고 그냥 들르지 않고 집으로 갔던 거야. 나는 다른 애들과 달라 서 네가 꾸역꾸역 먹어대는 모습을 지켜보기만 해도 토할 것 같 거든."

"그럼, 안 보면 되잖아."

나는 나의 덩치를 이용해서 제레미를 벽 쪽으로 밀어 붙이며 드디어 그를 설복시키려 했다. 그러나 이번엔 그가 몇 마디 말로 나를 제압했다.

"너, 그 애들이 정말 네 친구라고 생각하고 있는 거니?"

나는 몸을 돌려 그를 정면으로 바라보았다. 나는 드라마틱한 스핀이 준비되어 있는 게 좋았다. 그러나 190킬로에 달하는 거구인 내 몸으로는 180도 회전을 하려면 발도 몇 번 바꾸고 사이드 스텝도 밟아줘야 한다. 볼링장 통로에서 내가 했던 그 동작은 내 몸에서 분비된 순수 아드레날린이라는 연료가 있었기에 가능했던 것이다. 내가 한 바퀴를 다 돌아갈 즈음 제레미가 다시 말을 시작했다.

"파커는 단지 자신의 배당률을 높이려고 너를 가까이에 두고 있는 거라고. 그가 너를 친구라고 생각하는지 알고 싶다면, 그에게 네가 벌이는 그 작은 쇼가 어떻게 진행되고 있는지에 관한 최신 정보를 흘려봐 봐. 그러면 그 녀석 그 내부 정보로 내기 돈을 걸 거다."

"마치 파커가 마권업자(馬券業者)라도 곁에 두어야 할 것 같이 들리는데." 나는 목소리를 비교적 차분한 어조로 유지했다. 그들이 내게 관심을 두는 것과는 달리 나는 그 "새 친구들"에게 별반

내 이름은 버터

관심이 없는 것처럼 제레미 눈에 보였으면 하고 바랐다.

"다른 모든 아이들은 그냥 트렌트를 추종하지. 그리고 트렌트는 말이야— 어, 자, 그냥 말해 줄게. 네가 우리 테이블에 와서 앉는 최초의 괴물은 아니야. 트렌트는 세상을 뒤흔들어 놓는 걸 무척 재미있는 일이라고 생각하는 놈이거든. 그 녀석은 찌질이들을 데려다가 피곤해하고 지쳐 떨어질 때까지 마치 장난감처럼 데리고 놀거든. 그리고 놀 만큼 실컷 놀았다 싶으면, 그때 너는 다시 여느 애들이 그랬던 것처럼 장난감 상자 안에 처박히는 신세가 되는 거지."

그렇구나. 그 말은 약간 충격이긴 했다. 우리가 친구랍시고 함께 어울린 지난 한 주를 돌아보면, 트렌트가 좀, 집착적으로 나와 시간을 보내려 하는 것처럼 보이기는 했다. 제레미 말이 사실이기는 했지만, 그래도 나는 제레미에게 그런 나의 생각을 들키고 싶지는 않았다.

"그런데, 너는 뭐가 문제냐? 대체 뭐야? 너 나 때문에 위기의식 같은 걸 느끼기라도 하는 거냐? 혹시 내가 이렇게 트렌트 옆에 있다가 네 자리라도 뺏을까 걱정돼서 이러는 거 아니냐?"

제레미는 당황하는 기색이 없었다.

"글쎄다. 설사 일이 그렇게 된다 해도, 네 자리는 1월이 되면 다시 비잖아, 안 그래?"

나는 순간 뜨끔해서 얼어붙었다. 제레미는 나의 침묵을 자신의 승리로 받아들이고 어슬렁 대며 나를 지나쳐 학교를 향해 걸음을 옮겼다. 그러다 내 옆에서 다시 멈추더니 낮은 목소리로 몇 마디를 더 지껄였다.

"그리고 말이야, 만약 네가 그 일을 실행시키지 못하면, 새해전 야가 지나서 걔네들 손에 당하게 될 거다."

* * *

나는 얼마간을 그렇게 주차장에서 미동도 않고 서 있었는데, 누군가 내 팔을 쿡 찌르는 느낌이 나더니 귀에 익은 교수님의 목소리가 들려왔다.

"저 애가 네 친구들 중 한 명이니?"

교수님은 제레미의 등을 보고 고개를 끄덕거리면서 물으셨다.

나는 마른 침을 꿀꺽 삼켰다.

"저는 그 애를 친구라고 부르지는 않을래요."

"흠. 그러면 저 애를 뭐라고 부를 거니?"

"교수님처럼 고매하신 분의 귀를 더럽힐 수도 있는, 그런 뭔가 아주 추악한 이름이요."

그 시점에 그렇게 농담이라도 내뱉고 나니, 기분이 좀 나아진 것 같았다. 교수님과 나는 걷기 시작했다.

"그런데 너 요즘 보니 친구들이 많은 것 같더라. 내가 볼 때마다 여러 아이들 사이에 둘러싸여 있더구나."

나는 옆 눈으로 교수님을 흘낏 쳐다보았다.

"지금, 저에게 공부나 색소폰 부는 거에 태만하지 말라는 말씀 하시려는 거죠?"

교수님은 웃으셨다.

"삶의 모든 것에는 각각의 때가 있는 법이다. 그렇게 생각하지 않니? 주변에 사람들이 있다는 것은 좋은 일이야."

"네." 나는 동의를 했다. 네. 어떤 종류의 사람들이건 상관없이 말이죠.

그때 교수님께서 내 생각을 읽으신 것처럼 말씀하셨다.

"친구들과의 우정도 좋지만, 공부나 음악도 가치 있는 일이지."

교수님은 나의 어깨를 잡은 손에 살짝 힘을 주고는 내가 미처 어떤 반응을 보일 틈도 주지 않고는 앞으로 걸어 나가셨다.

제레미의 경고는 친구로 변장을 하고 있는 적들로부터 나를 지키기 위한 갑옷이라도 입고 있어야 한다는 사실을 일깨워 주었다. 그러나 사실 나는 갑옷은커녕 벌거벗고 있는 거나 마찬가지였다. 채팅방에서 안나가 건네는 다정한 인사에 마음이 녹고, 대수학 선생님을 재미나게 스케치하는 파커와 함께 낄낄대는 시간이 즐겁고, 학생식당에서 1학년들을 옆으로 비끼게 하여 자신들의 테이블에 내가 앉을 자리를 마련해 주는 트렌트를 따라다니는 나는 속수무책으로 상처받기 쉬운 나약한 사람이다.

내가 이런 생활을 하며 지낸 것이 고작 며칠 밖에 되지 않았다는 사실을 믿기 어려웠다. 인기는 마치 마약과 같아서 한 번 그 맛을 경험한 나는 빠져들게 된 것이다. 빌어먹을, 뭐, 교수님도 친구들이 중요하다고 인정해 주신 마당인걸. 트렌트는 내 벤치 끝에 평소와 같이 자리를 잡고 앉아서 점심을 먹고 있었다. 내가 자리에 앉자 그가 말했다.

"뭔가, 하고 싶은 말이 있는데."

"뭔데?"

"네 리스트에 관한 것인데 말이야."

그는 내 표정을 살피더니 얼른 설명을 이어갔다.

"그 리스트 말고, 학교에서는 그 마지막 만찬 얘기 안 하기로 했잖아. 내가 알아들었다고. 내 생각에 너는…… 그러니까 버킷리스트를 만들어야 할 것 같아."

"뭐, 무슨 리스트라고?"

"오, 예~!" 파커가 내 옆으로 폴짝 나섰다. "버킷리스트 말이야. 그러니까 네가 죽기 전에 하고 싶은 것들, 있잖아."

나는 트렌트와 파커를 번갈아 쳐다보았다. 그들의 표정은 진지해서 장난을 하는 것 같지는 않았다. 그렇지. 그동안 그 녀석들은 학교에서는 아무 말도 꺼내지 말라는 내 협박을 잘도 들어주어서 침묵을 너무 오래 지킨 게지. 그 덕분에 내가 그 일을 잠시 잊고 너무 멀쩡하게 아무 일 없는 듯이 보냈던 거였지. 그런데, 이제 그 녀석들이 자신들의 테이블에 내가 앉는 것이 일시적이라는 사실을 일깨워 주고 있는 것이다. 그들의 목소리는 평소와 다르지 않았지만, 그들의 눈빛은 장난기와 모험에 대한 기대로 반짝거리고 있었다.

내 가슴이 뜨거워지기 시작했다. 아니 이 녀석들은 내가 자살을 앞두고 있다는 사실을 깨닫지 못하고 있기라도 한 것인가? 이건 장난이 아닌데.

그때 한 생각이 떠올랐다: 어쩌면 저 녀석들은 이 모든 상황을 정말 게임처럼 받아들이고 있을지도 모르겠다. 아마 저 녀석들은 자신들이 친구인 척 대해 주고 있는 이 덩치 큰 아이가 정말 이 세상에서 사라져 버리게 될 것이라는 사실을 이해를 못하는 모양이다. 아니면, 저 녀석들은 처음부터 이 모든 일을 장난으로 시작했다가, 그 농담이 감탄에 마지않을 만큼 쫄깃하고 재미나게 돌아가니까 이 모든 장난을 이끌어낸 그 주인공과 친구가 되고 싶었던 것일지도 모른다. 그도 아니면 저 녀석들은 그저 마지막 만찬 메뉴 아이템이나 내기 돈, 그리고 버킷리스트에만 관심이 있는 것일 수도 있다. 왜냐면, ButtersLastMeal.com 사이트는 여전히 스카츠데일 고등학교랑 관련이 있는 사람이라면 누구에게나 뜨거운 주제거리이기 때문이다. 어쩌면 말이다.

나는 점심 도시락이 고스란히 들어 있는 내 책가방을 테이블 밑에 내려놓으며 천천히 대답을 했다.

"글쎄다, 마지막으로 내가 해 보고 싶은 것들의 리스트를 만들고 있는 중이기는 해. 그리고 아마도 그 중 몇 가지는 적어도, 그러니까 너희들이 알다시피 내가, 내가…… 떠나기 전에, 적어도 꼭 한 번은 해보고 싶은 것들이다."

"예~ 바로 그거야!" 트렌트가 말했다. "그래서 그 리스트에는 어떤 것들이 올라가 있니?"

"뭐, 많지는 않아. 정말로. 그래도…… 한 가지는 분명히 있어."

"그래?" 파커와 트렌트가 동시에 말했다.

"근데 그게―." 나는 어느 만큼은 망설이며 또 한편으론 슬쩍 긴장감을 조성하며 상체를 뒤로 살짝 젖혔다.

"음, 나는 말이야, 여자의 젖가슴을 한 번 만져 보고 싶어."

"이런, 머저리 같은 녀석, 너 여자애 가슴을 한 번도 못 만져 봤다고?" 파커가 입을 벌리며 턱을 쑥 떨어뜨렸다.

"야, 이 자식들아. 작게 말해!" 트렌트가 웃으며 말했다.

"너, 지금 나더러 목소리가 크다고 그러는 거냐? 슈퍼킹왕짱 떠벌이 입을 가진 인간이 바로 너잖아. 안 그래?" 파커가 프렌치프라이 한 조각을 트렌트를 향해 던졌다.

트렌트는 손목을 획 꺾어 그 프렌치프라이를 막아 내면서도 내게서 눈을 떼지 않았다.

"한 번도 안 해봤다고?" 그가 물었다.

"아니, 해봤어. 해보긴 해봤어." 나는 재빠르게 거짓말을 했다. "그래도 한 번 더 해본다고 뭐 잘못될 건 없잖아."

"딱히 마음에 두고 있는 짝이라도 있니?" 트렌트가 재촉하듯 물었다.

"음, 그게 말이지……."

"에이, 뭘 뜸을 들이고 그러셔? 말해 봐. 누군데?"

파커가 물었다.

나는 답을 하는 대신 자동적으로 여자아이들의 테이블로 시선을 돌렸다. 그곳에는 안나와 제니가 피자 조각 위에 냅킨을 눌러 대며 묻어나는 기름을 제거하고 있었다.

트렌트가 내 시선을 놓치지 않고 따라왔다.

"오, 예~! 안나 맥긴? 너, 운 좋다, 이 녀석아. 지금껏 아무도 저 애 마음을 얻은 애가 없었어. 믿어도 돼. 우리가 작업 중이거든. 근데 난공불락이야. 계집애가 안 넘어와."

"헤프게 구는 애가 아니야." 파커가 말했다. "그런데 듣자하니, 입은 좀 헤픈가 봐. 늘 열어 놓고 있어."

그가 괴상한 몸짓을 하자 다른 남자아이들이 법석을 떨었다. 나는 손을 뻗어 그 녀석의 목을 졸라주고 싶은 마음을 참기 위해 얼른 두 손을 나의 두꺼운 허벅지 사이로 꾹 밀어 넣었다. 트렌트가 숨을 길게 내쉬더니 한 손으로 내 어깨를 움켜잡았다.

"자, 상당히 도전적인 과제다. 그렇지만, 네가 꼭 원하는 거라면, 버터. 그러면, 우리가 할 수 있도록 도와줄게. 파커랑 함께."

그는 몸을 숙여 내 맞은편에 있는 그의 친구의 얼굴에 손가락을 갖다 대며 말했다.

"이 일에는 내기 돈 같은 거 안 거는 거다."

내 이름은 버터

17장

매일 학교생활은 조금씩 좋아졌고, 집에 있는 시간은 조금씩 싫어졌다. 나는 매일 반짝이는 황금 저울 위에 놓인 내 삶을 보았다. 저울 양쪽에 각각 어떤 물체를 올려놓느냐에 따라 불안정하게 이리 저리로 기울어지는 그런 저울 말이다. 저울 왼쪽에 있는 것들은 안나, 트렌트, 파커 그리고 학생식당의 나의 벤치다. 오른편에 놓인 것들은 침묵을 지키고 계신 우리 아빠, 내버려둔 나의 색소폰, 놀랍게도 손도 안대고 물리는 나의 음식들, 그리고 나의 엄마—요즘 들어 말보다 콧노래를 더 많이 흥얼거리고 계신다.

엄마는 수요일 아침에 내가 아침을 옆으로 밀어 두고 책가방을 집어 들고 나올 때도 콧노래를 부르고 계셨다.

"아가, 제발, 베이컨이라도 한쪽 먹으렴."

"학교에 늦겠어요."

"그럼, 가져가서 먹으렴."

"배 안 고파요."

"그럼, 토스트라도 한쪽 가져가렴."

"엄마, 저 가야 한다고요. 늦었다고요."

"그럼 싸 줄게. 가져가라. 나중에 먹으면 되잖아."

"엄마, 제발요. 고만 좀 하세요!"

엄마와 나는 거의 싸우기 직전의 일촉즉발의 위기였음을 알고 있다. 그렇게 아침밥 때문에 엄마와 전쟁을 치르는 것이 요즘의 일과가 되었다. 그러나 그 싸움은 더 이상은 내가 시간을 할애할 수 없는 그런 것이기도 했다. 점심시간 외에도, 학교에서 최고의 친교의 시간은 복도에서 벌어진다. 1교시가 시작되기 전에 내 주변에는 나를 찬미하는 한 무리의 아이들이 함께 시간을 보내며 북적였다. 그 시간만큼은 일 초라도 놓치고 싶지가 않았다.

신문 뒤에서 아빠의 목소리가 높아졌다.

"그 애가 배고프지 않다고 하잖아요. 그냥 학교에 가도록 내버려 둬요."

잘 됐다. 이제, 내가 아침을 안 먹으면, 엄마는 괴로워하실 테고 그리고 암묵적으로 나는 한 번도 아빠와 한 편이 되어 엄마와 맞섰던 적은 없었다. 그러니 나는 베이컨 한쪽을 씹어 넘기고 엄마

의 기분도 풀어드리며 한 5분 정도 더 머물다 나갈 수도 있고, 아
니면, 스카츠데일 고등학교에서 나의 팬들의 관심을 한 몸에 받
으며 영화로운 5분을 보낼 수도 있다.

나는 가방을 끌어다가 어깨에 둘러메고 열쇠를 손에 들었다.

"아빠, 고마워요."

그러고 나서 나는 문을 벗어나서 내 차에 올라탔다.

나의 상상 속의 황금 저울은 왼편으로 깊숙이 기울어지고 있었
다. 학교 대 집의 점수는 1대 0이었다.

* * *

1교시가 시작되기 10분 전, 나는 파커의 사물함 옆에서 파커와
제니를 포함하여 예닐곱 명 정도 되는 다른 아이들과 함께 있었
다. 이렇게 아침에 함께 모여 있는 것 중에 최고로 좋은 점은 제
레미가 학교 수영부에 들어가 있어 아침에 연습을 하느라 그 시
간에는 절대 나타나지 않는다는 사실이었다. 안타깝지만, 안나도
그 시간에는 절대 나타나지 않았다. 나는 머릿속으로 다음번에
만나면 왜 안 오는지 물어봐야겠다고 기억을 해두었다. 아니면,
차라리…….

"제니, 안나는 어디 있니?"

제니가 손을 흔들었다. "누가 알겠니? 그 애는 언제나 늦잖니. 아마도 늦잠을 잤겠지. 왜냐면, 그 애는 인터넷에서 알게 된 그 멍청한 남자친구랑 밤을 새고 채팅을 했기 때문일 거야."

뭐? 남자친구라고? 나는 속이 울렁거렸다.

"뭐라고?" 파커가 웃었다. "그 애가 인터넷에서 만난 녀석이랑 데이트를 한다고? 와, 너무 썰렁하다. 유치해."

"왜, 아니겠어. 완전히 유치하다마다." 제니가 맞장구를 쳤다.

"그리고 들어봐. 안나는 그 남자애가 어떻게 생겼는지 얼굴도 모른대, 말이 되니?"

파커는 배를 움켜쥐고 웃었고, 다른 아이들도 함께 웃었다. 나는 그때 안나의 일을 두고 농담을 하는 그 애들에게 더 화가 치밀어 오른 것인지 아니면 부지불식간에 나의 면전에서 나를 두고 유치하다고 해서 화가 나는 것인지는 구분하기 어려웠다. 그러나 둘 중 어느 쪽이 이유였든, 나는 내 감정을 잘 숨기지 못한 것이 분명했다. 왜냐면, 제니가 내게 물었다

"버터, 무슨 일이야? 뭐 잘못된 거라도 있니?"

나의 뇌는 적절한 답을 찾느라 안절부절못하는데 트렌트가 나보다 선수를 쳤다.

"아, 버터가 안나에게 뭔가 좀 그런 게 있거든."

내 이름은 버터

"정말?" 제니가 눈을 번뜩이며 나를 향해 미소를 지었다. "잘해 봐."

너무도 뻔하다. 불과 2주 전만 해도, 제니는 190킬로에 육박하는 거구와 한편이 되어 같이 시간을 보낸다는 생각만으로도 구역질을 했을 것이다. 아니면, 적어도 나에 대한 험담을 하며 나를 잔인하게 잘근잘근 씹어대고, 언감생심 안나 같이 날씬하고 예쁜 애를 넘봤다고, 꿈도 못 꿀 일이라며 나를 학교의 웃음거리로 만들었을 것이다.

그러나 내가 스카츠데일의 새로운 뜨거운 아이템이 되었음을 깨달은 그녀의 얼굴에는 나를 경멸하고 조롱하는 표정은 보이지 않았다. 모두가 자살원인에 대해 궁금해하고 있었고, 그녀에게도 그런 호기심이 있었다. 이제 그녀는 따뜻한 미소를 지어 보이고 용기를 북돋우는 말만을 하고 있었다.

"난 안나에게 특별한 거, 그런 거 없어."

내가 자동적으로 말을 했다.

"어유, 괜찮아. 그 애한테는 말 안 할 거야."

제니가 황급히 나를 확신시켰다.

쳇, 거짓말쟁이.

"그렇지만, 버터, 인터넷 스토커로부터 우리가 그녀를 지켜야 할 것 같지 않니?"

안나를 걱정하는 척하는 그녀의 연기가 우스웠다.

"근데, 그거 왠지 좀 오싹하다." 트렌트가 맞장구를 쳤다.

"오싹하고 게다가, 한물간 90년대 스타일이야." 제니가 말했다.

"진짜, 웃겨. 아니, 그 괴짜 같은 녀석이 자기 사진은 한 장도 안 보내주겠다고 한다잖아."

"근데, 그거 우리랑 상관없는 일이잖아." 내가 말했다.

제니가 나를 보며 눈을 껌뻑거리며 물었다.

"그래서?"

트렌트가 웃으며 팔을 뻗어 제니의 허리를 감싸 안았다.

"자, 우리의 책략가이신 제니 양. 악당 나오는 줄거리는 나중에 씁시다. 이러다 수업에 늦겠어."

그는 손을 흔들어 보이며 아이들을 각자 교실로 가게 했고, 파커와 나는 반대 방향으로 향했다.

"버터, 너는 안나와 어울리기에는 너 자신이 너무 크다고 생각할지도 모르겠지만, 그래도 안나가 인터넷에서 채팅을 하는 어떤 트롤들보다 네가 더 나을 거다."

어~음, 고맙다고 해야 하나?

"파커, 나는 정말 안나에게 그 정도로 관심이 있는 것은 아니야. 그녀가 남자친구가 있다면 더더욱 그렇고."

"알았어. 누가 뭐래?" 그는 어깨를 한 번 으쓱거렸다. "그러면,

포기해. 내 말은, 너 정도 덩치를 가진 애가 안나와 사귄다면, 너 완전 전설이 되는 거야. 신화를 만드는 거라고."

정말이지, 파커 녀석의 독특한 아첨과 격려의 말들은 정말로 내 신경을 팍팍 긁었다.

"그건 그냥 잊어버리자." 내가 말했다.

파커는 방향을 획 틀어 교실로 들어가며 말했다.

"오케이, 나중에 얘기하자."

나는 1교시 내내 꼼지락거리며 안절부절못했다. 안나는 수업이 시작하기 직전에 간신히 뒤를 돌아보며 인사를 건넸다. 나는 그녀가 문자메시지를 확인하는 것을 보았다.

혹시 제니가 보낸 것일까? 제니는 점심시간까지 못 기다리고 내가 안나에게 반해서 질척거린다고 말한 것은 아닐까?

점심시간. 그때쯤이면 안나가 알게 될 것이고, 내가 직접 안나를 알아가게 될 그런 희망은 물 건너가는 것이다. 학생식당을 향해 걸어가는데, 나는 분노와 긴장감으로 온몸이 떨렸다. 나는 그냥 알 수 있었다. 제니는 이미 점심을 먹으려 안나 옆에 붙어 앉아 있을 테고 "2톤짜리 재밌거리"가 "인터넷 사이코 변태"보다 더 나을 것이라고 그녀를 설득시키고 있을 것이다. 나는 벽이라도 주먹으로 내리치고 싶었다.

"야! 너 좀 보고 다녀라!" 나는 내 길을 막아서며 쏜살같이 교실을 빠져나가려는 일 학년생에게 소리를 질러 댔다.

"댁도, 앞을 좀 잘 보고 다니지 그러셔— 오, 미안."

자신이 말을 하고 있는 사람이 누구인지 파악한 그녀가 내게 한 말이었다. 그녀는 바로 탄산음료 자판기 앞에서 마주쳤던 그 여자애였다.

"어, 나는 말이야. 그럴 의도는 아니었고……. 내가 주의를 기울이지 않았었어."

"됐어." 나는 넌더리가 난다는 듯 손을 내저었다. 바로 트렌트는 이런 종류의 사람—나를 쳐다보며 죽음과 거구의 몸만 보았던 그런 사람들—로부터 나를 보호하고 있었던 것이다. 만약 새로운 나의 친구들이 임박해 오는 나의 죽음에 대한 전율의 짜릿함만을 즐겼다면, 나는 여전히 어딜 가나 그 동정의 눈길을 받고 다녔을 것이다.

그녀는 내 앞에서 움츠러드는 모습을 보이며 뒤로 한 발짝 물러섰다. 바로 그녀 뒤에는 4명의 남자아이들이 그 모습을 지켜보며 옹기종기 모여 서 있었다.

"뭐, 내가 도와줄 일이라도 있는 거니?"

내가 딱딱한 어투로 물었다.

그들은 동시에 모두 고개를 가로저었다. 그들이 각자 서로 다른 모양의 케이스들을 들고 있는 것이 내 눈에 들어왔다. 그 안에

내 이름은 버터

악기가 담겨 있음을 알 수 있었다. 나의 X-ray 시력은 그 케이스들을 녹이고 그 안에서 반짝반짝 빛을 내고 있는 투바, 클라리넷, 플루트, 그리고 색소폰을 보았다. 왠지 모르게 가슴 한 구석이 아려왔다. 내 색소폰을 손에서 내려놓은 지도 벌써 여러 날이 되었다.

"그럼 뭘 쳐다보고 있는 건데?"

나는 그들을 향해 좀 더 가까이 다가가며 물었다.

"아무것도 아니야." 소년들 중 한 명이 거의 울듯이 말했다.

또 다른 소년은 좀 더 대담하게 한마디 뱉었다.

"거짓말쟁이."

나는 바로 그의 얼굴을 정면으로 쳐다보며 물었다.

"너, 나를 지금 뭐라고 불렀니?"

"거짓말쟁이라고 했잖아."

그 소녀의 목소리는 좀 더 부드러웠다. 그래서 거의 잘 들리지가 않았다.

"그건 거짓말이 아니라, 그건 그러니까, 농담이야." 내가 말했다.

"맞다. 그래 장난." 그녀는 두 눈을 말똥거리면서도 시선은 내게 고정시키고 있었다.

나는 혹시라도 그녀가 내 얼굴에서 진실을 읽게 될까 봐 두려워서 눈을 깜빡거리며 눈길을 피했다.

"그래, 장난. 그리고 너는 지금 그 장난에 푹 빠진 거야."

나는 어떻게 된 일인지를 그녀에게 말하려 눈동자를 이리저리 굴렸다.

"그래서 패스워드는 왜 걸었는데?"

그녀가 도전적으로 물어왔다.

"네가 패스워드를 갖고 있지 않다면, 그럼 넌 모르는 거야."

그 남자애들 중 한 명이 "바보 같은 녀석"이라고 중얼대는 소리가 들려왔다. 나는 그들을 향해 몸을 홱 돌렸다.

"너희들 할 일 없어?" 나는 그들의 케이스를 가리키며 말했다.

"가서 악기나 불어. 아니면 서로 불어서 날려 버리든지. 나는 신경 껐다. 그러니 얼른 내 앞길을 막지 말고 비켜."

"버터!"

오, 이런, 젠장. 익숙한 목소리가 귀에 들려왔다.

내가 교수님을 향해 고개를 돌리는 순간 아이들이 잽싸게 흩어졌다. 교수님은 그 일 학년 여학생이 나타났던 그 문 쪽에 기대고서 계셨다. 나는 교수님이 다가오셔서 내가 무례하고 어눌했다고—어쩌면 학교가 아니었다면, 멍청한 녀석이라고까지 하셨을지도—나무라기를 기다리고 있었다. 그러나 교수님은 눈을 동그랗게 뜨고는 눈싸움이라도 하는 듯한 기묘한 눈빛으로 나를 쳐다보고 계셨다. 만약 그분의 표정을 유심히 살피지 않았더라면, 아마도 놓쳤을 것이다. 그분의 눈빛에 담겨 있는 것이 분노였나? 우

내 이름은 버터

려? 혼란?

　교수님은 먼저 시선을 거두고 밴드부 교실로 줄을 서서 들어가는 일 학년생들과 인사를 나누었다. 그리고는 문을 닫으려 손을 뻗었다. 바로 문을 닫는 마지막 순간, 교수님은 내가 당신의 표정을 충분히 읽을 수 있을 만큼 문을 살짝 열어 두셨다.

　"나는 너한테 더 많은 기대를 걸고 있는데."

　"교수님, 저―"

　교수님은 열린 문을 마저 닫으셨다. 그 순간 밴드부 교실을 빠져나가려던 급속한 공기의 흐름은 과도하게 커져 버렸다가 마침내 푹 수그러든 느낌이어서 마치 나의 자아에서 빠져나가 버리는 공기 같다는 생각이 들었다.

18장

교수님과 마주쳤던 일, 그리고 내가 안나에게 홀딱 빠져 있다는 말을 제니가 아직은 안나에게 알리지 않았다는 사실이 그나마 내 안에서 으르렁거리던 호랑이를 달래는 데 도움이 되었다. 학교에서 차를 몰고 나갈 때쯤 되자, 나는 화가 나기보다는 부끄럽다는 생각이 더 들었다.

운전대를 잡고 있던 내 손이 떨렸다. 나는 그 손 떨림이 나의 초조함에서 비롯된 것인지 아니면 너무 밥을 안 먹어서 생긴 증상인지 알 수는 없었다. 그러나 혹시 모를, 후자의 경우를 대비해서 차 안의 사물함에서 사탕을 찾아서 몇 입씩 깨물어가며 나의 혈당에 동력을 실었다. 그 손 떨림 증상은 가라앉았지만 부끄러운 마음은 좀처럼 사라지지 않았다.

내 이름은 버터

내 감정이 제대로 움직이고 있지 않았다. 지금 삶이 너무 빨리 지나가고 있어서 나는 무엇이든 내가 어떻게 느끼고 있는지 제대로 살필 시간이 없었다. 그냥 단순히 반응을 할 뿐이었다. 게다가 그것이 내가 진정으로 원했던 것인지 더 이상은 확신을 할 수도 없었는데, 약속된 날짜가 임박해 오고 있었으므로 잘못을 뉘우칠 시간도 없었다. 그래서 나는 그냥 그 순간에 전력을 다했고, 진화하고 있는 내 삶을 즐겼다. 그러나 매번 그럴 때마다, 나는 내 자신에게 걸려 넘어져서 상처를 입었다. 바로 오늘처럼, 그 밴드부 아이들을 만났을 때처럼 말이다.

나는 학교에서부터 병원까지 어떻게 왔는지도 거의 기억나지 않았다. 어느 순간 보니, 내가 거기, 빈 박사님의 이름이 붙어 있는 병원 앞에서 주차를 하고 있는 것이었다.

엄마는 로비에서 나를 기다리고 계셨다.

"내가 접수는 했다." 엄마가 말했다. 나는 엄마의 목소리에 긴장감이 묻어난다는 것을 알 수 있었다. 아침 식사 때부터 느꼈던 것이다.

"죄송해요, 제가 좀 늦었어요."

"친구들과 있었니?"

그건 내가 빠져나갈 틈이 없는 지금과 같은 시점에 질문을 하는, 딱 우리 엄마다운 행동이었다. 엄마가 내가 빠져나갈 틈을 주지 않는 그 카드를 쓰려고 이번 예약을 기다리고 있었던 것은 아닌가하고 궁금해졌다. 만약 그렇다면 엄마의 포커페이스는 아무런 정보도 드러내지 않은 셈이다.

"왜냐면 말이다, 새 친구들이 있다는 것은 멋진 일이지." 내가 대답을 않자 엄마는 계속 말을 하셨다. "그런데 말이야."

"네." 내가 엄마가 얘기하는 중간에 끼어들었다. "교수님도 주변에 사람들이 있다는 건 좋은 일이라고 하셨어요."

교수님께서 내게 화가 나셨다는 생각을 하자 그 시점에 교수님 이름을 들먹인 것이 왠지 마음에 걸렸다. 그러면서도 그렇게 말하면 엄마의 말을 끊을 수 있지 않을까 하는 기대도 했었다.

그러나 내 예상은 보기 좋게 빗나갔다.

"만약 그 새로운 친구들이 좋은 영향을 주기만 한다면이야, 예를 들어, 터커처럼 말이지."

엄마는 마치 지난번처럼 어디선가 터커가 나타나기를 기대하고 있는 것처럼, 눈을 이리저리 굴리며 로비 주변을 둘러보았다.

"엄마는 그러니까 다른 뚱뚱한 친구 같은 애들을 말씀하시는 거죠."

나는 엄마가 그 말을 부인하기를 기대했는데, 엄마는 시선을 얼른 바닥에 부딪치며 말을 이어갔다.

"글쎄다, 너랑 관련 있는 비슷한 애들이 주변에 있으면 아무래

내 이름은 버터

도 상처를 덜 입겠지."

"엄마!" 나의 목소리는 엄마에게 경고를 하듯 단호했다.

"나는 그냥 네 새로운 친구들을 만나고 싶었을 뿐이다. 그게 전부라고."

엄마는 그 순간 손을 내저으며 미소를 지어 보였다.

"이제는 사람들하고도 잘 어울리는 우리 귀여운 아들아."

나는 제발 나를 그렇게 좀 부르지 말아달라고 엄마에게 말하려 입을 벌렸다. 그런데 그 순간 그 차분한 간호사가 오는 바람에 입을 닫았다.

"자, 준비되셨죠?"

나는 고개를 끄덕였고 엄마는 콧노래를 불렀다.

지난번에 마지막으로 왔을 때와는 달리, 이번에는 체중계를 지나치지 않았다. 나는 얼른 신발을 벗어 던지고 과체중을 재기 위해 특별히 만들어진 그 기계 위에 올라섰다. 나는 그 과정을 잘 알고 있었다. 간호사는 내 차트 위에 몸무게를 확인해 보고, 시작 지점에 슬라이더를 맞추는 동작을 연이어서 했다: 하나는 180킬로에 있고 또 하나는 9킬로 지점에 있다. 마지막 슬라이더가 내가 직전에 도달했었던 190킬로에서 얼마나 더 올라갔는지를 보여줄 것이다.

그러나, 뭔가가 잘못되었다. 마지막 부분이 움직이지 않았다.

한쪽으로 한참 돌아가 있었다.

"어머, 이거 아주 좋은 소식 같은데요." 그 간호사가 말했다.

그러고 나서 그녀는 그 슬라이더를 들어서 5킬로그램 아래로 움직였다. 여전히 변화가 없었다. 그녀는 그것을 0까지 떨어뜨렸다. 드디어 체중계가 기울어지기 시작했다. 그녀는 작은 쪽의 슬라이더를 정확히 균형이 잡힐 때까지 이리저리 움직였다.

184킬로다.

나는 눈을 휘둥그레 떴다. 그 체중계가 고장 난 것이 분명해. 마지막으로 체중을 쟀던 것이 불과 한 달 전인데, 그리고 아직까지 딱히 운동 같은 것도 안하고 있는데. 10킬로가 빠질 수가 없단 말이다!

"백 팔십 사" 간호사가 다시 확인을 시켜주었다. "축하드려요. 이쪽으로 오세요."

엄마와 나는 둘 다 조금 멍한 상태로 간호사를 따라 진료실 안으로 들어섰다. 나는 황홀할 정도—마지막으로 체중을 감량했던 때가 언제였는지 기억에도 없다—였다. 그러나 나는 실망스럽기도 했다. 그래도 한 10킬로 정도 빠지면 눈에 띄는 변화라도 있을 줄 알았는데, 나는 변한 게 하나도 없었다. 옷도 예전과 똑같이 맞았다. 좋은 소식이기는 했지만, 동시에 평범한 몸으로 돌아다니려면 대체 얼마를 더 빼야 한단 말인가라는 끔찍한 사실을

내 이름은 버터

상기시켜주는 것이기도 했다. 10킬로그램 정도가 빠졌는데, 그걸 보여줄 수 있는 벨트 지수 하나 변한 게 없었다. 그런 게 체중 감량의 이유를 정의하는 게 아니라면, 대체 체중 감량의 목적이 뭔지 알 길이 없었다.

엄마와 내가 진찰실에서 기다린 지 불과 얼마 지나지 않아서 빈 박사님이 큰 소리로 외치며 들어섰다.

"야, 친구! 10킬로그램이다! 10킬로그램이라고!"

그는 나의 어깨를 양손으로 움켜쥐었다.

"어 이러다가 내 눈앞에서 곧 사라지겠다!"

나는 우울한 느낌을 감추고 미소를 지었다.

"오, 이런, 박사님. 그저 조금, 조금 줄어들었을 뿐인데요."

"조금이 아니지, 암, 절대 조금이 아니야. 이건 정말 축하해 마땅할 일이다! 자, 전부 말해봐. 모두. 너 운동하고 있니? 식단 관리하고 있는 거니? 그 몸무게가 다 어디로 사라진 거니?"

"얘가 요즘 통 안 먹어요."

언제나처럼 박사님 옆자리에 앉아 있던 엄마가 조용히 끼어들었다. 쾌활하던 박사님의 기분이 좀 사그라졌다.

"안 먹는다고요?" 박사님이 얼굴을 찌푸렸다. "아니, 전혀 안 먹나요?"

"물론, 저는 먹고 다녀요." 내가 말했다. 나는 엄마를 날카로운 눈으로 쳐다보았다. "저는 그저 지나치게 먹지 않을 뿐이라고요. 요즘 학교에서…… 정말 바쁘게 지냈거든요."

"학교에서? 흠." 장난기 가득한 박사님의 눈이 번쩍였다.

"학교에서 바쁘게 지냈다…… 여학생들과 말이니?"

나는 얼굴을 붉혔다.

박사님은 박수를 치고는 우스꽝스런 춤 동작을 하며 폴짝폴짝 뛰었다. "숙녀가 한 명 있다네!" 그가 노래를 불렀다. "숙녀여어 어어가 한 명 있다네!" 그는 평소와 같이 엄마를 끌어당겼다. 그러나 한 바퀴 정도를 돌고 나서 엄마는 뒤로 발을 빼고 짐짓 정중한 표정으로 어지럼증을 느끼는 척을 했다.

"어, 그 숙녀분이 누굴까?" 박사님이 동작을 멈추고 물으면서 자신의 의자에 앉았다.

엄마는 목을 빼고 잔뜩 기대를 하며 나를 쳐다보았다.

"숙녀 같은 건 없는데요." 내가 투덜거렸다.

박사님은 내게 한쪽 눈을 찡긋하고 윙크를 하면서 청진기를 들어 내 심장에 갖다 대었다.

"좋아, 그녀에 관해서 빈 박사한테는 얘기하지 마라. 그래도 그 여자애는 정말 운이 좋은 애로구나!"

나는 엄마를 쳐다보았다.

"엄마, 여자애 같은 건 있지도 않다니까요."

내 이름은 버터

그 순간 엄마의 입술이 살짝 비틀어져 보였지만, 나는 엄마가 애써 미소를 지으려고 그러는 건지 아니면 인상을 쓰려는 건지 구분을 할 수가 없었다.

엄마는 박사님을 불렀다.

"전 저 애가 뭐에 방해를 받고 있는지 알 수는 없지만, 식습관이 바뀐 것은 분명해요. 아침을 충분히 먹지 않아요."

빈 박사님의 표정이 진지해졌다. "아침 식사가 가장 중요한데." 박사님이 내게 말했다. "좋아, 네가 원한다면 토스트 한 쪽이나 시리얼만 먹어도 된다. 그렇지만 거르면 절대 안 된다. 알겠지?"

"네." 나는 약속했다.

"좋아." 박사님은 계속 진찰을 하더니 안정적이다라는 단어를 내게 말씀하셨다.

"크리스마스 때 엄청나게 먹고 그러면서 이 진행 과정을 망치지는 마라." 그가 말했다.

"안 그럴게요."

"어머니 말씀 잘 듣고 아침은 꼭 먹어라."

"네, 그럴게요."

"너의 숙녀를 위해 특별한 크리스마스를 계획해 보렴."

나는 소리 내어 웃었다.

"자, 한 가지가 더 있는데 말이죠." 엄마가 말했다. "빈 박사님,

혹시 BI라고 들어 보셨어요? 그게 시카고에 있는 기관이라고 하
던데요—"

"말도 안돼요!" 나는 폭발했다.

엄마는 깜짝 놀라서 말이 없었다.

"자, 친구, 조금 진정을 해 보자." 빈 박사님이 내 가슴에 손을
얹었다. "심장, 언제나 심장을 잘 보호해야지. 시카고에 있는 학
교 때문에 네가 혈압을 올릴 필요는 없잖니."

그는 의자를 돌려 엄마를 정면으로 쳐다보고 앉았다.

"네, 물론 Barker Institute 기관은 제가 잘 알고 있습니다."

"그게 그러니까 선택의 여지가 있는 건가요, 혹시라도……?"

엄마는 나의 분노 폭발을 누그러뜨리려 애를 쓰는 게 역력했다.

"저는 시카고는 안 가요." 내가 분노에 차서 부글거리며 말했다.

"나는 네가 그 기관에 관해서 들은 적이 있는지 몰랐다."

엄마가 말했다.

"핏펩 캠프에 가는 애들은 거기 얘기 다 들어 봤다고요. 그건
비만 캠프의 전설이잖아요. 좋은 의미가 아니라 나쁜 의미로요."

"오, 알겠다. 나는 전혀 모르고 있었거든. 그저 너희 아빠 회사
에 어느 분 딸이 BI에 다닌다고 하셔서. 그분 말씀이 그 딸애가
거길 아주 마음에 들어 한다더라. 그래서 나는 단지 의사 선생님
께서 그곳에 관해 해 주실 말씀이 있지 않을까 해서……."

"BI에서 일하는 친구들을 제가 많이 알고 있습니다." 빈 박사님이 말했다. "정보를 메일로 좀 보내 드릴게요."

엄마가 고개를 끄덕였다. "감사합니다." 그리고는 나에게 말했다. "아가, 엄마는 그저 궁금했을 뿐이다. 네가 흥미를 못 느낀다면, 그러면 너는 그냥 관심이 없는 거다."

"네, 전 관심이 없어요."

"그래, 알았다."

바로 그래서, 이것 때문에 엄마는 로비에서 내 눈을 똑바로 쳐다보지 않았던 것이다. 왜 우리 엄마가 내가 새로 사귄 친구들에게 별 반응을 안 보이나 이상했었다. 엄마는 내가 여기 있는 그 누구와도 가까워지는 걸 원치 않았던 것이다. 그래야지 엄마가 나를 시카고로 떠나보낼 때, 죄책감을 덜 느낄 테니 말이다. 그러나 그런 일이 일어날 때까지 내가 여기 머물게 되는 일은 없을 것 같다.

나는 온몸을 부들부들 떨었다. 이런, 세상에, 대체, 우리 엄마가 나에게 그 결단을 정말 다시 한 번 진지하게 고려해 보도록 만들다니. 그 계획을 밀고 나가면서 이 게임을 끝낼 걱정 따위는 접어둔 채 학교에서는 보상을 거두어들이면서, 그 혼란스런 과정을 지나는 일은 훨씬 쉬웠다.

"박사님, 크리스마스 디너에 관한 질문인데요. 제가 왕창 많이 먹거나, 뭐, 그렇게 하지 않겠다고 약속드렸잖아요. 근데 말이죠,

제가 요즘 제법 잘 하고 있잖아요. 그래서 제가 만약 제 자신에게 한 끼 정도 크게 특별식이라도 제공하고 싶다면, 그거 안 되는—그러니까, 한 끼 정도 거하게 먹는다고 죽거나 그런—거 아니죠? 그렇죠?"

"그거 재미있는 질문은 아닌 것 같은데." 그가 말했다. "너, 정말 그런 거 걱정하고 있는 거니?"

나는 어깨를 한번 으쓱거렸다.

"글쎄다. 먼저, 우리는 토할 때까지, 그때까지 먹으면 안 돼. 그렇지만 네가 토할 때까지 먹는다고 해서, 내가 장담컨대, 죽지는 않을 거다. 아마 이번 크리스마스 때 많이 먹어서 죽기보다는, 그보다는 칠면조 뼈가 목에 걸려 질식해서 죽기가 쉬울 게다. 내가 장담하지."

빈 박사님의 답변은 생각보다 큰 도움이 되었다. 나는 질식할 가능성을 높이도록 빨리 먹어치우는 거야. 그런 다음에 내가 막 웃기고 막 입으로는 계속 음식을 마구 흡입하는 거야. 그런데 그것은 그렇게 간단치가 않을 수 있다. 만약 알코올을 곁들인다면…… 이제 나는 내 메뉴에 들어갈 최소한 두 개의 재료는 생각해 낸 것이다. 나의 새해 계획은 시시각각 더욱 현실적으로 다가오고 있었다.

엄마는 언제나처럼 박사님과 악수를 나누고 수납을 하러 접수

창구로 향했다.

내가 방을 나서려 하자 빈 박사님이 내 어깨를 톡톡 쳤다.

"새해가 될 때까지는 못 만나겠구나."

내 어깨가 축 쳐졌다. 나는 이번이 박사님을 마지막으로 뵙는 것이었다는 것도 깨닫지 못했었다.

박사님은 계속해서 말을 하셨다. "그래서 말인데, 크리스마스 때 과식하지 말고, 새해 전야에 술 마시면 안 되는 것 꼭 기억해라." 그가 내 어깨 너머로 우리 엄마가 듣지 못할 거리에 있는지 확인을 한 후, 윙크를 하며 목소리를 낮추어 말했다. "그리고, 새해 전날에 자정이 넘어가면, 네 숙녀에게 새해를 맞이하는 키스를 해주어라."

나는 빈 박사님이 말씀하신 그런 새해 전야를 보낼 수 있기를 소원하며 그 순간을 그려 보려 했지만, 온통 내 머리 속에 그려지는 것은 슬픈 뷔페 테이블과 그 모든 음식을 흡입하는 아이를 찍고 있는 카메라만 떠올랐다. 나는 갑자기 내 몸이 몇 킬로는 더 불어난 것처럼 무겁게 느껴졌다.

나는 죽음의 그림자를 드리운 채 마지막 인사를 고하고 싶지는 않았다. 그래서 억지로 빈 박사님과 마지막으로 크게 한바탕 웃었다.

"정말이에요. 박사님. 숙녀, 그런 거 없어요."

19장

그날 밤 엄마는 평소 식사의 반 밖에 안 먹는 나를 그다지 문제 삼지 않았다. 아마도 엄마는 그 기관에 대하여 내가 보인 반응 때문에 받은 충격에서 헤어 나오지 못하고 있는 것 같았다. 그래서 내가 엄마께 핑계를 대고 내 방으로 탈출하여 안나와 채팅할 시간을 내기가 쉬웠다.

_ 안녕. 멋쟁이. 우리 새해에 만나는 거 아직 유효한 거지?

그녀의 기분이 좋은 것 같았다.

_ 물론. 나는 날짜만 세고 있는걸.

정확히 15일 앞으로 다가와 있었다. 그러나 내가 세고 있는 것은 안나와 만나기로 약속한 날이 아니었다. 그것은 검은 망토를 걸치고 자루가 긴 낫—사람들이 뭐라고 부르는지 모르겠지만 그 뾰족한 은빛 막대 같은 거—을 들고 다니는 그런 사람과의 만남의 날을 의미한다. 나는 정말 죽음의 신이 있을까 궁금해졌다.

_ 우리 만나면 뭐 할지 계획 세운 거 있니?

오, 아니 나는 계획 같은 것은 없었다. 나는 새해 전야에 안나를 바람맞힐 뿐만 아니라, 게다가 내가 계획하기로 한, 아마도 그녀가 꿈꾸는 낭만 가득한 저녁의 환상을 여지없이 부수어 버리고 말 것이다.

_ 왜냐면, 네가 계획을 세우지 않았다면, 내 친구 파커가 파티를 연다고 했는데, 우리 거기에 함께 가도 좋을 것 같아. 아주 큰 파티가 될 거야. 그의 부모님들이 주말 내내 집을 비우신다고 하니 알코올은 있어도 잔소리하는 보호자는 안 계시는 셈이지.

파커가 파티를 연다고? 나는 초대도 못 받은 건가?
물론 내가 초대를 못 받은 게 당연하지. 그 녀석들은 그날 밤 내가 다른 계획이 있는 걸 모두 알고 있는데.

그때 한 가지 생각이 스쳐지나갔다: 그 녀석들은 내게 할 테면 해 보라고 으름장을 놓지 않았다는 것이다. 그 녀석들은 정말로 내가 계획을 실행시키길 기대했나 보다. 그 녀석들은 나에게 관심이 없을 뿐 아니라 지들끼리 그 시간에 빌어먹을 파티를 벌이겠단다. 그 모든 것들이 나를 열 받게 만들었지만, 내가 느끼는 것은 내가 초대를 받지 못했다는 사실에 마음이 아프다는 것이었다. 그 파티는 혼자 먹는 마지막 만찬보다 물론 훨씬 더 흥겨울 것처럼 들렸다. 그런데, 그 어느 누구도 내가 조촐한 작별인사라도 하고 싶어 할지 모른다는 생각을 안 했단 말인가? 그래도 내가 마지막으로 돼지같이 음식을 퍼먹다 죽기 전에, 누릴 수 있는, 뭔가 작은 즐거움이라도?

초대 혹은, 아니, 나는 계획을 세웠다. 그리고 딱 한 번, 나는 안나에게 내가 꼭 지키겠다고 약속을 했다.

_ 그곳에 갈게.

그녀는 알 수 없을 것이다.

사실, 나는 그날의 모든 일이 나에게 유리하게 굴러갈지 의문이 들었다. J.P.가 나타나지 않으면 안나는 상처를 받을 것이다.

내 이름은 버터

그녀는 기대어 울 수 있는 어깨가 필요할 것이고 바로 내가 그녀 곁에 있어 줄 것이다.

나는 그 생각을 내 머리에서 떨쳐내려 했다. 물론 안나의 비참 함—나로 인해 그녀가 겪을 비참함—을 이용한 것은 아니지만 나는 이미 안나를 많이 속였다. 그날 파티에 간다면, J.P.가 오지 않았다는 사실을 안나가 깨닫기 전에 자리를 떠야겠다고 나는 스스로에게 약속을 했다. 그렇게 되면, 내가 일으킨 모든 혼란을 내 눈으로 직접 보지 않아도 될 테니 말이다.

나는 안나와 조금 더 수다를 떨었지만, 내 마음은 그 자리에 있지 않았다. 내 머리 속에서는 새해 전야에 대한 또 다른 시나리오가 계속해서 그려지며, 각 상황이 과장되게 생생한 그녀의 표정에 어떻게 드러나 보일지를 떠올려 보고 있었다.

J.P.가 나타나지 않는다: 그녀의 두 눈이 동그래지고 그리고 눈물이 흐른다.

버터가 활동을 개시한다: 입술은 놀람과 공포로 벌어진 채, 눈은 정신없이 웃느라 감겨져 있다.

버터는 인터넷에서 자살을 감행한다: 대수롭지 않은, 하품 나는 일이다. 그래, 쇼는 이제 끝이 난다. 그럼, 다음은 뭐지?

내가 무엇을 상상을 하든지, 자살미션을 수행하는 비만아 따위는 안중에도 없는 안나를 그리는 그 장면이 잘 만들어지지가 않왔다. 나는 처음으로 그동안 인기에 밀려 잊고 있었던 내 삶을 세심히 들여다보게 된 것 같았다: 나의 리그에서는 벗어나 있는 멋진 이미지의 여학생들, 커다란 크기의 나의 전용 책상들, 평생 달고 살아야 하는 인슐린, 그리고 접시마다 수북이 쌓인 버터로 만든 음식들.

나는 안나가 바라는 그런 남자애가 아니다. 나는 가상의 친구들과 새롭게 발견한 인기만 있는 그 아이의 겉껍데기 속에 잠시 들어가서 살았던 것이다. 그 모든 것은 착각이었고 새해 전야가 되면, 내가 세상에서 없어지든 말든, 그 모든 것들은 사라지게 될 것이다. 제레미의 말이 옳았다. 내가 겁을 먹고 그 계획을 실행시키지 못한다 해도, 1월 1일은 다가올 것이고, 이 파티도 끝이 날 것이다. 그리고 만약 내가 다시 돌아간다면, 학생식당 후미진 곳에 그 빌어먹을 벤치에 앉게 되겠지.

나는 안나에게 서둘러 인사를 하고는 나의 웹사이트를 확인해 보았다. 내가 보통 엄청난 수의 댓글들을 보고 느꼈던 그 짜릿함은 없었다. 이제, 내가 느끼는 것은 오직 무관심뿐이다. 내게는 할 일이 있었고, 이 찰거머리 같은 애들이 메뉴에 올라갈 음식들 목록을 제안하며 나의 일을 도와주었다. 오늘 새로 올라온 것은 통 치즈케이크와 전유 한 통—역겨워—그리고 딸기잼 한 통이었다.

잠깐. 나는 딸기잼을 제안하는 댓글로 다시 돌아갔다. 나는 딸

내 이름은 버터

기에 알레르기가 있어서, 으레 딸기는 묵살하고 넘어갔었다. 그러나 사실, 그게—치명적인 알레르기를 일으키는 그 무엇—바로 내가 필요로 하는 것이었다.

내가 아는 한 나는 다른 알레르기는 없지만, 딸기만큼은 나의 목구멍을 조여 와서 숨을 쉴 수 없게 만든다. 엄마는 내가 어렸을 때 피크닉을 갔던 이야기를 언제나 내게 들려주셨다. 아마도 내가 딸기를 잔뜩 먹었다가 갑작스레 전혀 숨을 쉬지 못했나 보다. 피크닉을 온 사람 중에 어떤 의사가 나의 목에 구멍을 내어 구급대원들이 도착할 때까지 목에 빨대를 꽂아 숨을 쉬게 했다고 하셨다. 엄마 말씀이 내가 이틀 동안 병원에 입원해 있었다고 했는데 내 목에는 아직도 그때의 흉터가 남아 있어서 두꺼운 턱만 아니면 지금도 볼 수가 있다.

그때가 딸기를 마지막으로 먹었던 때였다. 그래서 나는 이제 딸기 맛이 어떤지도 잊어버렸다. 이제 새해 전야 만찬 때, 잃어버린 그 맛을 다시 찾아볼까 한다. 세 번째, 질식할 확률을 높이는 알코올에 이어 이제는 딸기다. 나의 마지막 만찬은 날마다 점점 치명적인 식단이 되어 가고 있었다.

* * *

크리스마스 휴가 기간이 시작되기 전, 학교에 가는 마지막 날
은 수업을 거의 안 하는 편이 차라리 나았다. 우리 모두는 이제
곧 휴가가 시작된다는 생각에 너무 들떠 있어서, 선생님들도 우
리를 통제할 수가 없었고, 그래서 그날이 끝나갈 즈음이 되면, 대
부분의 선생님들이 통제를 거의 포기하는 분위기였다. 그날 마지
막 수업에 들어오셨던 선생님은 우리들로부터 벗어나기 위해 일
찌감치 수업을 끝냈다. 나는 남는 10분의 시간을 이용해 운동장
을 가로질러 멀리 있는 밴드부 교실까지 찾아갔다. 나는 교수님
께서 휴가를 떠나시기 전에 잠시라도 뵙고 싶었다.

그렇지만 교수님도 일찌감치 수업을 끝내고 이미 휴가를 가려
고 출발을 하신 것처럼 보였다. 밴드부 교실은 불이 꺼져 있었고,
교수님의 방은 문이 잠겨 있었다.

나는 서둘러서 트렌트의 사물함이 있는 곳으로 갔다. 누구에게
나 하는 일상적인 작별 인사가 아닌 정말로 모두의 마음속에 남
는 마지막 인사를 하기 위해서였다.

마지막 끝나는 종이 울렸다. 학교는 잠시 쉬지만 대신 파티가
시작되는 것이었다. 그 한 무리의 아이들이 모두 제레미의 집으
로 가려 하고 있었다.

내 이름은 버터

"같이 타고 가자, 버터. 가다가 피자 가게에 들러서 좀 사 가지고 갈 건데." 트렌트가 말했다.

"내가 잘 몰라서 말이야, 혹시 내가 지금 초대를 받고 있는 거니?"

"뭐든, 좋을 대로 생각해." 내 등 뒤에서 제레미의 목소리가 느닷없이 들려왔다.

"그냥, 와. 무슨 상관이겠니?"

"봤지?" 트렌트가 미소를 지었다.

"알았어, 그렇지만 내 차로 갈게. 어떤 이유로든 이리로 다시 오고 싶지는 않거든. 차를 가지러 다시 오는 것도 물론 싫고."

"그래, 무슨 말인지 알겠다." 트렌트가 공감을 해주었다. "그럼 너는 저기서 파커 뒤를 따라와라."

그는 그 큰 입을 벌리더니 다시 한 번 그의 목소리가 들리는 위치에 있는 모든 애들에게 외쳐댔다.

"야, 우리 아직도 여기서 이러고 있으면 어떻게 하냐? 파티 하러 가자! 잽싸게들 움직여서 여기를 벗어나자고!"

그의 명령이 떨어지자, 분주히 책가방들을 싸고, 사물함 문들이 쾅쾅 닫히고, 그리고 순식간에 복도가 비워졌다. 나도 주차장으로 향해 가는 그들의 대열에 합류했다.

* * *

나는 파커의 뒤를 따라서 골프 코스 위에 펼쳐진 외부인의 출입을 제한하는 주택단지로 들어가면서 놀라서 벌어진 턱이 바닥에 닿지 않도록 신경을 써야 할 판이었다. 개별 출입문과 게스트용 주택과 테니스 코트까지 갖춘 넓게 펼쳐져 있는 완벽한 고급주택 앞에 파커가 차를 세웠다. 스카츠데일에서 대형고급주택은 그리 특별한 것은 아니다. 그래도 이 집은 정말 굉장했다.

"제레미가 여기 사는 거야?" 차에서 내리며 내가 물었다.

파커가 자신의 차―반짝이는 검은색 코르벳―에서 폴짝 뛰어내리면서 말했다.

"오, 이런. 그럴 리가 있나? 여기는 우리 집이야. 제레미의 집은 저기 보이는 작은 판잣집이야." 그는 길 건너편에 있는 또 다른 근사한 집을 손으로 가리켜 보이고는 그곳을 향해 걸어갔다.

나는 우리가 주차를 해 놓은 곳 앞에 있던 그 성 같은 집을 입을 딱 벌리고 바라보았다.

"정말 멋진 곳이다."

그는 어깨를 한번 으쓱해 보이고는 계속 걸어 나갔다.

"응. 그런대로 쓸 만하지."

나는 그와 보조를 맞추기 위해 조금은 헐떡거리며 나란히 발을 맞춰 걸었다.

"그러니까, 너랑 제레미랑 길 하나를 마주보고 이웃하여 산다는 말이지?"

"응. 언제나 그랬어. 여름엔 특히 난리가 나지. 하루 종일 우리 집에서 수영장 파티를 벌여. 그리고 밤이 되면 자리를 바꾸어서 모두들 제레미 집에 가서 밤새고 술을 마시는 거야."

"근데, 듣자하니 새해 전날 밤에 파티를 연다고 하던데."

"오, 그럼." 그가 나를 쳐다보았다. "끝내주는 파티가 될 거다. 우리 부모님께서 새해 전날에 어디를 가셔서 집을 비우시거든. 그래서 참견하는 사람이 아무도 없는 셈이지. 너도 와야 해. 모두가 올 거야."

그래, 아마도 어쩌면 나의 이름을 내부적으로 게스트 목록에서 뺀 것이 아니었을지도 모른다. 차라리 파커가 그냥 나를 초대해야 한다는 사실 자체를 완전히 잊고 있었던 것처럼 들렸다. 그가 고의로 나의 이름을 누락시킨 것이 더 나쁜 상황인지 아니면 그가 그냥 단순히 무관심해서 나의 존재를 생각하지 못했던 것이 더 나쁜지 나는 분간하기 어려웠다. 뭐 어느 쪽이든 신경 쓰지 않기로 했다. 왜냐면, 중요한 것은 내가 원했던 것—초대—을 받았다는 사실이니까 말이다.

우리는 길을 가로질러 제레미의 집으로 갔다. 그의 집도 고급

주택이기는 마찬가지였지만 그래도 호텔급 정도의 규모는 아니었고 가정집 수준이었다. 파커는 노크도 않고 현관문을 열었다. 나는 그를 따라 몇 개의 계단을 내려가서 아이들이 가득 차 있는 놀이 전용 공간으로 꾸며진 방으로 들어섰다.

학교에서 본 낯익은 얼굴의 아이들이 당구대, 다트판, 비디오 게임기, 탁구대 그리고 바 주변 여기저기서 북적이고 있었다. 그 바의 뒤에서 데킬라와 뭔가를 섞고 있는 제레미의 모습이 보였다.

"여기서 술을 마셔도 되는 거니?" 내가 물었다.

파커가 고개를 끄덕였다. "오, 당근이지, 멍청한 녀석하고는. 여기서는 뭐든 해도 된단 말이야. 제레미네 부모님은 L.A.에서 상시 거주하고 계셔. 여기 사는 사람은 제레미랑 제레미 형 둘뿐이야. 그리고 쟤네 부모님들은 한 달에 한 번 정도 확인 차 이곳에 들르는 정도야." 그는 목소리를 높여 제레미를 향해 소리쳤다. "어, 이 복도 많은 자식아!"

제레미가 그 소리에 대한 응답으로 작은 유리잔을 살짝 기울여 보이더니 그 잔에 담긴 검은 액체를 단숨에 꿀꺽 삼켜 버렸다.

"그의 형은 몇 살인데?" 내가 물었다.

"스물 둘인가? 내가 알기로는. 스물 셋인가? 나도 정확히는 몰라. 그렇지만 그가 맥주를 사다 나르거든. 저기 있는 사람이 바로 형이야."

파커가 손가락으로 가리키는 곳을 따라가다, 한 얼굴을 확인하고는 나는 거의 그 자리에서 구토를 일으킬 뻔했다. 샐러드 스탑의 후미진 주차장 구석에서 그 얼굴을 대면한 후로 거의 2년 만에 다시 보게 된 것이었다. 그 후, 나는 그와 직접 마주친 일은 한 번도 없었다. 그렇지만 그의 얼굴은 나를 쫓아다니는 악몽이 되었다. 그의 불쾌한 미소, 내 손과 허벅지를 잡고 나를 꼼짝도 못하게 했던 그의 거친 두 손, 그가 자신의 무스탕에서 폴짝 뛰어내리던 모습, 나는 더러운 바닥에 주저앉아서 버터를 토해내지 않으려 안간힘을 쓰는데, 아무 일도 없었다는 듯 다시 차를 몰고 유유히 사라지던 그의 모습들을 날마다 악몽으로 꾸었다.

그때서야 비로소, 그날 제레미를 도와주었던 그 폭력배들의 정체가 드러난 것이다. 그 녀석은 바로 제레미의 형이었던 것이다. 그리고 파커 말대로라면, 그의 남동생이 십대 비만아를 공격하던 그때, 그의 형은 이미 사리분별이 되는 성인이었다는 말이다. 대단하다. 정말, 그 형에 그 동생일세! 이제 보니 그 동안 제레미 녀석이 그렇게 공격적인 얼간이 짓을 하고 다녔던 게 다 이유가 있었다.

그가 나의 시선을 눈치채기 전에 나는 얼른 고개를 돌려 버렸다. 나는 그 순간 자리를 벗어나고 싶었다. 그러나 성급한 철수가 또 다른 소문에 방아쇠를 당길까 두려운 생각이 들었다. 그리고 제레미와 그의 형은 내가 어떤 식으로 기꺼이 그 역겨운 버터 덩어리를 받아먹었는지 자신들의 버전으로 바꿔서 확산시킬 것이 뻔했다. 그런데 자신의 사회적 관계를 필사적으로 지키고 싶어질 때, 한번 고정이 되어 버린 그것은 거의 편집증적인 증상을 보일 정도로 대단한 것이었다. 나는 하마터면, 이 아이들의 시야에서 사라져 버릴 뻔했다라는 생각이 퍼뜩 들어서 가고 싶지 않았다.

누군가가 내 손에 컵 하나를 쥐어 주었다. 나는 그 액체를 크게 꿀꺽 한 모금을 마셨는데 마치 목구멍이 타들어 가는 것 같았다. 내가 불을 내뿜고 있는 것 같은 느낌이 들었지만, 그래도 나는 입을 벌려 캑캑거리지는 않았다. 파커가 내 등을 탁 치며 아이들의 무리 속으로 사라졌다.

나 같은 사람은 이런 데서 사람들과 어울려 볼 기대를 품고 서서 주변을 서성대거나 하는 그런 일은 할 수가 없다. 그래서 나는 근처 테이블에서 하는 카드 게임에 슬쩍 들어갔다. 잠시 후, 제레미가 데킬라가 담긴 잔이 수북한 쟁반을 들고 그 주변을 돌며 나에게도 선뜻 한 잔을 건네주었다. 언제나 지어 보이던 그 특유의 빈정대는 비웃음도 짓지 않은 채 말이다.

내 오른쪽에 앉아 있던 한 남자애가 카드 뭉치를 내 앞으로 들이밀었다.

"네가 돌릴 차례다. 버터."

카드를 섞는 내 손놀림은 서툴기는 했지만 나는 바닥에 한 장도 떨어뜨리지 않고 카드를 제대로 돌렸다. 그래도 내 손놀림이 조금만 더 빨랐더라면 좋겠다는 생각을 했다. 왜냐면, 그 막간에 함께 카드놀이를 하던 남자애들 중 하나가 내게 물었다.

"야, 너 정말 자살할 거니?"

"미키, 입 좀 닫아라." 그의 옆에 앉아 있던 한 여자애가 얼굴이 붉게 달아오르며 팔꿈치로 그의 가슴을 세게 치며 말했다.

"내가 뭘……?" 그가 말끝을 흐리며 말했다. 나는 그가 앉아 있는 의자가 흔들리는 것을 눈치챘다. 그가 술에 취하지 않았더라면, 어디서 입을 함부로 놀리느냐고 그에게 한마디 해주었겠지만, 그러나 그의 상태로 봐서, 그냥 호기심에서 그렇게 말했거니 싶어서 나는 그를 용서해 주었다. 그리고 나는 그를 포함해서 모든—그의 갑작스런 질문에 침묵이 감도는 그 테이블에 있던—애들에게 못 박아 두고 싶었다.

"그래, 나는 정말 실행할 거야. 너희들 볼 거니?" 나는 그 녀석을 향해 활짝 웃어 보였다. "좋은 볼거리가 될 거야."

미키라는 이름의 그 아이가 눈을 깜빡거리며 말했다.

"어, 그래, 봐야지, 볼 거야. 아마, 볼 거야."

내 앞으로 카드를 밀어 주었던 그 남자애—그의 이름은 네이트인데—가 그 대화에 합세했다.

"모두가 보려고 해. ……왜냐면, 네가 그 일을 정말 감행할 수 있다고 생각하는 애는 아무도 없거든."

"뭐? 아무도 그렇게 생각 안 한다고?"

내가 다소 격앙된 어조로 물었다.

네이트는 내 얼굴에 시선을 고정시키고는 있었지만 미키 못지않게 술에 취해서 초점이 흐려 있었다.

"그러니까, 나는 안 믿는다고."

"나는 믿는다." 또 다른 애가 끼어들었다.

"이것저것 실행에 옮긴다는 증거는 확실히 충분히 있단 말이지. 내 말은, 너희들 완전히 미쳤단 말이야. 그렇지만 바로 그래서 나는 니들이 좋아, 자식들!"

나도 알아. 바로 그래서 니들이 모두 나를 좋아한다는 것을.

옆에서 미키를 쳤던 그 여자애가 테이블에서 일어서며 말했다.

"너희들 진짜 역겨워. 나는 이 대화 안 들을 거야."

그 여자애가 비틀거리는 걸음으로 한 손에는 찰랑거리는 오렌지 칵테일 잔을 들고 있었다. 그녀는 나를 똑바로 쳐다보았다.

"너는 그 어느 것도 하지 못하게 될 거다. 왜냐면, 누군가가 너를 중단시킬 테니까. 누군가 말을 해 버릴 테니까."

"오, 맞아. 모건?" 미키가 말했다. "네가 말을 하려고 하는 거지?"

그 여자애는 그런 도전적인 말투에 잔뜩 반감을 표하며 그 남자애를 향해 얼굴을 찌푸렸다. 그 여자애는 다시 정신을 차리는 듯 보였지만, 그녀가 입을 열고 했던 말은 "나 토할 것 같아."였다. 그러고는 그녀는 홱 돌아서더니 황급히 화장실로 향해갔다.

"그녀가 말하진 않을 거야." 네이트가 말했다. "아무도 말하지 않을 거야. 왜냐면, 모두가 네가 그 짓을 해내는지를 보고 싶어하기 때문이지. 근데, 너는 결국은 못할 거거든."

"야, 어쨌거나 사람이 먹다가 죽을 수는 없거든." 미키가 말했다. "그러니까, 아무런 일도 일어나지 않을 거야. 나는 단지, 네가 얼마나 많은 음식을 먹어치울 수 있는지 보고 싶을 뿐이다. 너는 계속해서 그 메뉴에다 더 많은 음식을 짜 넣고 있잖아. 사실, 그건 우리 온 가족이 추수감사절 날 모여서 먹는 음식보다 더 많은 양이거든!"

"나도 잘 모르겠지만." 네이트가 말했다. "나도 네가 만든 음식 리스트 보기는 했는데, 그 정도의 당분이 든 음식을 그렇게 먹는다면 사람이 죽고도 남을 것 같던데."

나는 얼어붙었다. 네이트는 몰랐겠지만, 그가 방금 나에게 치명적인 음식 그 네 번째 아이디어를 준 것이나 마찬가지였다.

당분을 먹는다고 사람이 한자리에서 그렇게 죽지는 않는다. 그러나 당이 부족한 당뇨병 환자에게는 치명적이고, 특히 그 환자가 많은 양의 인슐린을 투여한 경우라면 더더욱 위험하다.

왜 내가 그 생각을 미처 해내지 못했는지 의아할 따름이었다.

밤에 내가 맞는 주사는 그 약효가 나타나기까지 시간이 무척 오래 걸리지만, 내가 만약 충분한 당분이나 탄수화물을 섭취하지 않은 상태에서, 빠른 효과를 보이는 인슐린으로 그 양을 두 배로 늘린다면, 아마도 나를 충분히 쓰러뜨릴 수 있을 것이다. 나는 메뉴에서 모든 당분과 탄수화물은 빼고 또 마지막 만찬 때까지 며칠 간은 섭취를 줄여야겠다고 머릿속에 새겨 두었다. 단, 딸기는 꼭 필요하니까 그냥 리스트에 두기로 했다. 그런데 인슐린 쇼크가 와서 내가 그 일을 하기도 전에 혹시라도 의식을 잃고 혼수상태에 빠질 위험이 있기는 했다. 그렇지만, 딸기가 있으니 다행이라는 생각이 들었다. 내가 했던 말들을 실행시킬 수 있다는 확신이 들었다. 나는 정말 먹다가 죽을 수 있게 된 것이었다. 그러자 이 모든 소동을 시작한 이후, 처음으로 나는 두려움을 느꼈다.

내 이름은 버터

20장

자살을 위한 나의 시나리오가 알코올에 의한 것은 아닐 것이라는 것에 대하여 트렌트가 대체 모든 아이들에게 어떤 마법을 걸어서 입을 다물도록 만들었는지는 몰라도, 나는 간신히 카드놀이를 하던 아이들의 호기심에서는 벗어났지만 나에 관한 이야기를 나누는 또 다른 대화에 끼어드는 꼴이 되고 말았다.

"이 애가 바로 그 애야!" 파커가 나의 어깨를 꾹 잡으며 탁구대 옆에 모여 있던 아이들 숲으로 나를 이끌고 갔다. 나는 전에 없이 올라오는 두려움을 애써 삼키며 그 아이들의 무리 앞에서 억지로 웃어 보였다.

"파커, 이런, 쯧쯧! 우리는 그 애가 누군지 다 알잖아."

한 여자애가 키득키득 웃었다.

"그래, 그럼 너희들은 그 애가 스카츠데일 고등학교의 역사를 새로 쓸 거라는 사실도 알고 있니?" 파커가 자신의 손가락 관절을 우드득 소리가 나게 꺾었다. "광란의 하루 밤. 평생 그 일을 능가할 수 있는 사람은 없을 거다."

"아무도 시도하지 못할 일이지." 한 남자애가 술이 취해 불분명한 발음으로 말했다. 나를 올려다보는 그의 눈에는 진심이 어려 있었다. "누구도 무례하게 굴어서는 안 되지. 그러니까 내 말은, 아무나 그런 배짱을 갖고 있는 건 아니라는 말이지."

"그래, 맞다." 파커가 말했다. "바로 그런 일을 해내려면 버터 같은 배짱이 필요하다고!"

그래, 또 시작이군이라고 나는 생각했다. 그러나 적어도, 이번만큼은 그의 말을 따라 외치는 구호 같은 것은 없었다. 그냥 파커 혼자 계속 웅얼거렸다. "그 후로도 영원히, 앞으로 누구라도 그런 용감한 일을 감행한다면 우리는 이렇게 말할 거다. 버터 같은 배짱을 가졌다고 말이야."

진지하게 고개를 끄덕이는 동감의 표현이 그 술에 취한 아이들 사이에서 한 순배 돌았다. 그 모양새는 그들이 뭐 대단히 중요한 논의를 하고 있는 것처럼 보이기도 했고, 파커가 마치 가슴에 사무치는 굉장한 생각이라도 펼쳐 놓기라도 한 것 같은 분위기였다.

어쩌면 나도 조금은 취기가 올랐었는지도 모르겠다. 왜냐면, 내 기분은 불안과 공포로 겁에 질려 있어야 마땅했는데, 그런데 나는 오히려 우쭐한 기분이 들었으니 말이다. 나는 그 아이들에게 한쪽 눈을 찡긋거리며 윙크를 했다.

"그리고, 파커는 나의 마지막 만찬에 내기를 걸어서 수백만 달러를 벌어들인 사람으로 역사에 기록될 거야."

"네가 만약 최종 메뉴에 뭐가 올라가는지를 내게 알려준다면, 그렇게 될 수도 있겠지." 파커가 투덜거리며 말했다.

모두가 웃음을 터뜨렸고 나도 따라 웃었다. 나는 나의 마지막 만찬을 두고 그 애들이 이미 느꼈을 그 감정—그것은 영화의 스크린에서나 보여지는 그런 이야기일 뿐, 현실에서 일어나는 일은 아니다 라는 것—을 느끼기 시작했다. 그 아이들의 웃음소리와 호기심, 그리고 모든 격려의 말들이 완전히 다 나쁜 것은 아니었다. 그건 십대들만의 어떤 부도덕성이, 사실은 별로 보고 싶지 않지만 사고가 나면 차의 속도를 늦추고 사고 현장을 보게 만드는 그런 것들과 뒤섞여서 만들어 낸 결과물이었을 뿐이다.

나는 그렇게 몇 분 정도 더 그 애들의 시선을 한 몸에 받으며 있다가 버터의 배짱 어쩌고 하는 얘기가 좀 지겹다 싶어서 화장실을 찾아 나섰다. 한 넉 잔 정도를 마신 것 같은데 그 사이에 화장실은 한 번도 안 갔다. 화장실로 연결된 복도는 좁아서, 나는 다른 사람들이 지나가도록 한쪽으로 몸을 비켜서며 갔다. 그런데 그럴 때, 내 주변을 지나가는 사람이 술에 취해서 몸의 균형을 잘 잡지 못할 때는, 특히 좀 곤란했다. 그렇지만 복도를 가로질러 몸을 쭉 뻗고 서 있는 한 여자애와 마주쳤을 때는 도저히 어떻게 해 볼 수가 없었다. 그녀는 등을 벽에 기댄 채 두 다리는 다른 벽 쪽에 대 놓고 몸을 지탱시키고 서 있었다. 그녀의 붉은 머리와 들고 있는 오렌지 음료를 보고 그녀가 누군지 알아볼 수 있었다.

또 다른 여자애가 그녀가 똑바로 서 있도록 그녀의 팔을 잡고 있었다. "모건, 내가 분명히 말하는데, 너 만약 내 차 안에다가 토하면……."

모건은 옆에 친구가 잡아당기는 대로 자신의 몸을 맡겼지만 옆으로 살짝 발이 걸리는 바람에 들고 있던 음료를 그 친구에게 쏟고 말았다. 그 오렌지색 음료가 친구가 입고 있던 하얀색 탱크톱에 쏙 스며들었다.

"이런, 씨. 너 도대체 뭐 하는 거야?"

모건은 발을 헛디디며 다시 벽으로 기대섰다.

"미안." 그녀가 혀 꼬인 소리를 했다. 그러나 그녀의 친구는 탱크톱에 묻은 얼룩을 해결하는 게 급선무라는 듯 이미 저만치 걸어가 버렸다.

내가 최대한 몸을 쭈그리고 모건 옆을 지나갈 때, 그녀가 눈을 감았다. 나는 그녀가 속삭이듯 혼잣말을 하는 것을 들었다.

내 이름은 버터

"내가 대체 여기서 뭘 하고 있는 거지?"

나는 그게 어떤 기분인지 알고 있었다.

뜻밖의 기분 좋은 소식이 화장실 밖에서 나를 기다리고 있었다. 그 소식은 기다란 금발머리와 밝게 빛나는 푸른 눈이 가져온 소식이었다.

안나가 걸어가는 나를 보자 미소를 보냈다.

"새치기 하려고 하면 안 된다. 저 안에 누가 들어갔는지 영원히 안 나오려나 봐."

"음, 난 참을 수 있어." 나도 미소로 답을 했다. 물론 내가 정말 참을 수 있을지는 확신을 할 수 없었지만 말이다.

"긴 크리스마스 휴가 때 뭐 딱히 세워 둔 계획이라도 있니?"

그녀가 물었다.

음, 짧은 대화라, 좋아. 괜찮다고. 나는 그럴듯한 이유를 찾았다. 안나가 아는 한 우리는 그저 얼굴을 아는 사이 정도일 뿐이다.

"아니, 뭐 별 계획은 없어. 우리 숙모랑 삼촌이랑 저녁 드시러 온다고 하셨고. 뭐 그냥 가족 모임 정도지."

"괜찮네. 뭐. 우리 가족 모임은 좀 성대해. 선물 여는 데도 시간이 엄청나게 걸리고, 우리 사촌들이 완전히 대식가들이라서 그래서 파이 한쪽 먹는 것도 완전 전쟁이야."

그녀는 갑자기 하던 말을 중단하더니 뭔가 잘못된 말을 하고 말았다는 듯 시선을 떨어뜨려 자신의 발을 쳐다보았다.

나는 대화가 계속 자연스럽게 흐르도록 얼른 말을 이어갔다.

"그럼 내일 미식축구 연습경기 보러 가는 거는 어떨까?"

해마다 연휴 때 스카츠데일 고등학교와 쉐퍼럴 고등학교 사이에 열리는 미식축구는 아주 유명하다. 해마다 양측 학교의 스타 선수들이 그들 학교와 우리 학교 중간쯤 되는 지역의 공원에서 만난다. 파커는 나를 만나고부터 줄곧 그 이야기를 입에 달고 살았고, 트렌트가 그 경기의 판돈을 관리한다고 했다. 그는 상대팀에 대해 배당률을 걸었다.

안나는 손으로 이마를 치며 말했다.

"오, 이런, 미식 축구경기! 내가 깜빡 잊고 있었다. 숙제가 많은 날은 엄마가 절대 내보내 주지 않으시거든."

나는 다리를 꼬았다. 아니 대체 화장실에 들어간 놈은 안에서 뭘 하고 있단 말인가?

"숙제라고? 학기는 끝이 났잖아."

"나한테는 아니야." 그녀가 입을 삐죽거리며 말했다. "나 마지막 작문 리포트를 좀 망쳤거든. 그리고 생물학 실험 수업도 보충해야 하는데 못 들었었어. 선생님들께 가서 두 과목 모두 공부해서 다음 학기에 제출하겠다고 말씀을 드려놨거든. 그래서 그분들이 우리가 연휴를 마치고 돌아갈 때까지 내 성적을 보류하고 계신 상태야."

나는 점점 차오르는 나의 방광 대신 안나의 말에 집중을 하려 애를 쓰면서 벽에 몸을 기대고 섰다.

"글쎄다. 생물학 수업은 내가 그다지 도움이 안 되겠지만, 혹시라도 작문 수업과 관련해서 도움이 필요하다면, 함께 도와줄 수도 있을 것 같아. 나는 완벽하게 끝을 냈거든."

안나의 얼굴빛이 갑자기 환해졌다.

"정말? 오, 와우. 버터, 그건 정말 기가 막힌 생각이다."

나는 미소를 지었다. 어쩌면 얼굴을 찡그렸을지도 모른다. 나는 정말 소변이 급했다.

"너희 어머님께 개인지도를 해줄 수 있는 사람이 있다고 말씀드려 봐. 물론 나는 미식축구가 끝나고서야 시간이 나겠지만 말이야. 그러면 어쩜 너희 어머니께서 너의 외출을 허락해 주실지도 모르잖아."

"오, 그거 완전 괜찮은 생각인데! 근데, 너는 정말 시간되는 거니. 괜찮겠어?"

"물론, 괜찮지. 그럼, 전화번호를 알려 줄래?"

나는 나의 핸드폰을 꺼내는 손이 떨릴까 봐 바짝 신경을 썼다. 안나 맥긴의 전화번호가 드디어 내 핸드폰에 저장이 되는 순간이 왔다. 그 순간 갑자기 그녀의 전화번호는 내가 가진 것 중 가장 소중한 것이 되었다.

안나는 자신의 번호를 불러 주었고, 나도 내 번호를 주었다.

드디어 화장실 문이 열렸고, 안나가 화장실 안으로 사라졌다. 나는 비틀거리며 걸어 나오는 그 남자애의 팔을 부여잡았다.

"야, 너 혹시 여기 다른 화장실 어디 있는지 아냐? 나 정말 터질 것 같은데."

21장

"터치다운!" 파커가 고함을 쳤다. 그는 기쁨에 들떠서 물병 뚜껑을 덮지도 않은 채 양팔을 번쩍 들어올렸다. 그 바람에 병 안에 담겨 있던 물이 옆으로 확 튀겨 나갔다. 그 물은 고스란히 제니의 가슴팍으로 쏟아져서 그녀의 얇팍한 흰색 상의에 쏙 스며들었다.

"파커, 조심 좀 하라고!" 그녀가 날카롭게 악을 쓰며 말했다.

파커는 자신이 튀긴 물로 엉망이 된 상황을 내려다보며 활짝 웃어 보였다. "자기야, 와— 젖은 티셔츠 대회 같다!"

몇몇 남자아이들이 폭소를 터뜨리며 목을 길게 내빼고 제니의 젖은 티셔츠를 통해 훤히 비치는 연한 담청색의 브라를 쳐다보았다.

"그 입 좀 다물라고. 춥단 말이야."

그녀는 양팔을 겹쳐 두 손으로 가슴 주변을 감쌌다.

"내가 따끈하게 해 줄까?"

한 녀석이 조롱하듯 말했다. 그 녀석은 카드 게임을 함께 했던 네이트였다.

"이런, 빌어먹을 자식, 엿이나 먹어라!"

제니가 파르르 하며 응수를 했다.

"가만, 너 재킷이라도 걸쳐야겠다."

제니의 다른 쪽에 앉아 있던 안나가 말하는 목소리가 들려왔다. 나는 그녀의 감성에 미소가 지어졌다. 애리조나 날씨에는 그 정도면 추위를 느낄 수도 있었다. 그래서 재킷의 지퍼를 끝까지 올리고 목도리까지 둘둘 말고 있는 안나의 모습이 귀여워 보였다. 바로 그 추위 때문에 나는 토요일 아침의 경기를 보며 경기장 사이드라인 쪽에서 계속 발을 바꾸며 껑충껑충 뛰었다. 나는 한 번도 경기를 보러 와 본 적이 없기 때문에 앉을 좌석이 없는지도 몰랐다. 그래서 나는 간이 의자 같은 것도 가져오지 않았었다. 등도 아파오고 무릎도 많이 쑤셨다. 나는 그저 경기가 빨리 끝나기만을, 그래서 안나와 둘이서 어울릴 그 시간만을 학수고대하고 있을 뿐이었다.

안나가 제니 뒤에 있는 나와 시선을 마주치려 애쓰며 나에게 몸짓을 했다. 그녀는 판토마임을 이용해서 재킷을 벗어서 제니의

내 이름은 버터

어깨에 덮어 주라고 내게 신호를 보냈다. 나는 알아들었다는 표시로 고개를 끄덕였다. 나는 코트의 지퍼를 내리고 제니의 대답도 기다리지 않고 그녀의 어깨를 코트로 덮어 주었다. 갑자기 코트 아래에서 제니가 사라졌다

"고마워." 그녀는 5XL사이즈의 코트 아래 어디선가에서 조용한 목소리로 말했다.

"별것도 아닌걸 뭐."

"잘했어." 내 왼쪽에서 누군가 부드러운 목소리로 말을 했다. 나는 고개를 돌렸고 그곳에는 붉은 머리를 하고 있는 한 여자애가 있었다. 그녀는 알 수 없는 오렌지색 음료 대신 물병을 손에 움켜쥐고 서 있었고, 더 이상 혀 꼬이는 발음을 하지도 않았다. 그러나 그녀는 틀림없이 어제 제레미네 집에서 술에 취했던 그 여자애인 모건이었다.

나는 그녀에게 알은 척을 하며 미소를 지었다.

"오늘은 좀 괜찮니?"

그녀는 신음을 하듯 말을 했다.

"완전 최악이었어. 그런 숙취는 처음이었어."

"그래, 나도 전에 그런 거 한 번 경험해 봤어."

나는 소리 내어 웃었지만 그녀는 미소를 짓는 척도 하지 않았다. 사실, 그녀의 눈은 갑자기 눈물이라도 흘릴 듯했다. 그녀가 갑

자기 구토라도 하려고 그러는 것인지 나는 알 수가 없었다.

나는 혹시 그녀가 왈칵 토해 내면 신발에라도 묻을까 싶어서 뒤로 약간 물러섰다. 그러나 그녀는 나의 팔을 잡더니 뒤쪽으로 끌었다. 아이들의 무리로부터 조금 떨어진 거리까지 그녀가 나를 계속 끌어당겼다. 그러더니 나지막한 목소리로 속삭이기 시작했는데 그러나 속도가 너무 빨라서 나는 무슨 소리인지 잘 이해를 못했다.

"봐봐, 있잖아. 어젯밤에 내가 무슨 소리를 했는지 모르지만, 무조건 미안해. 내가 술에 취했었어. 그러니까 내 말은, 내가 무슨 말을 했는지 나도 전혀 기억을 못해. 그렇지만 미키와 네이트가 내가 너에 관해서 뭐든 떠들어 댈 거라고 생각한다는 사실은 알고 있어. 그렇지만, 나 절대, 결코 말 안 해. 그러니까 제발 트렌트에게 우리가 그 일에 관해서 이야기를 나누었다는 그런 비슷한 말도 하지 말아줘. 제발—"

"워, 워." 나는 손을 들어 올려 그녀의 말을 중단시켰다. 그러고 나서 그 같은 손으로 죽을힘을 다해 내 팔을 꼭 붙들고 있는 그녀의 손을 부드럽게 걷어냈다.

"너, 아무 말도 하지 않았어. 정말로."

"내가 아무 말 안 했다고?"

우리 팀에서 골을 넣어서 몰려 있던 아이들 속에서 함성이 터져 나오자 그녀는 손에 들고 있던 물을 크게 한 번 벌컥 마셨다.

"알았어. 그럼 됐어."

"그게 다야?" 내가 물었다.

그녀는 어깨를 한 번 으쓱해 보이며 바닥으로 시선을 돌렸다.

"나는 그저 내가 말을 하지 않을 거라는 사실을 너에게 알려주고 싶었을 뿐이야. 네가 만약⋯⋯."

"그래, 내가 만약⋯⋯ 뭐?" 내가 발끈해서 다그쳤다. 내 심장이 다시 조금 빨리 뛰기 시작했다. "네가 정말로 그 일이 다른 사람들에게 알려지길 원치 않는다면 말이야." 그녀는 나를 올려다보며 말했다. "너, 정말로—"

"아니, 원하지 않아!"

"오, 알았어. 미안해. 나는 그저—" 그녀는 말까지 더듬었다. "나는 그냥, 어쩌면, 그 웹사이트에서 일어나고 있는 일을, 그러니까 잘은 모르겠지만, 누군가에게 알려야 될 것 같아서. 안 그러면⋯⋯."

나는 학교 상담실에서 옆에 앉아 엉엉 우는 엄마를 모시고 나의 문제에 관하여 상담을 받고 있는 나 자신의 모습을 떠올려 보았다. 나는 모건이 어떻게든 도움을 주려고 그랬다는 것을 잘 알고 있었다. 그렇지만, 그 순간 그 도움이 내게는 마치 협박처럼 느껴졌다. 나는 숨을 깊이 들이마셨다.

"내 말은 말이지, 네가 얘기를 해서는 안 된다는 거야. 왜냐면, 얘기하고 말고 할 게 아무것도 없잖아."

그녀는 입술을 살짝 깨물었다.

"너는 새해 전야에 내가 어디에 있을 건지 알고 있잖아?"

나는 별일 없다는 듯 평소와 같은 어투로 말을 이어갔다.

"나는 파커네 파티에 갈 거야. 다른 애들처럼."

"왜냐면, 그건 현실이 아니니까. 그런 거지?" 그녀가 바싹 다가서며 말을 했다. "그 웹사이트는—그건 아니야—" 그녀가 더듬더듬 적당한 말을 찾으며 자신의 발을 내려다보았다.

"애, 사실 우리는 지금 이런 식의 대화도 해서는 안 되는 거라고." 내 목소리가 한층 더 날카로워졌다. "그게 네가 나를 여기까지 끌고 온 이유 아니었어? 그러니까, 트렌트한테 너랑은 얘기를 나누지 않았다고 그렇게 말할까?"

그녀의 얼굴에 금세 두려움이 어렸다. "난 말 안 했다고—안 할 거고—나는 그저 너를 돕고 싶었을 뿐이라고."

"난, 도움이 필요치 않아." 내가 말했다. "그리고 어쨌든, 그렇게 도와주려다 네가 외려 궁지에 몰리게 될 것 같은걸." 나는 다른 카드를 내밀었다. 나는 아이들의 무리 속에서 그녀가 차지하는 위치가 어느 정도인지 알 수가 없었다. 다만, 그녀의 놀라서 벌어진 입과 동그래진 눈을 보니 내가 그녀의 민감한 곳을 제대로 건드리긴 했나 보다.

"나, 말 안 할 거야." 그녀가 속삭였다.

"들어 봐, 너는 나를 파티에서 만나게 될 거야." 내가 약속을 했다. "그리고 우리는 술을 마시고, 이 모든 일들에 관하여 한바탕 웃게 될 거야." 나는 대단한 음모라도 꾸미듯이 몸을 숙이며 말했다. "자정에" 나는 다시 머리를 아이들이 있는 방향으로 움직였다. "걔네들을 놀려 주는 거야."

그녀의 눈이 생기가 돌더니 드디어 희미한 미소를 지어 보였다. "그렇게 되는 거니?"

"그렇다니까. 그러니, 미키와 네이트에 대해서는 걱정 마." 나는 그녀를 다시 아이들이 무리지어 있는 곳으로 이끌며 말을 계속 했다. "네가 고자질쟁이가 아니란 걸 그 애들도 알아."

"고마워." 그녀가 물 한 모금을 더 마시며 말했다.

"파커." 내가 그를 불렀다. "너희 집에서 하는 파티 때는 말이야, 여기 이 애를 위해서는 꼭 순수 음료를 좀 섞어 줘라. 얘는 술이 너무 약하거든."

모두가 소리 내어 웃었지만 유독 한 남자애만은 조소가 가득 담긴 눈빛으로 그녀를 아래위로 훑어보았다. "제레미가 그러는데, 네가 걔네 집 카펫 여기저기다 그 놈의 오렌지 음료를 다 토해 놓았다며. 다음번에는 화장실 제대로 찾아가서 거기서 토해라, 알겠지? 이 별 볼일 없는 애야!"

모건은 얼굴을 붉히며 옷에 달린 후드로 얼굴의 반이나 가릴
만큼 푹 뒤집어썼다. 가만히 보고 있자니, 뭔가 신경을 거슬린다
는 생각이 들었다. 모건은 다른 어떤 애들보다 착한 애 같았다.
나는 그저 새해 전야에 내가 아까 그녀에게 했던 말이 거짓말이
었다는 사실을 그녀가 알게 되더라도 너무 크게 무너지지는 않기
를 마음속으로 바랐다. 안나는 양팔로 자신의 몸을 감싸고 있었
다. "파티가 끝나기 전에 좀 따뜻해졌으면 좋겠다."

"추워도 상관없어." 파커가 말했다. "우리 집 수영장은 따뜻한
물이 나오잖아. 그리고 나머지는 알코올이 해결해 줄 거야."

네이트는 상체를 구부리며 자신의 생각을 몇 마디 더 보탰다.
"뿐만 아니라, 너희들의 추위를 싹 잊게 만들어 줄 파티용 특별
선물을 가져올게." 그는 한쪽 눈을 찡긋하며 윙크를 했다.

"무슨 소리야?"

네이트는 소리 내어 웃으며 파커의 어깨를 툭 내리쳤다.

"야, 파커, 내가 무슨 말 하는지 알지?"

파커도 소리 내어 웃었다.

"파티를 위한 선물이라고?" 내가 바짝 다가서며 물었다.

"음, 그래." 네이트가 말했다. 그는 한 손을 평평하게 펴더니 다
른 손으로는 자신의 오른쪽 콧구멍을 막는 시늉을 했다. 그리고

내 이름은 버터

는 평평한 손바닥에 코를 쿵쿵대며 들이대는 척을 했다.

"알잖아…… 선물."

오, 이런! "마약 말하는 거야?" 내가 속삭이듯 말했다.

"말도 안 되지!" 파커와 네이트가 동시에 말했다.

나는 혼란스러웠다.

"나는 우리 엄마 약장에서 찾을 수 없는, 마약이나 그런 건 안 해." 네이트가 설명을 이어갔다. "처방전으로 받는 건데 아주 괜찮아. 내가 장담해. 약국에서 살 수 있는 거야. 그러니까, 그렇게 위험한 건 아니야."

"그래, 아주 안전하지." 파커가 고개를 끄덕이며 그의 말에 동감을 표했다.

와, 정말 좋은 재료가 되겠군. 쉽게 신체를 손상시키거나 죽음에 이르게도 할 수 있는 약은 내 머릿속에도 수십 개는 더 떠올랐다.

물론이다. 자, 이제 다섯 번째 아이디어다. 어떤 종류든 네이트가 새해 전야에 함께 나누고 싶어 하는 그 몇 가지 가루 물질들이라면, 내가 마지막 만찬을 바로 시작할 수 있도록 하는 완벽한 재료가 될 것이다. 그것은 내가 그 일을 감행할 수 있도록 내게 대담함을 줄 것이다. 바로 버터의 배짱. 나는 하마터면 웃음을 터뜨릴 뻔했다.

파커는 방금 경기에서 밀려난 제레미를 위한 구호를 외치려 고개를 돌렸다.

네이트는 자신의 얼굴을 내 귀에 바싹 갖다 대며 말을 했다.

"야, 이 자식아. 파커는 자기 집에서 마약이나 그런 거 하는 거 싫어하거든. 그렇지만 혹시, 네가 한 번 빨아보고 싶다면, 내가 얻어다 줄 수도 있어."

"어, 아니, 괜찮아. 사양하겠어."

나는 아무 생각 없다는 듯 일부러 차분하게 미소를 지었다.

네이트는 어깨를 한 번 으쓱였다.

"알았어. 진짜배기는 아니야. 그렇지만, 파티에 오면 날 찾아봐. 뭔가 그냥 자그마한 거, 일반의약품으로 하는 게 있을 테니."

"무슨 파티?" 한 목소리가 끼어들었다.

제레미가 상기된 얼굴에 일그러진 표정을 지은 채 땀을 흘리며 거친 숨을 몰아쉬고 있었다. 그는 경기에서 밀려나서 약이 바짝 올라있는 것처럼 보였다.

"우리 집에서 여는 파티 말이야, 이 녀석아!" 파커가 웃었다.

"너, 벌써 잊어버렸냐?" 제레미는 파커의 말을 무시한 채 나를 똑바로 쳐다보았다.

"야, 너는 그날 밤, 다른 할 일이 있는 거 아니었냐?"

나도 냉랭한 표정을 지으며 그의 시선을 피하지 않고 똑바로 쳐다보았다.

내 이름은 버터

"아마도, 네 녀석이 지금 하는 그 경기에나 좀 더 집중을 했다면, 실수해서 공을 놓치지도 않았을 테고 또 상대팀 녀석들도 보기 좋게 한 방 날려줬을 텐데. 아쉽다."

파커와 네이트가 웃음을 터트렸다.

"이런, 빌어먹을 킹콩 같은 새끼! 너 그 뚱땡이 엉덩이로 필드에 나가서 한 번 달리는 꼴 좀 보자." 제레미가 다시 응수했다.

"자, 여기까지, 이제 고만 해." 파커가 말했다. "나 지금 이 경기에 백 달러 걸었거든. 그러니까 가서 저 팀 녀석들한테서 뺏어와. 알았어?" 그는 제레미의 엉덩이를 차며 그를 다시 필드로 떠밀었다. "야, 트렌트! 이 녀석 다시 경기에 집어넣어라."

필드 중앙에 있던 트렌트가 고개를 끄덕이더니 제레미를 향해 손을 흔들어 보이며 잔디에서 작전회의를 하고 있는 팀에 합류하라는 신호를 보냈다.

사실 제레미 녀석이 공격을 해오기 전까지 여기서 그 녀석을 응원하는 척을 하고 있기가 여간 힘든 것이 아니었다. 그런데 이제 내 일은 끝났다. 안나의 리포트나 봐 줄 일만 남았다. 나는 제니의 어깨를 톡톡 두드렸다. 어쨌든 그녀의 어깨가 맞았을 것이다. 그녀는 내 커다란 코트 속에 푹 잠겨 있는 상태였으니까 말이다.

"나, 이제 가려고. 내가 이 코트를 너한테서 다시 훔쳐 가면, 안될까?"

제니의 짧게 깎은 어두운 색깔의 머리가 내 재킷의 목 부분에서 쑥 올라왔다.

"물론, 가져가도 돼." 그녀가 말했다. "그런데, 왜 벌써 가려고 하는데?"

왜냐면 말이다, 내가 여기서 저 개자식 경기하는 거 보며 단 일 분이라도 더 있다가는, 나는 다른 팀을 응원하게 될 것 같거든.

"음, 해야 할 일이 좀 있어."

제니가 내 재킷에서 쑥 빠져나오더니 그것을 내게 건네주었다.

"알았어, 그렇지만 여기 경기 끝나면, 모두 제레미네 집으로 갈 건데."

야, 차라리 벌거벗고 뜨거운 석탄 위에 누워 있는 편이 더 낫겠다.

"와, 재미있겠다. 좀 안타깝지만 나는 못 갈 것 같다."

"맞아, 너는 못 가지." 안나가 말했다. "너, 내 작문 숙제 도와주기로 했잖아. 기억하고 있지?"

"네가 더 있고 싶으면 경기 끝나고 만나도 되고. 네가 우리 집으로 오든지, 아니면 내가 너희 집으로 갈 수도 있고. 안 그러면 도서관이나 커피숍이나 뭐 그런데서 만나도 되고……."

젠장 그 주둥이 좀 다물어라. 이 멍청아.

"아니면, 밖에 어디 와이파이 되는 그런 데서 볼 수도 있

내 이름은 버터

고……."

오, 하느님, 나는 진짜 내 자신이 싫어지는 순간이다.

"음, 그럼 지금 그냥 너를 따라서 나도 일어날게. 네가 괜찮다면." 안나가 말했다.

제니는 두 눈을 동그랗게 뜨며 안나가 있는 쪽에서는 보이지 않는 각도에서 나를 향해 활짝 웃어 보였다.

"그래, 그럼 내가 이따가 안나를 집까지 데려다 줄 필요도 없겠다. 잘 됐네. 버터, 네가 안나를 집까지 태워다 줄 거지, 그치?"

나는 터져 나오는 함성을 억누르며 아무렇지 않은 척을 하기가 무척 힘들었다.

"그럼, 당연히 모셔다 드려야지."

"고마워." 안나가 말을 하며 주차장 쪽으로 향했다.

그녀의 뒤를 따라가는 나는 긴장감으로 인해 배가 쪼그라드는 느낌이 들었다. 걸으며 뒤를 돌아보니 제니가 파커의 귀에 대고 무슨 말인가를 하는 게 보였다. 파커가 몸을 돌리더니 자신의 골반에 주먹을 갖다 대고는 기괴한 몸짓을 해보였다. 그런 후 파커는 나를 향해 엄지손가락을 치켜들더니 거수경례까지 했다. 나는 그 모든 장면을 보고는 그를 향해 가운뎃손가락을 날려 주었다.

나는 그 녀석이 보여 준 모든 동작이 담고 있는 의미에 대한 욕을 날린 건데, 외려 그 녀석은 내가 마치 자신을 향해 손이라도 흔들어준 것처럼 미소로 답을 했다. 그렇지, 그게 바로 이 머저리 녀석들이 서로서로 의사소통을 하는 방법이다. 그런데 나도 드디어 그들 방식의 언어로 소통을 하고 있다는 생각이 들었다.

내 이름은 버터

22장

안나네 집으로 가는 길은 '나의 산' 옆을 지나는 길이었다. 그 산을 보자 갑자기 어디서 그런 용기가 났는지 모르겠지만, 나도 모르게 안나에게 그 말을 꺼내고 있었다.

"야, 너 근사한 거 보고 싶지 않니?"

옆 좌석에 앉아 있던 안나가 고개를 갸우뚱하며 말했다.

"그럼 집에 가서 이 바보 같은 리포트 작성하는 거 잠시 접어도 되는 거니?"

"물론."

"그래, 그럼 보자."

정말 완벽한 타이밍이었다. 나는 산을 휘감고 나 있는 그 길로 접어들었고 주차장에 내가 늘 차를 대는 그 곳에 차를 세웠다.

안나는 자신의 샌들을 손으로 가리켰다.

"어, 나는 하이킹 부츠 같은 거 없는데, 어떡해?"

나는 웃었다. "내가 저 산을 오를 수 있는 사람처럼 보이니? 그 냥 잠깐 걸으면 돼. 약속할게."

안나는 나만의 장소를 향해 익숙한 그 산책길을 나를 따라서 걸었다. 그녀는 모퉁이를 돌자 말문이 막히는 표정을 지으며 노 두의 가장자리까지 바로 걸어 나갔다.

"멋지지!" 내가 말했다.

그녀는 깊은 숨을 쉬며 사막의 공기를 들이마셨다. "와, 아름답 다." 그러고는 한 바퀴를 빙그르 돌았다. "도시는 다 어디로 간 거 니? 안 보여."

나는 웃었다. "정말 근사하지? 다른 것은 아무것도 안 보여."

"마치 우리가 사막 한가운데에 와 있는 것 같다."

그녀는 돌을 하나 걷어차더니 그 돌이 산 아래로 굴러떨어지며 내는 소리를 유심히 들었다.

"아니, 우리가 이렇게 높은 곳에 올라와 있다니, 정말 놀랍다."

"주차장이 사실은 이 언덕 허리춤에 위치해 있는 거야. 이쪽 측 면으로는 훨씬 더 가파른 곳이야."

안나는 작은 언덕들로 둘러싸인 계곡 아래를 내려다보았다.

"와, 좀 더 큰 산들이 많았다면 좋았겠다." 그녀가 말했다.

"뭐, 더 큰 산이라고? 그럼, 나 같은 사람은 반도 못 오를 텐데."

"음, 나는, 스키를 타거든." 그녀는 걸터앉을 만한 바위를 찾으며 말을 이어갔다. "그래서, 나는 아주 높은 산들이 좋더라고. 그리고 소나무 향도 좋잖아. 너는 소나무 냄새 안 좋아하니?"

"음, 나도 좋기는 해." 나도 앉을 자리를 찾다가 안나 옆에 더 큰 바위를 골랐다.

"그리고, 휘발유 냄새는 어때?" 그녀가 말했다. "나는 휘발유 냄새도 좋더라. 좀 이상하다고 생각하니?"

너한테서는 향긋한 비누 내음과 오렌지 향이 묻어나는데, 그런데, 정작 너는 그런 냄새를 좋아하다니, 이상하다. 정말. 그래도 나는 네가 너무 좋아 죽겠다.

"조금 이상하기는 하다."

그녀가 미소를 지었다. "그럼 너는 뭐 이상한 거 안 갖고 있니? 네 얘기 좀 해 봐."

"예를 들어 어떤 거?"

"나도 몰라. 글쎄, 가령, 네가 가장 당황스러웠던 순간이랄까?"

그날은 어떠니, 내가 학교식당에서 너한테 말을 붙였던 날. 근데 너는 제레미가 계속 너를 모욕하도록 내버려 두었잖아?

"딱히, 없는 것 같은데."

"내가 가장 당황스러웠던 순간은 말이지, 제니의 11번째 생일 파티에서였어. 완전 이렇게 큰 대형 케이크가 있었거든……."

나는 안나가 하는 말에 귀를 기울이려 노력했지만, 그녀가 장황하게 이야기를 늘어놓자 내 생각은 이리저리 표류하기 시작했다. 그녀가 언제나 이렇게 많은 말을 하는 사람이었는지 궁금해졌다. 지금 안나가 하는 말들은 우리가 온라인 채팅 때는 거의 나누지 않는 그런 종류의 이야기였다. 물론, 가끔은 그녀가 꽤 긴 메시지를 보내기도 했지만, 나는 그저 그녀의 자판 두드리는 속도가 빠르다고 생각을 했을 뿐이었다.

"……그리고 한 번은 이런 적도 있었다. 나는 정말 당황스러워서 죽는 줄 알았어. 우리가 전부 제레미네로 수영을 하러 갔는데……."

나는 안나가 내가 가장 당황스럽다고 느끼는 그 순간을 애써 다시 강조하지 않으려 한다는 것을 알 수 있었다. 나는 약간의 지루함을 느끼며, 다른 바위로 옮겨 앉았다. 그래도 그녀는 인터넷에서 채팅을 할 때는 적어도 내가 어떻게든 한마디라도 말할 틈을 주었었는데.

"버터? 왜 그래, 뭐 문제라도 있니?"

안나가 말을 하며 내 팔에 손을 얹자, 그녀의 손가락 끝에서 흐르는 전류가 내 심장으로 확 전해지며 내 심장이 다시 재가동을 하기 시작했다. 온라인에서 안나는 조금은 말수가 적었고, 자기 자신에 몰두를 하는 그런 사람이었는데, 여기 있는 안나의 손길에서는 훨씬 더 따뜻한 체온이 느껴졌다.

"아냐, 아무것도 아니야. 미안. 나는 그냥 저 자연에 정신을 빼앗겼을 뿐이야." 나는 내 앞에 펼쳐진 넓은 공간에서 몸짓을 했다.

안나의 시선이 나의 팔을 따라 움직였다.

"정말 멋지기는 하다."

그녀가 다시 나를 쳐다보며 냉소적인 미소를 지어 보였다.

"음, 그리고 완벽하게 잘 만들어진 장소이기도 하지."

뭔가 끔찍한, 뭔가 세심하지 못한, 뭔가를 기대하는 듯한 어떤 표정이 내 얼굴에 드러났었음이 틀림없다. 왜냐면, 나의 표현을 들은 안나의 반응은 너무도 빠르고 날카롭게 날아들었기 때문이다.

"오, 안 돼! 너랑은 아니야!" 그녀는 바위에서 몸을 뒤로 기대며 한 손으로는 마치 무슨 공격을 피하기라도 하듯이 자기 앞에서 살짝 들어 올리는 몸짓을 했다.

나는 입을 딱 벌린 채 아무런 말도 하지 못했다.

그래, 바로 이거야. 이게 가장 당황스런 순간이로구나.

안나가 눈을 크게 뜨더니 치켜들었던 손을 내리며 말했다.

"미안해! 나는 그런 의도로 말을 했던 것은 아니었는데."

나는 겨우 목소리를 가다듬고 말을 했다. "괜찮아."

"그러니까, 내가 너에 대해서 잘 모르잖아, 그래서."

"나는 그저, 단지—"

"그렇지만, 너는 내 타입이 아니야."

"맹세해. 내가 너를 그런 식으로 대했던 건 아니야."

"그리고, 나 남자친구 있단 말이야."

"인터넷에서 만나는 남자친구?"

안나가 잠시 말을 잇지 못했다. "뭐라고?"

나는 설명할 말을 찾느라 더듬거렸다.

"트렌트인지, 파커인지 음, 그래 제니가 그랬다. 지난번에 학교에서 제니가 그 얘기를 해주었거든. 그녀 말이 네가 온라인에서 만나는 남자친구 같은 그런 사람이 있다고 말했어."

"오." 안나가 눈을 가늘게 떴다. "그래서 다른 애들은 무슨 말들을 했어?"

"정말, 아무 말도 안 했어. 그냥 인터넷에서 남자친구를 사귀는 게 조금은 이상하다고 그 말뿐이었어."

"걔네들이 나를 갖고 놀리지는 않았니?"

나는 그렇게 빨리 대화가 다른 주제로 넘어간 것이 반가워서 어깨를 으쓱였다.

"아마, 조금. 그렇지만, 그 애들은 언제나 그런 식이잖아. 안 그래? 사람들 없는 데서 험담하고, 다른 사람들을 판단하고, 놀려먹고 그러잖아?"

"아니야." 그녀가 볼 살을 실룩거리고 앞이마에 주름을 지으며 말을 하자, 그녀의 생동감 넘치는 표정이 마치 액체가 흘러내리는 것 같이 보였다.

"내 친구들은 다른 사람들을 놀리지 않아."

"아, 그러니? 그럼 '안나 바나나'는 뭐였어?"

그 순간 안나는 마치 나에게 뺨이라도 한 대 맞은 것 같은 표정을 지었다.

"너, 그 일을 기억하고 있는 거야?"

"쉽게 잊히는 일은 아니잖아."

"그래, 제레미는 네 말대로 좀 또라이 기질이 있는 애야. 그렇지만 다른 애들은―네가 그렇게 얘기할 만한 그런 애들은―아무도 없어. 걔네들 다 너한테 잘 대해 주고 있잖아. 안 그러니?"

"내가 만든 웹사이트 덕분이겠지." 내가 불쑥 내뱉었다.

그것은 마치 내 안에 이미 축적되어 온 어떤 진실이 주인인 나의 허락도 없이 내 입에서 발사되어 나간 것 같은 기분이었다. 나는 안나가 자신의 친구들에 관하여 변명을 하며 연민어린 그런 말들을 꺼내기를 기다리고 있었다.

"그래, 그러면, 그게 누구 잘못이지?" 그녀가 톡 쏘아붙였다.

"뭐가?"

"웹사이트를 만든 사람은 너잖아. 네가 모두가 보도록 글을 올렸잖아. 그리고 이제 와서는 다른 사람들이 그걸 봤다고 화를 내고 있는 거잖아. 아니면 네 자신에게 미안한 마음이라도 드는 거니?"

"내가 과연 토하지 않고 얼마만큼의 양을 먹을 수 있을지, 그리고 얼마나 버틸 수 있는지를 놓고 파커가 내기 돈을 거는 건 연민이 있는 사람의 행동은 아니라고 생각하는데."

나도 성난 어조로 그녀의 말을 맞받아쳤다.

"죽을지 말지를 놓고 파커가 내기 돈을 건 게, 네가 처음일 것 같니?"

안나가 목소리를 높이는 바람에 계곡 아래쪽까지 울렸다.

"작년 여름에도 트렌트가 물에 들어가서 2분 이상 숨을 참다가 물에 빠져 죽을 거라며 100달러를 걸었었거든."

"그래서?"

"당연히 돈을 잃었지."

"아니, 내 말은 그러니까, 파커가 자기 돈을 그냥 날렸다고? 분명히 파커는 트렌트가 죽기를 바라지 않았을 것 같은데."

"바로 그거야."

갑자기 내 머리가 빙빙 돌기 시작했다.

"그래서, 걔는 내가 정말 그 짓을 할 거라고 생각지 않는다는 말이니?"

"당연하지, 버터, 생각을 해 봐. 아무도 네가 죽기를 바라는 사람은 없어. 너 바로 그래서 패스워드를 걸어둔 거였잖아? 너를 잘 모르는 사람들이 혹시라도 그걸 보게 돼서 너를 이상한 사람이라고 생각할까 봐서 말이야."

어쩌면 옳은 말일지도 모른다. 나는 안나가 나에 대해 그다지 잘 알지 못한다는 사실—그 어느 누구도 나를 잘 모른다—에 대해서는 굳이 바로잡지 않았다.

"어쨌든 말이야." 그녀는 계속해서 말을 이어갔다. "그럼 지금쯤은 누군가가 너에 대한 이야기를 했을 거라고 생각지 않니? 나는 분명히 그랬다고 생각하는데. 만약에 사람들이 네가 죽으려고 한다는 걸 알면서도 모른 척 내버려 두는 거라면, 그건 정말 문제라고 생각해. 안 그러니?"

"아마도." 나는 머리를 두 무릎 사이에 묻고 어깨를 축 늘어뜨린 채 말을 했다. 안나는 내가 한동안 잊고 있었던 어떤 감정들이 올라오게 만들었다.

대수롭지 않은 거야.

침묵이 흘렀다. 나는 안나가 무언가를 기다리고 있음을 알고 있었다. 그녀는 내가 이제는 다른 아이들의 예상을 벗어난 그 이상의 자살기도를 펼치지 않겠다는 어떤 확답 같은 것을 해주기를 기대하고 있었다. 그러나 아직은 내 마음이 그런 약속 같은 것을 해줄 만큼 준비가 되어 있지 않았다. 나는 무엇보다 안나의 생각이 옳기를, 그래서 모두가 그저 열병처럼 번진 재미난 일에 동참한 것이었다고 생각할 수 있기를 바랐지만, 그러나 나는 그녀의 친구들과는 다른 생각을 하고 있었다.

아무도 나에 관해서 알리지 않은 이유가 그들이 자살을 하겠다는 내 말을 믿지 않은 탓이었다고? 아니겠지, 그게 아니라 그 애들이 나의 자살에 관해서 다른 사람들에게 알리지 않은 것은 어른들이 이 일에 개입해서 재미난 쇼가 끝나는 것을 원치 않아서였겠지.

안나는 나를 곤란한 상황으로 몰아넣고 있었다. 나는 그녀에게 내가 정말 진지한 마음으로 이 일을 진행시키고 있기에 그녀가 자신의 부모님께나 다른 어른들께 이 일을 말할까 봐 두렵다는 말을 할 수가 없었다. 그리고 그녀가 그밖에 다른 애들에게 이 일을 알리는 것은 하나도 겁나는 일이 아니라고 그렇게 그녀에게 말을 할 수도 없었다. 나는 핸드폰의 시계를 확인했다. 늘 이야기를 하다 무슨 말을 해야 할지 몰라서 생각하는 시간을 벌기 위해서 하는 행동이기는 하지만, 그런데 시계의 숫자를 보고 나는 깜짝 놀랐다. 시간은 이미 오후를 가리키고 있었다.

"지금쯤은 경기가 틀림없이 끝났겠다." 내가 말했다.

"너희 어머니께서 왜 우리가 숙제하러 집에 안 오는지 궁금해하시지 않을까?"

안나는 일어서더니 어색하게 나오지도 않는 하품을 하는 척하면서 기지개를 폈다.

"사실, 나 너무 피곤하거든. 숙제는 다음에 해도 되겠지?"

"물론이지." 나는 내 안에서 마구 흘러내리는 슬픔이 내 목소리에도 스며들까 봐 애써 담담한 척 말을 했다.

"그럼 집에 데려다 줄게."

나는 우리가 만나서 안나를 도와 숙제를 함께 하는 일은 절대 일어나지 않을 것임을 알고 있었다. 우리가 이렇게 오붓하게 둘만의 시간을 갖게 될 일이 또 있을까 하는 마음이 들었다. 오늘 함께 했던 시간이 최고이자 마지막이 되겠지. 내가 만약 안나를 친구—나의 일시적인 그 패거리 친구들 말고, 정말 친구 말이다—로 두었다면, 그랬다면 정말 그 관계를 잘 유지할 만한 가치가 있는 친구가 될 수도 있었다는 생각이 들었다. 그런 생각을 하자 왠지 마음이 솔깃해졌다.

왜냐면, 내가 만약 나의 계획을 실행시키지 않는다면, 내가 잃는 것은 단지 트렌트와 파커의 테이블의 한 자리만이 아니다. 사회적인 나의 입지에서의 여러 가지 소소한 많은 것들을 잃게 될 것이다. 내가 전교생을 미안한 마음이 들도록 속여 버린 거짓말쟁이이자 겁쟁이로 드러난다면, 그러면, 나는 예전의 투명인간

신세로 돌아만 가도 다행이다 싶을 만큼 비참해지겠지. 안나를 다시 못 본다 해도……. 정말이지, 그런 상황이 될까 너무 두렵다.

* * *

한 달 동안 두 번째 겪는 일이었다. 나는 구토를 하기 위해 차를 몰아 주차장으로 갔다. 이번만큼은 과식으로 인한 것이 아니었다. 안나가 시동을 걸기 시작한 그 생각들이 내 머리를 어지럽게 만들더니 마치 훌라후프가 내 몸에서 흘러내리듯이 내 위장으로 내려가 이제는 뱃속이 울렁거리고 있다. 그녀는 나더러 나 스스로도 인정할 준비가 되어 있지 않다는 말을 하라고 강요를 한 것이었다.

내 삶은 명백했다. 계획을 실행시키고 고등학교의 영웅이 되는 것이다. 아니면, 꼬리를 내리고 보잘것없는 생활로 돌아가는 것이다. 안나가 생각하는 중립적인 그런 자리는 내게는 없었다. 내가 만약, 아이들이 나를 용서해 줄지도 모른다는 믿음을 가질 수 있다면, 어쩌면, 나의 삶을 지지해 줄지도 모른다는 그런 희망을 꿈꿀 수 있다면, 나는 결국에 실망을 하게 될 것이다.

내가 확실하게 알고 있는 한 가지는 내가 나의 계획을 인터넷

내 이름은 버터

에 올린 이후에 나의 삶이 더 나아졌다는 사실이었다. 나는 아무 것도―의심의 여지도 한 가닥 희망도 없이―원하지 않았다. 나는 그 기차에서 탈선을 하고 싶지 않았다. 나는 그 기차를 타고 끝까지 달리고 싶었다. 설사 그 끝에 죽음이 나를 기다리고 있다고 해도 말이다.

나는 몇 차례 더 게워 냈다. 그러나 나의 뱃속에는 더 이상 나올 것이 남아 있지 않았다. 나는 내 자신에게 앉아서 생각할 틈을 주지 않기 위해 계속 움직여야 했다. 나는 내 머릿속에 있는 모든 생각들을 밀어내기 위해 싸움 말고 다른 방법이 없었다면, 안나와 한 판 더 붙었을지도 모른다.

내 마음속에 딱 준비 태세를 갖추고 있던 투지가 집에 들어가서 내 방에 계신 엄마를 발견하자, 그 전의가 살아났다.

엄마는 내 침대에 앉아 계셨고 양손에는 내 색소폰이 들려 있었다.

"엄마, 제 방에서 뭘 하고 계신 거예요? 제 물건들을 왜 건드리세요?" 내가 뱉어내는 한마디 한마디가 엄마를 쏘아붙였다. 그렇지만 나는 그것이 최선임을 알고 있었다. 그렇게라도 싸우면 엄마가 나를 쉽게 놓아 줄 수 있을 테니 말이다.

"너 몇 주째 색소폰을 안 불고 있잖니."

엄마는 악기에서 눈을 떼지 않은 채 조용한 목소리로 말을 했다.

"내 기억에는 네가 단 하루도 이 악기를 연주하지 않고 보낸 날이 없었는데……."

나는 고개를 떨어뜨렸다. "네, 한 번도 없었지요."

"한 번 있기는 했다." 엄마는 부드럽게 내 말을 지적하셨다.

"네가 11살 때였어. 네가 패혈성 인두염에 걸려서 엄마가 연주를 못하게 했었지. 그래서 엄마가 네 색소폰을 우리 방 침실 옷장 안에 잠가 두었었잖아. 그래서 네가 엄마한테 무지 화를 냈었는데, 기억나니?"

엄마는 고개를 들지 않았지만, 나는 엄마가 입술을 꼭 다물며 짓는, 그 특유의 슬픈 표정을 짓고 있다는 것을 알 수 있었다. 나는 그때의 일에 관해서는 잊어버리고 있었다. 세상에, 엄마들은 어쩌면 저렇게 모든 것을 낱낱이 기억하고 있는 걸까?

"지금 나한테 화난 거니?" 엄마의 목소리는 마치 질문을 하는 어린 소녀처럼 들렸고, 엄마가 고개를 들었을 때 나는 결국 엄마의 눈에서 흐르는 눈물을 보게 되었다.

나는 한숨을 내쉬며 엄마 옆으로 가서 침대에 걸터앉았다. 나의 육중한 몸으로 인해 침대 매트가 출렁거렸다.

"엄마, 엄마한테 화난 거 아니에요. 저는 그냥 어떤 과정을 거치고 있는 거예요. 저는 십대잖아요. 그냥 통과의례 같은 거요."

"학교에서 수업에 뒤처지고 있는 거니?"

내 이름은 버터

"아니에요, 제가 왜요?"

"요즘 통 너 숙제하는 모습도 안 보이고, 터커나 브라스 보이즈에 관한 얘기도 전혀 안 꺼내잖니. 난 네가 집에도 한 번 오지 않는 그런 친구들 때문에 모든 걸 다 포기한 건 아닌지 걱정된다."

나는 한숨을 쉬었다. "엄마는 너무 걱정을 많이 하신다구요."

"너 먹지도 않잖니."

"저 먹어요."

"아, 그렇지 않아. 넌 요즘 음식을 안 먹잖아. 먹어야 한다. 아가, 네 당뇨병은—넌—꼭 먹어야 한다고!" 이제 엄마는 거의 드러내 놓고 울고 있었다.

세상에 자신의 엄마를 눈물짓게 만드는 것처럼 상처를 주는 일도 없을 것 같다. 나는 그 자리에서는 엄마를 위로하기 위해서 내 힘으로 할 수 있는 것은 뭐라도 하겠다고 약속을 드려야 했다. 내 마음이 벼락에라도 맞은 듯 아파왔다.

엄마를 위로할 수 있는 어떤 것—엄마가 나를 위로하기 위해 그 어떤 것도 하셨던 것처럼, 나에게 위안이 되었던 엄마가 해주신 음식들을 포함해서 말이다—이라도.

그런데 나는 그 음식—엄마가 해주는 그 음식—을 몇 주째 거부하고 있었던 것이었다.

나는 주저하다가 한 손을 뻗어서 어색한 모양새로 엄마를 감싸 안았다.

"알겠어요, 엄마, 먹을게요. 약속해요."

엄마가 내 어깨에 대고 훌쩍거렸다. 어쩌면 킁킁거렸는지 그렇게 훌쩍거린 게 아닌지도 모른다. 엄마는 내 팔 여기저기에 코를 갖다 들이대었다.

"너 토했니?"

"뭐라고요?"

"네 셔츠, 토한 것 같은 냄새가 나잖니."

그러고는 으레 사람들은 그런 냄새에 얼굴을 돌리며 코를 찡그리지만, 우리 엄마는 내 셔츠에 얼굴을 묻으셨다.

"너 토했구나."

"속이 좀 좋지 않았어요."

"아가." 엄마는 고개를 들며 굳어진 손으로 볼에 흐르는 눈물을 닦아내며 말했다.

"나는 네가 엄마한테 만큼은 어떤 부분에 관해서는 꼭 솔직해야 한다고 생각해. 너, 혹시 폭식증을 앓고 있는 거니?"

"그럴 리가요!"

"엄마한테는 사실을 말해다오." 엄마는 이제 완전히 정색을 하고 있었다.

"엄마, 맹세해요. 일부러 토하거나 절대 그러지 않아요."

내 이름은 버터

"그러면, 거식증이니?"

"엄마~ 믿어주세요. 제가 만약 거식증이라면, 십 킬로 이상은 더 빠졌겠죠."

"그런 거 같아. 너 요즘 점점 매일 살이 빠지고 있잖니."

"엄마. 그러면, 좋은 거잖아요."

"그 속도가 너무 빠르잖아." 엄마는 무슨 생각을 하는지 입술을 질끈 깨물었다.

"아가, 나도 네가 체중 감량을 해서 참 자랑스럽다. 그렇지만, 옳은 방법으로 해야 한다고. 내 생각에, 그러니까 엄마 생각은 말이지, 시카고 BI로 가는 거 한번 고려해 봐야 할 것 같다."

나는 다시 긴 한숨을 내쉬었다. 저렇게 심란해하는 엄마의 모습을 보니 모든 투쟁의 의지가 다 싹 빨려 나가는 기분이었다.

"네, 생각 좀 해볼게요." 내가 말했다.

엄마는 눈을 껌뻑이며 말했다. "그렇게 할 거지?"

"네."

그 말로 피해 볼 것은 무엇인가? 일단 엄마를 기분 좋게 만들어 드릴 수 있고, 그 일과 관련하여 어떤 결정을 내려야 할 시기가 도래할 즈음이면, 나는 이 세상에 없거나 아니면, 그곳의 학교로 전학을 가 있겠지. 그러니 모든 불편한 사람들과 마주할 필요도 없겠지.

3

달걀 한 판
엑스트라 라지 멸치 토핑 피자 한 판
층층이 쌓아 올린 팬케이크 한 접서
프라이드 치킨 한 바구니
익히지 않은 핫도그 한 통
생 양파 한 개
피넛 버터 한 통
태용량 쿠키 한 상자
통짜 고기 한 덩이
아이스크림 한 통
다이어트 콜라 세 캔
딸기잼 한 통(무설탕)
생 갈비 대 한 근
버터 한 덩이

23장

아주 적절한 때에 트렌트의 전화가 걸려 왔다. 내가 안나랑, 그리고 엄마랑 한판 붙은 날로부터 이틀이 지났고, 동시에 이틀째 TV 앞에 내 전용 쿠션으로 돌아와 거의 강박적으로 웹사이트를 확인하며 지내고 있던 중이었다. 터커에게 여러 번 전화를 걸어 보았다. 그러나 지난번 볼링장에서 마주쳤던 일 이후 내가 사과를 하기까지 시간을 너무 오래 끈 탓인지, 아니면 터커가 곧 두고 갈 사람들에게 신경을 쓰며 그 기관으로 떠날 준비를 하느라 너무 바쁜 탓인지 통화가 어려웠다. 나는 브라스 보이즈 사람들과 어울려 볼까 싶어서 로간스에 들르기도 했지만, 문이 잠겨 있었다.

나는 정신을 딴 데 팔 수 있는 일은 뭐든 닥치는 대로 하고 있었다. 나는 색소폰을 집어 들고 엄마를 위해 몇 곡을 연주하기도 했다. 내 생활은 아주 위험하게 평상시로 돌아가고 있었고, 그 중에 최악은 이틀 만에 나는 예전의 식욕을 찾기 시작했다는 것이다.

그러던 차에 트렌트의 전화는 아주 시의적절한 것이었다.

"버터 요원, 네게 주어진 임무—너는 이를 수락하여야만 한다—다. 스카스데일 고등학교 주차장에서 9시에 트렌트 우즈와 파커 존슨을 만나는 것이다."

"응? 뭐라는 거니?" 나는 전화기에 대고 말했다.

"야, 이 멍청한 자식아, 나야, 트렌트. 장난 좀 쳐 봤다."

나는 소리 내어 웃었다. "알았어."

"혼자서 와라. 너의 BMW를 몰고 여자들 입는 팬티도 가져와라. 끝내주는 게 기다리고 있다. 마음의 준비를 하고 와라."

나는 전화를 끊고 한참이 지나서도 계속 미소를 짓고 있었다.

눈에 익은 파커의 자동차 코르벳만이 한쪽 끝에 주차되어 있을 뿐, 학교 주차장은 텅 비어 있었다. 파커의 차 앞에 이상한 모양을 하고 있는 두 사람이 기대어 서 있는 것이 보였다. 그들은 분명히 트렌트와 파커일 텐데, 그러나 그들의 머리 모양을 포함해서 뭔가 좀 이상했다. 그들은 키도 너무 컸고, 또 너무…… 납작했다.

호기심이 발동한 나는 자동차 가속 페달에 발을 올려놓고 그 녀석들이 있는 곳을 향해 밟았다. 길쭉하고 납작한 머리통들이

내 이름은 버터

정확히 눈에 들어왔다. 머리가 아니라 모자였다. 잠깐, 아니 모자
도 아니었다. 나는 눈을 가늘게 뜨고 자세히 보다가 웃음을 터뜨
리고 말았다. 나는 주차를 하면서도 계속 터져 나오는 웃음을 참
을 수 없어서, 트렌트와 파커를 가리키며 운전석에서 배를 움켜
쥐고 웃었다.

　그들은 정강이 보호대와 팔꿈치 보호대로 치장을 하고 두 개의
조그마한 모래놀이 통을 거꾸로 머리에 묶은 채 서 있었다. 또한
그들은 가장 진지한 표정을 짓고 있었는데, 전염성 강한 나의 웃
음에도 아랑곳하지 않았다.

　"버터 요원." 트렌트가 우렁찬 목소리로 시작을 했다. 그러나
딱 그는 거기까지였다. 그런 차림을 하고 진지하게 보이려는 그
모습에 나는 몸을 제대로 펼 수가 없을 정도로 웃었다. 올려다보
니 구석에 있던 파커의 입술이 씰룩거리는 게 보였다.

　"잠깐, 기다려, 기다려."

　나는 웃겨서 숨을 헐떡거리며 눈물을 닦으며 말했다.

　"대체 그것들은 뭐야?"

　나는 모래놀이 통을 가리켰다.

　"자네는 지금 공식적인 유니폼을 비웃고 있는 건가?"

　트렌트가 화난 척을 하며 말을 했다.

　파커가 자신의 머리에 있는 라임색의 모래놀이 통을 만지며 말

했다.

"내 여동생 거 훔쳐 온 거야. 이 자식은 핑크색을 가져갔어."

그는 트렌트를 향해 고개를 끄덕였고, 그의 움직임으로 자신의 머리에 달려 있던 버킷이 앞뒤로 흔들렸다. 그 모습은 정말 참을 수가 없었다. 나의 웃음소리는 이제 가냘픈 낑낑거림처럼 나오고 있었다.

"이-히-히-히!"

트렌트도 마침내 웃음보가 터졌다. 그와 파커는 나와 한바탕 웃음을 터뜨렸고, 우리의 웃음소리가 텅 빈 주차장 안에 울려 퍼졌다.

"알았어, 알았어." 트렌트는 겨우 숨을 쉬며 말했다. "이런 장난 하는 거 정말 재미있다."

"그러게, 근데 그 모래놀이 통은 대체 뭐냐?" 내가 물었다.

"안녕하세요!" 파커가 말했다.

"여기 보시는 이 물건들은 흔하게 보는 모래놀이 통이 아니랍니다. 그것들은 버킷이라고 합니다."

나는 한쪽 눈썹을 치켜떴다. "버킷이라고?"

"버터, 맞혀 봐!" 트렌트가 말했다. "오늘은 버킷 리스트의 날이야."

파커는 발끝으로 몇 번을 폴짝폴짝 뛰었다. "그래, 우리가 오늘 너의 버킷 리스트를 완성하는 임무를 수행 중이란 말이야."

"그렇지만, 내가 이미 말했잖아. 나는 정말 리스트라고 할 만한 그런 것은 안 갖고 있다고." 내가 말했다. 나는 대체 이 일이 흘러가는 대로 내버려 두는 게 맞는지 확신을 할 수는 없었다. 나는 그저 집에서 너무 벗어나고 싶었고, 그리고 파커와 트렌트에게서 에너지를 좀 얻고 싶었을 뿐이었다. 나의 친구인 척 위장을 하고 있는 이 녀석들 주변에서는 언제나 경계태세를 갖추고 있어야 한다는 사실을 나는 잊고 있었던 것이다. 이제 나는 다시 이 녀석들에 대한 그 미심쩍은 본능이 살아나는 것 같았다.

"바로 그럴까 봐서, 우리가 너를 위해 리스트를 작성해 봤어." 트렌트가 접혀진 종이 한 장을 뒷주머니에서 꺼내더니 요란하게 펼쳐 들었다.

나는 손을 뻗어 그 종이를 잡으려 했지만 그가 잽싸게 다시 낚아챘다. "오, 그러면 안 되지. 한 번에 하나씩 하셔야지." 그는 손에 든 그 종이를 읽어 내려갔다. "당신은 열과 성을 다하여 여기 리스트에 적힌 모든 항목을 이의를 제기하지 않고 완수할 것을 맹세합니까?"

"아니, 어떤 항목들이 있는지 그 리스트를 확인하기 전까지는 나는 맹세 같은 것 못해."

파커가 웃음을 터뜨렸다. "거봐, 내가 말했잖아, 버터 녀석이 이

걸 꼭 보고 싶어 할 거라고."

트렌트가 한숨을 쉬었다. "너는 지금 여기 리스트에 적힌 모든 재미있는 것들을 몰라서 그렇게 얘기하는 거야."

"알았어. 뭐가 적혔든, 좋아." 나는 선서를 할 때처럼 손을 들어 올렸다. "첫 번째 항목이 뭔지 말해 봐."

"그렇지, 그렇게 나와야지." 트렌트는 미소를 지으며 다시 그 종이를 쳐다보았다. "그 첫 번째는 파커의 코르벳에 맞서서 경주를 펼쳐서 BMW의 명예를 지키기."

나는 세련되게 잘 빠진 파커의 차를 쳐다보았다. 그 항목은 구미가 당기는 것이었다. 아무도 BMW의 가치를 제대로 인정하지 않았었다. 그렇지만 나는 드래그 레이싱을 펼쳐서 하룻밤 유치장 신세를 지는 그런 일은 썩 내키지가 않았기에 절충안을 내놓았다.

"자, 내 말 좀 들어 봐." 내가 말했다. "그럼 대신 내가 너희 둘 다 내 차에 태워 줄게. 그리고 그 성능들을 보여 주면 되잖아."

파커는 안도의 표정을 지어 보이며 트렌트에게 동의를 구하려 그를 향해 두 눈을 동그랗게 치켜떴다. 트렌트는 잠시 생각을 해 보더니 고개를 끄덕였다. "좋아. 수락하지."

"예스!" 파커는 공중으로 주먹을 들어 올리며 몸을 숙이더니 자신의 코르벳의 후드에 키스를 했다. "오, 나의 애마여, 너 이제 살았다!"

내가 내 차를 향해 걸음을 옮기는데, 트렌트가 갑자기 나를 멈춰 세웠다. "먼저, 해야 할 게 하나 있는데."

그는 파커의 차 뒷좌석으로 몸을 숙이더니 조그만 파랑색 버킷을 들고 나타났다. 그 버킷에는 턱에 연결해서 묶을 수 있는 가는 줄이 달려 있었다. "자, 이 버킷은 네 거야." 그가 미소를 지었다.

"이런, 제기랄. 못 해. 야, 그런 조그마한 건, 내가 하고 싶다 해도, 내 머리에는 맞지도 않아. 그리고 나는 그런 거 정말 싫어."

"알았어." 파커가 자신의 버킷을 당겨서 벗었다.

"그런 거 좀 손발 오그라드는 짓이기는 하지."

* * *

한 십 분쯤 지나서 우리는 고속도로를 달리고 있었다. 사막의 전경이 내 차창으로 쏜살같이 지나가서 갈색과 초록색이 흐릿하게 혼합되어 보였다. 바짝 긴장하여 계기판을 가리키는 파커의 손이 하얘지고, 뒷좌석에서 가끔 한마디씩 떠드는 트렌트의 목소리는 잔뜩 겁을 먹은 것처럼 들렸다.

"야, 이 자식아, 좀 진정해. 천천히 가."

흙먼지를 일으키며 도시를 벗어나자 속도계가 100을 넘어가고 있었다. 창문을 내리고 달리는 차에서 듣는 윙윙 거리는 바람 소리는 스테레오에서 터져 나오는 음악 소리만큼 시끄럽게 들렸다. 내 발 아래에는 네 개의 바퀴가 달리고 있고, 내 옆에는 친구들이 있다는, 나는 단지 그 하나의 생각만 하고 있었다. 내가 자살을 하기로 마음먹은 이후 처음으로 나는 내가 정말 살아 있다는 느낌이 들었다.

* * *

트렌트는 내게 동쪽 방향으로 차를 몰고 가라고 했고, 그래서 우리는 도시를 벗어나서 도로가 좁아지는 곳까지 갔고, 그곳에서 부터는 길들이 구불구불 이어지고 있었다. 나는 버킷 리스트 얘기도 하고 그의 스마트폰에 길이 제대로 표시가 되어 있는지도 확인하며 백미러로 그를 지켜보았다. 그는 내게 고속도로를 벗어나서 표지판이 없는 모퉁이 쪽에 차를 세우라고 했다. 우리는 드디어 사와로 선인장과 프리클리 페어선인장으로 사방이 둘러싸인 흙먼지 이는 도로 옆에 차를 세우고는 차에서 내렸다.

파커가 자신의 양손을 쫙 펼쳐서 내 차의 덮개 위에 올렸다.

"오, BMW, 그대에게 새로운 경의를 표한다."

　　　　내 이름은 버터

나는 미소를 지었고, 트렌트를 향해 고개를 까딱해 보였다.

"자 여자들 입는 팬티는 누가 가져왔지?"

"워워, 리스트에 있는 다음 항목이 뭔지 확인할 때까지는 너무 자신하지 마라."

트렌트는 여기저기를 살피면서 우리를 이끌고 끈적거리는 덤불 속으로 들어갔다. 덤불에 나 있는 가시들이 바지에 달라붙기도 하고 경사진 곳을 가는 것은 내게는 좀 힘에 부치는 일이기도 했으므로 나는 다소 뒤쳐져서 따라갔다. 내가 더 이상은 앞으로 갈 수 없을 것 같은 기분이 들자 나는 트렌트를 불러 세우려 했다. 바로 그때에 그가 얼른 멈추어 서더니 뒤를 돌아다보았다.

"바로 이거야." 그가 활짝 웃으며 말을 했다.

나는 헉헉거리며 그들이 있는 곳까지 올라갔다. 그 언덕에서 내 눈 앞에 펼쳐진 전경을 보자 나는 남아 있는 조금의 숨조차 쉴 수 없을 만큼 숨이 탁 막혔다. 우리들 앞에는 너른 사막이 수 마일에 걸쳐서 펼쳐져 있었고 그 아래쪽으로는 물이 흐르고 있었다. 우리가 서 있는 곳이 바로 솔트 리버 절벽이었다. 여름이면 그 절벽은 강이 흘러 애리조나의 살인적 더위를 벗어나기 위해 모여든 튜브를 타고 노는 십대들로 북적인다. 그러나 한겨울인 지금은 사람들이 없으니 물이 깨끗했다. 나는 내가 거기에 왜 와 있는지 그 이유를 깨닫지 못했다면 눈앞에 펼쳐진 보기 드문 그 장관을 보고 감상에 젖을 뻔했다.

"니들, 이 절벽에서 내가 뛰어내릴 거라고 생각을 하는 건 아니 겠지?"

트렌트는 리스트가 적힌 그 종이를 천천히 다시 펼치면서 소리 내어 읽었다. "두 번째 항목: 솔트 리버로 뛰어들기."

"오, 말도 안 돼."

"왜 싫어?" 파커가 물었다. "그냥, 잠깐 추우면 그만인데."

"야, 지금 춥고 말고 하는 그런 문제가 아니잖아."

내가 걱정을 한 것은 물살이나 높이가 아니었다. 높이는 그저 9 미터 정도였다. 내가 가장 우려한 것은 절벽 그 자체였다. 그곳은 솔트 리버에서 다이빙지로 알려져 있기도 하지만 동시에 해마다 다이빙을 하다 죽는 사람들의 수로도 유명한 곳이었기 때문이다. 대부분은 잘 뛰어내리지만 물이 얕을 때는 재수가 없으면 바닥에 부딪혀 발이 부러지는 경우도 있다.

그렇지만 해마다 적어도 두세 명 정도의 술에 취한 멍청한 사 람들이 절벽 가까이로 뛰어내렸다가 커다란 바위에 얼굴을 정면 으로 부딪치는 경우도 있다. 만약 그들이 운이 좋다면, 그 바위에 머리를 부딪치는 즉시 그 자리에서 즉사를 하는 것이다. 그러나 그다지 운이 좋지 않은 경우에는 그 바위에 좀 다른 방향으로 부 딪치면서 벼랑에서 데굴데굴 굴러 떨어지다 물속에 머리를 처박고 목이 부러지거나 아니면 익사를 하는 것이다. 이 바위에서 뛰어내리는 사람들은 죽기를 소망하는 사람들이다.

그러나 다시 한 번, 나는 나 자신을 상기시켰다. 나도 정말 죽기를 소망하는 것인지를.

나는 트렌트가 만들어 온 버킷 리스트의 주제가 뭔지 알 것 같았다: 죽음을 두려워하지 않는 사람을 위한 아슬아슬한 죽음에 도전하는 묘기다. 글쎄, 만약 트렌트와 파커가 나와 함께 이 죽음의 묘기에 동승하기를 바란다면, 그렇다면 그들도 백 퍼센트 헌신을 해야 하지 않을까.

"좋아, 뛰어내릴게. 너희들도 뛰어내리겠다면 말이야."

내가 그들에게 말했다.

"아~ 아냐." 파커가 손을 내저었다. "나는 지금까지 절벽에서 백 번은 뛰어내려 봤어. 게다가 지금은 젖고 싶지 않아."

"무엇보다, 버터." 트렌트가 한마디를 보탰다. "이건 너를 위한 버킷 리스트잖아."

나는 이건 너의 버킷 리스트 같은데라고 말을 해주고 싶었지만, 그렇지만 얼른 내 혀를 지그시 깨물었다. 왜냐면, 사실은 내가 정말 뛰어내리고 싶어 하는지도 모르겠다는 생각이 들기 시작했기 때문이었다. 나는 공중을 날아가는 것이 어떤 기분인지 느끼고 싶었고, 한 65킬로 정도의 체중을 가진 사람만이 그렇게 날

아가는 것이 아니라는 사실을 증명하고도 싶었고, 그리고 무엇보다도, 파커와 트렌트에게 깊은 인상을 남겨 주고 싶기도 했다. 그녀석들은 내가 죽음에 직면하고도 두려움이 없다고 믿고 있었고, 그리고 그러한 믿음이 그들 패거리 사이에 나를 끼워 주는 이유이기도 했다.

나는 숨을 깊이 들이쉬고는 절벽 가장자리로 걸어 나갔다. 나는 뒤를 돌아보며 트렌트를 향해 거수경례를 했다.

"이제 그 항목은 리스트에서 지워라." 내가 말했다. 그러고 나서 나는 양쪽 무릎을 굽히고, 있는 힘을 다해 뒤로 점프를 해서 절벽 아래로 뛰어내렸다.

아니, 세상에, 나는 빠른 속도로 차를 운전하는 것이 날으는 기분일 거라 생각을 했었다. 그러나 이건 전혀 다른 그 무엇이었다. 내가 물을 향해 떨어지는 사이 얼굴로 세차게 마구 밀려드는 바람이 나의 눈꺼풀을 열리게 하며 피부를 세차게 문질러 댔다. 절벽 측면을 날아가면서 내 시야에 색깔들—온통 붉은 색과 갈색 그리고 하얀색 반점들이었다.—이 들어왔다. 나는 영원히 그렇게 아래로, 아래로 떨어질 것만 같은 기분이었다. 그러나 그 느낌은 너무 빨리 끝나 버렸다. 나는 몸이 물에 닿는 순간 코를 막아 쥐었고 바닥이 너무 빨리 다가온다는 느낌이 들었다. 착지할 때 다리에 통증이 왔지만, 나는 갑작스런 충돌로 인한 충격을 받지 않

내 이름은 버터

으려 안간힘을 썼다.

나는 내 머리가 표면에 나올 때까지 추위도 느끼지 않았다. 얼음같이 차가운 물이 나를 하류로 끌어당기고 있었지만, 그러나 나의 거구를 잡아끌 만큼 물살은 세지 않았기에 나는 마치 흔들림 없는 바위마냥 내가 있던 자리에 둥둥 떠올랐다. 나는 느릿느릿 물살을 거슬러서 물가에 다다르자 푹 쓰러졌다. 트렌트와 파커가 나를 보러 물가로 뛰어올 때, 절벽 뒤쪽으로 바위 돌들이 굴러 내리는 소리가 들렸다.

"버터, 너 괜찮은 거니?"

"버터, 너 완전 너무 멋졌어. 근사했다고!"

"입 좀 닫아 봐. 얘가 어딜 다치거나 한 거 같다."

내 옆구리에 누군가 운동화로 쿡쿡 찌르는 느낌이 나자 나는 온 힘을 다해 몸을 뒤집었다. 내 얼굴에는 미소가 가득 피어올랐다.

"와, 기분 정말 끝내주더라."

파커가 괴상한 동작으로 뛰어 오르며 몸을 빙그르 돌리며 함성을 질러 댔다.

"야, 너 성공했어. 해냈다고, 그것도 뒤로 하는 점프로!!!"

트렌트는 내가 일어서도록 손을 내밀어 주었다.

"완전 전설 수준이다." 그가 맞장구를 쳤다.

차를 주차해 놓은 곳까지 다시 올라가는 길은 처음 올라갈 때

보다 가파른 느낌이 있었지만 파커와 트렌트는 리스트를 보고 휘파람을 불어 대며 완전히 정신을 빼앗겨서 뒤쳐져서 가슴을 쥐고 올라가는 나를 쳐다보았다. 내가 언덕 위에 그들이 있는 곳까지 이르자 그들은 리스트에서 눈을 떼고 함께 팔짱을 끼었다.

"우리 결정했다." 트렌트가 말했다.

"오늘 우리가 계획한 것 중에 그 점프를 능가할 만한 것은 없는 것 같다. 그래서 우리는 너의 리스트를 완수했음을 외친다."

"우리 그럼 다 끝난 거야?" 나는 다소 실망스런 기분이 들었다.

"음, 거의 다." 파커가 한쪽 눈을 찡긋거리며 윙크를 했다.

트렌트가 마지막으로 리스트를 찬찬히 살펴보았다.

"네가 최종적으로 한 가지 항목만 더 끝내면 우리가 완수했다고 외치마. 아주 마지막이야. 그리고 이번 항목은 네가 만든 리스트에도 있는 것이기도 하고."

나는 이리저리 머리를 굴려 봤지만, 대체 그게 뭐였었는지 떠오르지가 않았다. 그저 양쪽 귀에서 물만 흐르고 머리에는 묵직한 통증만이 느껴질 뿐이었다.

"난 포기다." 내가 말했다.

트렌트가 히죽히죽 능글맞게 웃으며 리스트를 내게 건네주었다. 나는 리스트를 찬찬히 훑어 내려갔다. 번지 점프, 방울뱀 잡아 죽이기, 살아 있는 벌레 먹기……. 마지막 항목에 뭔가를 발견했

내 이름은 버터

다. 12번째: 안나 맥긴과의 2단계 스킨십.

나는 고개를 들고 눈이 휘둥그레져서 그들을 쳐다보았다.

"야, 내가 할 수 있었다면, 이미 하지 않았겠냐?"

"할 수 있어." 파커가 말했다.

"야, 이 멍청한 자식아. 나는 안나와 1단계인 키스도 나누지 못하는 사이잖아. 그런데 어떻게 2단계까지 갈 수 있겠어? 그리고 그것도 어떻게 하루 안에 할 수 있겠냐고?"

나는 내 차를 향해 걸음을 옮기며 물이 젖어 축축한 내 바지 주머니 속에서 열쇠를 꺼내어 원격키를 작동해 보았다. 문이 열렸다. 제대로 작동을 하는 것 같았다. 차 안에다가 핸드폰을 두고 내린 것이 얼마나 다행스러웠는지 모른다. 안 그랬으면 나와 함께 물에 빠져서 분명히 고장이 났을 것이다. 트렌트와 파커도 내 뒤를 따라서 내 차 앞까지 왔다.

"그게 꼭 2단계까지 가는 걸 의미하는 것은 아닌데." 트렌트가 말했다. "네가 지난번에 안나의 젖가슴을 만져 보고 싶다고 했잖아. 그리고 우리가 돕겠다고 약속했잖아."

"이딴 거는," 나는 리스트가 적힌 종이를 공처럼 구겨서 트렌트에게 쓰레기통에 처넣으라며 톡 던졌다. "도움이 안 된다고. 니들이 정말 어떻게 할지 구체적인 방안이 없는 한."

나는 자동차 백미러를 통해 기대 어린 표정으로 트렌트를 쳐다보았다. 그는 그냥 웃고만 있었다. 나는 파커에게 시선을 돌렸다. 그는 양손을 들어 올려 보이며 말했다.

"야, 니들은 참…… 내가 여자 가슴에 손을 얹을 비법을 알고 있다고 생각 하냐? 그럼 내가 이 시간에 이 황량한 사막에서 너희 같은 머저리 녀석들과 이 짓을 하고 있겠냐?"

"맞는 말이네." 나는 차의 시동을 걸며 말했다.

그 녀석들은 버킷 리스트의 그 마지막 항목은 잠시 미루어 두기로 동의했다. 그러나 그들은 스카츠데일 고등학교로 돌아오는 차 안에서 새해 전야까지 어떻게 하면 그 일을 이룰 수 있을지를 놓고 머리를 맞대고 내내 시나리오를 짜느라 정신이 없었다. 그들은 주차장에 다다라서 내가 파커의 차 앞에 내려줄 때까지도, 크리스마스 휴가에 관해 떠들어 대고 있었다.

파커는 운전석 옆 좌석의 창문으로 몸을 기울였다.

"그리고, 너 내 파티 기억하고 있지. 그 전에 안나와 2단계 나가는 거 실행하지 못하게 되면, 새해 전야에 그 일을 벌일 거다."

이번에는 파커 대신 트렌트가 창으로 머리를 들이밀었다.

"그래, 버터, 너 꼭 올 거지. 그치? 알잖아…… 그 전에?"

그 전에.

그 작은 꼬리 같은 말— 트렌트가 마지막으로 덧붙인 그 말—은 그 초대 끝에 달려 있는 돌이킬 수 없는 죽음에 대한 나의 약속을 아주 강력하게 암시시켜 주고 있었다. 그리고 안나가 나누어 주었던 그 희망—그 패거리들 중 어느 누구도 내가 마지막 만찬을 실행시키는 걸 원치 않는다—도 마지막 그 한마디에 모두 사라져 버렸다: '그 전에······.'

나는 억지 미소를 지어 보였다. "물론이지, 나도 갈 거야."

그러고 난 후, 나는 그들에게 눈물을 보일까 봐 쏜살같이 주차장을 빠져나왔다.

24장

    칠면조 구이와 그 속에 들어간 음식들, 으깬 감자, 얄팍하게 저민 오렌지를 곁들인 집에서 만든 훌륭한 크랜베리 소스, 쿠키들, 캐서롤 그리고 빵과 파이들. 일개 부대라도 먹을 수 있을 만큼—아니 예전에는 나랑 루이스 삼촌이 먹을 만큼—푸짐하게 우리의 크리스마스 음식들이 차려져 있었다. 그렇지만 올해는 그 음식들이 아빠와 신디 숙모가 약간 거들기는 했지만 루이스 삼촌의 독차지였다. 엄마와 나는 그저 깔짝거리는 수준으로 먹었다. 엄마는 여러 날 동안 부엌에서 그 많은 음식을 요리하고 나면, 그 음식들을 별로 내키지 않아 하셨다. 나는 때가 때이니 만큼, 별로 식욕이 일지 않았었다.

    사실 루이스 삼촌이 음식을 드시는 걸 지켜보면서 수년 째 매일 아침 식탁에서 나를 지켜보는 아빠의 기분을 조금은 알 것도 같았다. 아빠는 이미 배가 부른데 끝도 없이 먹고 또 먹어 대는 내 모습을 보면서 매스꺼움이 올라왔을 것 같다. 루이스 삼촌의 몸은 우리 엄마가 아끼는 디자이너가 만든 식탁 의자 양쪽으로 삐져나와 있었고, 가운데 뱃살 한 뭉텅이는 식탁 위쪽으로 살짝 겹쳐서 올라와 있었다. 삼촌이랑 내가 같은 DNA를 공유하고 있는 게 틀림없었다. 그러나 삼촌의 허리둘레 치수는 내 것에 비하면 별것도 아니었다. 나는 이미 오래전에 지나와서 다시는 돌아가지 않고 있는 그 수치를 삼촌은 어떻게 넘지 않고 유지하고 있는 것인지 궁금해졌다.

아마도 그건 할머니와 할아버지 덕택이 아니었을까 싶었다. 나는 그분들을 잘 기억하지는 못하지만, 엄마가 말씀하시길 항상 아이들에게 운동을 시켰다고 하셨다. 아마도 그분들은 분명히 아빠보다 더 열심히 아이들에게 운동을 시켰을 것이다. 삼촌은 고등학교 4년 중 3년을 학교 대표 팀에서 미식축구를 했다고 하셨다. 바로 그러다가 지금의 신디 숙모를 만났단다. 아주 전형적이고 고전적으로 미식축구선수가 치어리더와 사랑에 빠진 것이었다. 어쩌면 누군가 날씬하고 아름다운 사람이 곁에 있다는 사실이 삼촌이 졸업을 하고도 폭식을 하거나 게을러지지 않도록 하는 중요한 동기였을지도 모르겠다. 분명히 삼촌은 대학시절에도 맥주

를 껴안고 살다시피 했고 지금도 그렇게 많이 먹는데도, 삼촌의
체중은 그저 135킬로가 조금 안 되게 꾸준하게 유지되고 있었다.

아마도 크리스마스 정신 때문이었던 것 같다. 그러니까 내 말
은 브랜디 에그노그를 너무 많이 마신, 바로 그 정신 탓이었는지
우리 엄마는 내가 한 접시를 비우지 않고 음식을 남겨도 무사통
과였고, 별로 잔소리를 하지 않았다. 아마도 엄마는 그 잔소리를
사람들이 모든 선물을 풀고, 게걸스럽게 디저트도 먹고 그리고
그날이 저물 때까지, 나중을 위해서 아껴 두었던 것 같다.

"아가, 우리와 함께 크리스마스 캐럴을 불러 보자."

엄마는 거실 소파 위에서 발을 몸 아래에 웅크린 채 두 손으로
크림 색깔의 술 한 잔을 감싸 쥐고 계셨다.

"아뇨, 저 피곤해요, 엄마."

"어, 뭔가 진지한 이 분위기는 뭐지?" 루이스 삼촌이 말했다.

신디 숙모는 삼촌 말에 동의하지 않았다.

"쟤는 음식도 거의 안 먹었잖아요. 그냥 좀 쑥스러워서 그러는
거예요."

그녀는 하얀 이를 드러내 보이며 치어리더 특유의 미소를 내게
지어 보이셨다.

"자, 와서 우리를 위해 연주를 조금 들려주라."

나는 한숨을 쉬며 터덜터덜 계단을 올라가 "징글벨"이나 아니

면 시작과 동시에 그만 좀 하라고 할 만한 좀 짜증나게 만드는 노래의 음들을 떠올리며 내 색소폰을 가지고 내려왔다. 안타깝게도, 내가 외우고 있는 몇 안 되는 곡들이 우리 엄마와 숙모로 하여금 연주를 더 듣고 싶게 하는 그런 곡들이었다. 나는 "거룩한 밤"부터 시작을 해서 흔들림 없이 연주를 했다. 중간에 아빠가 남은 음료를 마시며 꿀꺽거리는 소리를 낼 때도 그리고 자리를 뜨며 양해의 의미로 빈 잔을 살짝 들어 올릴 때에도 꿋꿋이 연주를 계속했다.

엄마는 연주를 듣는 내내 눈을 감은 채 손을 가슴에 갖다 대고 허밍으로 따라했다. 신디 숙모는 삼촌에게 함께 크리스마스트리 옆에서 슬로우 댄스를 추자고 청하셨다. 삼촌은 숙모를 번쩍 들어 올리더니 그 튼튼한 팔로 숙모를 안고 마룻바닥 위에서 미끄러지듯이 움직였다. 나의 팔은 색소폰을 잡느라 내내 굽어 있었고, 세 번째 곡까지 연주를 하고, 나는 앉아서 쉬어야 했다.

숙모와 삼촌은 아낌없는 박수를 보내 주셨고 엄마는 그 가느다란 손가락으로 나의 팔을 지긋이 잡으며 고맙다는 표현을 하셨다. 아빠는 자리를 뜬 후 거실로 다시 나오지 않았다. 연주 몇 곡을 들어 주는 것도 우리 아빠에게는 지나친 요구인가?

뱃속에서부터 화가 치밀어 올라오는 느낌이었다. 나는 나의 나머지 가족들 그러니까 75%의 가족들이 나의 연주를 즐긴 것으로 충분하다고 생각하려 했다. 그러나 자꾸 그 나머지 25%가 신경이 쓰였다. 나는 사람들로 가득 찬 바의 무대 위에 서 있는 내 자신을 그려 보았다. 그들 중 4분의 1에 해당하는 사람들이 내 연주가 시작되자 자리를 뜨는 것이다. 어떤 음악가도 그런 상황을 태연히 바라볼 수는 없을 것이다. 교수님이나 다른 음악가들이 그런 위험을 감수하면서도, 그리고 성공을 향해 가는 길에서 그런 거부를 받는 고통을 감내하게 하는 것이 무엇인지 상상할 수도 없었다. 꿈을 실현하며 산다는 것이 그 자리에 가기까지 그 모든 모욕감을 감내해야 할 만큼의 가치가 있을 것 같지는 않았다.

　나는 화를 삭이기는 했지만 그것은 다른 형태의 익숙하지만 안 좋은 느낌—격렬한 배고픔—으로 다가왔다. 나는 엄마가 만든 달콤한 감자 파이가 갑자가 너무 먹고 싶어졌다. 나는 색소폰을 소파 위에 내려놓고 나의 식욕이 이끄는 대로 부엌으로 갔다. 나는 문 안으로 한발을 들여놓으며, 바로 왼쪽에 커다란 형상을 발견하고는 깜짝 놀랐다. 아빠가 벽에 기대고 서서 술잔을 응시하고 계셨다. 아빠의 손에는 여전히 아까 그 빈 술잔이 들려 있었다. 아빠는 내가 부엌으로 들어서자 내가 아빠를 보고 놀랐던 만큼 나를 보고 놀란 몸짓을 하셨다.

　"나는—저—." 아빠는 목소리를 가다듬으며 다시 시선을 아래로 떨어뜨렸다.

　　　　　　　내 이름은 버터

"듣고 계셨던 거예요?" 내가 물었다.

아빠는 얼른 눈길을 돌려 주변을 살피며 "이 빌어먹을 부엌"에서는 있지도 않은 물건을 대며 뭐라고 중얼거렸다. 그러더니 거실 쪽을 향해서 조금은 크다 싶은 목소리로 소리쳤다.

"여보, 그 놈의 브랜디는 어디에 있는 거지? 여기서 그거 찾다가 목말라 죽겠어."

엄마가 부엌까지 들리도록 큰소리로 웃으며 연못에 들어 있는 고래도 못 찾을 사람이라며 아빠를 놀려댔다. 나의 숙모와 삼촌 그리고 크리스마스의 정신이 엄마를 따라 부엌까지 전염이 되어서 방금 전의 그 긴장감 같은 것은 설 자리도 없이 축제분위기로 가득해졌다. 삼촌은 저녁 내내 잘나가던 대학 시절 얘기로 우리를 끊임없이 웃게 만들었고, 엄마가 내온 식사 이후 여러 가지 간식들로 모두의 얼굴에는 졸린 미소가 번졌다.

우리가 그 소중한 몇 시간을 포착해서 새해 전야까지 이 분위기를 가져갈 수 있다면. 그러나 그 평화로운 분위기는 다음 날 바로 산산조각 나고 말았다.

* * *

진짜 엄마 탓이다. 엄마는 크리스마스 다음 날 나를 끌고 몰에 가지 말았어야 했다. 평소에도 그 몰을 걸어 다니는 일은 내게는 견디기 어려운 일이었다. 일 년 중 하루만 허용한다 해도 사람들과 안 부딪힐 수가 없는 그런 날은 내게는 불가능한 일이었다. 선물을 찾아 가려고 서 있는 줄이 너무 길어서 서서 기다리는 내내 내 다리는 감각이 없었다.

나는 특 대형 사이즈 전문 의류 매장 코너는 교묘히 잘도 피했다. 우리 엄마는 나를 그곳에 집어넣고는 나의 거구 위에다 스웨터마다 걸쳐 보게 하는 모욕적인 의식을 거행하는 걸 좋아했다. 한 번은 아빠 회사에서 열리는 큰 공식행사인 경축행사에 입고 가라고 턱시도를 사게 했다. 엄마는 특별 제작한 그 턱시도에 천 달러도 넘게 돈을 지불했는데, 그날 나의 모습은 결국 한 마리의 범고래와 같았다. 나는 지갑 코너와 향수 코너에서 세일을 하고 있다는 말로 엄마의 귀를 솔깃하게 만들어 엄마가 더 이상은 내 옷장의 가짓수를 늘리지 못하게 막을 수 있었다.

그렇다 해도 줄을 서서 선물을 받는 것은 피해 볼 수가 없었다. 그날만 벌써 세 번째 줄을 서게 된 것이었는데, 엄마는 학교에 관하여 일상적인 이야기를 시작했다. 처음은 정말 성가신 질문이었다. 요즘 어디에 정신이 팔려서 누구랑 그렇게 어울려 다니는지, 그리고 색소폰을 팽개친 것 마냥 학교 공부도 뒷전은 아닌지 그런 질문들이었다. 그러고는 본론으로 들어갔다.

"글쎄다, 엄마 생각에 스카츠데일 고등학교는 이제 네 수준에 그다지 어려운 학교가 아닌 것 같다. 내년에 사립학교로 옮겨서 다니는 게 너한테는 더 좋을 것 같아."

"사립학교요?" 나는 그저 건성으로 듣고 있었다. 장딴지가 너무 아팠고, 그 통증이 내 온 다리로 퍼져 나가지 않도록 몸을 움직이며 체중을 앞뒤로 옮겨 싣는 데 집중을 하고 있었다.

"그래, 그 바커 기관 말이다. 기억나지?"

나는 더 이상은 몸을 움직이지 않았다.

"네, 제가 다니고 싶지 않다고 말했던 걸로 기억하는데요."

"아니, 아니야, 네가 분명히 고려해 보겠다고 했잖니."

"아, 네! 엄마한테는 그 말이 다 성사된 계약처럼 들렸겠죠."

내 목소리가 점점 커지고 있음을 느낄 수 있었다.

"네, 제가 고려를 해봤거든요, 그래서 저는 별 관심이 없다는 결론을 내렸어요."

"아니, 왜 싫다는 거니?"

"왜냐면요, 저는 고등학교 마지막 학년을 새로운 곳에서 시작하고 싶지 않아요. 왜냐면, 저는 주문부터 받아놓고 질문은 나중에 하는 그런 치사한 좀비가 아니에요. 왜냐면, 저는 복도에서 터커랑 마주치고 싶지 않아요."

"캠프에 같이 다녔던 터커 말이니? 어머, 그 애가 BI로 간다니? 야, 그거 정말 잘 됐다. 너는 그럼 이미 친구 한 명은 확보한 거네."

과연 우리 엄마가 정말로 내가 말한 터커에 관한 얘기를 듣지 못하셨을까?

"터커는 제 친구가 아니에요. 그 망할 자식은 제 전화를 받고도 답 한 번 안 하는 그런 놈이라고요."

"자, 말 좀 가려서 하렴." 엄마가 경고를 했다.

나는 고개를 돌려 엄마를 똑바로 쳐다보았다. 나는 화가 나서 온몸이 부들부들 떨려서 더 이상 내 목소리의 크기를 조절할 수 있는 상태가 아니었다.

"엄마는 제 말을 안 들으시잖아요. 떠나고 싶지 않단 말이에요!"

그 말을 하는데 가슴이 찔리는 듯 아려왔다. 왜냐면, 그 말은 너무도 맞는 말이었기 때문이다. 나는 정말 떠나고 싶지 않았다. 그냥 그 기관으로 안 가고 싶을 뿐 아니라, ……하늘나라도 지옥도 아니면, 그 중간쯤 어디에도 가고 싶지 않았다. 나는 볼링장을 가고 싶었고, 안나와 이야기를 나누고 싶었고, 학생식당에서도 아이들과 어울려 함께 앉고 싶었고, 신 나게 속도를 내서 차를 달리고도 싶었고, 절벽에서의 짜릿한 점프도 하고 싶었다. 나는 내가 목숨을 내놓겠다고 내 삶을 위협하고 나서야 얻게 된 그 모든 일상적인 삶을 살고 싶었다. 자살 감행이라는 전제조건 없이 무조건적으로 그냥 그렇게 살기를 원했다.

오, 하느님, 뭔가 끔찍한 일이 벌어지고 있었다. 그 줄이 속옷 매장과 여성용 핸드백 매장 사이쯤 있을 때 나는 뭔가 나온다는 느낌이 들었다. 내 눈에서 눈물이 하염없이 흘러내렸고 나의 입술까지 떨고 있었다. 나는 엄마 앞에서 그리고 다른 여자들이 우리 주변에 북적이는 그 속에서 거의 정신을 잃을 뻔했다. 세상에, 내가 언제 그렇게 울보 소년이 되어 버린 것인지?

엄마는 내 얼굴에서 일어나는 변화를 보고 황급히 대처를 했다. 엄마는 간신히 추스르며, 내게 무슨 문제인지를 묻지도 않고 더 이상은 나와의 싸움을 계속 하지도 않았다. 엄마는 줄에서 벗어나 내 어깨에 손을 얹고 엄마가 가는 방향으로 나를 이끌며 곧장 출구를 향해 걸어갔다. 주차장에 엄마의 차가 있는 곳에 이르러서 보니 엄마의 두 눈에도 눈물이 흐르고 있었지만 아무런 말도 하지 않았다.

우리가 집에 도착할 때까지 엄마의 눈물은 멈추지 않았다. 물론, 우리가 차를 대었을 때, 아빠가 당연히 차고로 들어가는 길에서 계셨다. 아빠는 자신의 차에서 골프클럽을 내리다가 엄마를 보더니 얼른 바닥에 두고 달려오셨다.

"어디 아픈 거요? 별일 없는 거요?"

아빠는 엄마가 차에서 내리도록 엄마를 감싸 안으며, 어깨너머로 나를 쳐다보셨다.

"무슨 짓을 한 거니?"

나는 정말 혹시 누가 내 뒤에 서 있는 사람이 있나 싶어 뒤를 돌아다보았다. 아무도 없었다. 아빠가 나를 보고 직접 이야기를 하고 계셨던 것이다. 그게 얼마나 오래되었는지 기억조차 나지 않을 만큼 아주 오랜만에 처음 있는 일이었다.

저요? 제가 무슨 짓을 했냐고요?

뜨거운 석탄이 내 가슴 속에서 까맣게 타들어 가고 있었다.

나는 그저 멀리 보내지는 게 싫다고 했을 뿐인데, 무시당하는 것이 싫다고, 단념당하는 것이 싫다고 거부했을 뿐인데.

제 자신에 대해서 포기하고 싶은 거 그거 한 가지예요. 그렇지만 엄마들은 세상이 끝나는 날까지 자식들을 믿어야 하는 분들이잖아요.

그 뜨거운 석탄이 이제 조그만 불덩어리가 되어서 나의 목구멍으로 솟아오르려 하고 있었다. 나는 아빠에게 말하고 싶었다. 두 가지를 다 말씀드리고 싶었다. 그 기관에서 일어나는 악몽 같은 일에 관해서도 그리고 아이들이 반쪽이 되어 돌아올 때는 몸무게뿐 아니라 그들의 영혼도 반쪽이 날아가 버린 상태로 돌아온다는

내 이름은 버터

것을 말이다. 그리고 내가 이렇게 살이 찐 것은 부모님의 잘못이
고 실패라고, 그리고 그걸 고쳐 보려는 것은 부모님의 실수라고
말하고 싶었다. 그러나 내가 입을 열었을 때, 내 입에서 막상 튀
어 나온 말은 유치하기 짝이 없는 몇 마디였다.

"다, 엄마가 먼저 시작했어요."

아빠의 얼굴에 보라색의 성난 기색이 어리더니 엄마를 꼭 붙잡
으셨다. 너무 세게 잡은 탓인지 엄마의 흐느낌이 헉 하는 숨 막히
는 소리로 바뀌어 들렸다.

"네 방으로 들어가라!" 아빠가 고함을 쳤다.

기꺼이 가 드리죠.

그래서 나는 내 방으로 들어갔다. 방에서 나는 색소폰을 집어
들고는 바로 다시 밖으로 나갔다.

"어디를 가니?" 내가 엄마 아빠가 앉아 계신 곳을 지나서 문 밖
으로 나가자 아빠가 소리쳤다.

나는 한 바퀴 빙그르 돌았다. 아니 그건 차라리, 나 정도의 육중
한 몸이 도는 데 필요한 180킬로의 왈츠였다.

"뭐라고요? 혹시 저한테 하시는 말씀이세요?"

"물론, 너한테 말을 하고 있잖니!"

"글쎄요, 그거 아주 새로운데요. 안 그래요?"

내가 화가 잔뜩 난 낮은 목소리로 말했다.

그 말을 들은 아빠는 잠시 멈칫하셨다. 나는 갑자기 궁금해지기 시작했다. 대체 우리 아빠는 그동안 나랑 말 한마디 안 하고 지냈다는 사실 자체를 인지하지 못하고 계시는 걸까? 나를 앞에 두고 나를 부르는 게 좀 어색하다는 생각이 안 들었던 것일까? 아빠는 뭔가 응수할 말을 찾느라 화가 나서 식식거렸다. 드디어 뭔가 할 말을 찾은 것 같았다. 나는 라디오 볼륨을 최대로 올리고 있었기에, 내가 알 수 있는 것은 아빠의 입술이 움직이고 있다는 것뿐이었고, 아마도 벌을 내릴 건수를 찾아서, 아니면 아마도 사과를 하는 것일지도 모를 일이었다.

아빠, 이제 너무 늦었거든요. 늦어도 너무 늦었다고요.

내 이름은 비터

25장

　내가 다니는 그 산 기슭의 나만의 장소에 차를 갖다 대었을 때까지도, 밖은 여전히 밝았다. 나는 색소폰을 끌고 내가 찾는 노두로 연결되어 있는 길을 따라 걸었고, 세상은 조금씩, 조금씩 내 시야에서 사라졌다. 태양이 빛을 내며 번쩍일 때마다 뭔가를 하나씩 삼켜 버렸다. 먼저 사와로 선인장들이 녹아서 어두운 사막의 모래 속으로 서서히 그 모습을 감추었다. 그리고는 옆에 있던 언덕의 꼭대기가 까맣게 변하더니 어두운 밤하늘 속으로 숨어 버렸다. 그리고 마침내 나의 비밀 장소를 둘러싸고 있는 울창한 관목들만이 내 시야에 들어왔고 어느덧 고개를 내민 별들이 관목들 위로 총총 빛나고 있었다.

　그때가 바로 내가 연주를 시작할 때다.

나는 달을 향해 한 시간도 넘게 색소폰을 불어 댔다. 그날의 선정 곡들은 마치 지난번 교수님과 함께 연주했을 때처럼 가히 폭발력이 있었다고 말하고 싶다. 그래도 대부분은 안나를 위한 곡을 연주했다. 나는 내가 그 소리에 지칠 때까지 몇 번이고 반복해서 연주를 하고 또 했다. 내가 그 노래를 지나치게 자주 연주한 탓인지 어둠 속 어디선가 코요테 몇 마리가 함께 따라 울부짖기 시작했다. 나는 안나를 위해 만든 그 곡은 언제나 밝고 긍정적인 느낌이라고 생각을 하고 있었다. 그러나 그 코요테들의 애절한 울부짖음은 음들 사이 어딘가에 묻혀 있던, 나도 미처 알지 못했던 조금 애잔한 맛을 그 곡에 더해 주었다. 나는 코요테들의 노래에 음색을 맞추려 키를 조금 내려서 찬찬히 속도를 맞춰갔다. 나는 음 하나하나, 그리고 박자 하나하나를 내 생각대로 통제해 나가고 있었다. 나의 일상의 혼란스러운 삶과는 정반대인 완벽한 질서가 존재하고 있었다.

내가 언제나 원했던 것은 사람들이 온라인에서 떠들어 대는 말에 책임을 지는 것이었고, 그리고 확실히 아마도 그 일로 그들을 미안하게 만들고 싶었다. 나는 죽겠다는 위협이 정말로 마지막 무대—모든 사람의 시선을 끄는 그렇게 시끄러운 곡—가 되리라는 생각은 하지 않았었다. 그러나 이 모든 소동은 그 자체의 리듬을 타기 시작했고, 그런데 나만이 그 박자를 지키지 못하는 유일

내 이름은 버터

한 사람인 것 같다. 그 곡이 마지막에 가서 어떻게 끝을 맺을지 알지도 못한 채 나는 홀로 연주를 하고 있었던 것이다.

* * *

이제는 거의 습관이 되다 시피해서 성실하게 업데이트까지 시키며, 나는 매일 웹사이트를 확인했다. 트렌트와 파커에게서는 그 이후로 크리스마스 전까지는 별다른 소식이 없었지만, 그들은 사이트에는 방문을 했고, 댓글들이 계속 이어지도록 유지시키면서 언제나 출석을 하고 있었다. 그들의 싱겁게 웃어 대는 얼굴을 한동안 못 보다 보니, 나는 그 아이들과 여기 온라인에서 나의 죽음을 부추기는 이 아이들을 분리해서 생각하기가 어려워졌다. 나는 그들이 전화라도 한 통 해주기를, 그리고 휴가때 같이 놀자고 초대라도 해주기를 바랐지만, 그러나 지금은 나에게 생각할 시간의 여유를 주는 것이 외려 다행이다 싶었다. 이 시간을 통해 내가 하겠다고 말했던 그것을 좀 더 쉽게 할 수 있게 된 것 같았다.

그런 이유로, 나도 그들에게 먼저 연락을 취하지는 않았다. 대신, 나는 일상의 기억들을 더듬어 갔다. 다시 들어가 웹사이트를 업데이트하기 전에, 나는 온라인에서 터커의 이름을 찾다가, 내가 몇 달째 안나와 늘 채팅을 하고 있는 같은 사이트에서 그의 이름을 발견했다.

    _ 안녕. 홀쭉이. 이번 주는 또 얼마나 빠졌나?

잠시 후에 터커의 답이 왔다.

    _ 약. 2킬로 정도
    _ 이제는 그렇게 많이씩 안 빠지네. 너 너무 많이 뺐어. 그래서 BI에서 너 안 받아 줄 거다.

터커 쪽에서 답이 오기까지 시간이 좀 걸렸다. 제기랄. 이럴 때는 농담을 한다고 해서 빠져나갈 수 있는 상황이 아니었다. 나는 보다 솔직하게 접근하기로 했다.

    _ 어쨌든, 미안하다고 말하고 싶었어.

이번에는 답이 바로 왔다.

    _ 뭐에 대해서 미안하다는 거야?

_ 지난번 볼링장에서 마주쳤을 때 잘난 척 하면서 그 기관에 관해서

　너를 불쾌하게 만들었었잖아.

_ 어, 그래.

우리 엄마도 거길 보내고 싶어 한다는 말을 그에게 할까도 생
각했지만, 무의미한 격려와 더불어 그에게서 공격을 받고 싶지는
않았다. 그리고 그에게 시카고에 가서도 함께할 친구가 있겠다는
희망을 심어줄 수는 없는 노릇이었다. 그래서 대신, 그에게 솔직
한 뭔가를 얘기했다.

_ 네가 그리워질 거야, 친구.

_ 나도.

나는 터커와 화해를 해서 기분이 좋아지기를 바랐지만, 그러나
그 안도감이 나의 마음을 외려 무겁게 만들었다. 그것은 마치 그
동안 해결이 안 돼서 내 일에 방해를 주던 마지막 남은 한 조각처
럼 풀려져 있던 그 끄트머리를 동여 묶어 버린 것 같은 그런 기분
이었다.

터커가 다시 메시지를 보내왔다.

_ 근데, 나는 이해가 안 되는 것이 있다.

_ 이해가 안 되다니, 뭐가? 나는 그냥 너에게 사과를 하고 있는 것뿐
이잖아.

_ 아니, 내 말은, 네가 스크린에 이름을 왜 바꿨나 해서.

순간 내 손가락이 키보드 위에 얼어붙는 것 같았다. 그리고 터
커의 메시지는 계속 이어졌다.

_ 그러니까, 내 말은 "버터"라는 이름이 떴을 때, 나는 그게 너라는 것
을 바로 알아보기는 했지. 그렇지만, '색소폰맨'이라는 이름은 어떻
게 한 거야?

내 손을 얼어붙게 만든 그 얼음이 이제는 나의 심장까지 얼려
버렸다. 정말이지, 너무나 바보 같은 실수를 하고 만 것이었다. 나
의 온라인과 그 웹사이트를 철저히 분리하여 유지시키고자 했던
모든 노력이 허사가 될 뻔한 아찔한 순간이었다. 그마나 최악의
사태가 벌어지지 않은 것이 다행이라며 나 자신을 위로했다. 하
마터면 안나에게 버터라는 이름으로 메시지를 보내는 실수를 저
지를 뻔했다. 나는 그 생각을 하며 안도의 숨을 쉬며, 터커에게는
엄마가 혹시라도 온라인에 들어와 엿보고 하실까 봐 새로운 대문

이름을 만들게 된 것이라고 얼른 이야기를 꾸며 냈다.

터커가 내 말을 믿는 눈치였다. 그래서 우리는 대화의 주제를 옮겨서 그가 시카고로 떠나기 전 마지막으로 만나서 함께 어울릴 계획을 짰다. 그와 작별 메시지를 주고받은 후 내 기분이 훨씬 나아지기는 했지만, 나는 두 번 다시 온라인에서 그와 채팅을 하지 않기로 단단히 마음먹었다. 어찌 되었든, 내게는 더 이상 온라인에서 채팅을 할 만큼의 충분한 시간이 남아 있지도 않았다.

* * *

그 다음 날은 엄마가 심부름을 시키는 덕분에 집에서 벗어날 수 있었고, 무거운 침묵 속에서 나를 지켜보는 아빠의 시선으로부터 멀어질 수 있어서 더없이 다행스러운 기분이었다. 아빠는 내가 혹시라도 감히 엄마를 다시 화나게 만들지는 않을지 그래서—잘은 모르겠지만—나에게 벌을 내릴 구실을 찾으려는 것인지 나의 발걸음 하나하나까지 그림자처럼 조용히 나를 지켜보고 계셨다. 그 벌이 뭔가 새로운 것이 될 것 같았다.

나는 철물점으로 그리고 나서는 비디오 가게로 부지런히 이동을 했다. 그러나 약국을 나서려다가 나의 발길을 붙잡는 뭔가를 발견했다.

주차장에서 터커를 발견했다. 그의 차는 내 차 바로 옆에 세워져 있었고, 그가 나의 BMW 지붕에 기대어 서 있었다.

"터커? 웬일이니?"

"너 나한테 하고 싶은 말 있지 않니?"

그래, 근데 너는 인사하는 법부터 먼저 배워라. 이 자식아.

"뭐? 무슨 말을 해?"

"네가 나에게 말했잖아."

"야, 터커. 나 지금 너랑 스무고개 같은 거 하고 싶은 기분 아니거든. 나는 이미 지난번 일은 너한테 사과했었잖아. 나는 그 일은 우리 서로 잘 마무리 된 걸로 아는데. 네가 내 뒤를 이렇게 따라왔다면— 그나저나, 나 여기 있는 거 어떻게 알고 온 거야?"

터커가 시선을 돌려 자신의 신발을 쳐다보았다.

"내가 너를 따라왔어."

"뭐라고? 대체 어디서부터 따라왔다는 거야?"

"너희 집에서부터. 네가 어디를 가는지 내가 알고 싶었거든."

"아니, 대체 왜?"

그는 얼른 고개를 들어 내 눈을 똑바로 쳐다보았다.

"야, 지금 여기서 너한테 심문당하고 있는 거 아니지?"

"심문을 당한다고? 무슨 소리를 하고 있는 거야. 야, 나 지금 바

내 이름은 버터

빠. 그냥 하고 싶은 말 있으면 바로 해 봐."

"좋다." 터커가 자신의 입술을 가지런히 다물었다. 그의 얼굴 빛이 조금 붉어지더니 주근깨가 사라져 보였다. "나, 말이지. 너의 마지막…… 그러니까 그 웹사이트에 관해서 알고 있어."

터커의 얼굴을 온통 붉게 만들고 있는 저 모든 피가 마치 내 몸에서 빨려 나간 피 같았다. 정말이지, 나의 얼굴은 백짓장처럼 하얘졌다. 나는 떠듬떠듬 무슨 말인가를 하려 했지만, 그러나 한마디도 하지 못했다.

"네가 화면에 쓴 그 새 이름." 내가 말로 차마 묻지 못한 것을 터커가 답을 했다. "그 버터의 프로필이 '버터의 마지막 만찬'으로 연결이 되어 있어서—"

"터커, 봐 봐—"

"그게 뭐니 대체?" 그가 불쑥 물었다. "'마지막 만찬'이라니 그게 무슨 의미야? 그 소리는 마치 네가, 마치—"

"그래 그게 어떻게 들릴지 나도 알고 있어."

터커는 하려던 말을 기어이 마저 꺼냈다.

"그 말은 마치 네가 자살이나 뭐 그런 걸 하겠다는 말로 들리는데." 그는 "자살"이라는 단어를 말할 때는 조금 작게 하며 부끄러운 단어라서 다른 사람이 엿들으면 안 되기라도 하는 것처럼 주차장 주변을 둘러보았다. 그의 그런 모습을 보니 두 주먹이 꽉 쥐어졌다.

"너는 이해하지 못한단 말이야!"

"네가 생각하는 모든 사람들, 그리고 내가 이해를 못할 것 같니? 내가 있었잖아. 너는 나한테 말할 수도 있었잖아."

"글쎄다. 너는 완전히 정신이 새롭게 개조가 되어서 시카고로 가는 준비에 몰입해 있어서 좀 바쁜 것 같더라고."

"바로, 이런 이유 때문에 내가 시카고로 가려는 거야, 버터―. 왜냐면, 나도 그런 생각을 했거든. 내가 겉모습만 달라진 게 아니란 말이야." 그는 자신의 가늘어진 체구를 몸짓으로 보여 주더니 뒤로 한 발 물러서며 그의 손가락으로 나의 가슴을 가리켰다.

"그건 너의 내면도 좋아지게 하는 거라고."

나는 그의 손을 걷어 냈다. 그는 그 손을 내 어깨 위로 얹었다.

"버터, 너는 이보다는 훨씬 더 강한 사람이야. 너는 바위처럼 단단하단 말이야."

"아니!" 나는 갑자기 소리를 쳤다. "나는 너럭바위야! 날 보라고, 터커. 내 외모를 제대로 보면서 말을 해봐." 나는 그가 내 전신을 제대로 볼 수 있도록 뒤로 몇 발자국을 더 물러섰다. 그는 내 말대로 나를 찬찬히 아래위로 쳐다보았다.

"봐, 너 살 좀 빠진 것 같네."

이런 개똥같은 소리. 그 녀석은 제대로 이해를 못하고 있어.

내 이름은 버터

"그래, 빠지기는 빠졌어." 나는 인정을 했다. "그런데, 나는 딱히 달라진 걸 못 느끼겠어. 너처럼 팍팍 동기부여가 되질 않는다. 몸이 더 좋아진 것 같지도 않고 그렇다고 더 살이 빠졌다는 느낌도 없고, 더 나아진 게 없는 것 같아."

터커는 고개를 흔들어 보였다. "나는 그런 말은 신경 안 써. 네 기분이 나쁘고 뭐 그런 게 중요한 게 아니야. 너는 이런 일 하면 안 돼. 이 '마지막 만찬' 같은 건 정말 쓰레기 같은 짓이야. 너는 자살 같은 거 절대 해서는 안 돼."

"물론, 나 안 해." 내가 한 가지 생각을 떠올리며 말을 했다.

"그렇지만, 네가— "

"아니야, 터커, 네가 지금, 말했잖아." 나의 목소리가 다시 차분해졌고, 손의 긴장도 풀렸다.

"네가 생각하고 있는 게 옳다고는 내가 말하지 않았잖아. 그 웹사이트는 절대 그런 게 아니야."

터커의 얼굴이 의심스럽다는 듯이 살짝 일그러졌다. 그나마 그는 패스워드를 알지 못하니까 나는 그에게 내 말을 믿어 보라는 말을 할 수가 있었다.

"그럼 뭐 하는 사이트인데?"

나는 별일 아니라는 듯 어깨를 으쓱해 보였다.

"그건 그냥, 내가 정말로 식사량을 줄이기 전에 마지막으로 딱

한 번 폭식을 해보려고 한 거였어. 내가 좀 어리석었지. 요즘은 그 사이트 업데이트도 더 이상은 안 하고 있거든."

"그렇다면, 그냥 없애버리면 되겠네." 그가 말했다. 벽에 부딪히는 느낌이었다. 그는 내 말을 다 믿지 않고 있었다.

"그럴 수는 없어."

"그러면 나한테 패스워드 알려줘 봐."

"안 돼. 야, 좀 당황스럽다. 네가 그 모든 댓글들이랑 보는 거, 나 싫거든."

"이거 완전 미친 짓이야." 터커가 말했다. 그는 주머니에서 열쇠를 꺼내더니 자신의 차로 걸어갔다.

"잠깐, 기다려!" 내 목소리에서 묻어난 절박감 때문이었는지, 그가 몸을 돌려 세웠다.

"뭔가 다른 일이 좀 있단 말이야." 내가 말했다. "그런데, 네가 생각하는 그런 건 아니야. 그건, 아직은 너한테 말할 수는 없지만, 내가 알아서 해결해야 할 그런 일이야. 그래서 패스워드를 걸어 둔 거야. 아직 준비가 안 되었거든."

"다른 거 뭐? 위험한 거니?" 그가 물었다.

"아니." 나는 거짓말을 했다. "그냥, 나 자신을 위해서 해야만 하는 뭐, 그런 거야. 내 자신만이 바로 잡을 수 있는 그런 거라고, 알겠니?"

내 이름은 버터

그것은 핏팹 캠프에서 명상 때마다 쓰던 주문이었기에 나는 그가 알아들었을 것이라 생각했다. 그의 어깨에 잔뜩 들어가 있던 긴장이 일순간 풀려 나가는 것을 나는 느꼈다.

그가 손을 내밀었다. "맹세해 봐."

제기랄. 그것은 핏팹 캠프에서 선서를 시작하면서 하는 방식이었기에, 나는 정말 하고 싶지 않았다.

일단 핏팹과 악수를 나누고 도장을 찍었다면, 그 어느 누구도 그 약속을 깨뜨릴 수 없다. 그것은 정말 유치한 전통이었지만, 그렇지만 그것은 내가 믿는 한 가지였고, 그래서 나는 거짓말을 해서 그것을 훼손시키고 싶지는 않았다.

그러면, 내가 할 수 있는 선택은 무엇이란 말인가? 나는 내 손으로 터커의 손을 잡았다.

"말해 봐. 나 '버터'는 진실만을 말할 것을 맹세합니다. 나는 인터넷 쇼 같은 것은 벌이지 않겠습니다. 나는 나 자신을 포기하기 전에 나 자신에게 노력을 들일 것을 맹세합니다."

나는 터커를 따라 맹세를 했다. 그러나 그가 손을 빼려 할 때, 내가 그의 손을 다시 꽉 잡았다.

"자, 이제는 네가 약속해야 할 차례다." 내가 말했다.

"무슨 약속을 해?"

"따라 해봐, 나 터커는 무슨 일이 일어나더라도 버터의 웹사이트에 관해 입을 다물고 비밀을 지킬 것을 맹세합니다."

"'무슨 일이 있더라도'라니 무슨 의미야? 너 맹세했잖아."

"그래, 터커, 내가 맹세했지. 그리고 나는 핏팹의 선서는 어긴 적 없잖아. 그치?"

터커는 나의 비밀을 지켜 주기로 맹세했고, 그래서 나는 그를 믿었다.

나는 끝으로 맹세를 하며 꼭 잡고 있던 그의 손을 풀어 주었는데, 내가 얼마나 꼭 붙잡고 있었는지 그의 손이 빨갛게 되었다. 터커는 자신의 손을 비비며 나를 올려다보았는데 그의 눈길에는 어딘가 나를 미심쩍어하는 빛이 어려 있었다.

"너는, 지금까지 맹세 같은 것은 절대 어기지 않았어." 그가 말했다.

그런 내가 이제는 뭐든 처음 해보려고 한다.

"그리고 너도 어긴 적 없었어." 나는 그를 상기시켰다.

터커가 고개를 끄덕였다. "맞아." 그는 조그만 자갈을 하나 주차장 맞은편으로 걷어차더니 두 손을 주머니에 꾹 찔러 넣었다.

"자, 여기까지인 것 같다."

"뭐가?"

"나 며칠 후면, BI로 떠나잖아. 우리 집은 온통 이삿짐 보따리들이랑 먼지덩어리들뿐이야."

"너, 계속 연락해야 한다. 그래야지 네가 내 말을 잘 듣고 있는지 내가 알 수 있잖아." 내가 말했다.

그가 소리 내어 웃었다. "그럴게. 너도 꼭 연락해라. 그래야지 내가 알 수 있지. 만약, 네가, 만약…… 알지?"

"뭐, 만약 내가 자살한다면?"

그가 어깨를 한번 으쓱해 보였다.

"그래, 멋지다. 터커. 너한테 연락할게."

우리는 하이파이브로 작별인사를 하고 어색하게 껴안으며 우물쭈물 말을 했다. "잘, 지내. 건강히."

그런 후 터커는 가 버렸고, 나는 나의 마지막 만찬에 필요한 음식을 준비하러 식료품 가게로 향했다. 나는 만약 터커가 나와의 맹세를 깨뜨릴 경우를 대비해서 서둘러 모든 준비를 마쳐야 했다.

내 마음 깊은 곳에서는 아직은 기회가 있으니, 내가 그 모든 일들을 겪지 않아도 될 것이라는 생각이 들기도 했다. 나는 그런 식으로 엄마에게 상처를 주지 않아도 되고, 내가 두려움에 떨어서 겁먹고 뒤꽁무니를 빼지 않아도 되는 혹은 어떻게 해서든 그 일이 벌어지지 않게 할 수도 있다는 생각이 올라왔다. 그러나 이제 약속된 시간이 이틀 앞으로 다가왔다. 분명히 말하지만, 그 어느 누구도 나를 위한 결정을 대신하도록 내가 내버려 두지 않을 것이다.

26장

나는 그 다음 날은 종일 내 방 안에 틀어박혀서 색소폰을 연주하고 웹사이트를 확인하며 시간을 보냈다. 트렌트와 파커는 그 사이트를 통해 내게 사적인 이메일을 몇 통 보내왔다. 그 메일에는 파커네 파티에 가서 내가 어떻게 하면 안나의 젖가슴을 만져볼 기회를 얻을 수 있는지와 관련하여 말도 안 되는 다양한 계획이 담겨 있었다. 그들은 버킷 리스트에 올라 있던 그 항목을 이루도록 자신들이 도와주겠다고 약속했던 것을 잊지 않고 있었다.

그 이메일 몇 통이 정말 나를 웃게 만들어 주었다: 파커는 음식싸움으로 시작을 했다. 내가 눈에다 생크림을 바르고 앞이 안 보여 휘청거리다가 손을 앞으로 짚으며 안나의 가슴을 향해 넘어지는 것이다. 또 다른 시나리오는 고전적인 병 돌려서 키스하기 게

내 이름은 버터

임으로 병에 무게를 살짝 조작해서 그 병이 안나 앞에 멈추도록 하는 것이다. 트렌트는 그 게임 방식도 잘 알지 못하는 것 같아서 그 시나리오는 전혀 신뢰할 수 없었지만, 그래도 나를 미소 짓게 만들었다.

트렌트와 파커가 보낸 나머지 이메일들은 다소 진지한 제안이 담겨 있었다. 내가 안나를 술을 취하게 해서 어떻게 좀 해보라는 것이었다. 나는 그런 메일들은 아예 삭제를 시켜 버렸고 읽기를 중단했다.

온라인에서 내가 정말 소식을 궁금해하는 유일한 사람이 있는데, 바로 그곳에서 그녀가 나를—아니 J.P.를—기다리고 있었다. 나는 의도적으로 안나와의 채팅을 피하고 있었다. 나는 그날 산에서 그녀와 그런 대화를 나눈 이후 내가 뭘 어떻게 해야 할지 알 수가 없었다. 나는 더 이상은 그 두 명의 안나를 분리시켜서 생각하기가 어려워졌기 때문에 내가 실수로 뭔가를 누설하게 될까 봐 겁이 났다. 그렇지만, 지금은 "색소폰맨" 사이트에 너무 들어가 보고 싶었다. J.P.의 연인 안나를 만나고 싶었다. 나는 우리끼리 인터넷에서 주고받았던 그런 농담과 온라인에 접속해 있는 그녀를 보며 가졌던 그 따뜻한 느낌, 그리고 그녀가 나를 불러주는 그 모든 말들이 너무도 그리웠다…….

_ 멋쟁이! 너 그동안 어디 갔다 왔니?

나는 처음부터 거짓말을 하면서 대화를 하고 싶지는 않았다.
그래서 모호한 대답을 했다.

_ 휴가 기간이니까, 뭐 가족들이랑 보내는 거였지. 이리저리 분주했지.
너는 어떻게 지내고 있니?
_ 별로 특별할 건 없어. 너 혹시 설득을 위한 글쓰기에 관해서는 잘 모
르지, 그치?

그녀는 아직도 그 작문 숙제를 마치지 못하고 있나 보다. 나는
얼른 먼저 시작을 했다.

_ 너 방학 동안 해야 할 숙제가 있는 모양이네? 좀 짜증나겠다. 내가
좀 도와줄 수 있으면 좋으련만, 그렇지만 내가 글 쓰는 재주는 별로
없어서…… 그런 거 좀 봐 줄 만한 학교 친구들은 주변에 없니?

안나가 덥석 미끼를 물었다.

_ 글쎄, 한 애가 있기는 한데, 내 생각에 그 애는 내 숙제보다 나 자체

내 이름은 버터

에 더 관심이 많은 것처럼 보여.

나는 갑자기 신경이 곤두서는 느낌이었다.

_ 무슨 의미야?

_ 아니, 별일 아니야. 그냥 숙제를 도와주기로 한 날 그 애가 나를 사
    막 한가운데의 일종의 "비밀" 장소 같은 데로 데려갔거든. 마치 나
    에게 스킨십이나 뭐 그런 비슷한 걸 해볼 작정을 한 것처럼 말이야.

나는 그녀의 의견에 항의라도 하는 답을 쓰게 될까 봐 손가락
을 말아 쥐고 주먹을 꼭 쥐었다. 그녀의 말은 내가 마치 그녀를
거칠게 어떻게 해보거나 아니면 적어도 그녀를 보며 침이라도 질
질 흘리며 좋아서 어쩔 줄 몰라 하려고 그녀를 그곳에 데려간 것
처럼 들렸다. 내가 원했던 것은 그녀에게 그 아름다운 장관을 보
여주고 싶었을 뿐이었는데.

안나가 다시 글을 보냈다.

_ 그래도 분명한 것은 아무 일도 없었다는 거야. 그냥 좀 이상했어. 나
    는 그 애가 내 숙제를 도와준다고 했으니 좀 친절하게 굴어야 할 것
    같았어. 그렇지만, 그 애가 마치 나를 잘 아는 것처럼 말을 하더라

고, 그게 좀 소름이 돋더라고.

나는 자판 위에 한 글자씩 또박또박 쳐 나갔다.

   _ 마치 너한테 스토커라도 따라붙은 것 같네.
   _ 질투하지는 마라.

안나가 놀렸다.

   _ 나를 믿어. 나는 그 애에게는 관심 없어. 그는…… 정말…… 완전 거
     구야.

나는 숨이 가빠오기 시작했다. 나는 인터넷상에서 안나에게 폭발을 해 대고 말 것 같은 충동을 애써 억누르고 있었다. 나는 나자신에게 나는 지금은 J.P.라는 사실을 상기시키며 자판을 두드리기 전에 뭔가 편안하고 재미난 이야기를 떠올려 보려 했다.

   _ 거구라고? 손도 엄청 크고, 발도 엄청 크고…… 다 크겠네.
   _ 정말 징그러워. 내가 크다고 하는 것은, TV에 보면 침대에서 나오지
     도 못하고, 집 밖에도 못 나오는 그런 사람들처럼 크다고.

나는 나의 킹사이즈 침대를 물끄러미 바라보았다. 그래, 안나의 말처럼, 지금 저 침대로 기어들어가서 두 번 다시 빠져나오지 않는 것이 정말 좋을 것 같다는 생각이 들었다.

    _ 그 뚱땡이 머저리 녀석 때문에 네가 그렇게까지 질겁을 했다니 안 됐다. 정말 한심한 녀석이구나.

그래, 나는 확실히 한심한 패자다. 안나에게 그 이상의 뭔가를 기대했던 내 모습이 부끄러웠다. 트렌트와 그의 패거리들을 정말 좋아하게 내버려 둔 내 자신이 안쓰러웠다. 무엇보다도, 그들이 나를 무시한다는 것을 모두 알면서도 여전히 그들이 나와 함께 놀아주기를 갈망하고 있는 내 자신이 너무도 비참했다.

    _ 그 애는 한심한 패자는 아니야. 그는 굉장히 착하고 재미있는 애야. 그리고 모두가 그 애를 좋아해. 그는 단지 비만일 뿐이야. 그래서 그 애에게 좀 안타까운 마음이 들어.

그녀가 나를 무시하고 업신여기는 것보다 그녀가 보여 주는 동정심이 더 불쾌했다. 나의 심장에 활활 불이 타오르고 있었다. 안나의 메시지는 계속 이어졌다.

_ 그렇지만 나는 그 애가 뚱뚱하건 말랐건, 나는 그 애를 좋아하지는 않을 거야. 왜냐면, 나한테는 이미 네가 있잖아.

_ 오, 그러니? 만약 나도 그렇게 거구라면 너는 어떻게 할래?

_ 그러게, 너도 그런 모든 운동을 하고 그러니까 뚱뚱할 수도 있겠지.

_ 내가 온통 여드름투성이일 수도 있고, 팔은 하나에, 눈동자는 세 개나 달리고 뭐 그럴 수도 있잖아.

나는 신속하고도 재미있는 답변을 기대하고 있었다. 그러나 안나는 답을 하지 않았다. 내가 그녀를 겁먹게 만든 모양이었다.

_ 너, 나한테 다시 한 번 사진 보내달라고 그러는 거지, 그치?

또 잠시 조용하다가 안나에게서 답이 왔다.

_ 아니. 이제 곧 직접 너를 만나게 될 텐데. 24시간 정도만 지나면 모든 베일이 벗겨질 텐데 뭐!

_ 팔은 하나에, 여드름투성이에 눈은 셋 달린 사람과 네 친구의 파티에서 만날 때까지 24시간 남았구나!

이번 글은 그녀가 분명히 보고 웃었을 것이라 확신했다.

내 이름은 버터

_ 한 손으로 색소폰을 연주하기는 힘들잖아. 그리고 설사 그렇다 해도 나는 너를 계속 멋쟁이라고 부를 거야. 나를 위해 그런 멋진 곡을 만들고 연주해 줄 수 있는 사람이라면 상관없어.

하느님, 나는 정녕 그녀의 말이 진실이기를 소망했다.

나는 안나에게 내일 밤 만나게 될 것이라 약속을 하고는 채팅방에서 나왔다. 노트북을 닫고 옆으로 밀어두고 나서야, 그제서야 나는 그것이 안나와 나누는 마지막 채팅이었음을 깨달았다. 다음 날 밤 어떤 일이 벌어지든, 안나는 자신을 바람맞힌 J.P.를 절대 용서하려 하지 않을 것이다. 이제 곧, 내가 그녀를 만나기로 약속했던 새해 전야다. 나는 그동안 그녀의 관심을 끌고 이 촌극 같은 관계를 조금이라도 더 오래 지속시키기 위해서 너무나 필사적인 노력을 기울였었다. 이제는 담보로 잡아 놓은 우리의 관계를 내주어야 할 때가 도래했다. 운명이 이제 모든 것을 걷어가려 다가오고 있었다.

나는 노트북을 손끝으로 쓰다듬으며 내가 마치 안나의 따뜻한 살갗을 만지고 있는 상상을 했다. 나는 딱 몇 초 정도만 공상을 해 보도록 내 자신을 허락했다. 나는 내 자신을 성공 스토리에 등장하는 잘생기고 멋진 J.P.라고 상상했다. 그는 이제 막 계약을 성공시키고 세레나데를 부르며 아름다운 일몰 속으로 자신의 여자

친구를 데려간다. 그리고 나는 침묵 속에 작별을 고했다. 그러고 나서 나는 컴퓨터에서 고개를 돌려 버렸다.

나는 그날 오후 내내 나의 마지막 만찬에 필요한 음식들을 옷장 속에다가 조심스럽게 차곡차곡 쌓고는 더러운 옷가지와 오래된 침낭을 덮어서 위장을 해놓았다. 그날 밤, 나는 인슐린 주사와 더불어 잠이 오는 약도 함께 먹었다. 그러나 내 침대 머리맡에 있던 디지털 시계가 자정을 알릴 때까지도 내 눈은 여전히 반짝반짝거리고 있었다.

자, 이제 24시간 남았다.

* * *

갑자기 새해 전날이 된 것 같았다. 내가 그 계획에 관해 웹에다가 공고를 한 후 마치 전혀 시간이 흐르지 않은 것 같은 기분이었다. 내가 그 일을 벌인 것이 마치 그 전날 밤에 있었던 일 같기도 했다. 그러나 아침에 눈을 뜨고 일어나 보니 세상이 바뀌어 있었다. 하루가 지나가 버린 것이 아니라, 모든 것이 달라졌다.

그 달라진 일들은 내가 옷을 입자마자 시작되었다.

그것은 그저 눈금 하나만큼의 아주 작은 차이였다. 그러나 그

내 이름은 버터

것은 나를 완전히 뒤죽박죽으로 만들었다. 나는 나의 그 거대한 허리에 벨트를 두르다가 후크가 늘 머물던 닳아서 헐거워진 그 구멍을 지나 옆에 있는 구멍에 걸리는 것을 발견했다. 벨트에서 구멍 하나만큼 살이 빠진 것이다. 그 정도면 적어도 1인치 혹은 2인치 정도는 허리 살이 빠진 것이 분명했다.

나는 거울을 찾았다. 왜냐면, 내 방에서 거울 같은 물건을 취급하지 않은 지가 한참이 되었기 때문이었다. 나는 부모님이 쓰는 화장실에서 전신 거울을 발견했다. 나는 확실히 살이 빠진 것 같았다. 아마도 180킬로도 안 될 것 같았다. 그러나 우리 엄마가 실제보다 좀 날씬하게 보이는 그런 거울을 달아 놓았을지도 모른다는 생각을 하니 놀랄 것도 하나 없었다.

엄마의 거울은 믿을 수가 없어서 나는 내 옷장으로 달려가서 옷장 구석 깊숙한 곳에서 180킬로가 나가기 전에 입었던 먼지 묻은 옷들을 찾아냈다. 그 중에서 오래된 줄무늬 럭비 셔츠를 꺼내 입어 봤다. 가슴 있는 데가 꼭 끼었다. 그 옷 중에 바지도 한 벌 꺼냈다. 그것은 고무줄 허리가 아니라 정말 지퍼와 버튼이 달린 바지였다. 억지로 버튼을 구멍에 끼웠다. 스웨터도, 칼라가 있는 셔츠도, 파자마 바지도 그리고 오래된 티셔츠도 입어 봤다. 벨트를 제외한 나머지는 전부 몸에 꼭 끼었다. 나는 모든 옷들을 다시 옷장 안으로 아무렇게나 막 집어넣었다. 제대로 걸어 놓을 생각은 하지도 않았다. 아니, 빌어먹을 젠장 대체 얼마나 빼야 기분 좋게 옷들이 맞는 거냐고?

엄마는 내가 내 방에서 아침을 먹어도 된다고 허락하셨다. 그건 참 여러모로 편리했다. 왜냐면, 지난 며칠 동안 내가 식단에서 제외시켰던 와플이나 잼 그리고 다른 당분들과 탄수화물들은 옆으로 쓱 밀어낼 수도 있고, 엄마의 잔소리를 들을 필요도 없었기 때문이다. 나는 베이컨 몇 쪽을 깨작거리고 기름이 묻은 그 손가락으로 노트북의 자판을 두드렸다. 안나가 접속을 해 있지 않은 것으로 보아서 아직까지 잠을 자고 있거나, 아니면 벌써 파티에 갈 준비를 하고 있는 모양이라고 나는 짐작했다. 안나에게 주의를 돌릴 일도 없으니, 잘됐다 싶어서 나는 손가락 끝을 세우고 자판을 눌러 거의 무의식적으로 내 웹사이트로 들어갔다.

내 컴퓨터의 커서가 내가 마지막으로 올려놓은—최후의 만찬 메뉴의—댓글 란으로 미끄러지듯이 움직였다.

처음 몇 개의 댓글은 파커가 쓴 것이었고, 이미 자신이 딴 몇 개의 내기에 흡족해 하는 글들이었다. 그는 마지막 만찬 메뉴의 내용들에 관해 상당히 정확한 추측을 내 놓고 있었다.

그리고 다른 대부분의 댓글들은 나의 메뉴랑은 관련이 없는 것들이었다. 어찌되었든, 나의 웹사이트가 스카츠데일 고등학교 학생들에게 일반적인 대화방이 된 것 같았다. 내가 만든 웹사이트는 아이들이 들어와서 그 주제와 상관없이 당시 뜨거웠던 가십거리에 대해서 퍼주고 날라 대는 그런 공간이 되었다. 그리고 오늘의 주제는 파커네 집에서 여는 파티였다. 주로 무슨 옷을 입고 갈지, 술은 얼마나 마실 건지, 누가 운전을 할 건지에 관한 내용들이었다. 간간이 오늘 내가 파티에 나타날지를 궁금해 하는 글들도 있었고 그 끝에는 트렌트의 글이 보였다. 그는 내가 파티에 올 거라고 장담을 하며 마지막 만찬 메뉴에 관한 얘기는 그동안 학교에서처럼 여전히 언급이 중지되어 있는 상태라고 밝혔다.

다음과 같은 글도 덧붙여 놓았다.

> _ 그리고 아무도 오늘 밤은 그를 괴롭히지 말라. 그 애도 파티를 즐길
> 자격이 있다. 그리고 함구령은 여전히 유효하다. 알겠나? 함구령?

그동안 트렌트를 보며 조금이라도 진심이라고 느끼고 있던 그 어떤 작은 미련도 희망도 기대도 결국 모두 다 증발해 버렸다.

그리고 수십 개의 댓글들은 다시 파커의 파티와 새해 결심에 관한 것들, 그리고 누구와 만나서 시간을 보낼 것인지에 관해 언급을 하고 있었다. 그중 딱 두 개의 댓글이 나에 관한 것이었다. 하나는 추측컨데, 전에 제레미가 쓴 것 같았다.

_ 나는 아직도 그 녀석이 그 일을 감행하지 못할 거라고 본다.

그리고 다른 하나는 익명이었다.

_ 내 생각에 그 녀석은 그럴 수 있을 것 같은데.

나는 노트북을 덮어 버렸다. 나는 그 두 의견 중 어떤 것이 옳은 것으로 판명이 날지 궁금해졌다.

27장

위장용 모자를 쓴 한 꼬마가 자신의 핸드폰을 확인하며 아치 길에 나른하게 누워 있었다. 그는 계속해서 눈썹을 미간 쪽으로 찡그리며 나를 응시하더니 다시 자신의 핸드폰으로 시선을 돌렸다. 두 명의 마른 체구의 금발머리의 여성들이 커다란 TV 스크린 옆에 서서 서로의 귀에 손을 갖다 대고 번갈아가며 뭐라고 귓속 말을 주고받고 있었다. 때때로 그들의 속눈썹이 내가 가는 방향을 보며 파르르 흔들리는 것 같았다. 파커의 파티장 어디서나 누군가가 나에 관한 이야기를 하며 나를 지켜보고 있는 느낌이었다.

그것은 아마도 내가 신경이 곤두서 있었기에 나의 상상력이 아무데로 뻗쳐나가서 그랬을 것이다. 그러나 나는 내가 노출이 되었다는 생각을 했다. 어딜 가나 시선들이 나를 따라붙었고, DJ의

쿵쿵거리는 음악소리가 모든 소리를 삼켜 버려서 오히려 내 머릿속에서 나에 관한 모든 대화를 만들어 내기가 쉬워졌다. 파커조차 나를 계속 응시하고 있었다.

잠깐, 그조차 나를 이렇게 쳐다보리라고는 예상치 못했는데.

그는 거실을 가로질러 DJ스탠드 옆에서 주변을 맴돌며 나의 주의를 끌고 있었다. 그는 입술을 달싹거리며 뭔가를 말했는데 내가 알아듣지 못하자 자신의 가슴에 손을 갖다 대더니 괴상한 몸짓을 해 보였다. 나는 눈을 껌뻑거리며 고개를 내저었다. 그는 좀 어색하게 자신의 머리를 끌어당기고 나를 향해 턱을 쑥 내밀더니 그러고 나서는 나의 오른쪽에 있는 뭔가를 턱으로 가리키며 새로운 제스처 놀이를 시작했다. 나는 오른쪽으로 따라가다가 그가 턱으로 가리켰던 두 번째 목표물을 발견했다.

안나가 각각 다른 주제로 대화를 나누고 있는 두 개의 그룹 사이에 끼어 있었다. 그녀는 부엌과 거실을 구분 짓는 기다랗게 뻗은 대리석 아일랜드 식탁에 팔꿈치를 대고는 뭔가 어둡고 진한 액체가 담긴 술잔을 돌리고 있었다.

나는 요전 날 산에서 그녀와 그렇게 대화를 나누고 다시 만나는 거여서 안나에게 무슨 말을 어떻게 해야 할지 말문이 막혔다. 그러나 파커가 쳐다보고 있어서 부엌의 아일랜드식탁까지 걸어갔다.

"오, 그 페퍼 다 마신 거니?"

나는 식탁의 맞은편 쪽에 서서 그녀에게 물었다.

그녀는 식탁에 깊숙이 기대며 손을 귀에 갖다 대며 말했다.

"뭐라고?" 그녀가 큰소리로 물었다.

"너, 페퍼. 그거 다 됐어. 신경 쓰지 마."

나는 손을 내저으며 그녀의 술잔을 손으로 가리켰다.

"나는 네가 술은 안 마시는 줄 알았거든."

안나는 앞이마에 주름을 지었다.

"왜 그렇게 생각을 하지?"

잘한다. 나는 또 그녀를 소름 돋게 하며 마치 그녀를 잘 아는 것처럼 또 다시 말을 하고 있었다.

"지난번, 볼링장에서. 네가 알코올이랑 칼로리 얘기를 했었기에……."

"아, 그거." 안나는 자신의 손에 들린 술잔을 바라보더니 딸꾹질을 했다.

대체 그녀가 술을 얼마나 마신 건지 나는 궁금했다.

"그냥 볼링장 같은 데서 너무 진탕 놀고 그런 것은 좀 위험이 따르잖아." 그녀가 말했다.

"그리고 독주가 통 맥주보다 칼로리가 낮거든."

그녀는 부엌에 있는 커다란 은색 캔 쪽으로 고개를 살짝 기울이더니 나를 향해 자신의 잔을 들어 보이며 말했다.

"게다가 오늘은 새해 전날이잖아. 자, 건배하자."

나도 들고 있던 음료 캔을 들어 그녀의 잔에 부딪쳤다.

"너는 왜 술 안 마시니?" 그녀가 물었다.

"어, 나는 마시다가 잠시 쉬고 있는 거야." 나는 거짓말을 했다.

사실, 나는 파티에 오자마자 술을 먹기로 계획을 세웠었다. 그러나 술을 마시지도 않았는데 맥박이 과도하게 뛰고 머릿속이 온통 멍해졌다. 피해망상증으로 내 눈에 들어오는 모든 장면마다 사람들이 나에 관해서 수군거리는 것 같았고, 나더러 집에 가서 그 일이나 하라며 언제든 쫓아낼 것만 같았다. 그래서 술 마시는 페이스를 조절했다.

그래서 그렇게 페이스를 조절하다 보니 파티에 도착한 지 한 시간이 지나가도록 나는 한 모금도 마시질 않고 있었다.

그런데 지금 안나는 마치 원래 그렇게 잘 마셨던 사람처럼 술을 마시고 있고, 나는 그런 그녀를 지켜보고 있었다. 그녀는 흐린 분홍색의 뭔가가 담긴 큰 잔을 냉큼 비워 버리더니 그녀의 오른편에서 바텐더 역을 맡고 있는 한 남자가 건네주는 또 다른 잔을 받아 들었다.

그녀는 카운터의 맞은편에 있던 내게 다시 다가오며 말했다.

"여기 분위기 끝내주지." 그녀가 딸꾹질을 했다.

내 이름은 버터

"그리고 시끄럽기도 하고." 내가 큰 소리로 말했다.

"내 발이 바닥에 쩍 들러붙었다고!"

우리는 둘 다 소리 내어 웃었다.

"열기 좀 식히러 잠깐 밖에 나갈래?" 내가 물었다.

"그래, 근데 나 꼼짝을 못하겠다." 그녀는 주위에 마치 정어리 떼처럼 부엌으로 밀고 들어오는 아이들을 가리키며 말했다.

"자, 이리로, 내가 도와줄게."

안나는 비좁은 공간을 뚫고 몸을 움직여 카운터 쪽으로 와서는 나를 향해 손을 뻗었다. 그녀의 손은 실크처럼 부드러웠다. 그녀의 손을 잡기 전에 미리 손바닥에 있던 땀을 바지에라도 쓱쓱 문질러 닦아 놓을 것을 하는 후회를 했다. 그녀는 카운터 쪽으로 쑥 빠져나와서는 폴짝 뛰어서 내 옆쪽으로 왔다.

"고마워."

"별것도 아닌데." 나는 여유롭게 어깨를 한 번 으쓱해 보이고는 목소리도 자연스럽게 들리도록 신경을 썼다. 나한테서 어설픈 풋사랑 냄새가 나지 않도록, 그래서 그녀가 내게 별 신경을 쓰지 않도록 말이다. 그런데 그때, 사실 나는 그 무엇보다도 파티에서 친구가 필요했다. 내가 여기저기서 나를 지켜보는 사람들을 신경 쓰지 않도록 해줄 수 있는 누군가가 필요했다.

안나는 바깥으로 연결되어 있는 몇 개의 미닫이 유리문들을 가리켰다. 나는 그녀를 따라 파티오로 나갔는데, 거기도 사람들로 붐비기는 마찬가지였지만 그래도 음악소리는 한층 더 작게 들렸다. 실내에서 계속적으로 음량을 최대로 맞추고 떠들어 대는 DJ와는 달리 파커네 뒷마당에서 라이브 공연을 하는 밴드는 소리를 최소로 유지하면서 연주를 하고 있었다.

안타깝게도 그 밴드는 자신들의 재능도 최소로 유지하고 있는 것 같았다. 리드기타 연주자는 악기를 어느 정도 다룰 줄 아는 것 같이 보였지만, 베이스 기타나 드럼 연주자는 거의 재난 수준이었다. 물론 파티에 있는 사람들 중 어느 누구도 그런 점을 눈치 채고 있는 것 같지는 않았다. 사람들은 그저 그들이 어떤 옷을 입고 있는지, 그들이 얼마나 근사해 보이는지, 그리고 여자아이들에게 윙크를 몇 번이나 날려 주었는지만 신경을 쓸 따름이었다. 바로 이런 것들이 음악가들에게 눈길을 끄는 매력이 귀를 끄는 매력보다 더 중요하다는 증거이다.

제니가 그 무대 앞 주변을 서성이는 여자아이들의 무리에 끼어 있었다. 그녀는 몸을 앞뒤로 흔들어 대고 있었는데 연주의 박자와는 잘 맞지가 않았다. 그녀의 흐느적거리는 몸놀림은 보드카를 너무 마신 탓인 것 같았다.

안나가 얼른 가서 뒤에서 제니를 안았다. 그들은 술에 취해 안고 비틀거리며 올림픽 경기라도 치를 만큼 커다란 규모의 파커네

내 이름은 버터

집 수영장 옆에 있는 접이 의자로 걸어갔다. 나는 마치 개처럼 그들을 따라갔다.

"제니, 너 술 많이 취했구나!" 안나가 소리 내어 웃었다.

제니는 고개를 쳐들려다가 포기를 하고 다시 의자에 기대어 앉으며 말했다.

"난, 아냐. 술은 네가 취했네."

"나는 약간 알딸딸하게 취한 정도라고." 안나가 제니의 말을 정정했다. "그렇지만, 너 지금 좀 엉망이거든. 너 J.P.가 도착하기 전에 술 좀 깨야겠다. 안 그러면, 너 때문에 나 망신당하겠다."

"무슨 상관이야. J.P. 그 개똥같은 자식." 제니는 눈동자를 이리저리 굴리며 불분명한 발음으로 말을 했다.

"그 자식은 여기 안 온다고."

"제니, 엿이나 먹어라! 이런 망할 계집애 같으니라고."

안나가 말했다. 안나의 딸꾹질이 멈춘 것 같았다.

제니는 의자 위에서 몸을 못 가누고 흔들흔들 하다가 몸을 구부리더니 구토를 했다. 그녀가 토해낸 토사물이 콘크리트 바닥 위를 흘러 수영장까지 흘러들었다.

"어유, 정말 역겹다." 안나가 접이식 위자에서 벌떡 일어섰다.

나는 그녀의 팔꿈치를 잡았다. 그녀는 발을 똑바로 딛고 서 있지를 못했다.

"제니는 정말 너무 무례했어." 나도 공감을 표하며 제니를 보며 고개를 끄덕였다. 제니는 접이식 의자 밖으로 얼굴을 반쯤 걸친 채 바로 정신을 잃고 곯아떨어져 있었다.

"저렇게 토할 정도까지 마셨다면, 제정신이 아니었을 거야."

"그래, 오지 않는 네 남자 친구에 관해 말한 거?"

"너 그 애가 내 남자 친구인지 어떻게 알았어?"

"뭐, 그냥 추측이야. 그 애가 네가 인터넷에서 만난다는 그 남자 아니니. 맞지?"

안나의 얼굴이 붉어졌다.

"어, 맞기는 맞아. 그래 누군가 내가 온라인에서 J.P.를 만난다는 얘기를 떠벌렸다고 한 걸 내가 잊고 있었네."

그녀는 접이식 의자를 걷어찼다. 그 바람에 제니의 몸이 들썩이기는 했지만 깨지는 않았다.

"제니가 좀 심하기는 했지만, 그래도 어쨌든 네 면전에다가 그렇게 말을 한 건, 적어도 네 등 뒤에서 수군거리는 다른 애들보다는 나아. 너는 트렌트나 파커가 네 남자 친구에 관해서 떠들어 대는 얘기를 들어 봤어야 해."

"너 또 시작하고 있구나." 안나가 인상을 찌푸렸다.

"시작하긴 뭘?"

"내 친구들을 쓰레기 취급하는 그런 얘기 말이야."

내 이름은 버터

"아냐, 나는 단지 네 친구들이 너를 쓰레기 취급하는 말을 했다고 말하는 것뿐이야."

나는 한숨을 내쉬었다. 나는 그녀를 다시 화나게 만들고 싶지 않았다. "마음 쓰지 마. 네 말이 맞다. 그런 의도로 하려던 말은 아니었는데."

그러나 안나는 이미 내게서 등을 돌려 버렸다. 그녀는 음료를 홀짝거리며 미닫이 유리문을 쳐다보며 밖으로 나오는 사람마다 확인을 하고 있었다.

"그럼, 너는 그 남자애가 나타나면 알아볼 수 있는 거니?" 내가 물었다. "사진 같은 거 본 적 있어?"

안나가 얼른 나를 향해 돌아앉았다. "제니가 너더러 나한테 그런 거 물어보라고 시키던?"

"아냐, 절대 그런 적 없어."

"글쎄, 그 질문에 대한 답은 'NO'야. 나는 그 애 사진을 한 번도 본 적이 없어. 그렇지만 분명히 그를 알아볼 수 있을 거라 생각해."

"아니 어떻게?"

안나는 입가에 약간 바보 같은 미소를 짓더니 말했다.

"나는 그냥 알 수 있어. 말로는 설명할 수 없는데, 그런 게 있어."

접이식 의자가 삐거덕거리는 소리가 나더니 한쪽에 제니가 얼굴을 드러냈다. 그녀는 한 손으로는 몸을 지지하기 위해 의자 등을 붙잡고 있었다.

"너는 알겠지. 왜냐면, 키는 한 120센티미터에 얼굴은 완전 여드름으로 덮여 있을 테니까."

제니는 혀 꼬이는 발음으로 말을 했다.

안나는 혼자 미소를 지으며 말했다.

"아니면, 팔은 하나에 눈은 세 개가 달려 있을 수도 있지."

"뭐라고?" 제니가 자신의 얼굴을 양손으로 꼭 감싸 쥐었다.

"너 내가 정말 술이 취했다고 생각하는 거니?"

그녀는 다시 등을 의자에 기대더니 두 눈을 감아 버렸다.

"너랑 그 남자 친구랑만 아는 농담인 거니?"

그 알 수 없는 비밀스런 미소가 아직도 안나의 얼굴에서 떠나질 않고 있었다.

"뭐 그런 셈이지. 그래, 모두가 나를 두고 정신이 나갔다고 생각할 거야. 그렇지만, 난 그 애를 그냥 알아볼 수 있다고, 알겠니? 그리고 만약 그 애가 정말 키 120센티에 여드름투성이라도 나는 신경 안 써. 아니 최소한 나는 그게 뭐든 극복을 하려 할 거야."

안나의 그 표현이 유리알처럼 너무도 맑게 느껴져서 나는 거짓말을 할 수가 없었다. 나는 그녀의 얼굴에 피어나는 꿈을 꾸는 것 같은 그 표정이 진심임을 알고 있다. 그렇기 때문에 그녀는 J.P.의 볼품없는 외모 속에 숨겨진 깊은 내면을 볼 수 있다고 믿고 있는 것이었다. 그 순간 나는 처음으로 내가 그리던 나만의 안나를 실물로 직접 만나고 있는 것 같은 기분이 들었다. 그녀는 사진도 한 번 본 적 없는 사람을 믿어 주고 쇼핑 따위는 별로 즐기지 않는 어쩌면 재즈를 사랑하는 법을 배우게 될지도 모르는 그런 소녀다. 그동안 나는 자신의 시각에서 나를 판단하는 안나에게 화가 나 있었다. 그렇지만 어쩌면, 나도 그녀에게 온당하게 굴지 못하기는 마찬가지가 아니었나 싶었다. 그녀는 J.P.의 겉모습이 어떠하건 자신은 그를 사랑할 수 있다고 주장하고 있었다. 그렇다면 그녀는 그걸 입증해 보일 기회를 누릴 충분한 자격이 있는 것이었다.

자, 나는 합리적인 사람이다. 그래서 나 같은 거구가 안나처럼 아름다운 사람을 곁에 둘 수 있는 가능성은 매우 희박하다는 것을 알고 있었다. 그러나 그녀의 생기 넘치는 얼굴에 드러난 저 진심 어린 표정은 내 가슴을 희망으로 벅차오르게 하였다. 아니 어쩌면 그녀의 마음이 진심이기를 내 자신이 너무도 간절한 마음으로 바라마지 않았기에, 나는 이성적 논리를 멀리 날려 보냈었는지도 모른다. 그도 아니라면, 단지 그녀의 푸른 두 눈의 반짝임이 마치 요정이 뿌리는 가루—바보 같은 짓을 하게 만드는 마법의 가루—같아서 그녀에게 사실을 털어놓아야겠다고 마음을 먹었는지도 모르겠다.

"여기 잠깐 있어 봐." 내가 그녀에게 말했다.

"어디를 가는데?" 그녀가 나를 불렀지만, 나는 이미 파커네 집 안으로 연결되는 미닫이 유리문을 향해 걸음을 옮기고 있었다.

나는 거실에서 뒤섞여서 미친 듯이 춤을 추고 있는 아이들의 틈으로 밀고 들어갔다. 부엌에서 맥주 통을 끼고 술을 마시는 한 무리의 아이들 틈도 밀고 빠져나갔다. 한 손 가득 알약을 들고 서서 나를 똑바로 쳐다보며 화장실에 함께 들어가 약을 하자고 부추기는 네이트 녀석의 만류도 뿌리치고 나는 현관문이 있는 곳까지 갔다. "알았다. 너를 위해서 조금은 남겨 놓으마." 네이트가 내 등 뒤에서 소리쳤다.

나는 중요한 임무를 수행하고 있는 중이었으므로 뒤를 돌아보지 않았다. 그러나 내 앞에 장애물이 하나 나타났다.

그 저택 앞쪽에 넓게 펼쳐진 조약돌이 깔린 길로 들어서자 바로 정면에 트렌트와 파커가 서 있는 것이 눈에 들어왔다.

"뭘 그렇게 서두르니?" 트렌트가 물었다. 그는 제니보다 좀 더 심하게 혀가 꼬부라진 발음으로 말을 하고 있었다.

"음, 차에서 뭐 좀 가져오려고. 근데 너희들은 어디 있었니?"

"에너지 보강." 파커는 무거운 데킬라 술병을 손에 들어 보이며

내 이름은 버터

말했다.

트렌트는 자신의 팔에 들려 있던 큰 병들을 갖고 저글링을 하면서 말을 했다. "좀 힘을 보강하기 위해서 제레미네 집 바에서 이거 몇 병 훔쳐오는 길이야. 수영장에 들어가기 전에 속을 좀 덥혀야지. 너도 들어갈 거지?"

"수영장 안에? 오, 아냐, 됐어. 나 방금 제니가 거기다가 토하는 거 봤거든."

"오, 뭐든 상관없어."

파커가 그가 들고 있던 병을 흔들어 보였다.

"난 수영장 안에다 그보다 더한 것도 집어넣었었는데, 뭐."

두 녀석은 거의 발작에 가까운 소리를 내며 웃어 젖혔다. 나는 대체 무엇을 집어넣은 것인지 물어볼까도 싶었지만 별로 궁금하지 않았다. 게다가, 나는 해야 할 일이 있었으므로 방해 받고 싶지 않았다.

"글쎄다, 나는 수영장에 들어가는 건 패스다. 그렇지만 신나게 놀아라."

"패스라니, 안 될 말씀." 트렌트가 비틀비틀 걸었다. "네가 대포처럼 물에 첨벙 뛰어들어야지."

"야, 대포가 아니지." 파커가 그의 말을 고쳐 주며 다시 소리 내어 웃었다. "버터포지!"

어휴, 나는 그런 농담이 이젠 정말 싫증이 났다.

"그래, 그래, 예~!" 트렌트가 환호를 질렀다.

"자, 해보는 거야!"

그 녀석들은 술이 취해서 서로 몸을 부딪치며 정신없이 웃느라 몸의 균형이 무너져 비틀거렸다. 트렌트가 팔에 끼고 있던 술 한 병이 쑥 미끄러져서 아슬아슬하게 걸려 있는 게 눈에 들어왔다.

"알겠어, 조금 있다 그리로 갈게." 내가 말했다. "지금은 차에서 뭘 좀 가져와야 해."

"너 수영복 가져와야지, 머저리 녀석아. 그래야 수영장 안에 들어가지." 트렌트가 말했다.

나는 수영장 안으로 들어갈 의도는 없었지만 깜짝 놀라게 할 일을 계획하고 있었다.

바로 이때다. 안나에게, 그리고 모두에게 내가 정말 누구인지 보여줄 기회가 온 것이었다. 나는 온라인에서 먹다가 죽어 버리겠다고 위협을 하는 그저 애처로운 비만아가 아니라는 것을. 고작 트렌트의 한 달짜리 친구로 머물다 마는 그런 사람이 아니라는 것을. 오늘 너희들의 가십거리로 전락해 버리는 그런 사람이 아니라, 나는 그 이상의 가치와 능력이 있는 사람임을 알릴 기회였다.

내 차는 렉서스와 허머 사이에 끼어 있었다. 내 차와 옆 차와의 간격이 너무 가까워서 내 차의 승객용 문을 열기에 그 공간은 내게는 너무 작았지만 나는 숨을 꼭 참고 밀고 들어갔다. 어쨌든 나는 한 팔만 집어넣어서 색소폰만 꺼내면 되는 거였으니 말이다.

나는 집에 가는 길에 정말 내 인생 마지막으로 달을 보며 연주를 하겠다는 생각을 하고 충동적으로 색소폰을 가져온 것이었다. 이제 더 큰 계획이 마음속에 자리를 잡았다.

나는 케이스에서 색소폰을 꺼내 들고 다시 파티장으로 들어섰다. 나는 무모한 희망을 품고 있었다. 안나를 수영장 옆에 두고 자리를 뜨면서는 안나의 생각이 바보스러운 것이 아니라는 것을 입증할 기회를 주고 싶었다. 그러나 손을 뻗쳐 색소폰을 집어 들면서 모두에게 그런 기회를 주어야겠다는 생각이 들었다. 지금 파커네 집 안에서 들려오는 쿵쿵대는 음악 소리의 박자 때문에 내 머리는 온통 윙윙거리는 소리로 가득하며 온갖 공상들이 내 신경에 불을 붙이며 여기저기서 타오르는 느낌이었다. 아이들은 나의 발목을 잡으며 제발 좀 가지 말라고, 모든 계획을 접으라고 내게 애걸을 할 것이다. 그들은 나의 모습, 나의 실체—내가 바로 그녀가 그리는 J.P.라는 것—를 처음으로 보게 될 것이었다. 그리고 안나는 그 어느 누구보다 나의 실제 모습을 분명하게 보게 될 것이다. 그리고 그녀가 바로 나의 여신 안나라는 것을 말이다.

내가 파티오로 들어서자마자 안나가 나에게로 달려왔다. 그녀의 시선은 나의 색소폰을 향한 채, 귀까지 걸리는 완벽하게 아름다운 미소를 지으며 얼굴에서는 광채가 나고 있었다.

"이럴 줄 알았어, 알았다고!"

"버터!" 그녀는 숨이 막힐 만큼 흥분해서 어쩔 줄 몰라 했다.

"어머, 세상에!"

"내가 말하려 했는데—"

"어쩜, 내 남자 친구도 색소폰을 연주하거든!"

아, 이번에는 내가 숨이 막힐 지경이었다. 김이 확 새는 느낌이었다.

나는 입을 열어 그녀에게—그녀에게, 제기랄—말을 하려 했지만, 그러나 한마디도 떨어지지가 않았다.

"너 그거 연주하려고 하니?" 그녀가 물었다. "어머, J.P.가 도착하면 너랑 같이 연주를 할 수도 있겠다."

내 입에서는 아무런 말도 나오지가 않았다. 나는 두려움에 말문이 막혀 버렸다.

말을 해, 뭔가 말을 하란 말이야. 나는 나 자신에게 명령을 했다. 말을 하란 말이야!

"나는 내 남자 친구가 색소폰을 가져오지 않을까 기대를 하고 있었거든. 왜냐면 나는 그 애가 나를 위해 만들었다는 그 곡을 듣고 싶었거든. 그렇지만 나는 그 곡만큼은 그 애가 정말 나만을 위해서만 연주하게 할 거야."

말, 말을 해, 말을 좀 해봐!

그러나 나는 안나가 여전히 자신만의 그 의식의 흐름을 펼치고 있었기에 내가 마음먹은 일을 진행시킬 수가 없었다.

"지난번 네가 보여 주었던 그 산―그 노두가 있는 곳―으로 내 남자 친구를 데려갈 생각을 하고 있었거든. 그러면 거기서 그 애가 나를 위해 그 곡을 연주해 줄 수 있잖아. 그렇게 우리만의 장소에서 너무 근사하지……."

나쁜 년, 이기적인 계집애, 눈이 멀었어. 그런 말들이 내 입에서 나오려 했지만, 그러나 나의 입술은 얼어붙어 버렸다. 나는 마음도 몸도 덜덜 떨고 있었다.

"……그렇지만 그 애가 여기서 먼저 연주를 한다면, 내 남자 친구가 무대 위에 오른다면, 제니가 아마도 미쳐 죽으려고 할 거야. 제니가 정말 질투를 할 거야."

한 손으로 잡고 있던 색소폰이 흔들려서 달가닥거리는 소리를 들키지 않으려고 나는 다른 손으로 색소폰을 꼭 쥐었다.

"그리고 그 애는 정말 근사하게 연주를 하거든." 안나가 나를 놀려댔다. "지고 싶지 않으면 한번 보여줘 봐. 버터? 너 괜찮은 거니?"

나는 겨우 분노를 억누르고 입술을 떼었다.

"음, 그래, 나는 괜찮아."

그거야? 어, 이런 천하에 멍청한 자식아. 그게 네가 할 말 전부냐?

나는 내 양손에 들려있는 악기에 온통 시선을 쏟았다. 나는 그녀의 두 눈을 똑바로 쳐다볼 자신이 없었다. 그녀의 밝게 빛나는 그 푸른 두 눈을 바로 볼 수가 없었다.

"음, 그냥, 나는 아이들과 조금 어울려 볼까 해서."

내가 가까스로 말문을 열었다.

"멋진데!" 안나는 뒤로 돌아서더니 미닫이 유리문 가까이에 있던 여자아이들 무리 속으로 달려갔다. "모두에게 바깥으로 나와 보라고 말해 줘. 버터가 밴드와 연주를 하겠대."

여자애들은 임무를 수행하기 위해 안으로 들어가 말을 전했다. 그리고 나는 마치 좀비 같은 모습으로 무대 쪽으로 향했다. 나는 그 밴드에게 함께 연주를 하자는 허락도 구할 필요도 없었다. 그들은 연주를 하며 내 손에 들린 색소폰을 보자 올라오라고 손짓을 해보였다. 무대 위로 올라가는 내 다리가 마치 납덩어리처럼 무겁게 느껴졌다. 나는 대체 무엇을 할지 무슨 말을 해야 할지 눈앞이 캄캄해졌다. 무대 주변으로 사람들이 점점 더 몰려들자 나는 더욱 혼란스러워졌다. 그래서 나는 평소에 하는 대로 자연스럽게 했다. 색소폰을 들어 입술에 갖다 대고 불기 시작했다.

28장

　나는 언제나 음악이 나를 다른 세계로 이끄는 대로 따라갔다. 그러나 지금 이 순간이 늘 머릿속에 그리던 그 환상의 한가운데 라면 나는 대체 다른 어느 세계로 가야 한단 말인가? 나는 처음 몇 음을 연주하며 눈을 감았다. 그렇지만 나는 그 어느 세계로도 가지 못했다. 현실이 되고 있는 나의 공상에 뿌리 깊이 박혀 들어 가고 있었다.

　기타연주자는 내가 시작한 즉흥 연주에 이어서 두 번째 멜로디 를 만들어 내면서 나의 리드를 따라왔고, 베이스 기타는 혼자 고 군분투를 하며 따라오고 있었고, 드러머는 처음에는 리듬을 놓쳐 버렸다가 결국은 단순한 박자만 배경으로 넣으며 따라왔다. 나는 그 즉흥곡을 아우르며 그 순간 만큼은 안나에게서 좀 벗어나서 열중을 했다.

나는 록 스타였다. 술에 취해 정신을 잃고 있던 제니도 일어나서 사람들 속에 동참하여 내 발 아래에서 열광하고 있었다. 그것은 바로 내가 꿈꾸던—모두가 난생 처음 나를 주목하고, 죽으라고 지지하는 것이 아니라 살아남으라고 응원을 보내는—그런 장면이었다. 나는 스카츠데일 고등학교 학생들에게 나를 기억하게 될 또 다른 명분을, 그리고 내가 그들과 함께 그들 곁에 있어야 할 명분을 제공해 주고 있는 것이었다. 거기에 모인 남자아이들은 함성을 질러 댔고 여자아이들은 황홀해서 어쩔 줄 몰라 했다.

그래, 어쩌면 여자아이들이 황홀해 한 것은 리드 기타리스트 때문이었는지도 모른다. 그렇지만 어찌 되었든, 나는 그 순간 그들과 함께 하고 있었다. 그 10분은 그 동안 내가 한 번도 느껴 본 적이 없을 만큼 쏜살같이 흘러갔다.

바로 그때가 내가 모여 있는 그 아이들이 구체적으로 어떤 표정을 짓고 있는지 살필 기회였다. 제니는 흐릿한 눈으로 계속 희미한 미소를 짓고 있었고, 제레미 녀석은 얼굴을 잔뜩 찌푸린 채 노려보고 있었고, 트렌트와 파커는 술에 취한 미소를 지으며 잔을 높이 들어 올리고 있었다. 그러나 뭔가가 빠져 있었다. 이제는 청중들을 둘러보았다. 아드레날린이 점점 그 약발을 다해서 사라지고 있었다. 그것은 내가 환상 속에서 느끼던 그런 것과는 달랐

내 이름은 버터

다. 그들에게서는 열렬한 미소나 음악을 받아들이는 흥분 같은 것을 읽을 수가 없었다. 내가 뭔가 불가능한 일을 해냈다는, 그래서 스카츠데일 고등학교의 비평가들에게 깊은 인상을 남겼음을 알 수 있게 하는 그런 만족감 같은 것을 느낄 수가 없었다.

나의 공상을 감싸고 있던 행복의 담요가 여지없이 벗겨져서 그 실체를 드러내고 있었다. 나는 술에 취한 트렌트의 미소에 집중하며 한 가닥 희망을 부여잡고 있었다. 그러나 트렌트의 미소를 쳐다볼수록 그는 더 이상 트렌트처럼 보이지 않았다. 인정받고 싶은 마음으로 그의 미소를 쳐다보고 있자니 그의 얼굴 전체가 다른 사람으로—청중들 앞에서 연주하는 나를 황홀한 눈빛으로 바라보고 계신 교수님의 얼굴이 보였다—변해 보였다. 나의 색소폰에서 나오는 음은 보다 빨라졌고 더욱 달콤해졌다. 그러나 뭔가 채워지지가 않았다. 나는 계속해서 트렌트의 옷을 입고 신발을 신고 서 계신 교수님께 시선을 고정시켜 두고 있었는데, 교수님의 얼굴이 이번에는 다른 모습으로 바뀌어 보였다.

그러더니 아빠의 얼굴이 보였다. 얼굴 가득 미소를 머금고 계신 아빠의 얼굴에는 나를 향한 지지와 자랑스러워하시는 빛이 역력했다. 내 색소폰은 폭발적인 소리를 만들어 내고 있었다. 나는 지금껏 그렇게 빠르게 각각의 음을 완벽하게 내 본 적이 없는 것 같았다. 나는 아빠의 얼굴이 다음 순간 트렌트의 머그잔 속으로 사라질 수 있음을 알고 있었다. 그래서 나는 눈을 감고 내가 한 번도 그려 본 적이 없는 다른 이미지 속으로 들어갔다. 나는 그 광경 속에 눈을 감은 채 밤새도록 머물 수도 있을 것 같았다. 나는 눈을 떠야만 했다. 그러나 그 청중들 속에는 내가 보고 싶어 하는 한 얼굴이 보이지가 않았다. 나한테 유일하게 중요한 한 사람, 그러나 미소를 짓고 있지 않은 단 한 사람이기도 했다.

안나는 완전히 등을 돌려 입구 쪽으로 고개를 들었다가 핸드폰의 시계를 확인했다가를 반복하고 있었다. 그녀는 혹시라도 J.P.가 도착해서 내 연주의 일부라도 듣게 될까 봐 몹시 신경을 쓰고 있는 것 같았다.

그래서 나는 어쩔 수가 없었다. 나는 그녀의 주의를 끌 수 있는 그 곡을 연주하기로 마음먹었다.

안나를 위한 곡의 처음 몇 소절은 그 특성이 도드라져서, 밴드가 따라올 수가 없었고, 그다음 소절들은 너무 쓸쓸하게 느껴져서 그들은 합주를 할 수 없는 곡임을 알았다. 그 곡은 솔로 곡이었다. 나는 눈을 감은 채 그 곡을 연주하기 시작했다. 그건 내가 그 곡을 연주할 때는 언제나 그렇게 했던 이유도 있지만, 또 일면, 내가 너무 바보같이 안나만 쳐다볼 것 같아서이기도 했다. 그 곡이 정점에 달하기 직전에 나는 눈을 뜨고 안나의 얼굴에 시선을 맞추었다. 그녀는 충격을 받은 표정으로 경악을 금치 못하고 있었다. 그녀의 표정은 나를 몹시 놀라게 만들었고, 바로 청중 속에서는 야유가 터져 나왔다.

"뭐, 좀 더 빠른 곡을 연주해라." 누군가 외쳤다.

"이런, 젠장, 이게 뭐야!" 또 다른 목소리가 맞장구를 치며 끼어들었다.

"자, 버터! 제대로 좀 신 나게 놀아 봐!" 트렌트의 쩌렁쩌렁한 목소리가 다른 모든 목소리를 일순간에 잠재웠다.

"그 곡은 좀 김샌다!"

트렌트의 목소리에 정신이 번쩍 든 나는 안나에게서 잠시 시선을 떼었다가 다시 그녀를 보았을 때, 그녀는 이미 등을 보이고 청중들 사이를 뚫고 무대에서 멀어지고 있었다. 나는 입술에서 색소폰을 떼고, 빌어먹을 나의 이 뚱뚱한 다리로 무대의 계단을 총총 따라 내려갔다. 내가 땅에 내려섰을 때, 그녀는 미닫이 유리문 쪽까지 가 있었다. 내가 그 유리문이 있는 곳까지 다다랐을 때, 그녀는 부엌을 가로질러 뛰어가고 있었다.

나는 마치 마라톤을 뛰고 있는 기분이었다. 그건 내가 숨이 차서뿐만이 아니라 다른 누구와 경쟁을 벌이고 있었기 때문이었다. 다른 누군가가 내 뒤를 바짝 쫓아서 뛰어와서 결승선에 다다르려 하고 있었다.

"안나!" 제니가 안나를 뒤따르며 소리쳤다.

오, 이런 젠장. 오, 하느님. 당연히 안나가 그 곡을 제니에게도 여러 번 들려주었었겠지. 그럼, 그렇지, 그렇게 낭만적인 걸 혼자만 간직하고 있을 여자애가 어디 있겠는가? 아마도, 분명히 안나는 친구들에게 여러 번 그 곡을 들려주었을 테고 그래서 친구들도 그 곡을 듣자마자 바로 눈치를 챘을 것이다.

나는 묵묵히 내 두 다리에게 제발 조금만 더 빨리 움직여 달라고 애걸을 했다. 제니가 현관 로비 앞에서 안나를 먼저 따라잡았다. 그리고 내가 몇 발자국 뒤에 도착했다. 안나는 제니의 어깨에 얼굴을 묻고 있었고 제니는 양팔을 뻗어 고치의 보호막처럼 안나를 감싸 안았다. 제니는 내게 손을 들어 경고의 표시를 했다.

"돌아가!" 그녀가 명령했다. 아치형의 천장이 있는 그 공간이 쩌렁쩌렁 울렸다.

"안나, 내가 다 설명할게." 내가 말했다.

"설명을 한다고, 뭘?" 제니가 얼른 받아쳤다. "네 녀석이 변태에다가 스토커라는 사실 말이야?"

아니 제니가 어떻게 그렇게 말끔히 술이 깰 수가 있었을까?

"나는 너한테 말하고 있는 게 아니잖아." 내가 말했다.

"응. 근데 나는 너한테 말하고 있잖아."

"고만들 해!" 안나가 제니의 어깨에 묻고 있던 고개를 들었다. 나는 그녀의 얼굴에서 눈물이 흐르거나, 그런 비슷한 것을 기대

　　　　　내 이름은 버터

하고 있었지만, 그녀는 자신의 감정을 억누르고 있었다. 그녀는 너무 수치스러워서 자신의 표정을 감추고 있는 것처럼 보였다. 그런 생각이 들자 나는 정말 너무 안타까워서 울고 싶었다.

"안나, 내가 너무—"

"입 닥쳐!" 안나가 말했다. "그냥 그 입을 좀 닥치란 말이야!"

"그렇지만, 내가 설명을—"

"너는 거짓말쟁이야." 그녀가 부글부글 끓어오르는 화를 주체하지 못하며 말을 이어갔다. "너는 역겨운 거짓말쟁이야. 나는 너를 증오해. 너 내 말 들리니?"

그래, 오, 하느님, 그래 네 말 잘 들려. 나는 갑자기 목구멍으로 음식물이 올라와 토할 것 같은 느낌이 들었다.

"나는 너를 정말 증오한다고." 그녀가 반복해서 말을 했다.

나는 목소리를 차분하게 내려 노력을 했다. "안나, 나한테 제발 5분만 시간을 준다면—"

"잘 들어, 이 뚱땡이 변태자식아." 제니가 끼어들었다.

"아니, 너나 잘 들어! 이건 네 일이 아니야, 제니!"

또 다른 목소리가 우리 대화에 가세를 했는데, 그 목소리는 현관 로비를 삼켜 버릴 만큼 크게 울렸다.

"야, 버터. 랫츠킬 그룹의 '시프트' 연주할 줄 아냐?" 트렌트가 그곳으로 갑자기 튀어 들어왔다.

파커도 미끄러지듯 트렌트를 뒤따라 들어섰다. "아냐, '선샤인 플라이트'를 연주해야지."

"그 곡에는 색소폰이 들어가지도 않는데." 파커가 주장을 했다.

"들어 있을 수도 있잖아!"

"글쎄다, 내가 먼저 물어볼게. 버터, 무슨 곡을……."

나를 쳐다보는 트렌트의 목소리가 갑자기 잦아들더니, 드디어 그 공간에 가득한 어떤 긴장감을 느낀 것 같았다.

"뭐야. 여기 분위기 왜 이러니?"

"아무것도 아니야." 내가 말했다.

그러나 제니가 나에 대한 말을 하고 말았다.

"버터가 바로 안나의 스토커란다."

"뭐, 안나의 뭐라고?" 파커는 트렌트만큼 재빨리 진지한 어조로 바꾸지는 않았지만 반쯤 웃다 말았다.

"안나의 인터넷 남자 친구가 버터라고." 제니가 말했다.

"제니, 그 입 좀 다물어라."

안나는 창피해서 죽겠다는 표정을 지으며 제니의 말을 막아섰다. 트렌트와 파커는 즉각적으로 반응을 보였다.

"예스~" 파커가 말하자, 트렌트가 반응을 보였다. "이런, 젠장."

그러더니 트렌트는 파커의 손에 20달러를 넘겨주었다. 그들이 이번에는 나를 두고 어떤 내기에 돈을 걸었었는지 뻔히 알 수 있

내 이름은 버터

었다.

"자, 어쨌든." 트렌트가 멋쩍어 하며 어깨를 으쓱해 보였다.

"바깥에 밴드들이 '시프트'라는 곡을 안대. 그래서 네가 와서 연주하기를 기다리고 있다고 하던데. 그러고 나서는 수영장 안으로 풍당 하는 거다. 버터, 네 차례라고."

그는 돌아서더니 로비에서 나가고 파커가 그의 등 뒤에서 그를 향해 박수를 치며 따라 나갔다.

"이번에 또 지면 손해고 이기면 본전인데, 내가 버터보다 물보라를 더 많이 일으킬 거라고."

나는 그들이 로비를 벗어나는 것을 확인하고는 다시 안나를 쳐다보았다.

"바로 네가 언제나 멋진 아이들이라고 옹호하던 그 녀석들이 저기 걸어가고 있네."

"최소한, 저 애들은 거짓말쟁이는 아니거든."

그녀가 내 말을 받아쳤다.

제니가 신음을 하듯 한마디를 뱉었다. "오, 이런."

"무슨 일이니. 왜 그래?" 안나가 물었다.

"나, 토하든 뭐든 해야 할 것 같아. 화장실에 가야겠어."

제니는 한 팔로는 안나를 붙잡고 다른 한 팔로는 자신의 배를 움켜쥐었다.

"가, 가란 말이야."

안나는 제니를 2층으로 이어진 계단으로 올려주며 내게 손짓을
했다.

제니는 계단을 오르며 계단을 내려오는 한 남자애를 별로 반기
지 않는 듯 급히 지나쳐서 갔다. 제레미가 현관 로비 쪽으로 술이
취해 흔들거리며 내려오고 있었는데, 그 모습이 마치 으스대며
활보를 하는 것처럼 보였다.

"어, 남학생, 그리고 여학생. 여기는 무슨 일이 벌어지고 있는
거냐?" 그는 나와 안나를 번갈아 가며 쳐다보고 말을 했다.

"버터 군과 바나나 양이 함께 시간을 보내신다고?"

"저리 꺼져, 제레미." 내가 말했다.

안나는 고개를 세차게 흔들더니 몸을 돌려 자리를 떴다.

"안나, 잠깐만, 기다려!" 내가 소리쳤다.

그녀가 멈추어 섰다. 그러나 제레미가 그녀와 나 사이로 걸어
왔다. "이 자식이 너를 괴롭히기라도 하는 거니?" 그가 안나에게
물었다.

"아니, 지금 너가 우리를 괴롭히고 있잖아." 나는 그를 밀치고
지나가려 했다.

그는 손으로 내 가슴을 밀며 나를 제지시키려 했다.

"너는 언제나 나한테서 달아나려고 하지."

내 이름은 버터

"그래, 나를 주저앉힐 만한 예닐곱 명의 친구들을 네가 대동하지 않았을 경우에는 훨씬 더 쉽게 달아날 수 있겠지."

나는 그를 밀쳐냈다.

제레미가 소리 내어 웃었다.

"와, 누군가 대단한 앙심을 품고 있는 사람이 여기 있네."

나는 제레미의 어깨너머로 안나를 쳐다보았다. 그녀는 우리를 쳐다보고는 있었지만, 무슨 생각을 하는지 그녀의 표정은 읽을 수가 없었다.

"안나, 너 혹시 저 녀석에게 버터라는 이름을 지어준 사람이 나라는 사실을 알고 있었니?" 제레미가 말했다.

"입 좀 닥쳐." 내가 경고를 했다. "너, 꺼지라고."

제레미는 자신의 얼굴을 내 얼굴 앞에 들이댔다. 그에게서 술 냄새가 확 풍겼다.

"야, 말이 나왔으니 말인데, 지금 가야할 사람은 너 아니냐. 그것도 영원히." 그는 값이 나가 보이는 금시계를 보이며 시간을 확인시켜 주었다. "10시 30분이야. 거의 다 되었잖아." 그가 말을 하며 내 눈을 똑바로 쳐다보았다. "오늘 밤에 너 뭐 할 일 있는 거 아니었니?"

나는 겨우 침을 삼켰다. 나는 지난 한 달 동안 온통 나를 사로잡고 있던 그 한 가지 생각을 잠시 잊고 있었던 것이다. 이제 바람 빠진 공 신세가 되어 다시 나의 모습으로 돌아온 것이었다. 이미 시간이 많이 흘렀다. 이러다간 보는 사람마다 제레미와 같은 질문을 할 것이다. 아직까지 여기서 뭘 하고 있는 거니?

"제레미, 이 개자식아, 엿이나 먹어라."

그리고 내가 그 말을 했을 때, 나는 세상 모두를 향해 말하는 것이었다. 엿이나 먹어라!

제레미는 전혀 동요하는 기색이 없었다. 그는 몸을 숙여 내게 속삭일 때는 옅은 미소까지 보였다.

"너 이제 15분 남았어. 그 대담한 버터의 배짱을 이제 좀 보여주라."

그러고 나서 제레미는 여유롭게 부엌 쪽으로 걸어갔다.

그가 떠난 자리에는 시시각각 엄청난 속도로 무거운 침묵이 엄습해 왔다. 나는 늘 풍부한 표정을 지어 보이는 안나의 얼굴을 살피며 그녀의 감정을 읽으려 했지만, 그녀는 석상처럼 미동도 없이 서 있었다.

안나에게 꼭 해주고 싶은 말이 있었는데, 제레미 녀석이 나의 초점을 모두 흐려 놓았다. 나는 안나의 감정에 온전히 집중을 할 수가 없었다. 왜냐면, 나는 온통 감각이 마비되어 차가운 두려움에 압도당해 있어서 다른 생각을 할 수가 없었다.

"그래, 때가 됐다." 나는 완전히 무력해져서 그녀에게 속삭였

내 이름은 버터

다. 옆방에서 들려오는 DJ의 쿵쿵 울리는 음악소리 때문에 그녀가 내 말을 알아들었는지도 나는 알 수 없었다. 어쩌면, 그녀가 내 말을 알아듣지 않길 바랐는지도 모른다. 그러나 나는 말을 해야 했다. 누군가 나를 걱정하는 누군가에게는 내가 두려움을 느끼고 있다고 알려야 했다.

"내가 어떻게 해야 할지—"

안나는 고개를 흔들며 내 말을 잘랐다.

"솔직히 말해서, 버터. 난 네가 무슨 짓을 하든 상관 안 해."

그녀는 내게 등을 보였다. 이번이 마지막이겠지. 그러고 나서 파커네 집의 객실로 연결되는 옆문으로 사라져 버렸다. 그녀는 그 무거운 침묵도 함께 가져가 버렸다. 잠시 멈추어 버린 것 같았던 쿵쿵대는 파티의 소리가 어디선가 다시 들려왔다. DJ의 음악소리는 점점 더 커지고 아이들은 현관 로비로 쉴 새 없이 드나들었고, 마치 내 앞에 펼쳐진 시간은 초고속 열차마냥 흘러가고 있었다. 그러나 나는 그 자리에서 앞으로도 뒤로도 움직이지 못한 채 가만히 서 있었다.

내 뒤쪽의 뒷마당에서는 내가 나와서 공연을 하기를 환호하는 팬들—그들이 기다리는 것이 무대 위의 공연인지 아니면 인터넷 쇼인지는 알 수가 없었다—로 가득 차 있었다.

그 시각까지 내가 만약 계속 파티에 남아서 색소폰 연주를 하고 탄산음료를 홀짝이고 있다면, 자정에 내게 닥칠 일을 생각하니 당혹스러워졌다. 그러나 걸어 나가기 전의 안나의 얼굴—모든 것이 상관없다는—을 떠올려보니 그 누구도 내가 하는 일에 관심이 없다는 것을 깨닫게 되었다. 지난 몇 주간 아이들이 나에 대해 어떤 느낌을 가질까를 생각하며 고민을 많이 했었지만, 그러나 진실은 파티에 모인 대부분의 아이들은 나 따위가 그날 밤 죽어서 시체 운반용 자루에 실려 가든지, 아니면 파커네 집 소파에서 죽든지 별로 신경을 안 쓴다는 것이었다.

그러나 이렇게 죽든, 저렇게 죽든 파티—그 모든 파티 말이다—는 끝이 날 것이다. 더 이상 볼링장에 갈 일도 없고, 버킷 리스트를 짤 일도 없고, 학생식당의 친구들도 없고, 더 이상의 팬이나 친구들도 이제는 더는 없는 것이었다. 제니가 모두에게 내가 인터넷 스토커였다고 떠들어 대면, 잘해 봐야, 나는 지나간 어제의 가십거리가 될 것이다. 그래도 혹시 만의 하나 그들이 여전히 나를 보기를 원한다면, 학생식당의 그들 곁의 한자리를 위해서 나는 끊임없이 그들에게 아양을 떨며 즐겁게 해주어야 할 것이다. 어제는 자살의 위협을 퍼뜨리고, 오늘은 비밀스런 색소폰 연주자로, 그럼 내일은 무엇이란 말인가?

내 앞에 놓인 그 군중들 속에서 내가 진정 관심을 가졌던 그 유일한 한 사람이 내게서 멀리 가 버렸다. 그녀를 따라가는 것은 더욱 불확실한 길이었다. 나는 왜 그녀가 버터에게서 그리고 자신을 속이고 당황스럽게 만드는, 잘 알지도 못하는 그 애들에게서 돌아섰는지 알고 있었다. 그러나 어쩌면, 그녀는 J.P.의 말은 듣고 싶었는지도 모른다. 몇 개월 간 온라인에서 우정을 키웠으니, 그녀는 적어도 J.P.라는 아이에게는 설명의 기회를 줄지도 모를 일이었다. 나는 자살을 꿈꾸는 뚱땡이 괴물과 너무나 좋은 가상의 친구 사이에 서 있는 진짜인 내 모습을 그녀에게 보여줄 방도를 찾아야만 했다. 그런데 나는 그렇게 할 수 있을지도 확신을 할 수가 없었다.

그때 갑자기 내 머릿속에 터커가 들어왔다. 그의 목소리는 마치 내 옆에서 말을 하고 있는 것처럼 선명하게 들렸다.

"너는 노력을 안 하는구나. 시도도 안 해보고 네가 어떻게 아냐? 너는 그저 실망할까 봐 두려워하는 거잖아."

나는 점점 복잡해지는 생각을 떨쳐 버리려 머리를 몇 번 흔들었다. 터커라면 첫 번째 문 뒤에 있는 관객들에게 가운데 손가락을 날렸을 것이다. 그러나 두 번째 문 뒤에 있는 여자애를 쫓아가는 기회를 포기하지는 않았을 것이다. 그는 내게 최악을 예상하지 않고 위험을 감수한 것에 대해 사과하라고 말했을 것이다. 오, 하느님, 터커의 헛소리가 그리웠다. 그 순간 그가 함께 있었다면 하는 그리운 마음이 들었다.

그러나 터커는 그 자리에 없었다. 그는 보이지가 않았다. 나는 이미 그날 밤 그 소녀의 굳은 믿음을 여지없이 깨어 버렸다. 그러고 나서는 그 결과가 내게 어떻게 돌아오는지 보고 있는 꼴이었다. 어쩌면, 결국은 터커나 핏펩 캠프 상담원들의 말이 옳았는지도 모른다. 세상을 진흙 묻은 안경을 끼고 바라보는 것은 모두 나의 탓이었을지도 모른다. 그렇지만, 현실은 문을 하나를 지나고 또 다른 문을 지나도 아무런 희망을 발견할 수가 없었다. 그래서 나는 더 이상의 실망은 감당할 수가 없었던 것이었다.

마치 짜 맞추기라도 한 것처럼, 때마침 내 위가 요동치기 시작했다. 그 익숙한 배고픔의 느낌은 마치 알람소리처럼 나에게 한 가지 선택의 여지가 남아 있음을 상기시켜 주었다. 나는 그 길의 끝에는 대체 무엇이 있는지 가늠조차 할 수가 없었기에, 실망스런 결론을 얻게 된다는 것을 머릿속에 그리기도 어렵다는 사실이었다.

나는 터커처럼 용감하게 안나와 같은 사람들에 대해서는 믿는 마음을 갖고 싶었다. 그러나 결국, 나는 핏펩 캠프에서 늘 들었던 냉소적인 겁쟁이일 뿐이었다. 왜냐면, 나는 세 번째 문을 선택해 버렸다. 그래서 그냥 입구로 나와 버렸다.

그러고 나서 나는 그곳에서 사라진 것이다.

내 이름은 버터

29장

파커네 집 앞에 차들이 하도 다닥다닥 주차가 되어 있어서 다른 차를 빼 달라고 하기 전에는 내 BMW를 뺄 방도가 없어 보였다. 그래서 나는 내 차를 지나쳐서 그냥 자갈이 깔린 길을 따라 대로변까지 걸어 내려왔다. 그러고 나서 그냥 계속 걸었다. 그 동네 공동 출입구를 벗어나서 어두운 사막으로 난 도로를 지나 꼬박 1마일을 걸어서 붐비는 도로까지 나왔다. 그때 가슴도 너무 답답해 오고 무릎도 아파 죽을 지경이어서 나는 택시라도 불렀어야 하지만, 그래도 그냥 계속 걸었다. 왜냐면 걷는 게 기분은 아주 좋았다. 내 몸을 덮쳐오는 통증과 피로는 내가 살아있다는 생각을 하게 해주었다.

아주 붐비는 사거리에 다다라서야 나는 내가 집으로 향하고 있지 않음을 깨달았다.

나는 어디를 가고 있는 거지?

나는 마치 핸드폰이 나침반이나 길 안내자라도 되는 것처럼 핸드폰을 꺼내 들었다. 나는 아무런 생각 없이 터커의 번호를 눌렀다. 그 순간, 터커가 나를 설득시키려 할 것이라는 생각이 무의식적으로 떠오르자 내가 뭔가 위험하고도 바보 같은 짓을 하려던 찰나에 있음을 알았다. 그러나 그의 용기를 심어 주는 목소리 대신 전화에서는 전화번호와 이름을 남겨 달라는 녹음된 그의 음성만이 무심히 흘러나오고 있었다. 수신음 소리도 듣지 못했던 것 같다. 그 시간에 그는 어쩌면, 시카고행 비행기에 몸을 싣고 있을지도 모른다는 생각이 들었다.

반 블록을 더 걸어가는 사이 나는 엄마와 아빠에게 연락을 드릴까도 생각해 보았지만 그러나 부모님들은 새해 축하 파티에 가 계실 것이고 전화를 한다 해도 벨소리를 듣지도 못할 것이다. 그리고 어찌되었든 엄마한테서 울고 싶지는 않았다. 그러면 언제나처럼 음식으로 나를 달래 주려고 할 것이다. 나는 트렌트나 파커, 그리고 다른 가짜 친구들에게도 전화를 할 수가 없었다. 내가 전화를 걸어도 무슨 말을 하겠는가? 안나는 나를 안 좋아할 것이다. 나는 소름끼치는 스토커니까. 그리고 오늘 밤, 자정이 되면 내가 너무 두려워하는 그 어딘가에 있어야 하는 시각이기도 하다.

한심하다.

내 이름은 버터

게다가, 어쩌면 그 애들은 이미 팝콘을 한 바구니씩 준비해서 내가 벌이는 인터넷 쇼를 보기 위해 들떠 있을지도 모른다. 그래서 나는 정처 없이 그렇게 마냥 걸었다. 왜냐면, 나는 갈 곳이 없었다.

나는 세 번째 교차로에 다다랐을 때, 길 건너를 쳐다보며 내가 어디쯤 와 있는 것인지 둘러보았다. 로건스에서 한 블록 떨어진 곳이었다. 교수님! 나는 다리에 다시 힘을 내어 더 빨리 걸었다. 장딴지가 끊어질 듯이 아파왔다. 내 손에는 여전히 색소폰이 들려 있었다. 그것은 어쩌면 로건스로 가라는 일종의 신호였다.

로건스 밖에는 이미 긴 줄이 만들어져 있었다. 새해 전야니까, 브라스 보이즈만이 이 정도의 관객을 끌어모을 수 있음을 나는 알고 있었다. 교수님이 안에 계심이 분명했다. 나는 정문 앞까지 성큼성큼 걸어갔다.

"줄은 저기 뒤에서 시작되는 거다." 기도가 말했다.

"제가 밴드부랑 함께 공연하거든요." 나는 색소폰을 흔들어 보이며 말했다.

"오, 그래." 줄의 앞 쪽에 있던 한 남자가 눈을 희번덕거리면서 말했다. "나도 밴드부다."

"아, 나도 밴드부다!" 그의 뒤에 있던 남자가 웃으며 말을 했다.

"아니요, 정말이에요." 나는 그 기도에게 애원을 했다. "브라스 보이즈가 오늘 밤 공연을 하잖아요. 맞죠? 제가 그 공연에 함께 한다고요."

"가서 줄 제대로 서라. 이 막무가내 녀석아." 누군가 소리쳤다.

이어서 다른 목소리들도 가세를 했다.

"그래, 자, 어서 가!"

"다른 사람들처럼 줄을 서라니까."

그 기도는 이번에는 보다 준엄하게 지적했다.

"미안하지만, 줄 뒤로 가."

나는 그의 몸을 가늠해 보았다. 그는 나보다 근육질이었지만 내가 그보다는 80킬로는 족히 더 나가는 것 같았다. 나는 못이기는 척을 하며 돌아서다가 마지막 순간에 나의 육중한 아픈 다리로 최대한 전속력을 내어서 그를 지나 클럽 안으로 밀고 들어갔다.

"야!"

나는 그의 강한 팔이 나의 등을 후려치는 것을 느꼈지만, 막아서는 그를 밀쳐내서 그가 재빨리 움직일 수 없게 만들었다. 로건스 안에서는 귀에 익은 브라스 보이즈의 선율들이 나의 온몸을 씻어주는 것 같았다.

"저 녀석 잡아!" 아까 그 기도의 목소리가 등 뒤에서 들려왔다. 나는 본능적으로 사람들을 옆으로 밀쳐내며 앞을 향해―교수님을 향해―나아갔다. 무대 위로 오르는 계단에서 나는 드디어 교수님의 눈과 마주쳤다. 그는 어리둥절한 표정으로 나를 바라보시고는 밴드부 친구에게 몸짓을 하셨다. 두 분 다 나를 보시더니 서로 무슨 말씀인가를 나누셨다. 나머지 밴드부원들은 연주를 계속 이어갔다. 교수님은 트럼펫을 내려놓고 무대에서 내려오셨다.

"버터, 너 여기는 어쩐 일이냐?"

"죄송해요." 내가 말했다.

"괜찮다. 이번 곡은 내가 없어도 되는 곡이니까."

"아니요, 죄송해요. 제가 교수님께 거짓말을 했어요."

마음속 깊은 곳에서부터 감정의 파도가 일렁이더니 양 볼이 달아오르며 눈은 가시에 찔린 듯 따끔거리기 시작했다.

"나한테 거짓말을 했다고? 버터, 너 술 마셨니?"

"제가 교수님께 거짓말을 했어요!" 제기랄 이 시점에 눈물까지 주르륵 흐를 것은 뭐람!

교수님은 나의 한쪽 어깨를 잡더니 나를 무대에서 데리고 내려와서 클럽 구석의 어두운 곳으로 가셨다.

"진정하고 무슨 일인지 말을 해보렴."

그는 음악소리에 묻힐까 큰 목소리로 말을 하셨지만 그래도 내게는 왠지 속삭이는 것처럼 들렸다.

나의 울음소리는 더욱 커질 뿐이었다. 내가 교수님께 했던 거짓말은 다른 모든 사람들에게 했던 것과는 비교도 되지 않았지만, 그래도 나는 누군가에게—아무라도 붙잡고—내가 거짓말쟁이였음을 고백해야만 하는 심정이었다. 나는 내 안에 나쁜 것들을 몰아내야만 했다.

"버터, 뭐에 관해 거짓말을 했다는 거니?"

저는 엄마한테 BI 기관에 가는 거 생각해 보겠다고 거짓말을 했어요. 터커에게는 핏팹의 맹세를 하며 거짓말을 했어요.

"밴드부에 관해서요. 저는 밴드부에 안 들어갈 거거든요."

"그게 전부니? 그건 괜찮다. 그렇게 마음 쓰고 말고 할 일은 아니다."

나는 안나에게 내가 어떤 사람인지 속였다고요. 모두에게 내가 죽고 싶다고 말한 것은 거짓말이었다고요. 나에게는 친구가 있다고, 정말 안나가 나의 친구라고 나 자신을 믿게 만든 것은 나 자신에게 거짓말을 했던 거나 마찬가지라고요.

"그리고 안나에 관해서요. 저는 그것도 거짓말을 했어요. 저는 정말 안나를 좋아하거든요."

"안나 맥긴 말이니? 버터, 안나랑 무슨 일이라도 있었던 거니?"

"잠깐만요, 여기 이 아이를 아세요?"

아까 그 기도가 몇 명의 지원군을 대동하고 갑작스레 내 옆으로 불쑥 나타났다. 그 세 명은 나를 길거리로 끌어낼 작정으로 근육질의 몸을 자랑하며 병풍처럼 버티고 섰다. 그렇게 강인해 보이는 남자들 앞에서 닭똥 같은 눈물을 뚝뚝 흘리고 있는 내 자신이 정말 굴욕스럽게 느껴졌다.

"네, 우리 밴드부랑 함께 하는 사람이에요."

교수님은 그 기도를 보내려고 손을 내저어 보였다. 그렇지만 그들 중 한 사람이 앞으로 나섰다.

"네, 그렇다면 신분증 좀 확인해 보겠습니다."

"저 스물한 살 맞아요." 내가 말했다. 그나마 눈물이 내 얼굴만 범벅으로 만들었을 뿐 목소리는 그렇게 잠기지 않은 것이 다행이다 싶었다.

"그 애는 스물한 살은 아니에요." 교수님이 말했다.

배신자.

"그렇지만, 괜찮아요. 얘는 곧 나갈 거예요."

"저, 안 나가요." 나는 발까지 쿵쿵 구르며 떼를 썼던 것 같다.

"만약 네가 미성년자라면 여기서 나가야 한다."

그 기도가 나를 향해 팔을 뻗으며 말했다. 그러자 폭력배 같이 생긴 두 번째 남자가 내 남은 팔을 잡기 전에 교수님께서 앞으로 몇 발자국 나섰다.

"내가 알아서 하겠소. 밖으로 내보내겠소."

내 팔을 잡고 있던 사람이 잠시 망설이는 듯했다.

"베니, 내가 처리하겠다고. 정말일세."

교수님이 약속까지 하셨다.

베니는 마지못해하며 나를 손에서 풀어 주기는 했지만, 교수님께서 훨씬 부드러운 손길로 나를 이끌고 입구까지 나오는 동안 우리의 뒤꿈치를 바싹 따라 붙어서 왔다.

나는 문에서 마지막으로 한 번 더 노력을 했다.

"교수님, 저를 용서해 주셔야 해요."

"용서하고 말고 할 것이 뭐가 있니? 그렇지만 나는 어쨌든 너를 밖으로 데리고 나가야겠다."

교수님은 진심으로 미안해하는 것 같았다.

"네가 아직은 어려서 영업 시간 동안은 이곳 출입을 할 수가 없단다." 교수님은 나를 이끌고 인도가 있는 곳까지 나오셔서 주차요원을 손짓하여 부르셨다.

"밴드는 어쩌시고 벌써 가세요?" 주차요원이 고리에서 교수님의 자동차 키를 빼내면서 말했다. "아직 자정도 안됐잖아요."

교수님은 내 어깨를 툭 치셨는데 그 손길은 파커를 생각나게 했다.

"여기 있는 내 친구가 호박으로 변하기 전에 얼른 집으로 좀 데려다 줘야 할 것 같아서요."

나는 몸을 움츠려서 나의 어깨를 잡고 계신 교수님의 손에서 슬쩍 빠져나왔다. "저는 집에 가고 싶지 않아요."

그 주차요원이 교수님의 차가 주차되어 있는 곳을 찾아 터벅터벅 발걸음을 옮기자 교수님이 몸을 돌려 내 눈을 똑바로 쳐다보셨다.

"버터, 무슨 일이 벌어지고 있는 줄은 내가 자세히 모르겠다마는 이런 상태로는 일을 해결할 수가 없단다. 집에 가서 술부터 깨야 할 것 같다."

"저 술 안 마셨어요."

"그래."

"안 마셨다니까요."

"그렇다면, 집에 가면서 무슨 일이 있었는지 내게 말해 줄 수 있겠구나."

일은 집에 가서 그 이후에 벌어질 거라고요.

"던, 여기서 뭐 하고 있소?"

클럽 입구에 빌리가 나타났다. 그의 손에도 나와 같은 모양새의 색소폰이 들려 있었다. 그를 보고 있으면 더 날씬하고 더 멋진 모습의 나를 보는 것 같은 기분이 들었다.

"버터, 너도 우리랑 함께 하는 거니?"

그는 내 손에 들려 있는 색소폰을 쳐다보며 고개를 끄덕여 보였다.

"나는 버터를 집에다 데려다 주려고 하는 중이오."

교수님이 말했다.

"싫어요." 나는 빌리에게서 시선을 거두고, 또 다른 나의 이미지에 대한 생각도 접고는 교수님께 시선을 맞추었다.

"교수님은 지금 다른 연주자들을 저렇게 남겨 두고 가실 수는 없잖아요. 죄송해요, 제가 교수님의 쇼에 방해를 드렸어요. 죄송해요, 저는—"

"괜찮다." 교수님은 자신의 차를 빼고 있는 주차요원을 향해 손짓을 하며 말했다.

"어, 던." 빌리가 입구에서 헛기침을 하며 말했다. "내가 보기에는 괜찮지 않은 것 같은데. 우리는 지금 다 준비를 하고 있는데—"

"보세요, 교수님." 나는 교수님과 교수님의 차에서부터 뒤로 물러서며 택시 승강장 쪽으로 몸을 돌렸다. "교수님 말씀이 맞아요. 제가 술을 좀 과하게 마신 탓인가 봐요." 나는 마치 술이 취해서 헛웃음을 짓는 것 마냥 들리기를 바라면서 간신히 겨우 몇 마디를 뱉어 내고는 교수님이 막아서기 전에 얼른 택시에 몸을 실었다.

교수님은 열린 택시 창문 사이로 고개를 들이밀면서 말했다.

"너 정말 괜찮은 거니?"

아뇨. 안 괜찮아요.

"네, 물론이죠."

교수님은 택시 운전사에게 내 주소를 넘겨주고는 나를 다시 한 번 쳐다보셨다.

"가서 잠 좀 청해라. 이야기는 내일 하자꾸나."

아뇨, 내일은 없을 거예요.

"네, 교수님. 그렇게 할게요."

내가 교수님께 잘못된 말을 하고 있음을 깨달았을 때 택시 운전사는 벌써 승강장을 벗어나고 있었다. 나는 '교수님 두려워 죽을 것 같아요'라고 말하는 대신 '죄송해요'라고 말했던 것이다. 나는 도움을 청하는 대신 용서를 구했다. 이제 택시 운전사는 속도를 내며 어둠 속으로 달려 나갔고, 그 까만 밤은 로건스 밖에 있는 모든 작은 네온사인의 불빛들을 삼켜 버렸다.

마지막 불빛이 깜빡일 때, 나는 어둠 속에 나를 온전히 맡겼다.

집으로 돌아가는 동안 내내, 그 택시 운전사가 틀어 놓은 라디오에서는 쿵쾅대는 음악이 흘러나왔지만, 나는 아무런 불평 없이 그냥 그렇게 하도록 두었다. 괴성을 질러대는 록음악이 복잡한 내 머리를 식혀 주어서 안나에게 전화를 걸어 볼까 하는 따위의 어리석은 짓을 못하도록 하는 데 도움이 되었다.

그 시간 우리 집 안은 조용했어야 마땅하지만, 그러나 내 귀에는 아직도 택시 운전사가 틀어 놓은 라디오 소리가, 클럽의 재즈 음악이, 파티의 DJ소리가 그리고 안나를 위한 곡의 부드러운 선율이 울리고 있었다. 그 밤에 들었던 모든 소리가 내 귓가에 천둥 소리처럼 울려 퍼지며 빈 집의 조용한 정적을 몰아내고 있었다. 내 안에서는 엄마가 그 시간에 혹시 집에 계셔서 내가 계획을 실행시키지 못하도록 방해를 해 주셨으면 하는 작은 소망이 꿈틀대고 있었다. 그렇지만 집에는 나의 계획을 막는 어떤 장애물도 없었다. 집에는 나밖에 없었고, 내 머릿속은 그 음악 소리들로 가득했고, 2층에는 한 무더기의 음식만이 침묵 속에서 덩그러니 나를 기다리고 있었다.

나는 나의 무거운 발걸음을 따라 계단을 올라갔다. 다리에 느껴지는 아픔은 자극을 넘어서 이제는 극심한 통증으로 다가왔다. 나는 한 팔을 이용해서 책상 위에 너저분한 것들을 모두 치워 버렸다. 작은 장식품과 전자기기들이 바닥으로 나뒹굴었다. 그 물건들이 하나씩 다 부서지는 것 같았다. 그 파괴 속에는 묘한 힘이 있었다. 나는 책상을 방 한가운데로 끌어다 놓고 노트북 컴퓨터는 그 위에 달린 카메라가 선명하게 찍을 수 있도록 하기 위해서 서랍장 위에다가 설치를 했다.

준비한 음식을 하나씩 하나씩 펼치면서 마지막 만찬 식탁을 차렸다. 몇 가지 검증되지 않은 품목들이 빠져 있었다. 파티에서 네이트를 만났을 때 알약을 챙겨두는 것도 깜빡 잊었었고, 오는 길에 보드카를 한 병 슬쩍 챙겨다 놓는 일도 하지 못했다. 나는 충

내 이름은 버터

분히 세심한 계획을 세우지는 못했던 것 같다. 그도 그럴 것이 바로 직전까지도 내가 정말 이 일을 실행하게 되리라는 확신이 없었기 때문이었다. 내가 정말로 이렇게 할 수 있을 줄 몰랐었다.

웹사이트에 자살 계획을 공고한 그날 밤을 떠올려 보았다. 나는 학교에서 몹시도 당황스러운 일을 당했었다. 나는 그런 나를 어떻게든 고쳐줄 수 있다고 생각하는 엄마와 아빠에게 그리고 교수님께도 잔뜩 화가 났었다. 그리고 나는 그놈의 빌어먹을 '가장 ~할 것 같은 학생 리스트' 때문에 완전히 분노하고 있었다. 나는 사람들이 자살을 감행하겠다고 위협하는 나의 글을 보고 조금의 죄책감이라도 느끼길 바랐었다. 나는 그들이 내 계획을 믿어 주기를 기대했던 것은 아니었다. 나는 확실히 그들이 내가 죽기를 기대할 거라고는 생각하지 못했었다.

그 이후에 일어난 모든 일들은 놀랍기 그지없었다. 내가 원했던 것은 그저 학생식당에서 그들 테이블의 한자리였고, 안나가 주는 조금의 관심이었고, 그리고 아이들과 주말을 함께 보내고 싶은 마음이 전부였다. 그런 것들을 지켜 나가기 위해서 나는 나의 자살 계획도 계속 진행시켜 나갈 수밖에 없었다. 나는 그 구석이 얼마나 어두운지도 알지 못한 채, 나 자신을 계속해서 구석의 궁지로 내몰고 있었던 것이었다.

나는 이제 궁지에 몰린 것이었다. 그리고 나는 이 일을 벌이기 전보다 더 많은 것을 잃어버린 상태였다. 터커는 시카고로 떠나 버렸다. 교수님은 나를 정말 멍청한 아이라고 생각하실 것이다. 엄마는 마치 나를 전혀 모르는 사람처럼 낯선 눈빛으로 쳐다보신 다. 그리고 안나는 이제 두 번 다시 나를 멋쟁이라고 부르지 않을 것이다.

나는 모든 것들을 아주 조심스럽게 내가 정한 순서에 따라 왼 쪽에서 오른쪽으로 가지런히 펼쳐 놓았다. 인슐린 주사 두 대, 피 넛 버터 두 통(음식물을 잘 내려가게 하려면 처음부터 먹어 두면 좋다), 그리고 내게는 독 그 자체인 딸기 잼과 일을 원활하게 만들어 줄 신선한 딸기 한 통을 늘어놓았다. 양파와 달걀 한 판은 삼키기가 쉽지 않을 테니 옆줄에 함께 두었다. 그런 다음 옷장 속에 넣어 두었던 아이스박스에서 모든 고기 종류를 꺼내서 펼쳐 두었다. 그 옆에 음식물을 잘 넘기기 위해 다이어트 탄산음료도 세워 두 었다.

책상 위에 올려진 나의 마지막 음식은 크리스털 접시 위에 담 겨진 채 책상 한가운데 두꺼운 옥스퍼드 사전 위에 놓인—나의 웅장한 피날레를 장식 할—버터 한 덩어리였다.

나는 침대 위에 두었던 나의 색소폰을 집어 들었다. 손에 색소 폰을 쥐고 있는 그 느낌이 그 어느 때보다 좋았다. 나는 침묵 가 운데 사람들이 죽으면 이승에서 저승으로 뭔가를 가져간다고 생각했던 이집트인들의 그 믿음이 옳은 것이었기를 기도했다. 나는 색소폰을 내 입술에 가져다 대고 하나의 음을 완벽하게 불었다. 그것은 안나를 위한 곡의 첫 음이었다. 나는 지난번 코요테들을 울게 만들었던 그 낮은 키로 맞추어 그 곡을 끝까지 다시 한 번 연주했다. 최고의 소리였다.

나는 조심스레 색소폰을 침대 위에 다시 올려놓고는 푹신한 의자에 자리를 잡고 책상 앞에 앉았다. 시계를 확인해 보니 자정까지는 6분 정도가 남은 시각이었다. 나는 치명적인 용량의 인슐린 주사를 팔 위쪽에다가 놓았다. 그리고 나는 내 웹사이트에 접속을 하고 생중계를 하도록 설정을 하고 카메라에 불을 켜고…… 그리고 앉아서 먹기 시작했다.

피넛버터는 정말이지 쑥쑥 쉽게도 내려갔다. 내 몸은 단 음식을 몹시도 갈망하고 있었고 이번 주 내내 뭘 제대로 먹지 않았던 탓인지 나는 다시금 음식과 사랑에 빠지는 것 같은 기분이 들었다. 그리고 그 딸기들—오, 딸기!—거기 놓인 딸기들은 정말이지 먹고 죽어도 좋을 만큼 맛이 있었다. 그렇게 맛있는 특별한 음식에 내가 알레르기가 있다는 것은 정말 부당한 일 같았다. 딸기들은 내 몸에 들어가자마자 그 마법의 위력을 발휘하기 시작했다. 남은 마지막 딸기를 다 먹기도 전에 내 목구멍이 조여 오고 있었다. 나는 거의 숨이 막힐 것 같았지만, 나의 계획에 맞춰서 억지로 더 빨리 먹었다.

달걀을 깨뜨릴 때는 나의 두 손이 극심하게 흔들렸다. 인슐린이 제 역할을 하기 시작한 것이었다. 어느 순간, 나는 노트북을 올려다보며 누구든 내 생중계에 댓글을 다는 사람이 없는지 보려 했지만, 화면이 흐릿해졌다. 양파 때문인지 나의 두 눈은 눈물범벅이 되었고 퉁퉁 부어서 뜰 수가 없었다. 내 흐려진 시야만큼 머리도 어지러웠고, 심장의 박동은 빈 박사님이 기겁을 할 만큼 급속히 빨라지고 있었다.

나는 소갈비의 맛도 핫도그의 식감도 거의 알 수가 없었다. 눈이 하도 퉁퉁 부어올라서 눈꺼풀 사이의 작은 틈으로도 거의 볼 수가 없었다. 나는 고기들을 그냥 느낌과 정신력으로 밀어 넣었다.

나의 머리는 빙글빙글 돌았고, 손은 마구 떨렸고 목구멍은 막혀 버렸다.

나는 버터를 집으려고 손을 내뻗었는데, 그 순간 나의 모든 세상이 온통 까맣게 되고 말았다.

30장

　나는 천국에서 깨어났다. 내 말은 내가 있는 곳이라면 천국이 아니었겠는가 말이다. 모든 것이 흰색과 갈색으로 보였다. 모든 것이 커팅된 다이아몬드의 여러 면처럼 분광기의 날카로운 빛줄기 속으로 부서져 들어갔다. 안나와 똑같이 생긴 한 얼굴이 그 분광기의 한 면을 차지하고 있었는데, 그것들은 천사의 얼굴이었다. 그러고 나서 그 천사들은 노래를 부르기 시작을 했다. 아니, 노래가 아니라 콧노래였나? 천사들도 콧노래를 부른단 말인가?

　나는 머리를 흔들어 보려 했지만, 내 머리는 너무 무거웠고 목은 너무 뻣뻣해져 있었다. 나는 앞을 제대로 보고 싶어서 몇 번이고 눈을 깜빡거렸지만, 그 빛줄기들이 흐릿해져 시야를 가릴 뿐이었다.

　"이제 깨어났네요." 누군가 말을 했다.

　콧노래 소리가 멈추었다. 내 어깨를 그리고 머리를 만지는 누군가의 손길이 느껴졌다. 내 주위의 움직임을 감지하고 나자 드디어 내 눈에 초점이 돌아왔다. 아름다운 음악이 흘러나오고 안나와 같은 미녀가 있고 모든 것이 하얀색으로 둘러싸여 있는 그곳이 나는 천국임을 의심치 않았다. 그러나 정신이 들고 보니 그 하얀색은 전형적인 병원의 그것이었다. 그리고 긴장을 했을 때 엄마가 부르는 그 콧노래가 전에는 한 번도 좋다고 느낀 적이 없었기에 그렇게 아름다운 음악으로 들렸나 보다. 안나처럼 보인 그 누군가는 아마도 나의 상상력이 동원시킨 인물이었나 보다. 왜냐면, 죽 둘러보니 내 눈에 들어오는 것은 우리 부모님과 밝은 색의 수술복뿐이었다.

"엄마." 내가 말했다. 아니 나는 말을 하려고 노력을 했다. 나는 목이 너무 바싹 말라 있어서 입 밖으로 말을 꺼낼 수가 없었다. 입술도 쩍 붙어 있었고 턱에도 통증이 느껴졌다. 엄마가 내 볼에 손을 갖다 대자, 엄마의 익숙한 손길이 나의 통증을 완화시켜 주었다.

"쉬, 아가. 엄마가 여기 있다. 말 안 해도 된다."

엄마 옆에 의사 선생님이 나타나셔서 나를 내려다보고 계셨다.

"돌아온 걸 환영한다." 따뜻한 목소리로 선생님이 말했다.

"내 말 알아들었으면 그냥 고개만 끄덕이면 된다."

나는 고개를 끄덕였다.

내 이름은 버터

"지금 너는 병원에 있단다." 고개를 끄덕였다.

"괜찮아질 거다." 나는 이번엔 고개를 끄덕이지 않았다. 괜찮아질 수 있을지 확신을 할 수가 없었다. 내가 어떤 상태에 처해 있는 것인지, 어떻게 해서 병원으로 실려 오게 된 것인지 알 수 없었고, 아니, 나는 내 자신에게 무슨 설명을 해야 할지 알 수가 없었다. 최소한 어쨌든 나는 내 자신에게 하는 설명만큼은 좀 미루어 둘 권한은 있지 않겠나. 입이 떨어져서 말을 할 수 있을지라도, 나는 말을 할 수가 없었을 것 같다. 어찌나 눈꺼풀이 무겁게 느껴지던지 다시 눈이 감겼기 때문이다.

의사 선생님의 따뜻한 목소리가 나를 편안하게 해 주셨다.

"만약 다시 잠이 들어도 괜찮습니다. 처음에 피곤함을 느끼는 것은 자연스런 일입니다."

아마도 의사 선생님은 엄마와 말씀을 나누고 계셨던 것 같다. 나는 눈을 떠서 확인을 해보고 싶었지만 도저히 눈을 뜰 수가 없었다. 무슨 말씀을 나누든 내 귀에서는 모두 달아나 버렸다. 왜냐면, 나는 이미 잠으로 빠져들었기 때문이었다.

내가 다시 깨어나기 전까지 얼마를 더 잤는지 알 수가 없었지만, 날이 바뀐 것은 아닌 것 같았다. 간호사들이 내 침대 양쪽에서 기계들의 버튼을 누르고, 링거 대에 매달린 수액 봉지들을 교체하고 있었다. 내 온몸은 마치 기중기에 매달린 쇳덩어리에 한

대 맞은 것 같은 느낌이 들었다.

내가 일어나 앉으려 애를 쓰자 간호사들 중 한 명이 즉각 움직여 내 등 뒤에 베개를 대고 어깨를 받쳐 주어서 나는 빨리 움직일 수가 없었다.

"아침, 혈당입니다." 그녀가 말을 하며 자신의 시계를 확인했다. "아니면, 지금 상황에서는 오후라고 볼 수도 있겠네요."

"네, 안녕하세요." 나는 쉰 목소리로 말했다.

그 간호사는 뭔가를 내 손가락에 고정시켜 두고 혈압을 잰다면 찍찍이가 달린 뭔가로 내 팔을 감싸며 그렇게 몇 분 정도 내 옆에 있었다. 그 간호사가 자신의 일을 하는 사이 나는 병실을 쭉 살피다가 병실에 선물이 가득하다는 것을 발견했다. 여기저기에 선물들이 눈에 들어왔다. 한 꽃바구니에 카드가 꽂혀 있는 게 보였다. 그 카드에는 "사랑하는 루이스 삼촌과 신디 숙모로부터"라고 적혀 있었다. 과일 바구니에 매달려 있는 카드에는 "빨리 회복해라. 핏팹 친구들로부터"라고 적혀 있었다.

그 간호사는 한쪽에 있는 테디 베어를 고쳐 앉히며 거기에 달린 카드를 읽어 주었다. "모건으로부터" 그 간호사가 미소를 지으며 읽어 주었다. "정말 친구들이 많은 모양이다."

"네, 그래요, 친구들이요."

나는 간호사의 말을 반복해서 따라했다. 나는 그 곰 인형을 쳐

내 이름은 버터

다보며 내게 도움을 주려했던 그녀에게 거짓말까지 시켰었는데 그런 내가 과분한 걸 받았다는 생각이 들었다.

침대 머리맡에 놓인 네모난 테이블 위에는 오래된 비닐로 싸인 레코드판이 한 아름 있었다. 그 레코드 더미에 손을 내뻗으려 하자 내 육중한 몸으로 인해 침대가 삐걱거리는 소리를 냈다. 찰리 파커.

"아니 이걸 어떻게 하란 말인가?"

내 말은 그저 수사의문문이었을 뿐인데, 바로 답을 얻었다.

"던 교수님과 빌리가 브라스 밴드에게서 얻어다가 여기에 가져다 놓은 거란다."

엄마가 병실 안으로 성큼성큼 들어오더니 그 레코드판들을 내게서 치우고는 나를 붙잡으며 와락 안았다.

"아들아 엄마는 너를 너무 사랑한단다."

엄마가 내 귀에 대고 속삭였다.

"죄송해요, 엄마." 나도 엄마에게 속삭였다.

잠시 후 엄마는 나를 안고 있던 팔을 풀더니 앞에 있던 침상 위에 걸터앉았다. 엄마는 내 침대에 있던 찰리 파커의 레코드판을 집어 들었다.

"그분들이 다녀가시면서 레코드 플레이어도 가져오셨다. 그렇지만 아직은 네가 그걸 가질 수는 없단다."

그건 좀 이상한 벌인 것 같았다.

"왜 안 돼요?"

"바늘이 없단다." 간호사가 그렇게 말하더니 병실을 나갔다.

나는 시선을 아래로 향하고 계신 엄마를 쳐다보며 눈썹을 치켜
떴다.

"너는 날카로운 거는 뭐든 가질 수 없단다."

내가 그 말을 알아듣는 데는 약간의 시간이 소요되었다.

"제가 지금 정신병동에 있는 건가요?"

"너는 지금은 중환자실에 있다." 엄마가 말했다. "그러니까 집
중적인 치료가 필요한 환자들을 위한 병동—"

"네, 어떤 건지 알아요."

내 안에서는 궁금증이 폭발하고 있었다. 내가 정신을 잃고 난
후, 대체 나한테는 무슨 일이 있었던 걸까. 그리고 누가 나를 발견
했는지 나는 무척 궁금했다. 그렇지만 궁금함보단 부끄러운 마음
이 더 커서 감히 엄마한테 어떤 것도 물어볼 수가 없었다. 상처 입
은 마음이 고스란히 드러나는 엄마의 얼굴을 보면서 내가 얼마나
이기적이었는지 충분히 느낄 수 있었다. 게다가 이제 막 빠져나온
그 지옥을 다시금 엄마한테 상기시켜 드리고 싶지는 않았다.

엄마가 뭔가 말씀을 하려 입을 떼는 그 순간 출입구 쪽에 어떤
움직임이 엄마의 말을 가로막았다. 또 하나의 우스꽝스러운 꽃바

내 이름은 버터

구니가 병실 입구로 행군을 하듯 걸어 들어왔다. 사람들이 내가 남자인 거는 알고 있는 건지, 아닌가? 아니 저 냄새 나는 분홍색과 보라색이 섞인 꽃바구니를 갖고 나더러 뭘 하란 말이지?

꽃은 든 주인공의 얼굴은 꽃바구니 뒤에 가려져 있었다.

"안녕하세요, 또 뵙네요." 한 목소리가 엄마한테 인사를 건넸다. 그건 내가 병원에서 정신이 들자마자 처음 들었던 그 목소리—그 천사의 목소리—와 같은 것이었다.

"이거 어디다 둘까요?"

"이제 저 애가 정신이 들었다."

엄마가 꽃바구니를 받아들며 말했다. 그 꽃바구니가 둥둥 떠서 한쪽으로 밀려나자, 그 뒤로 안나의 얼굴이 드러났다. 그녀는 동그란 두 눈을 더욱 크게 뜬 채, 양 볼은 조금 상기되어 있었다. 언제나 표정이 쉽게 읽히는 그녀의 얼굴은 내가 그렇게 깨어나서 말짱하게 정신이 들어 있을 줄 몰랐다고 내게 말을 하고 있었다.

"새해 복 많이 받아." 나는 억지 웃음을 지어 보이며 말했다.

아, 똑똑해, 난 정말 천재야. 나는 적절한 인사말을 찾아내는 데는 천부적인 감각이 있어.

내 침대 옆에 있는 의자로 걸음을 옮기는 안나의 표정이 어두워졌다.

"어제가 새해 첫날이었잖아."

나는 곁눈질로 엄마를 쳐다보았다.

"네가 이틀 동안이나 깨어나지 못했단다."

엄마는 의아해 하는 내 표정을 읽고 대답을 해 주셨다.

나는 정말 내 자신이 멍청이가 된 기분이었다. 그래서 나는 엄마가 병실을 나갈 때까지 기다리다가 그제서야 안나에게 말을 꺼냈다.

"그래, 비록 새해 첫날은 아니어도, 그래도 너한테 새해의 행운을 빌어 줄 수는 있는 거잖아."

우리 둘 다 잠시 말을 잃었다. 그러다 겨우 말을 꺼냈는데, 우리는 서로 동시에 입을 열었다.

"미안. 내가 말을 막았네—"

"내가 말을 하지 말았어야 했는데—"

"먼저 말해."

"아냐, 네가 먼저 말해 봐."

"네가 아침에 깨어날 때 나 여기 있었거든." 안나가 말을 했다.

"그래, 알아. 네 목소리를 들었던 것 같아."

"간호사들이 나더러 나가 있으라고 했어. 그러더니 나중에 다시 오라고 말을 했어. 그런데 나는 네가 진짜 깨어났는지는 잘 몰랐었거든."

"음, 사실은 지금도 피곤하기는 해. 내리 이틀을 잤는데도, 그런

데도 피로감이 느껴진다. 그게 뭐 때문인지?"

"그건 네가 혼수상태에서 잠을 자서 그런 거 아니니?"

나는 눈을 깜빡였다. 그 단어가 내 귀에는 매우 심각하게 들렸다. 안나가 그 단어를 썼다는 얘기는 의사 선생님들의 말씀을 통해 들은 것일 테니 아마도 정확한 표현이었을 것이다. 여러 날 동안 당분이나 탄수화물을 하나도 안 먹은 상태에서 과도한 양의 인슐린이 들어가면 저혈당증을 일으키는데, 심각한 수준으로 당이 떨어져서 사람을 죽음에 이르게 하거나 혼수상태에 빠뜨리게 되는 것이다. 그렇지만 그 일로 내 신체가 얼마만큼의 손상을 입게 되었는지는 나는 생각하고 싶지 않았다. 나는 내 인생 전체에 내가 어떤 손상을 입힌 것인지가 더욱 중요했다.

"사람들은 뭐라고들 하니?" 내가 물었다.

나는 깨어난 지가 얼마 안 되었기 때문에 내가 무슨 일을 저질렀던 것인지, 내가 무엇을 실패했던 것인지, 그리고 그 어느 쪽이든 내가 어떻게 이 상황에 대해서 느끼고 있는지 짚어 볼 만한 틈이 없었다. 그러나 갑자기 일종의 흥분감이 밀려들었다. 나의 이 거사를 두고 사람들이 뭐라고 말들을 했을지 너무도 궁금해졌다. 어쩌면 나는 정말 정신병동에 들어가 있는 게 맞을지도 모를 일이었다.

안나가 어깨를 으쓱해 보였다.

"그날 파티 끝나고 제니만 빼고는 아무도 못 만났어."

"그렇지만, 다들 알고는 있지? 내가―그러니까 내 계획이―성공하지 못한 거 말이야. 그치?"

"응, 그건 내 잘못이기도 해. 내 말은, 잘못은 아니고, 왜냐면, 그 일이 잘 안 돼서 안타깝다거나 그런 말은 아니고. 근데, 정말 내가 그런 게 아니었어. 우리들 중 어느 누구도 아니었다고. 왜냐면, 우리들 중 어느 누구도 네가 어디 사는지 몰랐었잖아."

"잠깐, 안나. 좀 천천히, 천천히 말해 봐. 나 이해가 잘 안 된다."

그녀는 숨을 크게 들이마셨다. "내가 경찰에 전화했어."

"네가, 뭘 어떻게 했다고?"

안나는 천천히 새해 전야에 일어났던 일을 자세히 이야기를 해 주었다.

들어 보니 파커의 파티가 내 쇼를 보는 병적인 파티로 전락한 모양이었다. 파커가 60인치짜리 플라스마 TV를 컴퓨터에 연결시켜서 걸어 두었고, 모두가 그 쇼를 보러 모여 앉았다. 자정에 카운트다운을 하며 새해를 맞이하는 대신 그들은 나의 마지막 만찬을 손꼽아 기다리고 있었다. 그러고 나서 한 사람씩 구토를 하고, 겁에 질렸고, 제니처럼 기절한 애들도 속출했다. 안나 말이 내가 딸기를 먹고 목이 졸려 오는 그 시각쯤에 자신이 가장 먼저 911에 전화를 걸었다고 한다. 그렇지만 곧 바로 모든 애들이 혀 꼬부

내 이름은 버터

라진 발음으로 흐느끼며 핸드폰을 붙잡고 전화를 해대서 긴급 출동 요원들의 정신을 쏙 빼놓은 것이다. 그 모든 애들이 뚱땡이 꼬마와 인터넷 쇼와 그의 마지막 만찬에 대해 징징거리며 전화하는 소리를 들었으면 좋았을 것을 하는 생각이 들기도 했다.

"그렇지만, 아직도 잘 모르겠는 것이 그 사람들이 너를 어떻게 발견했냐는 거야." 안나가 말했다.

"그게 무슨 말이야?"

안나는 자신의 허벅지로 시선을 돌렸다.

"우리들 중 너희 집이 어디인지 아무도 모르고 있었잖아."

그런 점에서는 엄마 말씀이 옳았다. 집에도 한 번 안 오는 친구들이 무슨 친구라 할 수 있겠는가?

"오, 그렇구나." 내가 말했다.

"누군가 다른 사람이 또 전화를 걸었던 것이 분명해."

나는 터커와 탄산음료 자판기 앞에서 마주쳤던 그 소녀를 떠올렸다.

그 둘 중, 누군가 패스워드를 알아낸 것이었을까?

안나의 말이 그러고는 긴급의료요원들이 급히 내 방으로 들어왔고 내가 의자 위에서 녹아내리는 버터 한 조각을 손에 든 채, 정신을 잃고 쓰러져 있는 것을 발견했다고 한다.

"대체 몇 명이나 와서 나를 계단에서 끌어내렸을까 궁금하다."

나는 스스로를 희생해서라도 안나를 좀 웃게 하고 싶은 마음에 그렇게 말하며 웃었지만 그러나 안나의 시선은 계속 바닥을 향하고 있었다.

"여섯 명이서 움직였어."

"뭐?"

"그 사람들이 들것에 너를 옮겨 실을 때 지원 인력을 요청해서 그래서 여섯 명이서 너를 날랐어." 안나는 양 손을 비비며 말을 했다. "네 생중계는 계속 되고 있었고, 그리고 그게 말이지, 우리가 눈을 뗼 수가 없었거든."

"여섯 명이라고? 허?" 나는 일부러 아무렇지 않은 척 가볍게 말했다. "그 사람들 마치 장례식장에서 관 들고 나가는 상여꾼들 같았겠다."

좀 재미있는 분위기로 바꾸고자 하는 나의 시도에도 안나의 우울한 기색은 가실 줄을 몰랐다. 그래서 나는 다른 각도에서 시도를 해보았다.

"만약, 네가 아니었다면, 그렇게 전화를 해대는 다른 애들이 없었다면, 나 장례식장 병풍 뒤에서 향 냄새 맡고 있었겠다."

그녀가 마침내 고개를 들어 나를 쳐다보았다.

"근데, 그게 네가 정말 원했던 거 아니었니?"

그렇지 않다고 나는 생각했다. 이 순간이 내가 원했던 거야. 지금 같은 이런 순간 말이야. 사이버 공간의 여자 친구와 진짜 삶에서 만나서 진짜 대화를 나누는 이런 순간 말이야. 이것이 바로 내가 그토록 원했던 그런 순간이야.

"좀 혼란스럽기는 해." 내가 말했다. "그렇지만 지금 이 순간 여기에 있어서 다행이다 싶어."

나는 잠시 침묵했다. 그건 사실이었다. 나는 여전히 여기 이 세상에 있고 싶고, 살고 싶었다. 정신이 들고 나서 처음으로 내가 성공에 이를 뻔했던 그 일의 심각성을 뼈저리게 느꼈다. 안도, 후회, 두려움 같은 여러 가지 감정이 밀려드는 느낌이었다. 그 감정의 격랑에 휩쓸려 달려 들어가 익사해 버릴 것만 같았다. 나는 그 중압감에 압도당할 뻔했지만 안나가 내는 작은 기침 소리를 듣고 정신을 다잡고 다시 물 위로 고개를 내밀었다.

"안나." 내가 말했다. "나, 정말 미안."

"잠깐, 마음 바꾸기 전에 내가 먼저 말해 둘 것이 있어."

"그래, 뭐든 말해 봐."

그녀는 생각을 가다듬으려는 듯 머리를 흔들었다.

"자, 바로 그 점이 문제인 것 같은데, 나는 그렇게 생각하지 않거든. 나는 너를 보고, 그러니까 너를 보면—"

"네가 무슨 말 하는지 알 것 같아."

안나는 내가 덮고 있던 담요에서 풀려진 올 하나를 뽑아내며 말했다.

"그래, 공정하게 가자. 그렇지만, 너도 여느 애들과 똑같아."

그녀는 미처 답을 할 틈도 주지 않고 서둘러 말을 이어갔다.

"너도 외모만 보고 너를 판단해 버리는 그런 사람들을 안 좋아하잖아. 그런데 그게 바로 네가 나한테 한 짓이야. 네가 나를 온라인에서 찾아냈을 때, 너는 나에 대해서 잘 알지도 못했잖아. 너는 그저 내 외모에 대해서만 알고 있었잖아. 그런데도 너는 아무런 근거도 없이 이미 나를 좋아하고 있었잖아."

"그렇지만 너에 대해서 알게 되었잖아."

"너, 정말 그렇게 생각하니?" 나를 쳐다보는 그녀의 눈빛이 순간 날카로워졌지만, 그녀의 입술은 부드럽게 일그러졌다.

"내 기분이 어떤지 아니? 그동안 내가 알고 있던 그 사람이 이제 더 이상은 존재하지 않는 그런 느낌이야. 내가 온라인에 내 사진을 첨부해 놓지 않는 이유가 있거든. 나는 J.P.가 나를 찾아내서 사진 한 장 없이도 나를 좋아하게 되었을 때, 그러니까 나는 내가 J.P.와의 만남을 운명적이라고 느끼는 것처럼 그도 나를 그렇게 받아들인다고 생각을 했거든."

"이해할 수 있어." 나는 부드럽게 말했다. "그렇지만, 정말 J.P. 같은 사람이 존재하고 그리고 그 사람이 딱 나처럼 생겼다면, 그렇다면 너는 어떨 것 같아? 그래도 여전히 그를 운명이라고 받아들일 수 있을 것 같니?"

안나는 다시 담요 끝에 올을 잡아 뜯으며 머뭇머뭇 말을 이어 갔다.

"아까 내가 너한테 하려고 했던 말은 말이지…… 내가 너를 보면 이제 막 알게 된 딴사람 같은 느낌이 들어. 나는 아직은 너를 신뢰할 만큼 충분히 알지 못하는 것 같아. 그래서 나는 더 이상 너에게 내 속마음을 털어 놓고 이야기할 수 없을 것 같아."

그녀는 구부정한 자세로 의자에 기대었다.

"가끔씩 나는 J.P.는 내가 마음을 터놓고 이야기를 나눌 수 있는 유일한 사람이라고 생각을 했었거든. 그리고 오늘 나는 여기 오기 전까지 J.P.가 온라인에 접속해서 들어오기를 기다리며 컴퓨터 앞에서 한 시간이나 앉아 있었어."

"나는 이해를 할 수가 없어. 너는 그동안 나를 신뢰하지 않았던 거니?"

머리를 세차게 흔드는 그녀의 두 눈에서 눈물이 맺혀 볼을 타고 흘러내렸다.

"나는 이제는 너를 믿고 싶지 않아."

나도 울고 싶었다. 나는 안나에게 내가 생각했던 것보다 훨씬 더 큰 상처를 안겨 주었던 것이다.

그녀는 목소리를 가다듬으며 눈물을 훔쳐 냈다.

"결국 내가 생각했던 것은 내가 J.P.랑 이야기를 나누고 싶다면 여기로 와서 그와 얼굴을 마주보며 이야기를 해야만 한다는 사실이었어."

"그래서 그를 보면 무슨 말을 하고 싶은데?"

"내가 그 애를 증오한다고. 그래서 그를 절대 용서할 수 없다고. 그는 절대 나를 만날 자격이 없다는 말을 해주고 싶었어."

나는 그녀가 내뱉는 말이 얼마나 고통스러울지 단단히 각오를 하고 들었지만, 막상 내 귀에 들리는 그녀의 말은 그렇게 아프게 느껴지지 않았다. 마치 우리 둘이서 내가 알지도 못하는 다른 누군가에 대한 이야기를 나누고 있는 것 같은 기분이었다.

"그렇지만, 이제는." 안나의 말이 이어졌다. "내가 이제 하고 싶은 말은…… 안녕이라는 말이야."

바로 그 말이었다. 그 한마디의 말은 안나의 입에서 나올 수 있는 수천 마디 말을 합친 모든 고통으로 나의 온몸을 뒤흔들어 놓았다. 그 강력한 한마디에 나는 숨이 막혀 버리고 말았다.

내 이름은 버터

31장

"깨어났구나! 다시 돌아온 걸 환영한다, 친구야!"

빈 박사님께서 너무나 많은 에너지를 안고 병실로 들어오는 바람에 안나는 앉아 있던 자리에서 거의 벌떡 일어섰다.

박사님은 나를 안아주려는 듯 두 팔을 벌렸는데, 내 침대 곁에 다가서서는 양팔을 더 활짝 벌려서 내 머리에서 발끝까지 안는 시늉만 하셨다.

"한 군데도 상한 곳이 없다. 자, 우리 지금 기분은 어떤 거지?"

"좋아요, 박사님. 저는 이야기를 나누고 있었어요."

"어, 숙녀분!" 박사님은 안나를 향해 몸을 돌리며, 뻗고 있던 한 팔은 내리고 다른 팔을 뻗어 그녀에게 악수를 청했다.

"네. 이제 가려던 참이에요." 그녀가 말했다.

나의 심장이 무너져 내렸다. 내가 안나에게 하고 싶은 것은 양심에 부끄럽지 않게, 사과를 할 기회를 달라는 것이었는데, 그런데 그럴 기회를 얻지 못할 것 같았다.

"기다려." 내가 불렀지만 그녀는 이미 문 밖으로 사라졌다.

"오, 너의 숙녀가 네가 한 행동 때문에 화가 난 모양이다."

나는 아무런 말을 하지 않았다. 나는 숨을 쉴 수가 없었다. 그리고 나는 박사님 앞에서 눈물을 보이고 싶지는 않았다.

"그리고 나도 너한테 화가 났단다." 박사님이 말했다.

빈 박사님이 그렇게 우스꽝스런 악센트를 쓰면서 화난 척을 하는 것은 거의 불가능한 일이지만, 박사님은 꽤 그럴듯하게 얼굴에 화난 표정을 지어 보였다. 평소의 박사님 미소는 증발해 버린 채, 두껍고 짙은 눈썹에 힘을 주어 한데 모여 보였다.

"이건 우연히 일어난 단순 사고가 아니라고 내가 이해하는 게 맞는 거지?"

나의 어깨가 움츠러들었고 얼굴이 붉어졌다.

"그리고 너는 내게 일면 죄책감을 갖게 만들었다."

박사님은 주먹으로 자신의 무릎을 퉁퉁 내리치면서 말을 이어 갔다. 정말 화가 난 것 같았다.

"너는 지난번에 와서 음식을 먹다가 사람이 죽을 수도 있냐고 내게 물을 때부터 이 일을 계획하고 있었지, 맞지?"

나는 고개를 끄덕였다. 나는 내가 몹시도 작고 부끄럽게 느껴졌다.

"내가 너한테 더 끔찍한 정보를 줄 뻔했잖니. 내가 너한테 그런 정보를 줬다면―글쎄다, 네가 지금쯤 여기 있지 못할 수도 있었겠지." 그러면서 박사님은 딸꾹질까지 하셨다. 그제서야 나는 박사님께서 분노 그 이상의 감정을 억지로 억누르고 있다는 것을 알 수 있었다.

"박사님, 죄송해요."

"아니다." 박사님은 한 손을 들어 보였다.

"내 상상으로 너는 다음 며칠간은 보는 사람마다 무수히 미안하다는 사과의 말을 하게 될 거야. 그러니 나한테 하려는 사과는 아껴서 네 여자 친구한테나 하려무나. 그냥, 이제 두 번 다시 나를 그런 상황에 처하게 하지 않겠다는 약속을 해주면 좋겠다."

나는 약속을 하고 박사님과 편안한 주제의 대화를 나누었다. 박사님은 의사 선생님들이 치료를 잘하고 있으니 내가 안심할 수 있는 상태라고 하며 후속적인 치료를 해야 할 때가 되면 박사님께서 봐 주시겠다고 했다. 엄마도 우리와 함께 그 자리에 잠시 있었는데, 나는 박사님과 엄마가 진료 차트와 혈당수치, 그리고 다른 지루한 말들을 하시는 동안 깜빡깜빡 졸았다.

그러나 그 휴식도 그리 오래가지 못했다. 빈 박사님이 자리를 뜨자마자, 숙모와 삼촌이 들르셔서 모든 사람이 물었던 것과 똑같이 내 상태가 어떤지에 관한 질문들을 하셨다. 그러다가 나는 마침내 사람들이 내게 묻는 것은 나의 몸 상태가 아니라, 나의 정신 상태에 관한 것이라는 것을 알게 되었다. 그리고 다시 한 번 나는 깨달았다. 그냥 단순히 '피곤해요'라는 답이 정직한 답이며 동시에 나의 신체적 정신적 상태, 둘 다를 잘 설명해 줄 수 있는 답이라는 것을 말이다.

우리 부모님들은 하루 종일 내 곁에 계셨지만, 그러나 나는 그분들에게 거의 두 마디도 하지 않았다. 엄마는 병실을 방문하는 사람마다 마치 엄마의 파티에 온 손님처럼 담화를 나누었고, 아빠는 늘 그러하듯 침묵을 지키고 계셨다. 어쩌면, 완전히 평소와 똑같았던 것은 아니었을 수도 있다. 보통 아빠는 나와 눈이 마주치면 마치 나를 투명인간처럼 취급하며 내 눈길을 피했었다. 그러나 방문객들이 드나들 때 나는 아빠가 자리를 잡고 앉아 계신 창가의 의자를 몰래 슬쩍 쳐다보았다. 그럴 때마다 아빠의 눈길은 나를 보고 계셨다.

아빠는 나를 매우 골똘히 쳐다보셨다. 그래서 나는 아빠가 한 번은 무슨 말씀을 하실 참인가보다라고 확신을 하고 있었다. 그래서 엄마가 루이스 삼촌과 신디 숙모를 배웅하러 나갔을 때, 나는 아빠를 쳐다보며 일장연설이나 싸움, 아니면 무엇이든 요구하

내 이름은 버터

는 대답을 하기로 단단히 마음을 다지고 있었다. 그러나 아빠가 단순히 "그래, 좀 어떠니?"라고 물을 때 약간 실망스럽기도 했다.

"아빠, 여기 오는 사람들에게 제가 어떤 상태라고 이야기하는 것 하루 종일 곁에서 듣고 계셨잖아요."

"피곤하다는 말이지." 아빠는 뒤틀린 미소를 지으며 입술 끝을 모았다. "네 기분이 어떤지 사람들에게 말하는 게 피곤하다는 말이겠지. 아마도."

어정쩡한 미소를 지으며 내가 말했다.

"네. 정확히 그래요."

아빠가 의자에서 일어서더니 내 침대 곁으로 다가오셨다.

"그래. 오늘 밤은 그 얘기는 더는 안 해도 된다. 너를 좀 쉬게 해야 할 시간이다."

아빠는 내 팔에 손을 얹고는 뭔가 다른 말을 하려는 것 같았다. 그러나 아빠는 내 팔을 힘을 주어 한 번 잡으며 잘 자라는 인사를 건넬 뿐이었다. 아빠의 손길은 나를 안아주는 것 같았고, 잘 자라는 목소리는 "사랑한다"처럼 들렸다.

나도 미소를 지으며 답을 했다. "네, 안녕히 주무세요. 아빠."

병실로 돌아온 엄마도 잘 자라는 인사를 건네 주셨지만, 나한테는 직접 말로는 하지 않았다. 엄마는 아빠에게만 가벼운 허그와 볼에 키스를 하고는 의자를 두 개 붙여 그 위를 담요로 덮어

임시변통으로 침대를 만들었다. 엄마의 능숙한 손놀림으로 보아 그 일을 벌써 여러 날째 한 것 같았다.

아빠가 나를 먼저 쳐다보셔서 나도 아빠를 쳐다보며 서로 눈빛을 교환했다.

"여보, 오늘 밤은 당신이 집에 가서 정말 침대에서 좀 제대로 자야 할 것 같은데 말이오."

엄마는 이의를 제기하려 몸을 움직이다가 움찔하셨다. 엄마는 얼른 팔을 들어 뻣뻣해진 목을 마사지했다.

"아빠, 엄마를 집으로 모시고 가세요." 내가 말했다.

아빠는 손으로 엄마의 등을 받치며 엄마를 문 쪽으로 이끄셨다.

"당신이 집으로 가요. 내가 오늘 밤은 여기 있을 테니"

"두 분 다 집으로 가세요." 그 친절한 간호사가 내 병실로 들어서며 말했다. 간호사는 일부러 엄마 아빠 두 분을 아래위로 쳐다보며 말했다. "두 분께서는 지금 여기 분위기를 흐리고 계시거든요. 게다가 저 애는 아기가 아니랍니다." 그 간호사는 나를 향해 엄지손가락을 치켜들었고, 내가 있는 쪽으로 걸어오면서는 한쪽 눈을 찡긋하며 윙크까지 했다.

결국 엄마는 동의를 하고 간호사를 향해 말했다.

"그럼 여기 계실 건가요?"

"네. 제가 여기 한 시간은 더 있을 겁니다." 간호사는 엄마가 붙여 놓은 의자 중 하나에 앉더니 다른 의자에다 자신의 발을 올리며 말했다.

"그러고 나서 밤교대 하는 정말 좋은 간호사가 또 올 거예요. 그러니 댁으로 가세요."

엄마가 병실 문을 나서고 간호사가 내 침대 곁에 자리를 잡고 앉을 때까지 내 머리는 계속 돌아가고 있었다. 그때까지도, 나는 내가 하루 종일 혼자 있은 적이 없었다는 사실을 깨닫지 못하고 있었다. 엄마, 아빠, 방문객들, 간호사들. 내 병실은 내가 정신이 들고 난 이후로 계속 붐볐다. 나는 한 번도 혼자 있지 않았다. 그 것은 내가 혼자 있어서는 안 되는 것이었기 때문이었다.

"자살 감시인가요?" 내가 간호사에게 물었다.

그녀는 가볍게 고개를 끄덕였다.

"그래 맞아, 정답이야."

32장

"오전에 운동 시간도 필요해요. 그리고 식단도 엄격하게 규제
가 되고 있고요."

누군가 병실에서 속삭이는 소리에 나는 잠이 깼다. 목소리는
조용조용 했지만 말소리는 계속 들려 왔다. 엄마의 목소리였다.
"학기가 시작되기 전에 우리가 요구하는 게 뭔지 알아보고 음식
이나 운동 계획을 짜서 도착하는 날부터 시작을 한대요."

"참, 엄격하게 관리가 되는 것 같군." 아빠가 말했다.

종잇장을 넘기는 소리가 들리더니 아빠가 혼잣말로 중얼거리
는 소리도 들렸다. 그리고 나서 아빠의 목소가 커졌다.

"졸업생들에 해당하는 자료가 아주 인상적이구려."

"상당히 그렇죠." 엄마가 공감을 표현했다. "교육적인 가치만

내 이름은 버터

따져도 그만한 돈을 주고 입학할 가치가 있는 것 같아요."

그 기관 말이구나. 나는 이제 완전히 정신이 들어 있었다. 나는 아주 고요하게 경청을 하고 있었다.

"저 애의 식단이나 운동 일정은 교육비에 포함이 되는 거요?" 아빠가 물었다.

"음식 값만 제외래요. 그건 기숙사에 들어가는지 여부에 따라 달라지고요."

"좋아요. 저 갈게요!" 나는 이불을 걷어 내며 침대에 일어나 앉았다. 너무 갑자기 움직인 탓인지 순간적으로 머리가 빙글빙글 도는 것 같았다.

"아가, 네가 우리를 깜짝 놀라게 했다." 엄마가 손을 자신의 심장에 갖다 대며 말을 했다. "우리가 너의 잠을 깨운 거라면, 미안하구나."

"저 갈게요." 나는 반복해서 말했다.

"엄마 말씀이 옳아요. 제가 너무 별나게 굴었어요. 이제는 그 기관에 들어가 볼게요."

나의 몸은 떨고 있었고, 내 목소리도 날카로워졌다.

헉, 내가 무슨 말을 한 거지?

"네가 별나게 구는 게 아니다." 내 목소리가 겁에 질려 허둥대는 그만큼 아빠의 목소리는 차분하게 들렸다.

"글쎄요, 어찌되었든, 제가 뭔가 이상한 거는 맞잖아요. 아닌가요? 제가 정말 개판을 만들어 놓은 거잖아요."

"제발, 말 좀 가려서 하렴!" 엄마가 경고를 했다.

나는 숨을 깊이 들이마시고 맞잡은 양손을 무릎 위에 얌전히 올려두었다.

"그러니까 제가 드리는 말씀은요, 제가 알아들었다는 거예요. 제가 정신 나간 짓을 저질렀잖아요. 그러니까 저를 그리로 보낸다고 해서 제가 두 분을 비난하지는 않는다는 말이에요."

"너를 보내다니, 어디로? 너 무슨 소리하고 있는 거니?"

엄마가 얼마나 충격을 받았는지 엄마 목소리에 너무 고스란히 묻어나서 나는 어떻게 반응을 해야 할지 알 수가 없었다. 나는 최대한 차분하게 나 자신을 통제하려 애쓰고 있었지만, 그러나 이제는 마구 혼란스러워졌다.

"그러니까 그 기관으로, 저를……."

"당신이 애한테 그리로 혼자 가는 거라고 말했소?"

아빠가 엄마에게 물었다.

"아뇨, 우리가 이야기를 나눈 것이 아니라 그냥 내 생각에……."

"그래요? 엄마 생각에, 뭐요?" 나는 계속 따지고 물었다. "대체 무슨 일을 벌이고 계신 건데요?"

엄마는 진지한 눈빛으로 나를 쳐다보셨다.

"아가, 너를 시카고로 홀로 보낸다는 생각은 해본 적이 없단다. 그리고 나는 네가 부모의 지도가 없는 기숙사 같은 곳에 혼자 머물게 하지도 않을 거다. 미안하지만 부모의 지도 없이 기숙사 생활을 즐기는 것은 네가 나중에 대학에 들어가서 경험하게 될 특혜 같은 거잖니."

"저는 이해가 안 되는데요. 그럼 저는 어디서 살게 돼요?"

"물론, 우리랑 함께다. 아빠의 고객들 중 많은 분들이 시카고에서 사업을 하고 계시고 그리고 한 일 년 정도밖에 안 있을 건데—"

"강요하지는 않아." 아빠가 말했다. "지금은 그냥 여러 가지 정보를 모으고 있는 중이다."

나는 그 기관에 나 혼자 가는 게 아닐지도 모른다는 생각은 안 해본 것 같다. 터커 엄마도 터커와 함께 떠나셨는데 말이다. 왜 나는 우리 부모님이 함께 가실 수도 있다는 생각을 해보지 못한 것일까? 그것은 왜냐면, 나는 아빠가 나를 위해서 이곳에서의 생활을 접고 떠날 수 있을 거라고 상상도 못했었고, 그리고 아빠와 떨어져서 엄마가 생활을 할 수 있을 것이라고도 상상을 할 수가 없었기 때문이다. 그런데 지금 그분들은 이곳에서의 모든 익숙한 생활을 버리고 나와 함께—오직 나를 위해서—그 멀리까지 이사를 가겠다는 말씀을 하고 계시는 것이었다. 내가 그 기관에 대한 두려움을 갖고 있었던 만큼, 기꺼이 나와 함께 떠나겠다는 부모님의 생각은 아빠가 나를 정말 걱정하고, 그리고 내가 엄마한테는 실패한 아들이 아니라는 생각을 일깨우며 내가 정말 두 분께 중요한 존재라는 자각이 들게 했다.

"제가 정말 가야 한다고 생각하세요?"

나는 솔직하게 질문을 했다. 내게 다른 선택의 여지가 없다하더라도 나는 부모님의 생각을 알고 싶었다.

엄마는 입술을 지그시 깨물었고, 아빠는 엄마의 팔에 손을 얹으며 대답을 했다.

"그건 네가 결정할 문제다. 너희 엄마는―그러니까 우리는―네가 그 기관에 가는 것을 최소한 한 번쯤 고려는 해봤으면 좋겠다는 생각이다. 그러나 거듭 말하지만 선택은 네가 하는 거다. 우리는 절대 네가 하고 싶지 않은 것을 강요할 생각은 없단다."

"물론이지, 절대 강요하지 않아."

엄마가 얼른 한마디를 거들었다.

그때, 새로운 의사 선생님이 병실로 들어오셔서 엄마와 아빠를 잠시 나가라고 하는 바람에 그 자리에서 바로 결정을 내리지 않을 수 있어서 다행이었다. 그 선생님은 여느 선생님들과는 좀 달라 보였다. 그녀는 의사 가운 대신 정장을 입고 계셨고 위로를 주

　　　　　　내 이름은 버터

는 미소 대신 단호한 눈빛으로 나를 쳐다보셨다. 그녀가 의사 선생님이라는 유일한 징표는 그녀의 목에 걸린 이름표와 그녀의 손에 들린 내 진찰 기록 차트뿐이었다.

그녀는 자신을 정신과 의사라고 소개하며 자살 시도를 했던 사람들은 모두 퇴원을 하기 전에 정신 상담을 받아야 한다며 달달 외운 것 같은 말투로 설명을 했다. 환자라는 단어 대신 자살 시도자라는 그녀의 표현이 몹시 거슬렸지만, 나는 어깨만 으쓱일 뿐 딱히 그녀의 그 말을 꼬투리 삼지는 않았다.

"주변에 너를 아껴주는 사람들이 많은 모양이다."

그녀가 말했다.

나는 병실에 놓인 꽃들과 레코드판 그리고 다른 작은 선물들을 둘러보며 말했다.

"네. 뭐 그런 것 같네요."

"아니, 내 말은 네 웹사이트 말이다." 직설적인 그녀의 표현은 처음과 다르지 않았다.

나는 침대 위에 있는 담요를 만지작거렸다.

"제 웹사이트가 아직도 있나요?"

"사실, 내가 알기로는 너희 어머니가 없앤 것 같은데, 그 전에 몇 페이지를 인쇄를 해두신 것 같더구나."

그 정신과 선생님은 내 진료 차트 아래에 접혀 있던 종이 뭉치를 꺼내며 말했다.

"뭐에 쓰시게요? 제 스크랩북이라도 만드실 건가요?"

그녀는 눈도 하나 깜짝 안 하더니, 이내 하던 말을 이어갔다. "인터넷상에서라도 다른 사람을 괴롭혀서 위험에 빠뜨리는 일은 문제가 될 수 있다는 사실을 알고 있니?"

"저는 괴롭힘을 당하지 않았어요." 내가 말했다.

그녀는 몇 페이지를 쓱쓱 넘기더니 소리 내어 읽었다.

"'너같이 뚱뚱한 머저리 새끼만 한자리에 앉아서 그 정도를 먹어치울 수 있겠지.' '이 자식은 똥 덩어리 그 자체야.' '너는 절대 먹다가 죽을 수 없어.' '이런 일을 저지르기에는 너는 너무 멍청해.' '네가 죽어주길 바래…….'"

"됐어요." 내가 말했다. "어떤 것들은 정말 재수 없지만, 그렇지만 대부분의 댓글들은 괜찮잖아요. 아니면 적어도 비열하거나 뭐 그런 건 아니잖아요."

그녀는 계속 읽어 나갔다. "만약 이 개자식이 이 일을 해낸다면, 내가 버터 한 조각을 직접 먹어주마. 내가 이 새끼를 아는데, 너무 겁이 많아서 이런 일은 못한다고—"

"알겠다고요." 내 감정이 갑자기 폭발했다.

"이 댓글은 너를 괴물이라고, 설인괴물이라고 부르고 있다."

"알고 있어요."

"여기 이렇게 적혀 있다. '그 새끼가 나타나지 않으면 쪽팔려서 죽는 거니까 지켜봐라.'"

"알겠다고요. 뭐라고 적혀 있는지 다 알고 있단 말이에요. 됐어요? 제가 다 읽어 봤어요." 나는 팔짱을 낀 채 다른 곳으로 시선을 돌려 버렸다. 아니 저 여자는 대체 긍정적인 내용이 담겨 있는 것은 왜 안 읽어?

왜냐면, 그런 것은 하나도 없으니까…….

나는 인상을 찌푸리며 뭐든 긍정적인 댓글이 있었는지를 떠올려 보았다. 그러나 내 머릿속에 떠오른 것은 많지 않았고, 뒤틀려 있는 내용의 메일들로 병적으로 나를 부추기는 그다지 좋지 않은 것들이었다. 그들은 내 편이 아니면서도 나를 부추겼다. 그러나 전에는 나는 그 점을 보지를 못했었다. 단지 그들이 댓글을 달아 주었다는 것만이 내게는 중요했기 때문이었다. 좋은 내용이든 나쁜 내용이든 모든 댓글들은 나의 인기도를 높이는 것들이었다. 나는 그들이 나를 좋아해 주기를 바랐던 것이 아니라 그들의 관심을 끌고 싶었을 뿐이었다. 나는 진정한 애정 대신 찬사를 받을 목적으로 기대치를 너무 낮게 설정해 두었던 것이었다. 나는 더 많은 관심과 사랑을 받을 자격이 있음을 이제 알게 되었다.

그 정신과 선생님이 드디어 그 종이 뭉치를 치우셨다.

"괴롭힘은 여러 가지 형태로 드러날 수 있단다. 때로는 격려처럼 보이기도 하지."

"그들의 잘못은 아니잖아요."

"그러면 누구의 잘못이니?"

"제가 병원에 있는 거요? 글쎄요, 명백히 제 탓이죠. 그렇게 말해야 하는 거죠, 그렇죠? 모두 제 탓이라고요. 그건 그 어느 누구의 잘못이 아니라 제 자신의 문제라고요."

나는 이제 항복이라는 듯이 양손을 들어 올리는 시늉을 했다.

그녀는 잠시 나를 빤히 쳐다보더니 메모지에 뭔가를 적었다.

"여기에는 맞다, 틀렸다의 답이 있는 게 아니란다."

그녀는 그 문구를 적으면서 말했다.

그러나 그것은 옳은 답이었다. 나는 다른 사람들을 탓하고 비난하며 많은 시간을 보냈었다. 엄마와 아빠, 그리고 나를 뚱뚱하게 만든 나의 DNA를 탓했었다. 터커는 날씬해졌는데, 나만 이 진흙탕 속에 버려졌다. 안나가 생각하는 완벽한 남자는 나로 하여금 거짓말을 하게 만들었다. 그러나 내가 삶과 죽음을 놓고 고민을 하는 시점이 되었을 때, 나 자신을 벼랑 끝으로 몰고 갔던 것은 나 스스로 만든 실수였다. 나는 사람들을 차단시켰고, 주의를 끄는 일에만 몰두했고, 나 자신을 궁지로 몰고 가는 거짓말을 했다. 결국 나는 나 자신에게 가장 큰 실망을 느꼈던 것이었다.

그것이 나를 그 무엇보다 큰 실수를 저지르게 이끌었던 것이었다. 그러나 나는 그 실수에서 살아남았다. 그 고통은 완전한 굴욕이었다. 그러나 그 결과로 온 세상을 들썩이게 한 야단법석과 같은 두 번째 기회를 얻게 된 것이다. 그래서 이번만큼은 망치고 싶지 않았다. 그만큼 나는 확신을 갖고 있었다.

그 정신과 선생님은 "옳고 그름의 답이 없는" 몇 가지 질문을 더 하셨는데, 그 질문들은 진료 기록지에 "미친 것은 아님"이라는 도장을 받기 위해 진짜로는 어떤 정답이 있는 그런 질문들 같은 냄새를 풍기기는 했다.

드디어, 그녀는 들고 있던 펜을 딸각 하며 눌러 닫았다.

"자, 딱 한 가지만 더 묻자."

그녀는 내 두 눈을 똑바로 쳐다보며 말했다.

"너 지금 체중이 어떻게 되니?"

나는 황당해서 그녀를 보며 입을 딱 벌렸다. 지금까지 어느 누구도, 의사 선생님이나 간호사를 포함해서 내 면전에서 그렇게 질문을 한 사람은 아무도 없었다. 그들은 나를 체중계에 올라서도록 했었고 숫자를 적었을 뿐이었다. 나 정도 덩치를 가진 사람에게 체중을 물어보지 않는 것은 일반적인 일이었다. 게다가, 나를 보는 사람이라면 누구든 그 답은 뻔했다.

무게? 너무 많이 나가지.

그러나 나는 답을 해야만 한다는 것을 알고 있었다. 내가 얼버

무리는 답을 하면 진료 차트 어딘가에 정신 이상이라는 표시를 할 것 같았다.

"190킬로요." 나는 자동적으로 답했다. "아니, 184킬로요. 아마 지금은 좀 더 떨어졌을 수도 있고요."

그 선생님은 나의 진료 차트를 보고 다시 나를 보시며 말했다.

"167킬로네."

나는 그럴 리가 없다는 듯 머리를 흔들며 말했다.

"아니에요. 뭔가 잘못됐어요. 지난번 측정 때 184킬로였어요."

"그분들이 네가 혼수상태에 빠져 있을 때 여기 와서 다시 측정하셨어. 그렇게 할 수도 있거든."

"그렇지만 그건 추수감사절 이후로 거의 20킬로도 넘게 빠졌다는 얘기인데요. 그리고―" 나는 다른 계산을 하고 있었다.

"그건 그러니까 지난 3주, 응, 3주 반 동안 16킬로 이상이 빠졌다는 계산이거든요."

"너는 운이 좋은 것 같다." 의사 선생님은 처음으로 미소를 지어 보였다. "우리들 대부분은 명절을 지내고 나면 살이 찌잖니."

나는 그때부터 그 정신과 선생님이 내게 들려주셔야 했던 나머지 이야기들―자아인식 대 현실, 그리고 긍정성이니 복잡한 정신의학이 어쩌고저쩌고 하는 이야기들―을 거의 제대로 알아듣지 못했다. 나는 오직 한 가지 생각에만 집중을 하고 있었다. 나의 체중이 167킬로라는 것. 그 정도면 벨트가 한 구멍은 더 줄었을 것이 당연했다. 그 자리에서 당장 벨트를 착용해서 확인해 볼 수 있으면 좋겠다는 생각을 했다. 환자복 위에라도 벨트를 두르고 절대 풀지 않고 싶었다. 벨트를 허리에 단단히 동여매고 더 작은 벨트가 필요해지는 시점까지 한 눈금씩 서서히 줄여 가고 싶었다. 그렇게 계속 해나가고 싶었다. 한 달에 약 18킬로씩 줄여 가면 여름쯤이 되었을 때, 완전히 빼빼 말라 있을 것이었다.

나는 그날 오전에 다른 의사 선생님께 그렇게 하겠다는 이야기를 했었다. 그랬더니 그 선생님은 내게 굶는 것과—입원 직전의 나의 식단을 의사 선생님들이 그렇게 분류해 놓으셨던 것 같다—정말 체중 감량을 하는 것 사이의 차이점에 관해 일장 연설을 하셨다. 그 말씀을 이해는 했다. 그래서 좀 제대로 해보고 싶은 마음이 들었다. 어쨌든 할 수 있을 것 같았다. 그러나 그것은 다시 체중을 180킬로 이하로 내려가게 하는 그런 것이 아니었다. 나의 체중이 그 이하로 뚝 내려가 있다는 사실이 이미 내 안에서 나 자신에 대한 어떤 믿음의 불씨를 당기고 있었다. 나의 허리는 쑥 줄어들었지만, 대신 나의 세상은 갑자기 더 커진 느낌이었다.

나는 산허리만 슬쩍 둘러보는 것이 아니라 그 산의 정상까지 제대로 올라가 보고 싶어졌다. 나는 내 발로 뛰어서 처음부터 끝까지 미식축구 경기를 제대로 해내고 싶어졌다. 나는 브라스밴드와 한 무대 위에서 공연의 전체 연주곡을 모두 연주해 보고 싶어졌다. 그리고 나는 바로 당장 그렇게 해보고 싶어졌다.

그러나 안타깝게도 의사 선생님들은 내가 그 병원의 다른 층으로 옮겨가서 치료를 계속 받도록 했다. 그들은 나를 휠체어에 태우고 중환자실에서 나와 엘리베이터를 타고, 병원의 다른 어느 공간보다 좀 독특한 느낌이 묻어나는 복도로 들어섰다. 벽들은 온통 다양한 색깔의 오려낸 그림들이 붙어 있는 판자들로 덮여 있었고, 내 병실은 한술 더 떠서 재미있는 패턴의 벽지로 장식이 되어 있었다. 나는 오래지 않아 그곳이 소아과 병동임을 알 수 있었다.

나는 어린이들만 바글대는 곳에 나를 두면 항의라도 하려 했는데, 뭔가 다른 것이 있는 눈치였다. 새 병실로 이송되자마자, 나를 휠체어에 태워서 밀고 들어왔던 간호사들이 모두 다 바로 나가 버렸다. 나는 병원에서 정신이 들고난 후 처음으로 혼자 있게 된 것이었다.

아, 나는 결국 그 정신과 선생님께 정답을 제대로 답했던 것이었다.

나중에 엄마와 아빠가 잡지와 책, 그리고 신문과 펜이 잔뜩 담긴 가방들을 들고 오셨다. "이제는 날카로운 물건들을 써도 된단다." 엄마가 설명을 했지만, 나는 엄마 목소리에서 의심의 여지를 발견했다.

엄마가 두 개의 가방에 담아온 물건들을 다 꺼내 놓았을 때, 나는 엄마를 올려다보며 물었다.

"노트북 컴퓨터는 없어요?"

엄마가 난처한 표정으로 입술을 빨아서 엄마의 입이 얇은 일자로 보였다.

"글쎄다, 지금은 별로 좋은 생각 같지 않은데."

나는 한 손을 들어 보였다.

"좋은 용도로만 쓸게요. 절대 나쁜 용도로 안 써요. 진짜요, 엄마. 의사 선생님들께서 제가 여기 있는 이 펜들을 갖고 자살을 하지는 않을 거라고 생각한다면, 왜 엄마는 제가 노트북을 갖고 그렇게 할 거라고 생각하는지 저는 이해가 안 가는데요."

엄마는 가방의 지퍼들을 찬찬히 올린 후 내 병실을 걸어 나가며 말했다.

"모든 사람이 이 일을 네가 받아들이는 것처럼 그렇게 재미있는 일이라고 생각하는 것은 아니란다."

양손을 뒤 허리춤에 올린 채 단호한 자세로 서 계시던 아빠가 한 말씀하셨다.

"네가 여기 병원에 있는 동안, 네 엄마와 나는 모든 일을 너의 회복에만 집중해야 할 것 같다. 그렇지만 우리가 집에 가서는 한 번 긴 대화를 나누어 볼 참이다. 이해하겠지?"

나는 고개를 끄덕였다.

"그럼 그때까지……." 아빠는 등 뒤에 있던 팔을 펼쳐 보이셨는데, 반짝거리고 아름다운 뭔가가 손에 들려 있었다.

"내 생각에 네가 이걸 갖고 싶어 할 것 같아서."

아빠는 내 색소폰을 침대 끝에 살짝 내려 놓으셨다.

"집에서 네가 이거 연주하는 소리가 너무 듣고 싶더구나."

"아, 네." 나는 활짝 미소를 지었다.

그러나 아빠는 웃지 않으셨다. 아빠는 내 침대 발치에 앉아서 내 색소폰만 쳐다보셨다.

"너희 할아버지가 루이스 삼촌과 나에게 축구를 가르쳐 주셨단다. 고등학교 때까지 할아버지가 우리의 코치였던 거지. 내가 너한테 이런 얘기한 적 있었니?"

나는 어깨를 한번 으쓱거렸다.

"그리고 너희 할아버지의 아버지가 할아버지에게 야구하는 법을 가르쳐 주셨지."

아버지는 손가락으로 색소폰을 쓰다듬으며 말을 이어가셨다.

"네가 이걸 배울 때……."

우리 둘 사이에는 잠시 침묵이 흘렀다.

"저에게 대수학을 가르쳐 주시면 되잖아요." 내가 제안을 했다.

내 이름은 버터

아빠는 고개를 저으며 웃으셨다.

"아니, 나는 이미 네 코치가 될 기회를 놓쳤단다. 그렇지만, 너무 늦은 것이 아니라면, 너의 팬이 되고 싶단다."

나는 목구멍에 걸려 있는 뭔가 뜨거운 것을 겨우 삼키며 말했다. "그것도 괜찮은 생각이네요."

아빠는 잠시 나의 팔을 쓰다듬으시더니 병실을 나섰다.

"아빠?" 내가 소리쳤다.

아빠는 입구 쪽에서 멈추어 서서 나를 쳐다보셨다.

나는 망설였다. "왜 우리가 그렇게―그러니까, 왜 아빠랑 나는―닮지 않은 거죠?"

아빠가 미소를 지으셨다. "우리는 그렇게 다르지도 않단다."

아빠는 주머니에 손을 찔러 넣으며 방을 나가며 말했다.

"나도 여전히 그 산에 다니고 있거든."

33장

　나는 그 모든 기괴한 의료장치들을 몸에서 떼어낸 것이 너무 좋아서 색소폰을 들고 소아과 병동을 거닐었다. 그러다가 나는 구석에 있는 한 병실에 들어가서 지쳐서 기진맥진해 있는 간호사와 그리고 아이들과 어울려 함께 마구 뒹굴고 기어 다녔다. 나는 그 병실에서 바로 나올 작정이었지만, 간호사의 절망적인 표정에 발목이 잡혔다. 작은 키의 그녀는 내게 잠시 앉으라고 허가라도 내주는 것 같은 그런 표정을 하고 있었다. 그녀는 구석에 있던 의자를 가져다가 내밀었고 나는 그 어린 친구들에게 인사를 했다.

　"그게 뭐야?" 얼굴에 주근깨가 있고 한 팔에는 붕대를 감고 있던 한 소녀가 내 색소폰을 손가락으로 가리키며 물었다.

　"그건 색소폰이야."

"색소폰이 뭐야?"

머리는 모래가 뒤섞여 헝클어진 채 휠체어에 앉아 있던 소년이 물었다.

"그건 음악을 연주하는 악기야."

"어떤 소리가 나는데?"

아이들이 내 주변으로 몰려들기 시작했다.

"모든 종류의 소리. 제일 멋진 소리 한번 들어 볼래?"

"예~~!" 몇몇 아이들이 한목소리로 환호했다.

나는 색소폰을 들고 누군가의 방귀 소리와 똑 닮은 음을 냈다. 그 방은 아이들의 와자지껄한 웃음으로 떠나갈 듯 했다. 구석에 있던 그 간호사가 지쳐 있던 한쪽 눈썹을 치켜떴지만 아무런 말도 하지 않았다. 나는 또 다른 소리를 냈다. 좀 높은 음이기는 하지만 방금 전과 비슷한 종류였다. 아이들은 웃음이 터져서 배를 움켜쥐고 데굴데굴 바닥을 굴렀다. 서 있던 아이들은 고개를 뒤로 젖히기도 하고 폴짝폴짝 여기저기서 뛰고 신들이 났다. 대부분의 아이들이 소리쳤다. "다시 해줘! 다시 해줘!" 그러나 한 소년만이 조용한 목소리로 나의 이름을 물어 왔다.

"모두가 나를 버터라고 불러."

"왜 사람들이 그런 이름으로 불러?" 휠체어에 앉아 있던 소년이 물었다.

"왜냐면, 그는 색소폰 소리를 버터처럼 부드럽게 내면서 연주를 하거든." 교수님이 팔짱을 낀 채 문에 기대어 서서 그 장면을 지켜보고 계셨다.

"아니, 그렇지 않아요." 주근깨를 가진 그 소녀가 말했다.

"그는 방귀 소리처럼 내는데요."

웃음소리가 다시 한 번 터져 나왔다.

"방귀라고?" 교수님이 물었다.

나는 색소폰을 입술에 대고 낮지만 약한 '빵' 하는 소리를 냈다.

그 소리를 들은 아이들은 다시 한 번 자지러지게 웃었고, 교수님도 웃음을 참지 않으셨다.

"그 정도로 사람들을 웃겨줄 수 있다면, 너를 좀 훔쳐가고 싶은데."

나의 어린 청중들은 강력히 징징대는 소리로 항의했지만, 나는 다음 날 다시 오겠다고 약속을 했다.

내 병실로 돌아와서, 교수님은 그날 로건스에서 나를 집으로 돌려보낸 것에 대해 사과를 하셨다. 그러나 나는 교수님은 비난을 받을 일을 하지 않았음을 확신하고 있었다. 나는 갑자기 내 주변에 얼마나 많은 사람들이 내가 한 짓을 두고 죄책감을 느끼고 있을지, 그리고 내가 내 자신에게 저질렀던 일을 또 얼마나 많은 사람들에게 납득을 시켜야 할지를 생각하니 갑갑해졌다.

내 이름은 버터

교수님은 어떤 이름과 전화번호가 적힌 쪽지를 내 침대 곁에 두고는 그것을 가리키며 말했다.

"내가 오늘 약 한 시간 정도 그 양반과 너에 관해 이야기를 나누었단다."

나는 테이블 위에 있던 그 쪽지를 집어 들며 물었다.

"누구신데요?"

"그 사람은 줄리아드 음악 학교의 입학처에 계신 분이다. 그분도 역시 경이로운 재능을 갖고 계신 색소폰 연주자다."

"그런데요?"

"그래서 다음 달에 그분이 이 지역으로 올 계획이 있는데, 그때꼭 너의 연주를 들어봤으면 하신다. 네 연주를 듣고 마음에 든다면, 너를 줄리아드 오디션에 추천할 수도 있단다."

"교수님, 저는 내년까지는 대학에 지원을 안 할 건데요. 그리고 음악을 공부할 계획에 대해서도 아직은 확신이 없고요."

"글쎄다. 내 귀에는 네가 아직은 그렇다면, 그 어느 것에 대해서도 이렇다 할 계획을 세워 놓은 게 없다는 말로 들리는구나."

갑자기 교수님이 날카롭게 지적을 하셨다.

나는 마른 침을 삼킬 뿐 따로 반응을 보이지는 않았다.

"너희 부모님들이 말씀하시길, 이번 학기에 네가 다시 학교로 돌아갈지 확신을 할 수 없다고 하시던데, 그래서 내가 직접 이 일을 맡아서 전화를 걸어 성사시켜 놓은 거다. 너는 졸업학력 인증서를 받아서 가을쯤이면 대학생이 될 수도 있단다." 그제서야 교수님의 목소리가 다시 부드러워졌다. "그건 하나의 아이디어일 뿐이다. 물론 결정은 네 몫이다. 전화번호도 네가 가지고 있으니 말이다. 그를 위해 연주를 하고 싶은 마음이 생기면, 그에게 전화를 걸어서 네가 직접 일정을 짜 보도록 해라. 내 생각에 그분이 깊은 인상을 받을 것 같은데. 너는 엄청난 재능이 있거든, 버터. 비록 방귀교향곡이기는 하지만 말이다."

교수님은 윙크로 마무리를 하셨다.

나는 교수님께 감사를 표하고 교수님이 자리를 뜨고 나서도 한참이 지날 때까지도 의자에 앉아서 내 손에 올려진 그 종이를 쳐다보았다.

* * *

한 삼 일쯤 지나자, 나는 병원에서 벗어나고 싶어서 좀이 쑤셨다. 나의 모든 혈액수치들도 정상이었고, 의사들은 그냥 좀 더 "관찰"을 해야 하니까 입원을 시키고 있는 거라고 했는데, 그 관찰이라는 단어 때문에 내가 동물원 원숭이가 된 기분이었다. 나

내 이름은 버터

는 색소폰으로 만들어 낼 수 있는 새로운 소리가 떠오를 때마다 한두 시간에 한 번 꼴로 쪼르르 그 놀이방을 찾아갔다. 그 시간도 그렇게 놀이방에서 아이들과 놀다가 돌아오는 길이었는데, 익숙한 냄새가 코끝을 자극했다. 나는 집에 가고 싶은 마음이 간절한 나머지, 어디선가 엄마가 만든 피칸 와플 냄새가 난다고 상상을 했던 것이라 생각했다. 그러나 모퉁이를 돌아 내 병실로 들어섰을 때 따끈한 와플 접시를 들고 침대에 앉아 계신 엄마의 모습이 눈에 들어왔다.

나는 그 냄새에 취해서 거의 녹아내릴 뻔했지만, 그러나 계속 체중을 감량시켜 나가기로 한 계획을 애써 상기시켰다. 나는 내 자신에게 엄마가 만든 요리는 더 이상 먹어서는 안 된다고 단단히 일러두었다. 그러나 내 입에서 겨우 나온 말이라고는 "엄마, 저기요."가 전부였다. 왜냐면 바로 그때 엄마가 그 따끈한 접시 위에 덮여 있던 뚜껑을 걷어내자 뭔가 이국적인 것이 내 눈에 들어왔다. 그것들은 팬케이크처럼 둥근 모양이었지만 진한 갈색이 돌았고 살살 녹아내리는 버터와 끈적거리는 시럽 대신 납작한 캐러멜 색의 액체 위에 올려져 있었다.

"새로운 조리법으로 만들었단다." 엄마가 말했다. 엄마는 표지에 햄 사진과 함께 강렬한 제목—저칼로리의 기분을 좋게 해주는 음식들—이 붙어 있는 잡지 한 권을 들어 보였다.

"우리가 이 책을 함께 보면서 너한테 알맞은 음식을 함께 골라 보면 좋겠다 싶어서 가져왔어."

나는 더는 참을 수가 없었다. 얼른 엄마 옆으로 가서 엄마를 안았다. 엄마의 작은 몸이 내 양팔로 감싸자 거의 보이지가 않았다.

"엄마, 이 냄새 정말 근사한데요."

그리고 그 음식은 냄새만큼이나 맛도 기가 막혔다. 그냥 봐서는 견과류도 넣지 않은 것 같은데 어떻게 피칸과 똑같은 맛을 내는 케이크를 만들 수 있는 건지 참으로 궁금했다. 물론 일테면, 그건 엄마가 평소에 만들어 주셨던 설탕에 졸여서 흑설탕과 버터에 적신 고구마만큼 맛이 있는 것은 아니었다. 그러나 그것은 음식 그 이상의 의미가 담겨 있었다. 그것은 엄마가 내게 전해 주는 메시지였다. "나도 엉망을 만드는 데 일조를 한 사람이다." 그것은 더 잘해 보자는 약속이었다. 그래서 그 어느 것보다 훌륭한 맛이 느껴졌다.

엄마는 아침 식사 말고도 다른 뭔가로 무장을 하고 온 것이었다. 내가 음식을 다 먹고 나자, 엄마는 창가에 있던 가방을 움켜쥐었다. 나는 그 모양을 보고 바로, 그 안에 담긴 것이 노트북 컴퓨터임을 알 수 있었다. 나는 자리를 잡고 앉아 팔을 내뻗으며 말했다.

"주세요!"

내 이름은 버터

엄마는 주저했다.

"나는 네가 인터넷에 접속을 안 하면 좋겠다."

"엄마, 제발이요." 내가 간청을 했다. "저는 그냥 게임이나 뭐 그런 거 하고 싶어서 그러는 거예요."

엄마는 결국 수긍을 하고 내게 노트북 컴퓨터를 넘겨주고 나가셨다. 노트북 컴퓨터를 펴고 내가 가장 먼저 했던 것은 당연히 엄마와의 약속을 깨는 일이었다. 나는 엄마가 내 병실을 나간 지 일 분도 안 돼서 내 이메일을 확인했다. 대부분은 스팸메일이었는데, 그중에 터커에게서 온 메시지가 내 시선을 끌었다. 그가 보낸 메일을 열자마자 내 얼굴에 미소가 피어났다.

먼저, 너는 완전히 멍청이다. 둘째로, 네가 괜찮다니 정말 다행이다.

메일은 나의 건강에 대한 걱정과 또 내가 얼마나 멍청한 짓을 했는지에 대한 비난 사이를 오가는 맥락에서 쓴 것이었다.

천만다행히도 누군가 911에 전화를 했더라고. 그 멍청한 패스워드만 알아 냈더라면 내가 했을 텐데 말이다.

나는 끝에 가서야 그의 메일에 숨겨진 진의를 파악하고는 미소가 싹 가셨다.

버터, 네가 살아 있어서 정말 다행이다. 그렇지만, 이게 네가 나한테서 받는 마지막 메일이 될 거다. 그리고 나는 네가 답장도 하지 말았으면 좋겠다. 네가 언제쯤 이 글을 읽게 될지는 모르겠지만, 그렇지만 네가 이 글을 읽게 되면 나를 좀 이해해 주길 바란다. 이건 네가 나와 했던 핏팹 맹세를 어겼기 때문이 아니다. 그냥 단지 지금은 내게 대단히 중대한 때이고, 그래서 내가 적극적으로 내 자신을 몰입시키는 것은 아주 중요한 문제다. 나 자신의 문제를 완전히 극복할 때까지는 나는 다른 사람의 문제를 해결하는 그런 일에 신경을 쓸 여력이 없단다.

쳇, 누가 내 문제를 해결해 달라고 요청이라도 했나? 나는 애써 눈물을 참으려 눈을 깜박거리며, "그건 네가 아니라 바로 나 자신의 문제다"라는 식의 말들로 터커를 잔뜩 세뇌시켜 놓은 그 괴짜 정신요법 치료사에게 마구 욕을 퍼부어 댔다.

미안해, 그리고 네가 곧 회복되길 바란다. ─ 터커

나는 노트북 컴퓨터를 닫아 버렸다. 엄마 말씀이 옳았다. 인터넷에는 좋은 거라고는 하나도 없었다.

노트북을 막 한쪽으로 치워두는데 화려한 색깔의 뭔가가 내 눈에 들어왔다. 엄마가 노트북을 담아 왔던 가방에서 나온 물건인 것 같았다.

나는 한 숨을 푹 내쉬면서 그 팸플릿을 끌어 당겼다. 접혀진 전단지 표면에 두꺼운 글씨로 뭔가 적혀 있었다. "베이커 기관. 질 높은 교육, 축적된 노하우, 다양한 정책."

쳇, 그리고 유기(遺棄)겠지, 라고 나는 생각했다. 나는 기분이 정말 나쁘고 쓰렸지만 그렇다고 터커를 비난할 수는 없었다. 그는 내게 모든 기회를 주었었다. 그는 자신이 옳은 방향으로 나아가고 있다는 확신이 있었고, 그래서 그는 나와 싸울 때조차도 나를 함께 데리고 가려 노력했었다. 뒷걸음질 치며 물러난 사람은 바로 나였다. 비록 내가 이제 그와 같은 옳은 방향으로 나아간다고 해도 지금에 와서 그에게 나를 기다려 달라고 할 수는 없는 노릇이었다.

그 진한 붉은 색의 팸플릿을 펼치니 그 안에는 학생들의 예전 모습과 달라진 후의 모습이 들어 있는 사진들이 보였고, 그 앞에 다른 몇 장의 사진들이 눈에 들어왔다. 그 다음 장에 들어 있는 사진들을 보고 나는 입이 떡 벌어졌다. 교실은 동굴의 안처럼 널찍하고 극장 같이 꾸며져서 나무로 만든 책상들의 열들이 앞에 있는 강사를 향해 내려다보는 구조로 디자인되어 있었다. 마치 유수한 아이비리그 대학의 내부와도 같았다. 다음 장의 사진은 광각렌즈로 찍은 것으로 음악실 구석구석을 촬영해 놓았는데 내가 지금껏 보아온 그 어떤 음악실보다 아름다워 보였다. 아치 모양으로 높이 나 있는 창문을 통해 빛줄기들이 들어와 방을 가득 채우고 있는 금관악기들 위에 부서져 내려 반짝반짝 빛을 내고 있었다. 나는 그 방 안에서 흘러나오는 음악을 상상해 보며 나의 무의식에서 함께 들어가서 연주를 하고 싶었던 밴드부가 그런 것이었음을 알게 되었다. 그동안 그 기관에 대해 품고 있었던 경멸의 시선을 조금은 누그러뜨리며 팸플릿의 나머지 부분을 마저 읽어나가는데, 뒷장에서 또 한 가지 놀라운 것을 발견하게 되었다. "가족 교육"이라는 주제 아래에 3개 과정의 목록이 있었다. 엄마가 그 중에 2개의 항목에 동그라미를 해 두셨다. "집에서 건강유지하기—예전 요리법의 재고." 그리고 "행동/반응—아이들의 건강을 위한 당신의 역할." 두 번째 항목 옆에는 큼직한 별표까지 그려져 있었다. 나는 엄마와 아빠도 함께 수업을 들어야 하는 그런 학교에 다니는 것을 생각하니 절로 미소가 지어졌다.

내 이름은 버터

* * *

드디어, 한 4시쯤이 되어서야 내가 기다리고 있던 소식을 듣게 되었다. 나를 돌보아 주시는 일개 소대와 같은 의사 선생님 군단에서 다음 날 아침 퇴원을 해도 된다고 말씀을 하셨다. 나는 기쁨의 함성이라도 지르려 했지만 목구멍에 딱 걸려서 나오지가 않았다. 나는 기분이 좋아서 날아갈 지경이어야 마땅한데, 집에 간다는 것은 그 삐걱대는 아동용 침대 대신 널찍한 킹사이즈의 안락한 내 침대로 다시 돌아가서, 젤로 컵 같은 음식 대신 우리 엄마가 만든 건강하고 맛있는 음식을 먹게 된다는 의미임이 분명한데……

그런데 왜 내가 두려움을 느끼는 것일까?

왜냐면, 병원은 그동안 내게 보호구역이었다. 병원에 있는 동안은 나는 아픈 "환자"였고, 그래서 세심한 배려를 받아왔다. 나는 빨리 회복하는 일에만 집중을 하면 되는 것이었다. 아빠도 그렇게 말씀하셨다. 그렇지만 집에서는 상황이 달라질 것이다. 내가 저지른 일에 대해 설명하고 사과하고 약속을 해야 할 것이다. 여러 가지 결정들이 내려질 것이며 그래서 더 많은 실수를 범하게 될 가능성 또한 있을 것이다. 나는 정말 진지하게 죽을 때까지 숨을 참아볼까, 아니면 혈압을 올리는 무슨 짓을 해볼까를 생각해 보았다. 그 어떤 것이라도 며칠만 더 관찰을 받으며 동물원 원숭이 신세를 유지할 만한 일이 없을까 하고 고민을 했다.

그러나 나는 이내 색소폰을 들고 어린 친구들에게 작별 인사를 하러 놀이방으로 내려갔다. 그런데 그리로 안나가 나를 찾으러 왔다. 문 옆에 기대고 서 있는 그녀를 보자 첫 음이 생뚱맞은 소리를 냈다. 너무 큰 소리가 꽥 하고 새어 나가자 몇몇 아이들이 귀를 막았다. 나는 그 어린아이들 숲을 뚫고 안나를 만나기 위해 문으로 향해 걸어갔다. 그녀의 어깨 위에 책가방이 매달려 있는 것이 보였다.

"가방 안에는 뭐가 들었니?"

"책들이지."

"나를 위해서 가져온 거니?"

"아니, 그냥 뭐 쓸모없는 학교 교과서들이야. 오늘 다시 학교 시작했잖아."

그날은 월요일이었다. 나는 아무 생각이 없었다. 어찌되었든 병원에 누워 있다 보니 시간에 대한 감각도 다 잊어 먹을 것 같았다.

안나와 나는 내 병실을 향해 함께 걸었다. 나는 처음 몇 마디를 꺼내 보려 했지만, 목이 메어서 쉽게 말이 나오지가 않았다.

만약 다시 한 번 안나와의 관계를 개선해 볼 기회가 주어진다면, 두 번 다시 엉뚱한 말을 뱉어서 망치고 싶지는 않았다.

"나에 대한 네 생각들," 나는 걸음을 옮기며 드디어 말을 꺼냈다. "안녕이라는 말……."

"나는 J.P.에게 작별을 고한 거였어." 안나는 곁눈질로 내게 살짝 미소를 던지며 말했다.

"그래, 그건 내가 인터넷에서 만나는 남자로서 받은 작별인사였어." 나도 미소를 지으며 답을 했다. "그 애들이 그 일을 두고 너를 놀리니?"

"아니." 안나가 대답했다. "나에 관한 일은 이미 한물 간 소식인 걸."

나는 천천히 완급을 조절하며 물었다. "그럼, 나에 관해서는? 나도 한물 간 소식이 된 거니?"

"아니, 그렇지 않아." 안나가 소리 내어 웃었다. "모두 다 모이면 네 얘기를 하느라 바쁘지."

"뭐?" 나는 그 자리에서 멈추어 섰다.

안나는 나를 향해 고개를 돌리기는 했지만 걸음은 계속 옮기고 있었다. "오늘 크리스마스 휴가 끝나고 학교 간 첫 날이었잖아. 물론 모두가 그 일에 관해서 이야기들을 하지. 그리고 그 애들이 얼마나 정신 나간 말들을 하는지 네가 들어야 하는데, 아쉽다."

나는 그녀를 따라 내 병실로 들어섰다. 우리는 둘 다 침대 위에 걸터앉았다. 안나는 다리를 꼬고 앉았고, 나는 베개 몇 개를 겹쳐 기대고 앉았다.

"어떤 정신 나간 얘기인데?"

"오, 세상에, 어떤 애들은 네가 정말 죽었다고 생각하기도 해. 왜냐면 네가 학교로 안 돌아오고 있잖니. 그중 한 여자애는 마치 너를 잘 알기라도 하는 것처럼 울기도 했어." 안나는 커다란 눈을 말뚱말뚱 굴리며 말을 이어갔다. "다른 애들은 네가 꾸며댄 것이라고도 해. 어떤 연극부 애들이 그걸, 무슨 예술이라고 부르던데." 안나는 갑자기 생각이 났다는 듯 손가락을 튕기며 말했다. "오, 행위 예술?"

우리는 둘 다 소리 내어 웃었다. 그것은 재미있었다. 내가 기대했던 것보다 더 드라마틱하고, 그리고 더 큰 비웃음을 사고 있었다. 그래도 모두가 여전히 나를 부분적으로나마 기대를 하고 있는 것이었다. 커다란 파도가 닥쳐왔고, 그렇게 밀려갔다. 그리고 다른 모든 사람들에게는 크게 바뀐 것이 없었다. 나만 살아남아서 나를 비추어 볼 뿐, 모두는 아직도 파티에서 열광을 하고 있었다.

"그 애들이 아직도 학생식당에 자기들 테이블에 자리를 비워 두었더라." 안나가 말했다.

"그들은 모두 마치 자기들이 네 가장 친한 친구들인 거 마냥 거들먹거리며 네가 어떻게 그 전설 같은 일을 저질렀는지에 대해 떠들어 대고 있어."

나는 다시 한 번 소리 내어 웃었다. 왜냐하면, 그 시점에서는 그렇게 반응해야 할 것 같았기 때문이었다. 그러나 안나는 조용했고 그녀의 얼굴은 그 이전 어느 때보다 고요해 보였다.

"가장 친한 친구들이라면, 네가 병원에 있는데 어떻게 한 번도 안 와 볼 수 있니?" 그녀가 말했다.

"그 애들은 한 번도 나의 진정한 친구인 적이 없었어."

나는 그녀한테 한다기보다는 내 자신에게 그렇게 시인을 했다.

나는 안나가 언제나처럼 그들의 편을 들어줄 거라 예상했는데 그러나 그녀의 반응은 나를 놀라게 했다.

"그래, 그런 것 같아." 그녀가 잠시 말을 쉬었다. "나는 그 애들처럼 되고 싶지는 않아."

"그 애들처럼이라니, 무슨 말이야?"

"온라인에서만 친구이고. 알잖아 현실에서는 친구라고 할 수 없는 그런 친구들……."

나는 그녀가 웹사이트를 의미하는 것이 아니라는 것을 알고 있었다. "너는 달라." 내가 말했다. "나는, 그러니까 우리는—"

"그렇게 다른 것 같지도 않아."

우리 둘 사이에 잠시 침묵이 흐른 후, 그녀가 미소를 지으며 그 침묵을 깼다.

"덩치 큰 애가 학교 캠퍼스를 돌아다닌다고 그게 문제 될 건 없잖아."

"하하, 덩치 큰 사람이라. 이해했어."

안나는 살짝 얼굴을 붉히며 말했다. "내 말은 그게 아니라—"

나는 손을 내저으며 큰 소리로 웃었다. "알아."

안나는 계속 내가 그 어느 때보다 인기를 끌고 있음을 학교로 돌아가면 알게 될 거라고 거듭 확신을 시켰다. 나는 어쩌면 학교로 돌아가지 않을 거라고 그녀에게 털어놓았다.

나는 다음 행보를 결정짓지는 못했지만, 내가 결정하고, 내가 선택한다는 것은 왠지 기분이 좋았다. 던 교수님이 말씀하셨던 그 줄리아드 교수님께 오디션을 받아 볼 수도 있고, 떨어질 수도 있지만 또 잘하면 우리나라 최고의 학교에서 음악 공부를 할 수 있는 한 자리를 얻게 될 수도 있질 않는가. 내가 시도를 해보기 전까지 그 결과를 어떻게 알 수 있겠는가. 그 기관으로 전학을 가서 다닐 수도 있고 그러다 보면, 내가 그곳을 마음에 들어 하는지 아니면 내 말대로 좀비들이 사는 곳인지도 알 수 있게 되질 않겠는가. 모든 기회는 실망을 할지도 모르는 위험이 따르기 마련이다. 그러나 내 병실을 둘러보면, 침대 머리맡에 전화번호가 적힌 종이도 있었고, BI기관에 대한 팸플릿도 침대 위에 흩어져 있었고, 병실 여기저기에는 내가 궁지에 몰려있을 때 나와 함께 해줄 수 있는 사람들이 보내온 카드들과 꽃들이 있었다. 그 사람들은 내 앞에 펼쳐져 있는 선택들에 내가 위안을 받든 그렇지 않든 언제나 내 편이 되어 줄 사람들이다. 위험이 따르고, 두렵고 위협적인 선택들—그러나 그것은 올곧이 나 자신의 선택들—이다. 내 앞에 주어진 내가 선택할 기회들이다. 나는 두 번 다시 나 자신을 궁지로 몰아넣는 그런 위험한 선택을 하지는 않을 것이다.

"너, 정말 학교에 다시 안 나올 생각이니?" 안나가 얼굴을 찌푸렸다.

"글쎄다. 내가 그 학교를 왜 다니고 싶겠니? 웹사이트 같은 것 없이도 친구를 잘 사귈 수 있는 어디 다른 곳이 나을 것 같아. 트렌트나 그런 애들 말이야. 내가 장담컨대, 그 녀석들은 진짜 내 이름이 뭔지도 모를 거야." 나는 그렇게 말하며 체념한 듯이 머리를 흔들었다.

"어찌되었든 이번 일이 얼추 정리되고 나면, 아이들은 나를 다시 장애인 전용 주차장과 엄청나게 큰 책상을 쓰는 설인괴물 취급을 할 거야. 안 그러면 완전히 투명인간 취급을 받겠지. 나는 언제나 그랬던 것처럼 아무런 존재감 없이 이름도 없는 실패자가 될 거야."

안나가 갑자기 내 팔을 툭 치는 바람에 우울한 기분에서 빠져나온 것 같았다. "야, 너 내가 내 친구들에 관해서 그렇게 말하지 말라고 했었지?"

고개를 들어 보니 그녀가 미소를 짓고 있었다.

"친구들이라고?" 내가 물었다.

"우리가 친구가 될 수도 있는 거잖니. 우리는 그냥, 재설정 버튼만 누르면 되잖아." 그녀는 잠시 생각을 하더니 모든 게 정리가 된 것 같은 표정을 지으며 손을 내밀었다.

"안녕, 나는 안나야."

나는 그녀의 손을 맞잡고 웃으며 말했다.

"만나서 반가워, 안나. 내 이름은 마샬이야."

그녀는 내 손을 잡은 채 고개를 뒤로 젖히며 말했다.

"뭐? 마샬이라고, 허?"

"그래, 그렇지만 버터라고 불러도 좋아."

내 이름은 버터

감사의 말

이 책은 많은 분들의 노고와 뜨거운 열정으로 맺어진 결실입니다. 넘치는 에너지와 재치가 빛나는 나의 에이전트 제니퍼 래프란에게 감사를 전합니다. 그녀는 언제나 꾸밈없이 이야기를 해주었고 산더미 같은 원고 더미 속에서도 한 소녀를 믿고 또 한 번의 기회를 주었습니다. 그리고 제가 놓친 것들을 잘 잡아 준 편집장 캐롤라인 애비에게도 고마움을 전합니다. 당신의 통찰력 덕분에 이 이야기는 더욱 깊고 또 잘 전개될 수 있었습니다.

블룸스배리의 팀과 이 책이 만들어지기까지 그 과정에 함께 도와주었던 멜라니 케카, 질 아멕, 샌디 스미스, 알렉시 에시코프, 레이나 로프, 캐티 허쉬베거, 케이트 리드, 레이첼 스타크 그리고 멜리사 캐보닉을 포함한 모든 이에게 감사의 마음을 표합니다.

중요한 모든 순간을 함께 축하해 주고 나의 모든 근심을 귀 기울여 들어 주었고, 집필할 공간을 제공해 주었으며, 게을러지려는 나를 다독여 주었던 매트 헬름에게도 감사의 말을 전합니다. 당신의 지지는 저에게는 너무나 큰 힘이 되었습니다.

그리고 자라면서 내가 무엇이 되고 싶은지를 언제나 나보다 먼저 알아보시는 우리 엄마, 나를 데리고 숲으로 산책을 나가시고, 이야기를 들려주셨던 우리 아빠에게 무한한 감사를 드립니다. 두 분께서는 제가 무엇을 하든 믿어주셨기에 저도 제가 하는 일에 신념을 가질 수 있었답니다.

그리고 정작 본인은 잘 모르겠지만, 이 책에 대해서 지금까지 또 그 이후로도 최고가 될 만큼의 찬사를 보내준 켈리 탐슨과 이 책의 아주 기초 단계에서, 초안부터 읽고 조언을 아끼지 않았던 패티 커크페트릭, 쥴리 덕, 그 외에 모든 분들, 그리고 아무도 눈길을 주지 않았던 이 책을 읽어주었던 킴 카필로빅에게 고마운 마음을 전합니다. 여러분들의 격려가 없었다면, 저는 감히 이 책을 로얄 노르만에게 보내지 못했을 것입니다. 로얄 노르만은 제가 책을 만들어 내기도 전에 이미 저의 팬이 되어 주셨습니다. 저의 사랑하는 친구들, 가족 여러분, 이 책을 만드는 과정에서 저에게 아낌없이 보내주신 지지와 성원에 머리 숙여 감사드립니다.

끝으로 젬마 쿠퍼, 당신의 지성과 열정, 정직함, 그 외에 제가 감히 이곳에 표현하기조차 어려운 당신의 수많은 장점들—무엇보다 당신이 보여준 진실한 우정—에 깊은 감사를 드립니다. 당신이 나를, 그리고 책의 주인공인 버터를 알아보지 못했더라면, 우리는 아직도 어디선가 길을 잃고 헤매고 있을 것이고 이 책은 이 세상에 존재하지 않았을 것입니다.

내 이름은 버터

초판 1쇄 발행 | 2014년 2월 18일
초판 2쇄 발행 | 2015년 1월 20일

지은이   에린 제이드 랭
옮긴이   남길영
책임편집   이선아
디자인   박은진 · 김한기

펴낸곳   바다출판사
발행인   김인호
주소   서울시 마포구 서교동 어울마당로 5길 17(서교동, 5층)
전화   322-3885(편집), 322-3575(마케팅부)
팩스   322-3858
E-mail   badabooks@hanmail.net
홈페이지   www.badabooks.co.kr
출판등록일   1996년 5월 8일
등록번호   제10-1288호

ISBN 978-89-5561-700-9 43800